读客®

读客外国小说文库

激发个人成长

军方的怪物

[英] 肯·福莱特 著　顾亦维 译

KEN FOLLETT

THE THIRD TWIN

江苏凤凰文艺出版社
JIANGSU PHOENIX LITERATURE AND
ART PUBLISHING, LTD

目 录

周　日

1

一片热浪笼罩着巴尔的摩。市郊虽然草木繁盛，还有成千上万个草坪喷头播洒着凉意，可有钱的居民还是不肯出门，只想待在开足空调的屋里。北大街上，妓女们没精打采地挤在阴凉处，假发下的汗水还是流个不停。街角几个青少年穿着宽松的短裤，正从口袋里掏出毒品做交易。现在虽然已经是九月下旬，但秋天似乎还遥遥无期。

一辆锈迹斑斑的白色达特桑轿车行驶在城北的白人工人居住区，车前灯已经破碎，电工胶带在原处粘了个"X"。车里没装空调，司机把所有车窗都摇了下来。那是位二十二岁的英俊小伙，他穿着牛仔半截裤和洁白的T恤，戴着顶红色棒球帽，帽额上印着白色的"SECURITY"[①]。小伙子坐在沾了汗水有些滑的塑料座椅上，他却并不在意。他现在心情很不错。收音机里正播着92Q电台的《二十首歌连播》。副驾驶座上摊放着一本活页册，纸页上印着不少专业术语。他间或瞟上一眼，为了应付明天的考试默记在心。学习难不倒他，记住这些东西用不了几分钟。

前面是红灯，他停下车，一辆保时捷敞篷车也并排停住，车

---

① 英文，意为"保安"。——译者注（本书中注释如无特别说明，均为译者注）

里是位金发女郎。他朝她咧嘴一笑："好车啊！"她却既不看他也不回话。不过他心想自己看见了她嘴角的那一丝笑意。大太阳镜背后那张脸可能要比他老上一倍吧，开保时捷的女人多是这个年纪。"比谁先到下一个交通灯。"他说道。这话把她逗笑了，笑声悦耳又有挑逗性，她纤秀的手抬起推到一挡，轿车便火箭般疾驰而去。

他耸耸肩，不就是试试嘛。

车子经过树木繁茂的琼斯·福尔斯大学①，这所常春藤盟校比他自己的学校名气大很多。他开车路过宏伟的校门时，身边正巧跑过八九个穿着运动装的女孩儿。她们穿着紧身短裤、耐克鞋和被汗水濡湿的T恤，以及吊带背心。他猜这是曲棍球队在训练，领跑那个身材姣好的女孩儿就是队长，正带领队员们为赛季做准备。

队列转进校园。突然他感到晕眩，眼前浮现起强烈而刺激的幻象，几乎连路都看不清了。他想象着她们待在更衣室，胖姑娘站在淋浴间往身上抹肥皂，红发姑娘用毛巾擦拭长发，黑人女孩儿正往身上套白色蕾丝内裤，那个有男子气概的队长赤裸着身体走来走去，展示她的肌肉。突然，姑娘们被什么东西吓到了，她们睁大双眼，眼神充满恐惧，歇斯底里般惊叫哭喊。她们四处奔逃，互相推搡。胖姑娘摔倒在地上，躺在那儿无助地啜泣，其他人却不管不顾地从她身上踩过去。所有人都拼命躲藏，想找到出口，或者远离那个可怕的东西。

他把车挂上空挡停在路边，喘着粗气，他能感受到自己锤击

① 此学校为作者虚构，实际上并不存在，暂音译为琼斯·福尔斯。

般的心跳。这是他见过最棒的幻象了，但有个细节还不知道。她们在怕什么呢？他在丰富的想象中四处搜索答案，急得直喘气。突然他想到了！是火！更衣室着火了，她们怕的是火焰。她们半裸着身子，六神无主地团团乱转，被烟雾呛得喘不过气，咳个不停。"我的天。"他不禁低语道，直勾勾地盯着眼前的幻象，仿佛达特桑轿车的前挡风玻璃上正放着电影。

过了一会儿，他平静下来。他的欲望还是那么强烈，可幻象已经满足不了他了。好比口渴如火的时候，光想着喝啤酒是没用的。他撩起T恤下摆擦擦脸上的汗，知道自己应该努力忘了那段幻象继续开车。可那段幻象实在太逼真了。这事儿的确危险，万一被抓得坐好几年牢，但他做事从来不在乎危险。他也试过把这诱惑压下去，却只坚持了一秒。"干吧。"他咕哝道，接着掉转车头穿过校门驶进校园。

他之前来过这儿。大学很大，光草坪、花园和林地就占了一百英亩。校园里的建筑大多是统一的红砖房，只有几栋混凝土、玻璃窗结构的现代建筑，所有的建筑都由纵横交错的小路相连，路边还有几个停车泊位。

曲棍球队已经没了踪影，但他轻而易举地就找到了体育馆。这是一座低矮的建筑，坐落在跑道边上，馆外矗立着一尊掷铁饼者的大型雕塑。他没投币就把车停进了泊位，他从没付过停车费。肌肉健硕的曲棍球队队长站在体育馆台阶上，正和一个敞着运动衫的人谈话。他跑上台阶，经过队长身边时朝她笑了笑，然后推门进了体育馆。

大厅里很热闹，扎头巾、穿短裤的年轻男女来来往往，他们背着包，手里拿着球拍。毫无疑问，大多数校队在周日集训。大厅中间的桌子后坐着一个保安，正在检查过往人员的学生证。这时候一大群跑步运动员从保安那儿经过，有的人晃了晃学生证，剩下的则忘了。保安只耸了耸肩，就继续去读他的《死亡地带》了。

这个外来者转过身子，看着展示在玻璃柜里的银制奖杯，那些都是大学运动员们的战利品。过了一会儿，从门外走进一支足球队，有十个男人，还有一个穿足球鞋的矮胖女人。他见状紧赶几步混了进去，跟着球队穿过大厅，走下一道宽阔的楼梯到了地下室。他们聊着他们的比赛，说到那记走运的射门时哄堂大笑，谈起那次粗暴的犯规时又愤愤不平，压根儿没有注意到他。

他步态挺随意，但眼睛可没闲着，四处张望。楼梯口的小厅里有一台可乐售卖机，隔音罩下放着台公用电话，男更衣室就在大厅后面。足球队的女士则走下一条长长的走廊，想必是要去女更衣室。由于建馆之际"男女合校"还是个色情字眼，建筑师认为琼斯·福尔斯这类大学是不会有多少女孩儿的，所以这间更衣室恐怕也是后来新增的。

外来者拿起公用电话，装作在找零钱的样子。男士们依次走进更衣室。那女士也开了扇门，不见了，那肯定是女更衣室了。她们都在里面，他兴奋地想着，她们正在里面脱衣服、淋浴、用毛巾擦身呢！离她们这么近，他人都热血沸腾了。他用手背揩揩额头。现在，他只要把她们都吓个半死，就能幻象成真啦。

他努力平静下来，匆匆忙忙可是要误事的，他要花几分钟计划一下。

等他们都走光以后，他才紧跟那个女士后面蹑手蹑脚沿着走廊跟上去。

走廊上有三道门，左右各一道，还有一道在走廊尽头。刚才女士打开的正是右边的门。他检查了尽头那道门，门后是个积满灰尘的大房间，放着几台笨重的机器，他猜这是泳池用的锅炉和过滤装置。他走进屋子，关上身后的门。屋里有一种低沉单调的电器杂声。他想象着女孩儿怕得要命，只穿着印花内裤和胸罩躺在地上，抬头看见他解开皮带，眼神里充满畏惧。他回味了一会儿这幅画面，禁不住笑了。她就在几码外，现在可能还想着今晚的安排呢，也许她有个男朋友，今晚打算任那小子为所欲为；或许她是个新生，寂寞并有点儿腼腆，周日晚上除了看《哥伦布》无事可干；还有可能明天要交论文，她今晚打算熬夜赶。不过这些都泡汤啦，宝贝儿，今晚是噩梦时间。

　　他之前也做过这种事，只是还没到过这个程度。他向来喜欢吓唬女孩子，从记事起就是如此。高中的时候，最快活的事莫过于把女孩儿孤零零地堵在拐角，然后吓得她痛哭求饶。也正是因此他才不停地转学。他偶尔也会和女孩儿约会，目的却只是想让自己和别的男人一样，在走进酒吧的时候也能有个姑娘挎在胳膊上而已。要是她们有意，他就和她们做爱，但这码事似乎没什么意思。

　　谁都有个怪癖，他寻思：有的男人喜欢穿女人的衣服，有的就爱让穿着高跟鞋、浑身裹在皮革里的女人使唤自己。他还知道有个家伙觉得女人最性感的部分是脚，那人光站在百货公司女鞋区里，看着她们把鞋子穿穿脱脱都能勃起。

　　他的性癖就是让女人恐惧，一看见女人被吓得全身发抖就能让他性欲高涨。要是没有恐惧的话，那还有什么乐趣？

　　他有条不紊地打量着四周，发现墙上焊着架梯子，梯子顶端是个铁盖子，里面还上着闩。他迅速爬上梯子，拉开闩推开铁盖子，盖子那边是一辆克莱斯勒纽约客轿车的轮胎，外面是停车场。他确定一下方位，明白这里是体育馆后面，便拉回盖子重新爬了下去。

他离开泳池机房，沿着走廊前行，这时候迎面而来一个女人，充满怀疑地盯着他。他心里一慌，也许她会问他到底要在女更衣室门口晃荡什么。他剧本里可没写这种争执戏码。在这节骨眼上这可能毁了他的计划啊！不过幸好，她往上一瞟瞅见了"SECURITY"的字样，就收回视线转身进更衣室了。

他咧嘴笑了。这顶帽子是他在纪念品商店买的，才花了八块九毛九。不过这年头，摇滚演唱会上的保安人员穿着牛仔裤上班；看起来罪犯似的家伙亮出警徽才发现是名警探；机场的警察穿运动衫，人们对这些早都司空见惯了。要是每次看见一个自称保安的家伙都要问个究竟，那也太麻烦了。

他推了推女更衣室对面的门，打开是一间小储藏室。他打开灯带上门。周围的架子上堆着不少废弃的体育器材，有大号黑色实心球、磨破的橡胶垫和体操棒，也有发霉的拳击手套和开裂的木质折叠椅，还有一只断了腿、表面破了的鞍马。屋里一股霉味。天花板上有条银色的管道，他猜这是给走廊对面的女更衣室通风用的。

管道用螺栓和风扇一样的东西连在一起，他抬手拧了拧螺栓，发现空手拧不动，没关系，车子后备箱里有扳手。要是他能把管道卸下来，风扇就会把储藏室里而非室外的空气通进更衣室了。

他要回到车上，弄上一罐汽油，往空的毕雷矿泉水瓶子里灌上一些，再拿上几根火柴和报纸生火，还有那把扳手，然后把这些东西统统带下来。他要在风扇底下放火。

火舌很快就会蹿起来，吐出滚滚浓烟。他到时候就往口鼻上蒙块湿布，等储藏室里烟雾腾腾的时候卸下通风管。这烟就会涌进女更衣室。一开始没人会注意，不过接着就会有一两个人抽抽鼻子问道："谁在抽烟？"然后把储藏室的门一开，让烟漫进走廊。等姑娘们意识到什么事不对劲儿的时候，打开更衣室的门一看，会以为整栋楼都着火了！谁都会吓个够呛！

到那时，他走进更衣室。那会是一片胸罩和长袜的海洋啊，随处可见裸露的胸部和臀部。有的姑娘光着身子从淋浴间跑出来，浑身湿答答地双手乱抓，想扯条毛巾；有的试图穿上衣服；大多数则被浓烟熏成半瞎，没头苍蝇似的找门在哪儿。惊恐的尖叫声、哭喊声和啜泣声将会响成一片。他则假装保安对她们发号施令："别穿衣服了！事态紧急！快出去！整栋楼都着了！跑，快跑！"

他可以趁机拍拍姑娘们的光屁股，推推搡搡，把她们的衣服抢走，再把她们浑身都摸个遍。她们会意识到事情很不对头，但大多都慌作一团理不清头绪。要是那个健壮的女曲棍球队队长在场的话，也许还能保持清醒，怀疑到他头上，但那时候只要把她打晕就好。

他四处走动，他要选出他的头号受害者。那会是个容易受骗的漂亮女孩儿。他会牵起她的手道："请往这边走，我是保安。"然后把她拉上走廊，接着故意走错方向带进泳池机房。她刚觉得自己安全了，脸上就被扇了一巴掌，肚子上也挨了一拳，倒在肮脏的水泥地上。他看着她翻过身坐起来，惊恐地盯着他，喘着气啜泣。

这时候，他就会露出微笑，解开皮带。

2

费拉米太太说：“我要回家。”

她女儿简妮说：“别担心，母亲，我们会尽快带你走。”

简妮的妹妹帕蒂闻言盯着简妮，好似在说：“我们什么时候要带她走了？”

母亲的医疗保险金只够住丽景养老院。这儿花哨得很，房间里有两张高高的病床、两只衣柜、一张沙发和一台电视。墙被刷成蘑菇似的褐色，地上铺着白底橙纹的塑料瓷砖。窗上有闩，但没装窗帘，窗口看出去是一家加油站。房间拐角处有个洗手池，厕所在厅后面。“我要回家。”母亲重复道。

帕蒂说：“但你老记不住事儿啊，母亲。你不能再照顾自己啊。”

“我当然能照顾自己。你怎么敢这么对我说话？”

简妮咬住下唇，看着神志不清的母亲，难过得直想哭。母亲五官分明，黑眉黑眼，鼻梁挺直，一张大嘴下是强壮的下巴。简妮和帕蒂遗传了这副长相，却不似母亲那样矮小，反而遗传了父亲的高个子。她们三个都是意志坚强的女性，很对得起这副模样。费拉米家的女人通常可以用“强大”来形容，但是母亲再也强大不起来了，她得了阿尔茨海默病。

她还没到六十岁哪！二十九岁的简妮和二十六岁的帕蒂都希望她可以再照顾自己几年，不过这种希望在今早五点破碎了。华盛顿的警察打来电话，说在第十八大街上找到了她们的母亲，她当时穿着破破烂烂的睡袍，边哭边说记不得自己住在哪里了。

周日宁静的早晨，简妮钻进车，花了一个小时从巴尔的摩开到华盛顿把母亲从警察局接回家，帮她洗了澡换了衣服，又给帕蒂打了电话。姐俩安排母亲住进哥伦比亚镇上的丽景养老院，那儿地处华盛顿和巴尔的摩之间。她俩的姑姑罗莎就是在这儿度过的晚年。罗莎姑姑的保险单也和母亲的一样。

"我不喜欢这儿。"母亲说。

简妮说："我们也不喜欢，但我们目前只住得起这儿。"她想把话说得实际、合乎情理些，但听上去很刺耳。

帕蒂责备地瞪了简妮一眼："克服一下吧，母亲，我们以前住的地方比这儿还差呢。"

这是实话。父亲第二次入狱后，两个女孩和母亲住一间屋，电热炉搁在梳妆台上，水龙头就在楼道里。那些年她们靠救济金过活，但母亲就像是逆境里的母狮子。简妮和帕蒂一上学，她就找了个可信的老妇人帮忙照看回家的孩子。自己则靠理发师的工作让一家三口搬进了亚当斯摩根①的双卧室公寓，邻居都是正直的工薪阶层。时至今日，尽管母亲会理的发型已经过时了，但手艺依旧精湛。

早餐她会做法式吐司，然后把简妮和帕蒂打扮得干干净净送去上学，再打理好自己的头发和妆容，在沙龙工作就得漂漂亮亮

---

① 地处美国哥伦比亚区华盛顿。

的。临出门前，她会把厨房整理得一尘不染，再在桌上摆一盘曲奇供女儿们回家吃。到了周日，一家三口会给公寓做扫除，然后一道去洗衣店。母亲一直那么能干，那么可靠，那么不知疲倦。看见床上这个健忘、发着牢骚的女人，真叫人心痛。

母亲蹙起眉头，好像有点疑惑道："简妮，你干吗要在鼻子上穿个环呢？"

简妮摸了摸那个精致的银环，惨淡地一笑："母亲，这还是我小时候的事呢。你当年可生气啦，你忘了吗？我当初还以为你要把我丢出家门呢。"

"忘啦。"母亲说。

"我还记得呢。"帕蒂说，"我觉得那事儿棒极了，不过那年我十一，你十四，你做什么事我都觉得既勇敢又聪明，还时髦。"

"也许吧。"简妮故作骄傲道。

帕蒂咯咯笑道："不过那件橙色的外套不算。"

"啊，老天，那件衣服啊。我穿着那件外套在废楼里睡了一宿，结果弄了一身跳蚤。衣服后来被母亲烧了。"

"这我记得，"母亲说，"一身的跳蚤啊！我的小家伙！"十五年后她还在生气呢。

突然气氛轻松了些。追忆往事让她们想起当时有多亲密。这是个分别的好时候。"我该走了。"简妮说着站起身子。

"我也是，"帕蒂说，"我得回去做晚餐。"

然而，她俩都没朝门口迈步。简妮觉得这是在抛弃母亲，在她需要的时候离开她。养老院里没人爱她，家人应该照顾她。简妮和帕蒂应该陪着她，为她做饭、熨睡袍，帮她把电视调到她最喜欢的节目。

母亲说："你们什么时候再来啊？"

简妮迟疑了。她想说"明天就来，我给你带早饭，然后陪你一整天"。但那不可能啊，她这一周工作都很忙。罪恶感从她心底升起，我怎么能这么残酷啊？

帕蒂救了她，说道："明天，我带孩子来见你，你肯定会喜欢他们的。"

母亲不想轻易放过简妮："那你呢，简妮？"

简妮站在床边，几乎说不出口。"我尽量。"一阵悲伤哽住喉咙，她俯身吻了吻母亲，"母亲我爱你，千万别忘了这点。"

她们步出房门的那一刻，帕蒂的眼泪夺眶而出。

简妮也想哭，但她是姐姐，而且照顾帕蒂的时候就养成了控制情绪的习惯。走在无菌走廊上时，她伸手环着妹妹的肩膀。帕蒂并非软弱，她只是比简妮要随和，不像姐姐那么好斗任性。所以简妮常挨母亲的骂，母亲也老说简妮要更像点儿帕蒂就好了。

"我也想把她带回家，可我做不到。"帕蒂难过地说。

简妮同意这点。帕蒂的丈夫叫泽普，是个木匠。他们住在联排房屋里，家里只有两间卧室。主卧他俩住，次卧给了三个儿子。戴维六岁，梅尔四岁，汤姆两岁。没地方再加一个外婆了。

简妮倒是单身，目前是琼斯·福尔斯大学的助理教授，年薪三万美金，不过她估计自己没有帕蒂的丈夫赚得多。最近她才向银行借了第一笔抵押贷款，买了处一室一厅的公寓，靠信贷装修好。客厅一角辟作厨房，卧室里有衣柜和一小间厕所。要是她让母亲睡床，自己就得夜夜躺沙发了。而且白天谁来照看这个阿尔茨海默病人呢？"我也做不到。"她说。

帕蒂含着泪怒道："那你干吗说要把她带出去？没可能的事儿啊！"

这时候她们正巧走到建筑物外的炽热空气里，简妮道："明天我去银行贷款，送她去好点儿的养老院，再往她的保险金里存点儿钱。"

"但是你怎么还呢？"帕蒂诘问道。

"我会升职的嘛，副教授，正教授。编写教科书的任务也会交给我，再给三家跨国集团当顾问。"

帕蒂破涕而笑："我相信你，可银行信吗？"

帕蒂一直相信简妮，她没什么雄心壮志，学校成绩只是中下游，十九岁就结了婚，然后就安心地相夫教子，也不怎么觉得遗憾。简妮却恰恰相反，她向来是班级里的尖子生，所有的体育队她都是队长，她拿过网球冠军，读大学还得了体育奖学金。不管她说要去做什么，帕蒂从来不怀疑。

但帕蒂说得没错，银行才放货给简妮买了公寓，不会这么快就再贷款给她。而且她的助理教授生涯才刚刚开始，要升职起码得三年之后才行。她们走到停车场的时候简妮黯然道："那我把车卖了。"

她很喜欢她那辆梅赛德斯230C，这部轿车有二十年车龄，红色双门，黑皮革座椅。她八年前在"梅惠杯高校网球挑战赛"中获胜，用五千块的奖金买了它。那时候有辆梅赛德斯老爷车还算不上潮流。"比起我当年买它的时候，眼下它可能有两倍的身价了。"她说。

"那你把它卖了，不还得再买一辆吗？"帕蒂又一针见血地说道。

"没错，"简妮叹道，"好吧，那我就去做家教，给其他大学挂科的纨绔子弟补习《统计学》，这虽然有违校规，但我每小时能挣四十块，要是不报税，每周也许能赚到三百美金。"她盯着妹妹的眼睛。"你能筹点儿钱出来吗？"

帕蒂移开目光："我不知道。"

"泽普可比我赚得多。"

"我要提这事，他会杀了我的，我们每周也许能挤出个七八十吧。"帕蒂终于说道，"我会让他去跟老板要求加薪的。他这人腼腆，不喜欢开口求人，但我知道凭他的能力应该加薪，而且他老板也喜欢他。"

简妮开心了点儿，尽管她那"用周末辅导后进大学生"的事业前景还不容乐观。"每周要能多出四百块钱，母亲就能住进带厕所的房间了。"

"那么一来，她就能把喜欢的东西带去，弄些装饰品，或许还能放几件家具呢。"

"我们留心一下，看谁知道这类好地方吧。"

"好。"帕蒂沉吟道，"电视上说母亲得的是遗传病，是吧？"

简妮点点头："是一种叫作AD3的基因缺陷，导致了早发性阿尔茨海默病。"简妮还想起来致病基因在染色体14q24.3区里，不过这个帕蒂也听不懂。

"那是不是意味着我们以后也会和母亲一样？"

"很有可能。"

两人都沉默了一会儿。变得痴痴呆呆实在太过残酷，谁也没心思说话。

"我很庆幸我那么早就有了孩子，"帕蒂道，"我发病的时候，他们应该都能自己照顾自己了。"

简妮从这话里听出几分斥责。和母亲一样，帕蒂也觉得二十九岁还没孩子，实在有问题。简妮说："不过科学家也发现这种基因病并非无药可医，也就是说，等我们到母亲那年岁的时候，也许他们已经能够给我们注入我们自己DNA的修正版本，里面已经没有致病基因了。"

"这话他们在电视上也说了，叫DNA重组技术，对吗？"

简妮朝妹妹露齿笑道："对。"

"看吧，我可不笨。"

"我从来不觉得你笨啊。"

帕蒂深思熟虑道："不过，我们之所以变成现在这样不正是因为DNA吗？要是改了，我会不会变成另外一个人呢？"

"你的现状可不仅仅是DNA决定的，还包括你的成长环境。我的研究课题就是这个。"

"新课题怎么样？"

"很有意思。这真是我时来运转的机会呢。好多人都读了我那篇讨论犯罪秉性是否存在于基因之中的论文。"论文是去年发表的，她那时候还在明尼苏达大学，论文里她的名字排在指导教授后面，是第二作者，但研究工作都是她做的。

"我不明白，犯罪秉性到底会不会遗传呢？"

"我找到四条会导致犯罪行为的遗传性状，冲动、无畏、侵略性和多动性。但我的主要理论在于，只要抚养的时候用对法子就可以抵消这些性状，把潜在的罪犯变成好公民。"

"你怎么证明呢？"

"研究分开抚养的同卵双胞胎。同卵双胞胎的DNA完全相同，但他们被收养，或因为其他原因分开了以后，成长轨迹也就不同了。我就寻找那种一个是罪犯一个是普通人的双胞胎，研究他们是怎么被带大的，他们父母的行为又有什么不同。"

"你的工作太重要了。"帕蒂说。

"可不是。"

"我们得弄明白，为什么现在那么多美国人都变坏了。"

简妮点点头。简而言之，她的研究正是为了这个目的。

帕蒂转身走向自己的车，那辆福特旅行车又大又旧，后备箱里塞满了颜色鲜亮的婴儿用品、小三轮车、折叠式婴儿车，各式各样的拍子和球，还有部坏了一只轮子的玩具大卡车。

简妮说："替我向孩子们带个吻，好吗？"

"谢啦，我明天见过母亲之后给你打电话。"

简妮掏出钥匙，迟疑了会儿，走到帕蒂身边搂住她说："我爱你，妹妹。"

"我也爱你。"

简妮坐上车开走了。

她又烦又累，满脑子都是不明不白的情感，关于母亲，关于帕蒂，还关于不在场的父亲。她疾驰上七十号州际公路，在车流里进进出出。今天剩下的时间干什么呢？她想起今晚六点有场网球要打，接着还要同琼斯·福尔斯大学心理系的年轻教师和毕业生吃比萨喝啤酒。她第一个念头是推掉这个约，却又不想躲在家里忧愁沉思。还是去打网球吧，活力四射的运动能让自己好受些，打完去安迪酒吧待上一个多小时，晚上早点儿上床睡觉。

但事与愿违。

她的网球对手是校图书馆长杰克·布根。他以前打过温网，现在虽然已经是个五十岁的秃顶老汉，身子却依旧壮实，老手艺也没落下。简妮从没打过温网，职业最高峰不过是本科时参加美国奥运网球队。但她比杰克更快更有力。他们在琼斯·福尔斯大学的红土球场上对峙着，势均力敌，还引来了一批观众。虽然没有规定着装，可简妮还是习惯性地穿了洁白的短裤和球衫。她和帕蒂都有一头乌黑的长发，但帕蒂的很柔顺，她的却又鬈又难打理，索性全塞进球帽里。

简妮的发球威力绝伦，对角反手扣杀也无人能挡。面对这样的发球杰克几乎无计可施，但几局比赛之后，杰克就没给简妮几次反手扣杀的机会了。他打法刁钻，保存体力，让简妮失误。她打得太有侵略性，结果又是双发失误，又是上网跑动太早。要是放在其他日子自己能赢，她心想，可偏偏今天老集中不了注意力，看不透他的球路。他们各赢一局，第三局杰克五比四领先，简妮只能靠发球支撑局面。

比赛到了第二个赛点，杰克暂时领先。简妮发球，没过网，观众不禁大声吸了口气。通常第二次发球都会慢一点儿，不过简妮不管三七二十一，发球和第一次一样猛。杰克堪堪接到球，打回简妮的反手位置。简妮扣杀过网，杰克突然就收起那副装出来的跌跌撞撞，回了一个完美的高吊球。球越过简妮的头顶落在后场。杰克赢了。

简妮站在那儿盯着球，手支着臀部，心里一阵恼火。虽然好几年都没正经打过球了，但她不屈好斗的性子还是不太能接受失败。

过了会儿她冷静下来，挤出笑容转身。"好球！"她说道。她走到网前和杰克握了握手，场边观众噼噼啪啪地鼓起掌来。

一个年轻人走到她跟前，灿烂地笑道："嘿，你打得真棒！"

简妮瞥了他一眼。这是个高大健硕的小伙子，短短的鬈曲金发，漂亮的湛蓝眼睛，自信满满地来搭讪。

她却没那心思，只是淡淡地说了句："谢谢。"

他又笑了，且不论说什么，光凭这副自信淡然的笑容，绝大多数女孩儿都抵挡不了。"你看，我也会打几下网球，我在想——"

"要是你只会打几下，估计不是我的菜。"她说着从他身边擦过。

她身后，只听他好脾气地说道："那是不是说，今天浪漫晚餐和激情夜晚我更是提也不用提啦？"

见他这么坚持，她不由得笑了，自己的确太失礼了。于是她转过头边走边道："是呀，不过多谢美意啦。"

她离开球场朝更衣室走去。母亲在干什么？肯定已经吃过晚饭了，养老院开饭时间一向早，而现在都已经七点半了。她可能正在休闲厅里看电视，或是找了个不在意她健忘的同龄女伴，一起看她孙儿们的照片。母亲以前朋友很多，沙龙的同事、顾客、邻居和那些认识二十五年的老朋友。但母亲发病之后老忘了人家是谁，于是友谊也就断了。

她穿过曲棍球场的时候遇见了丽莎·霍克斯顿。简妮一个月前才来琼斯·福尔斯大学，丽莎是她在这儿交到的第一个真正的朋友。她是心理学实验室的技术人员，有理学学位，却无意学术生涯。她和简妮一样出身贫寒，有点被琼斯·福尔斯大学那种常春藤名校的神气吓到了。两人一见如故。

"刚才有个小伙子找我搭讪。"简妮微笑道。

"长得怎么样?"

"像布拉德·皮特,但要高一些。"

"你告诉他你有个和他年龄更相仿的朋友了吗?"丽莎说,她二十四岁。

"这倒没提。"简妮回头张望,那小伙子却不见了,"继续走,免得他跟着我。"

"那不是挺好吗?"

"快走吧。"

"简妮,他又不讨人厌,干吗躲着他?"

"别说啦!"

"你该把我的手机号给他的。"

"我该把你的胸罩尺码写在纸条上递给他,那才有意思。"丽莎有双豪乳。

丽莎停住脚步。简妮还以为自己说得太过火,冒犯到了丽莎。她刚要道歉,丽莎就道:"真是个好主意!'本人胸围36D,欲知详情请拨打此号码。'还有点儿不可思议呢。"

"真是嫉妒,我从小就想要对大奶。"简妮道,她俩都笑了,"说真的,我还为此祷告过呢。那时候在班里,我连初潮都是最后一个来的,太羞人了。"

"你真跪在床边说了'老天啊,请让我的奶子长大吧'这种话吗?"

"实际上,我是对圣母玛利亚说的。我那时候觉得这是姑娘们的事情。当然,我也没说'奶子'这个词。"

"那你说的什么，胸脯？"

"也不是，我可不能对圣母说'胸脯'。"

"那你说的什么？"

"乳房。"

丽莎一阵大笑。

"我都不知道我从哪儿学的这词，肯定是男人们聊天时我无意中听见的。对那时候的我来说，这多像个礼貌委婉的说法啊。这事儿我可从没告诉过别人。"

丽莎回头看了看："好，我也没看见有哪个英俊小伙跟着我们。看来我们已经甩掉布拉德·皮特了。"

"太好了，他完全符合我的标准，英俊性感，自信过头，而且完全不可信。"

"你怎么知道他完全不可信？你才和他见了二十秒。"

"所有男人都不可信。"

"也许吧。晚上你去安迪酒吧吗？"

"去啊，待个一小时左右。不过得先洗澡。"她的汗浸透了上衣。

"我也是，"丽莎穿着短裤和跑鞋，"我刚才正和曲棍球队一起训练。干吗只待一小时？"

"我今天很累。"刚才的比赛分了简妮的心，但现在悲伤又席卷回来，她身子不禁一缩，"我得给母亲找个家啊。"

"啊，简妮，我很抱歉。"

简妮说起整件事情，两人边说边走进体育馆，下楼到了地下室。简妮在更衣室的镜子里看见她俩的倒影。两人的外貌天差地别，活似一对滑稽戏组合。丽莎比平均身高要矮，而简妮却足有六英尺。丽莎发色金黄，身段柔美，简妮却是一头黑发，肌肉结实。丽莎面目俏丽，别致小巧的鼻子上点着几粒雀斑，一张弯弯的嘴。大多数人都觉得简妮有一副醒目的脸蛋，曾有人说她美丽，但没人说她漂亮。

她们脱下汗湿的运动服，丽莎说："那你父亲呢？你没提到他。"

简妮叹口气，这是她最怕的问题了，从小时候就是如此。但这问题迟早都要来。这么多年，她都骗人说父亲死了，消失了，或是娶了别的女人去沙特阿拉伯工作了，直到最近她才实话实说。"他入狱了。"她说。

"啊，天哪，我不该问的。"

"没事，我出生以来大部分时间他都在里面，他是个惯偷，这是他第三次进去了。"

"他判了几年？"

"我忘了，也不在乎。他出来也派不上用场。他从没照顾过我们，也压根儿不想照顾我们。"

"他就从来没有个正经工作吗？"

"有过，他当过管理员、门卫、保安，却都是为了偷东西。要不了一两周雇主家就会发现失窃。"

丽莎狡黠地看着她："所以你才对基因里的犯罪秉性这么感兴趣吗？"

"可能是吧。"

"也许不是呢。"丽莎一甩手，"反正我不喜欢业余的心理分析。"

她们走进淋浴间，简妮要洗头，所以时间要久一点。她很感激丽莎的友谊。丽莎来琼斯·福尔斯大学也不过一年，可这学期简妮来的时候，就是她带着简妮四处逛。在实验室，简妮也喜欢和丽莎合作，因为她非常可靠；下班后简妮也爱和丽莎一起，因为简妮觉得不管自己有什么想法，说出来都不会吓到丽莎。

简妮吹头发的时候，突然听到一阵奇怪的响动。她停下动作侧耳倾听，觉得这好像是惊叫声。她心下一紧，不禁打了个哆嗦。她忽然意识到自己的处境相当不利，光着湿答答的身子，还在地下。她稍一犹豫，迅速冲干净头发，走出淋浴间要看个究竟。

刚关上水龙头，她就闻到一股糊味。虽然看不见一点儿火星，但灰黑色的浓烟弥漫在屋顶附近，应该是从通风管道涌进来的。

她很害怕，她还从没遇过火灾呢。

那些头脑冷静的女士带上包朝门口走，剩下的则变得歇斯底里，颤声尖叫到处瞎转。有个混账保安口鼻上捂着块脏手帕，还上蹿下跳地发号施令，把人推来搡去，让姑娘们更加恐慌。

简妮知道她没时间穿衣服了，但也不能赤身裸体地跑出去啊。恐惧好似冰水一般在血管里流动，但她强自冷静，找到自己的更衣箱。没看见丽莎，她抓上衣服，套上牛仔裤和T恤。

不过几秒钟的时间，房间里已经空无一人，而且烟雾腾腾。她看不见门在哪儿，还被呛得咳嗽起来。窒息的念头一闪而过，让她惊恐万分。她安慰自己，我知道门在哪儿，保持冷静就一定能找到。钥匙和钱在牛仔裤的口袋里。她抓起网球拍，屏住呼吸，快步穿过一排排更衣箱朝出口走去。

楼道里也尽是烟雾，呛得她直流泪，她几乎什么都看不见了。这会儿她开始后悔，要是刚才光着身子出来就好了，还能争取宝贵的几秒钟。她的牛仔裤不能帮她呼吸，也不能帮她看清东西。而且要是死了，是不是光着身子又有什么打紧呢？

她伸出一只发抖的手摸上墙，确定方向之后屏住呼吸沿着过道猛冲。她想着自己也许能撞上几个姑娘，但人家似乎早就逃出去了。手边的墙壁摸到了尽头，她知道自己到了小厅，尽管除了烟雾什么也看不见。楼梯就在正前方。她穿过小厅，却撞上了可乐售卖机。楼梯在左边还是右边？应该是左边，她想。于是她往左边移动，却被男更衣室的门挡住了去路。她选错了。

这时候她再也闭不住呼吸，呻吟着吸了口气。这口气大部分都是烟，呛得她拼命咳嗽。她沿着墙踉踉跄跄退了几步，只觉得鼻子火辣辣，眼睛水潺潺，连自己的手都看不见。二十九年来她从没这么渴望过呼吸，那曾是被她视为理所当然的事。她沿着墙走到可乐机旁，绕了过去，却被楼梯绊倒了，简妮知道自己找到了楼梯口。球拍掉到看不见的地方去了，这是把特别的球拍，是"梅惠杯高校网球挑战赛"的优胜奖品，但她管不了那许多了，赶忙手脚并用地爬了上去。

等来到宽敞的大堂，烟雾骤然稀疏了。她看见体育馆的大门敞开着，一个警卫站在外面朝她招手，叫道："快过来！"她连咳带喘，跌跌撞撞地穿过大堂，走到门外美好的新鲜空气中。

她在台阶上站了两三分钟，弯着腰，一边往外咳烟气，一边大口大口喘着气。喘匀了气后，远处传来消防车的嘶鸣。她四处看了看，却没见到丽莎。

她不会还在里面吧？简妮还有些发抖，穿过人群辨认着一张张脸。因为已经脱离了危险，人群中不时爆出一阵阵神经质的大笑。大多数学生多少都有些衣不蔽体，不过这也让大家更亲近了些。带着包的人把多余的衣服借给那些衣不蔽体的可怜人。就算穿上朋友脏兮兮、汗津津的T恤，光溜溜的姑娘们还是非常感激，毕竟不少人还只围了一条毛巾呢。

丽莎不在这儿，简妮焦急地回到门口的警卫那儿。"我的朋友可能在里面。"她说道，因为恐惧声音有些颤抖。

"我又不能进去找她。"他立即回复。

"真是个勇士。"简妮恨恨道。她也不知道自己想让这位警卫做什么，但没料到这家伙竟然完全不中用。

警卫脸上也浮起了怒意。"这是他们的工作。"说着指指路那头开过来的消防车。

简妮开始担心丽莎的生命，却无能为力。她急切地盯着消防员，看着他们钻出车戴上呼吸器。他们走得好慢，她真想冲上去拽住他们大吼："快点！快点！"这时候又来了一辆消防车，接着是一辆白色的警用巡逻车，车上的蓝银条纹表明其归属于巴尔的摩警察局。

消防员拖着水龙进楼的当口，一名警官拉住了大堂警卫问道："你觉得事故是从哪儿开始的？"

"女更衣室。"警卫回答。

"那又在哪儿？说具体点儿。"

"在地下室，楼后边。"

"地下室有几个出口？"

"就一个，可以沿着楼梯上大堂，也就是这里。"

旁边站着的维修工纠正道："泳池机房里有架梯子，推开梯顶的盖子就能通到建筑物后面。"

简妮让自己引起警官注意，然后说道："我朋友可能还困在里面。"

"是男是女？"

"二十四岁的女性，金发，矮个。"

"要是她在里面，我们会找到她的。"

简妮这才松了口气，不过马上就意识到他可没说要找到活着的她啊。而且哪儿也没看见更衣室里那个保安。

简妮对消防员说："还有个保安在底下，我哪儿都没看见他，那是个高个子男性。"

大堂警卫道："不可能，这栋楼就我一个保安人员。"

"未必，他帽子上写着'SECURITY'呢，而且他还叫大家离开建筑。"

"我不管他帽子上写的什么——"

"啊，我的老天爷啊，别同我争啦！"简妮破口叫道，"也许这家伙是我臆想的，可要真有这么个人，他可能有着生命危险哪！"

站在旁边听他们对话的女孩儿插嘴道："我见过这男人，他是个讨厌鬼，他摸我。"她穿着男士卡其裤，卷着裤腿。

消防员说："保持冷静，我们会找到所有人的。谢谢你们的配合。"说完就走开了。

简妮瞪了大堂警卫好一会儿，她觉得消防员把自己当成疯女人不予理会，就是因为自己朝这家伙吼了两句。她厌恶地转过身。现在干什么呢？消防员已经戴盔蹬靴地跑进去了，她现在光着脚丫，只穿了件T恤，跟进去不被轰出来才怪。她握紧拳头，再松开。想想，好好想想！丽莎还能在哪儿呢？

露丝·W.爱考恩心理系大楼就在体育馆旁边，大楼的名字取自捐助者的太太，不过全校师生都管它叫疯人院。丽莎会不会在那儿呢？虽然周日大楼的门会被锁上，但她可能有钥匙啊。她也许要进去披件实验室大衣遮遮身子，或在办公桌前坐着缓缓神。简妮决定进去探探，总比傻站在这儿什么都不做要好。

她冲过草坪，到疯人院门口，透过玻璃门向里张望。大堂没人。她从口袋里掏出门禁卡划过读卡器。门开了。她冲上楼梯，边跑边叫："丽莎！你在吗？"实验室里一个人都没有，丽莎的椅子塞在桌子底下，电脑屏幕上一片灰白。简妮跑进楼道尽头的女厕所看了看，却什么也没发现。"该死！"她怪叫道，"你究竟在哪儿呢？"

她喘着气跑出心理系大楼，决定再去体育馆走一遭，以免丽莎只是坐在哪里的地上呼吸呢。她沿着楼侧跑了过去，经过一片尽是大垃圾箱的场地，到了建筑物后面的停车场，恰巧看见一个身影顺着小路跑远了。这人不是丽莎，他太高了，而且应该是个男人，也许就是那个失踪的保安？她还没看准，那人就在学生会的拐角处消失了。

她继续绕着大楼前进，远端是田径跑道，现在空无一人。转了一圈，她又回到了体育馆正门。

人聚集得更多了，消防车和警车也多了不少，但她还是没看见丽莎。几乎可以肯定她还在着火的楼里了。一个念头闪过，丽莎莫非在劫难逃了吗？她抗争着，绝不能让这种事发生！

她找到之前说过话的消防员，一把抓住他的胳臂。"我几乎可以肯定丽莎·霍克斯顿就在里面。"她急匆匆道，"我哪儿都找过了。"

他严肃地看着她，似乎信了，接着也不回话，只是把双向无线电举到嘴边道："注意寻找一名年轻白人女性，应在楼内，名叫丽莎，重复一遍，名叫丽莎。"

"谢谢你。"简妮说。

他草草点了点头，大步走开了。

简妮很高兴他听信了她，不过还不能休息，丽莎可能还困在里面。她也许被锁在厕所里，被火焰逼得走投无路，尖叫求援却没人听见；抑或撞到脑袋倒地晕了过去，只能无意识地躺着，被火焰步步紧逼。

简妮记起维修工说过地下室还有个入口。她之前绕体院馆跑的时候没看见。她决定再去看看，于是返回楼后。

这回她一眼就看见了。盖子就在大楼边上，被辆灰色的克莱斯勒纽约客轿车挡住小半。铁盖子被掀开了，靠在大楼的墙面上。简妮跪在方形洞口边，俯身朝里张望。一架梯子通着地面和底下这间肮脏的房间，通过荧光棒的亮度，她看见几台机器和不少管道。空气里虽然也有烟雾，但并不浓厚，这儿肯定和地下室其他部分隔开了。可这股烟味让她想起自己是怎么在目不视物的情况下，连咳带喘地摸索楼梯的，这段回忆想起来都心跳加速。

"有人吗？"她喊道。

她觉得自己听见了响动，但不确定，于是喊得更响了。

"有人在吗？"没人回应。

她犹豫了。明智的做法应该是回到大楼前门找个消防员来，但那要花更长时间，消防员要是再问上两句就更久了。还是自己顺着梯子爬下去看看吧。

重进大楼的想法让她腿软，刚才被烟呛得剧烈咳嗽，现在胸口还隐隐作痛。但丽莎可能就在下面，受了伤不能移动，或是被倒下的木材压住了，又或是晕了过去。她必须去看看。

她鼓起勇气伸出一只脚，刚踩上梯子膝盖就一软，差点儿栽倒下去。她缓了缓，觉得有了些底气，这才继续往下爬，可突然一股烟气冲进喉咙，呛得她咳嗽连连，只得重新爬出去。

她缓过气之后继续尝试。

她向下攀了一步，两步。她对自己说，要是烟雾再让我咳嗽，我就再出去。第三步简单了些，再之后攀爬速度就快了，踩上最底下那格梯子后她直接跳到水泥地上。

这是一间大屋子，堆满了水泵和过滤装置，可能是泳池器械吧。烟味很浓，但不妨碍正常呼吸。

她一眼就看见了丽莎，但眼前的场景让她惊得倒吸一口凉气。

丽莎躺在她身边的地上，婴儿般蜷着身子，浑身赤裸，大腿上有些血似的污迹，一动也不动。

简妮吓呆了。她努力控制住情绪。"丽莎！"她叫道，尖厉的声音里透着歇斯底里。她喘口气稳了稳情绪。老天呀，她可别出什么事儿。她走过房间，经过那堆交缠的管道，在好友跟前跪下。"丽莎？"

丽莎睁开眼睛。

"感谢老天，"简妮道，"我还以为你遇上什么不测了呢。"

丽莎慢慢坐起身，也不看简妮，嘴唇上还带着瘀痕。

"他……他把我强奸了。"她说。

简妮找到好友生还的轻松顿时被恐惧替代，她揪心道："我的天，就在这儿？"

丽莎点头："他说这里能出去。"

简妮闭上眼，感受到丽莎的痛苦和羞辱，那种被侵犯、被侮辱、被糟蹋的感觉。眼泪涌上眼眶，被她强行忍住。她心里觉得既疲软又恶心，什么话也说不出口。

过了好一会儿她才缓过劲儿来："那家伙是谁？"

"一个保安。"

"脸上蒙块脏手帕那个？"

"他把手帕摘了，"丽莎转头道，"整个过程他都在笑。"

事情明白了，卡其裤姑娘不是说过有个保安摸她吗？大堂警卫也确信整栋楼没第二个保安。"他不是什么保安。"简妮道。几分钟前她才见到他跑开。她不禁怒火中烧，这混蛋竟然在这儿做出这种可怕的事情，这里是学校的体育馆啊，是她们觉得可以安安全全脱衣服洗澡的地方啊！想到这儿她双手发抖，直想追上去掐死他。

这时候她听见外面吵嚷起来，混杂着男人的叫喊声、重重的脚步声和冲水声。消防员开始用水龙了。

"听着，这儿有危险，"她急切地说，"我们得出去。"

丽莎的声音单调呆板："可我没衣服穿。"

我们会死在这儿的！"别担心衣服，外面大家都半裸不裸的。"简妮迅速扫了眼周遭，在水箱底下脏兮兮的杂物堆里看见了丽莎红色的蕾丝胸罩和内裤。她抄起这套内衣道："穿上吧，虽然脏了些，但总比不穿强。"

丽莎还是坐在地上，目光茫然。

简妮强压惊惶，要是丽莎不肯走怎么办呢？她也许背得动丽莎，但能背着她爬梯子吗？她扯高嗓子："快，起来吧！"说着牵起丽莎的手，拉着她站起来。

终于，丽莎盯着她的眼睛道："简妮，这太可怕了。"

简妮搂住丽莎的肩膀，紧紧抱住她。"对不起，丽莎，对不起。"她说。

烟更浓了，连厚重的大门也挡不住。简妮心中的恐惧取代了同情："我们得走了，这地方要烧塌了。求求你快穿上。"

丽莎终于开始行动，她穿上内裤系上胸罩。简妮把她拉到墙上的梯子边，让她先爬上去。简妮刚跟上去，门就垮了，一名消防员裹着一团烟雾冲了进来，水在他靴边打着漩。眼前的两位女士让他大吃一惊。"我们没事，我们马上就从这儿出去。"简妮朝他叫道。然后跟着丽莎爬了上去。

过了会儿，她们又回到室外的清新空气中。

简妮只觉得解脱后的虚弱，她把丽莎救出火场了。但丽莎现在需要帮助。简妮伸出一只手搂住丽莎的肩膀，带她到大楼正门。每条路上都停着消防车或警用巡逻车。人群中大多数女士都找到几件蔽体的衣服，丽莎的红内衣显得很惹眼。"有人能匀出一条裤子吗？什么都行。"她俩穿过人群的时候简妮恳求道。人们把多余的衣服都分出去了。简妮本打算把自己的上衣脱给丽莎，可她也没戴胸罩。

终于有个高个黑人伸出了援手，他脱下自己的活动领衬衫递给丽莎。"记得还我，这可是拉尔夫·劳伦牌的，"他说，"我是数学系的米切尔·沃特菲尔德。"

"我记下了。"简妮感激地说。

丽莎穿上衣服，因为个儿矮，衣服的下摆一直遮到膝盖。

简妮觉得今晚的噩梦已经控制住了，她带着丽莎走向一辆警车，三个警察正无所事事地靠在巡逻车上。其中最年长的是位白人胖警官，留着灰白色的髭须。简妮对他说道："这姑娘名叫丽莎·霍克斯顿，她被强奸了。"

她以为他们听见这个消息会震惊，毕竟这是重罪，但警察们的反应却出人意料的草率。他们先是愣了几秒钟，简妮刚要朝他们大吼大叫，留髭须的警官就从车前盖上站起来问道："在哪儿发生的？"

"着火大楼的地下室，楼后的泳池机房。"

另一个黑人警探说："那群消防员会把证据都冲走的，长官。"

"说得对，"年长的警官回复道，"那你先下去吧，莱尼，保护好犯罪现场。"莱尼匆匆去了。警官转向丽莎道："你认识强奸你的那家伙吗？"

丽莎摇头。

简妮说："他是个高个白人，戴红色棒球帽，帽额上写着'SECURITY'。火起没多久我在女更衣室见过他，而且在找到丽莎之前，我想我还见他跑开了。"

警官伸手到车里取出一支无线电麦克风，对它说了会儿话又放了回去。"要是他笨到还戴着那顶帽子，我们也许能抓到他。"他说。接着他对剩下那位警探说："麦克亨蒂，送受害者去医院。"

麦克亨蒂是个年轻的白人警探，戴副眼镜。他对丽莎说："你想坐前座还是后座？"

丽莎面色惴惴，一言不发。

简妮帮了她一把："前座。坐后座跟嫌疑犯似的。"

丽莎脸上闪过一抹惊惶，终于开口道："你不跟我一起去吗？"

"你想我去我就去，"简妮安慰道，"要不我先回趟公寓给你带几件衣服，然后去医院找你吧。"

丽莎不安地盯着麦克亨蒂。

简妮道："都结束了，丽莎。"

麦克亨蒂打开巡逻车的门，丽莎钻了进去。

"哪家医院？"简妮问他。

"圣德兰。"他钻进车。

车子慢慢加速离开。"我几分钟后就到。"简妮透过玻璃窗叫道。

她跑到教工停车场的时候，已经在后悔刚才怎么没和丽莎一道上车。她离开时那表情既惊恐又可怜。她当然需要干净衣服，但她或许更迫切地需要有另一个女性能陪着她，握着她的手安慰她。也许她最不想要的就是被孤零零地丢在车里，和一个佩枪的粗鲁男人待在一起。跳进车的那一刹那，简妮觉得自己把一切都搞砸了，开出停车场的时候她不禁破口骂道："天哪，今天是什么破日子。"

她的住处离学校不远，公寓在一栋小联排别墅的上层。简妮把车停在另一辆车边，跑了进去。

她匆匆洗手，洗脸，换上干净衣服，开始思索什么衣服适合丽莎圆润娇小的体形。她先是翻出一件大码球衫和一条松紧带运动裤。内衣比较麻烦，不过她找到条宽松的男士平角裤，这应该能行，但她的胸罩丽莎肯定穿不下啊。那也只好不戴了。最后再加一双甲板鞋。她把所有东西塞进行李包，又冲了出去。

开车去医院的路上她心情变了，起火的时候她只能专注于必须做的事情上，但现在她心底开始涌起怒意。丽莎是个多么快乐的姑娘啊，成天喋喋不休。因为这次的惊吓和恐怖她变得毫无生气，连独自坐警车都害怕。

沿着商业街行驶，简妮开始寻找戴红色帽子的男性，想着要是看见他，就把车开上人行道撞他个狗啃泥。不过实际上她就算看见了也认不出来，他肯定不蒙手帕了，帽子大概也摘了。他还穿了什么呢？她震惊地发现自己几乎什么也想不起来了。某种样式的T恤吧，她想，下身是蓝色的牛仔裤，好像是牛仔短裤？不管怎样，他现在肯定已经换了身衣服，就像她一样。

事实上马路上任何一个高个白人男性都可能是他，那个穿红色外套的比萨外卖小哥；同妻子一起夹着赞美诗集去教堂的秃顶男人；背着吉他盒的帅气大胡子；就连酒水店外和流浪汉说话的警察都有可能。简妮虽然生气，但什么也做不了。她紧紧握住方向盘，因为用力指节都发白了。

圣德兰是家大型郊区医院，离北部城区很近。简妮把车留在停车场，找到急诊室。丽莎已经躺在床上了，她穿着病号服，目光没有焦距。关掉声音的电视播着"艾美奖颁奖典礼"，成百上千个好莱坞名人穿着晚礼服痛饮香槟，互相道喜。麦克亨蒂坐在床边，笔记本搁在膝盖上。

简妮放下行李袋："这是你的衣服，怎么回事？"

丽莎还是面无表情不说话。简妮估计她还没从惊恐中缓过劲来，之前只是强压情绪，奋力控制住自己。但总有一天她的愤怒会爆发的，这是迟早的事。

麦克亨蒂道："小姐，我得给案情的基本细节做个笔录，你能出去几分钟吗？"

"啊，当然可以。"简妮抱歉地说。不过目光扫过丽莎的时候，她迟疑了。几分钟前她才诅咒自己竟然让丽莎独自和一个男人待在一起。难道现在要再来一次吗？"不过另一方面，"她说，"也许丽莎会更想要我留下呢。"她的直觉没错，丽莎微不可察地点了点头。简妮就坐到床上，拉住丽莎的手。

麦克亨蒂似乎有点生气，但没说什么。"我正在询问霍克斯顿小姐，她是如何反抗的，"他问，"你尖叫了吗，丽莎？"

"他把我摔在地上的时候叫过一声，"她低声道，"然后他就把刀掏出来了。"

麦克亨蒂低头盯着笔记本，声音平板地问道："你试过挣脱他吗？"

她摇摇头："我怕他割伤我。"

"所以，你在第一声尖叫之后没有采取任何抵抗手段喽？"

她摇摇头，哭了起来。简妮握紧她的手，想对麦克亨蒂说："她究竟应该做什么？"但还是忍住了。她今天已经粗鲁地对待了一个长得像布拉德·皮特的男孩儿，下流地评价了丽莎的胸部，还在体育馆朝大堂警卫大吼大叫。她知道自己和官方人物打不来交道，她也不想树个警察敌人，毕竟他只是在执行公务。

麦克亨蒂继续道："他插入之前有没有强迫你岔开双腿？"

简妮畏缩了一下。这样的问题本该让女警察问才对啊。

丽莎道："他用刀尖碰我的大腿。"

"割伤你了吗？"

"没有。"

"那你就是自愿分开大腿的。"

简妮说："要是嫌疑犯拿枪顶着警察，一般而言你会开枪击毙他，对吗？你管那个叫自愿吗？"

麦克亨蒂愤愤地瞪了她一眼。"请别插嘴，小姐。"他转回去对着丽莎，"你受伤了吗？"

"有，我在流血。"

"那是强迫性行为造成的吗？"

"是的。"

"具体伤在哪儿？"

简妮再也忍不住了："这种笔录为什么不让医生来写呢？"

他像看傻瓜一样盯着她："初步报告总得我写啊。"

"那就写上她因为强奸受了伤。"

"做笔录的是我。"

"那就劳您退开，先生。"简妮说道，控制住朝他大喊大叫的欲望，"我的朋友现在很难受，我认为她并不需要向您描述她的伤势，因为马上医生就要给她做检查了。"

麦克亨蒂有点光火，但还是退到一边："我注意到你穿着红色蕾丝内衣，你觉得这是否对强奸案的发生有影响呢？"

丽莎转过脸，眼里含满泪。

简妮说："要是我报警说我那辆红色的梅赛德斯轿车被偷了，你是不是还要问我开这么辆迷人的车，是否激起了窃贼的犯罪欲望呢？"

麦克亨蒂不理她："你之前见过罪犯吗，丽莎？"

"没有。"

"可浓烟肯定让你看不清楚，而且他脸上还蒙着块面巾之类的东西吧。"

"一开始我什么也看不见，可他……作案的地方烟不多。我看见他了。"她确认地点点头，"我看见他了。"

"那你再看见他的时候能指认出来吗？"

丽莎颤抖了下："啊，可以。"

"但你之前从没见过他啊，酒吧之类的地方也没见过吗？"

"没有。"

"你去酒吧吗，丽莎？"

"去。"

"是单身酒吧之类的吗？"

简妮气坏了："这算什么鬼问题？"

"辩护律师会问的问题。"麦克亨蒂说。

"丽莎不在被告台上，她不是罪犯，她是受害者！"

"你还是处女吗，丽莎？"

简妮站起来："行了，够了。这种事就不该发生，你这些伤人的问题就不该问。"

麦克亨蒂抬高了声音："我是在努力建立她的可信度。"

"就在她被侵害之后的一小时？算了吧！"

"我在执行公务——"

"你真明白你的公务吗？我可不信，你什么也不懂，麦克亨蒂。"

不等他回答，一名医生没敲门就走了进来。他是个年轻人，看上去既疲惫又烦躁。"这里是强奸案的病房吗？"他问。

"这位是丽莎·霍克斯顿小姐，"简妮冷淡地说，"是的，她被强奸了。"

"我要做个阴道拭样。"

他虽然不讨人喜欢，但总算是个摆脱麦克亨蒂的借口。简妮看着警探。他却一动不动，好似打算要监督棉签取样过程。她说："医生，在你采样之前，也许麦克亨蒂巡警该出去一会儿？"

医生停下动作看着麦克亨蒂。警察耸耸肩出去了。

医生一把掀开丽莎身上的被单。"拉起病号服，张开腿。"他说。

丽莎闻声泪下。

简妮几乎不敢相信。这群男人都是怎么回事？"抱歉，先生。"她对医生说。

他不耐烦地看着她："你有什么问题吗？"

"你能不能礼貌些呢？"

他的脸涨得通红。"这间医院里塞满了受了外伤和有生命危险的病人，"他说道，"现在在急诊室就有三个遭了车祸的孩子，他们都快要死了。现在你却在跟我抱怨我对这个女孩儿不够礼貌，她不就是睡错了人吗？"

简妮听了这话大吃一惊。"睡错了人？"她重复了一遍。

丽莎坐直身子。"我要回家。"她说。

"这才真叫好主意。"简妮说完拉开行李袋的拉链，掏出衣服放在床上。

医生愣了一会儿，回过神后怒道："随你的便。"说完就离开了。

简妮和丽莎看着彼此。"我真不敢相信竟然发生了这种事。"简妮说。

"谢天谢地，他们终于走了。"丽莎道，然后下了床。

简妮帮她脱下病号服。丽莎迅速换上新衣服，穿上鞋。"我载你回家。"简妮道。

"你能在我公寓睡吗？"丽莎说，"我今晚不想一个人。"

"当然，我很乐意。"

麦克亨蒂在外面等着，似乎没那么有把握了。也许他也意识到了自己的问询做得很糟糕。"我还有几个问题。"他说。

简妮平声静气地说："我们要走了，丽莎心情太糟糕，目前不能回答问题。"

他慌了神。"她必须回答，"他说，"她报了案的。"

丽莎说："我没被强奸，整件事就是个错误。我现在只想回家。"

"你知道报假案是犯法的吗？"

简妮光火道："这位女士不是罪犯，她是这起罪案的受害者。要是你的上司问起为什么她撤诉了，就说这都怪巴尔的摩警察局的麦克亨蒂巡警，他粗鲁地骚扰了这位女士。现在我要带她回家。请让开。"她环着丽莎的肩膀，经过警察的身边朝出口走去。

她们离开的时候，她听见警探喃喃道："我干什么了？"

3

柏林顿·琼斯看着他的两个老朋友。"我真不敢相信我们三个，"他说，"我们都快六十了。每年谁都赚不到二十万美金。现在有人愿意提供给我们每人六千万，而我们却坐在这里讨论如何拒绝人家！"

布瑞斯顿·巴克说："我们做这个又不是为了钱。"

吉姆·普洛斯特参议员道："我还是不理解，要是我名下有一家市值一亿八千万公司的三分之一股份，我干吗开着辆三年车龄的维多利亚皇冠到处跑呢？"

这三个男人开了家名为基因泰的小型私营生物技术公司。布瑞斯顿负责日常事务，吉姆从政，而柏林顿是个学者。可这次交易却是柏林顿的想法。在一趟飞往圣弗朗西斯科的航班上，他遇到了兰兹曼的首席执行官，并成功地让这位德国药企的一把手有意收购基因泰。现在他必须说服自己的合伙人同意易手，可没想到这件事那么困难。

他们三个在巴尔的摩的富人区——罗兰德花园某幢房子的书房里。房产属于琼斯·福尔斯大学，是租借给访问教授的。柏林顿在加州伯克利、哈佛大学和琼斯·福尔斯大学都有教授职位，在巴尔的摩的六周时间里，他就待在这儿。他放在这里的私人物品不多，只有一台笔记本电脑、一张前妻与他们儿子的合照和一大摞自己的最新作品——《传承未来：基因工程将如何改变美国》。电视机的音量调得很低，正在播出"艾美奖颁奖典礼"。

布瑞斯顿是个瘦削而热情的男人。尽管是同时代最杰出的科学家之一，看起来却像个会计。"诊所一直在盈利。"布瑞斯顿说。基因泰拥有三家生育诊所，专门从事体外受孕，也就是试管婴儿。这种治疗手段能够成真还得归功于他在20世纪70年代的开创性研究。"生育领域在美国医药行业拥有最大的发展空间，兰兹曼想靠基因泰进入这个巨大的新市场。他们要我们在今后十年内每年新开五家诊所。"

吉姆·普洛斯特皮肤晒得黝黑，秃顶大鼻子，鼻梁上架副厚重的眼镜。他这张威严的丑脸正是政治漫画家绝好的素材。他和柏林顿是二十五年的朋友兼同事。"那我们怎么没见到多少钱？"吉姆问道。

"都花在科研上了。"基因泰不仅有自己的实验室，还已经与大学的生物系和心理系签订研究合同。公司和学术界的关系都是柏林顿在打理。

他恼火地说："我就是不明白，你们两个怎么看不出来这是我们的大转机呢？"

吉姆指指电视道："把声音调高，柏里①，你上场了。"

这时候电视里的"颁奖典礼"已经换成了《拉里·金现场》②，嘉宾正是柏林顿。他讨厌拉里·金，觉得这家伙就是个

---

① 柏林顿的昵称。
② 美国知名访谈节目，收视率高居榜首，通常为拉里和一位或多位名人面对面谈话，谈话氛围舒适轻松。

激进的自由主义者，不过《现场》倒是个同美国数百万民众对话的机会。

他看着电视里的自己，觉得很满意。他个子矮，但电视让大家显得都一般高。海蓝色的西装看上去很挺括，天蓝色的衬衫正配眼睛的颜色，酒红色的领带在荧幕上也不显得扎眼。硬要鸡蛋里挑骨头的话，他那头银发有些打理得太整齐了，几乎膨了起来，有被误认为电视传道者的风险。

金穿着他标志性的背带裤，情绪激昂，用沙哑的声音质询道："教授，您最新的作品激起了争议，有些人认为这不是科学，而是政治。对此您怎么看？"

柏林顿满足地听着自己老练合理地回复道："我想说，政治决议应该建立在健全的科学基础之上，拉里。大自然本身会选出优质基因，筛掉劣质的那些，这也就是所谓的物竞天择。可我们的福利政策却在反其道而行，养育着一代二流美国人。"

吉姆抿了口威士忌道："说得好，一代二流美国人。真是个好词儿。"

电视里拉里·金说："那照您的说法，穷人家的孩子们怎么办呢？他们就活该挨饿吗？"

屏幕上柏林顿脸色一凝："1942年的瓜达尔卡纳尔岛战役里，日本潜艇击沉了胡蜂号航空母舰，我父亲阵亡了。我那时候才六岁，母亲一个人含辛茹苦地带大了我，把我送去读书。拉里，我也是个穷人家的孩子啊。"

这话基本没错，他父亲是个杰出的工程师，给他母亲留下了一小笔遗产，这样她就用不着改嫁或工作了。她送柏林顿去念昂贵的私立学校，然后升入哈佛大学。不过这之中也不无辛苦。

布瑞斯顿说："形象不错啊，柏里，不过那头西部乡村发型就不怎么样了。"巴克在三人之中最年轻，才五十五岁，一头黑色短发像顶帽子似的平平盖在头顶。

柏林顿冷哼了一声。尽管他自己也有同感，但从别人那里听到这样的评价他还是很不舒服。他给自己倒了点威士忌。这是种叫"云顶"的单一纯麦威士忌。

荧幕上拉里·金又道："那从哲学层面上说，您和别人的看法又有什么不同呢？比方说，纳粹党。"

柏林顿拿起遥控器关掉电视。"这件事儿我干了十年，"他说，"写了三本书，后来又在脱口秀耍了几百万字的嘴皮子，可又改变了什么呢？什么也没有。"

布瑞斯顿道："还是有改变的，你不是把基因和种族的议题提出来了吗？你就是还不够耐心。"

"不够耐心？"柏林顿暴躁地说道，"我的确不够耐心！还有两周我就六十岁了。我们都老了，没多少时间了！"

吉姆说："他说得对，布瑞斯顿。你忘了我们年轻时候的想法了吗？那时候我们看着周围的美国人一个个死去，先是为了黑人打内战，再是墨西哥人潮，最好的学校里全是犹太人，我们的孩子却抽大麻、逃兵役。兄弟，我们是对的！看看那以后发生了些什么吧！就算在最可怕的噩梦里，我们都想不到非法毒品竟然成为美国最大的产业之一，也想不到会有三成美国婴儿得靠医疗补助才能出生。敢于直面这些问题的，只剩下我们和少数几个志同道合的人了。其他人干脆两眼一闭，听天由命。"

他们一点没变，柏林顿想。布瑞斯顿一贯谨慎小心瞻前顾后，吉姆则自信得过了头。认识他们那么多年，大多数时间里，他都对他们的缺点抱着宽容的态度。他也习惯了当个和事佬，让两位好友能妥协，不那么极端。

于是他开口道："我们现在和德国佬谈到哪儿了，布瑞斯顿？说说最新情况吧。"

"就快谈妥了，"布瑞斯顿说道，"他们打算在八天后的记者招待会上公布这件事儿。"

"八天后？"柏林顿讶然道，"太棒了！"

布瑞斯顿摇头："别高兴那么早，我还有些疑虑呢。"

柏林顿恼怒地哼了一声。

布瑞斯顿继续道："目前谈判正处于呈报账目的环节。我们得把账本交给兰兹曼的会计员审核，还得把可能影响今后盈利的所有因素都告诉他们，比如快破产的债权人，或是未决诉讼。"

"这些我们可都没有，我来处理这事儿？"吉姆道。

布瑞斯顿朝他看了一眼，目光里有点不祥的意味："可公司有秘密啊，这我们都知道。"

一时间房间里安静下来，过了会儿吉姆才说："该死，那都是多久之前的老黄历了。"

"那又怎样？我们那些勾当的证据现在还在被四处散播。"

"可就剩下一周了，兰兹曼公司怎么查得到？"

布瑞斯顿耸耸肩，好像在说："那谁知道？"

"我们得冒这份风险，"柏林顿坚定地说，"兰兹曼注入的资金能加速我们的研究进程。只要一两年，我们就能给来诊所的有钱白人一个拥有完美基因的孩子。"

"但那又有什么区别呢？"布瑞斯顿说道，"穷人还是比富人生得快。"

"你可别忘了吉姆的从政纲领啊。"柏林顿道。

吉姆道："一律百分之十所得税，强制给领取救济金的妇女注射避孕药。"

"想想吧，布瑞斯顿，"柏林顿说道，"中产阶级能产下完美的孩子，穷人则绝育。这样我们就可以矫正美国的种族失衡啦。这不就是我们年轻时的梦想，一直以来奋斗的目标吗？"

"我们那时候很理想主义。"布瑞斯顿道。

"我们那时候是对的！"柏林顿道。

"是的，我们是对的。但我慢慢老啦，对世界的看法也开始有点儿得过且过。就算达不成二十五岁时的梦想也不那么在乎啦。"

这真是能毁掉伟大尝试的丧气话。"但我们可以达成当年的目标呀！"柏林顿道，"三十年来辛劳工作所图近在眼前了！早年所冒的风险，这么多年的研究，花出去的钱，终于要开花结果。别在这种时候退缩啊，布瑞斯顿！"

"我不是退缩，只是指出实实在在的问题，"布瑞斯顿没好气地说，"吉姆是能提出他的政纲，但又不一定能实现。"

"这不就是和兰兹曼合作的意义吗？"吉姆道，"我们在公司里那些股份能给我们赚来一大笔钱，正好让我们冲击最高荣誉。"

"你是什么意思？"布瑞斯顿面露疑惑，但柏林顿知道吉姆要说什么，脸上泛起了微笑。

"白宫，"吉姆道，"我要竞选总统。"

4

还差几分钟就是午夜了，史蒂夫·洛根把他那辆锈迹斑斑的达特桑轿车停在巴尔的摩城西，列克星敦大街上的霍林斯市场附近。今晚他要和表兄瑞奇·孟吉思一起过，这家伙在巴尔的摩的马里兰大学学医，住在一大间租赁给学生的旧屋里。

瑞奇是史蒂夫认识的最能折腾的捣蛋鬼。他嗜酒，好舞，喜欢派对，还结交了一群臭味相投的朋友。史蒂夫一直很期待和瑞奇共度一晚。但捣蛋鬼的问题就在于，他们的本性就不可靠。最后一分钟瑞奇说有重要约会，取消了整个安排，史蒂夫只好一个人过夜。

他钻出车，身上的小运动包里装着明天要穿的干净衣服。夜晚挺温暖，他锁上车门走到拐角。一群黑人青少年正在音像店前厮混抽烟，有四五个男孩儿，还有一个女孩儿。史蒂夫虽然是个白人，见到这一幕却并不紧张，他那辆旧车和身上这条褪色的牛仔裤，让他看起来也是这儿的一分子，何况他比那群人里个头最大的那位还高两寸呢。他经过这群孩子的时候听见其中一个小伙子问道："可可精买吗？霹雳可卡因买吗？"声音虽轻却非常清晰。史蒂夫摇摇头，径直走开了。

这时候迎面走来一个身量极高的黑人妇女，打扮得花枝招展，高跟鞋、短裙、头发高高盘起、红色唇膏和蓝色眼影。他情不自禁地盯着她。只见她走到近前开口道："嗨，帅哥。"却是低沉的男声，史蒂夫这才意识到这其实是个男人。他咧嘴笑了笑就继续走了。

他听见拐角处那群孩子熟稔地朝这位异装癖打招呼："嘿，多若茜！"

"你们好啊，小伙子们。"

过了会儿，身后忽然传来刺耳的轮胎声，他转头看去。只见一辆银蓝条纹的白色警车在街角停了下来。一些青少年见状消失在黑暗的街巷中，剩下那些则没挪地。两个黑人巡警不慌不忙地钻出车门。史蒂夫索性转过身看着。一名巡警看见多若茜这副男扮女装的模样，一口唾沫啐在红色高跟鞋的趾部。

史蒂夫很惊讶。这真是既不讲道理也没有必要。多若茜却仿若未觉地继续大步离开，只是嘴里嘟囔了一句："去你妈的，混蛋。"

这句话几乎微不可闻，但那个巡警生了副好耳朵。他一把抓住多若茜的胳臂，拽着他就往商店的窗户上撞。多若茜穿着高跟鞋，被拽得脚步踉跄。"不许这么对我说话，你这人渣。"警察道。

史蒂夫义愤填膺。看在老天的分上，这家伙无端端跑来啐人口水，还想要别人怎么回应？

他心里突然响起警钟：别动手啊，史蒂夫。

警察的搭档靠在车上，面无表情地看着。

"怎么了，兄弟？"多若茜勾引似的问道，"我惹你不高兴了吗？"

巡警却只是一拳打在他胃部，这警察身子壮健，这一拳也用足力气。多若茜被打得弯下腰，痛得直喘气。

"真他妈见鬼。"史蒂夫对自己说，然后大步走到拐角。

你要干什么，史蒂夫？

多若茜还弯着腰喘气。史蒂夫说："晚上好，警官。"

警察看着他说："滚远点儿。"

"不。"史蒂夫说。

"你说什么？"

"我说不，警官。你放开他。"走开吧，史蒂夫，你这个该死的傻瓜，走开啊。

他这番违抗让那群青少年的胆气也壮了。"对，他说得没错，"一个高瘦的光头男孩儿说，"你们没理由打多若茜，他又没犯法。"

警察伸出一根手指对着男孩儿挑衅："你想要我搜搜你身上的毒品的话，就继续那么说话。"

男孩儿当即垂下了眼睛。

"可他说得没错啊，"史蒂夫说，"多若茜又没犯法。"

警察走到史蒂夫身边。别打他，不管你做什么都别动手揍他。想想提普·亨德里克斯。"你瞎了吗？"警察说。

"你什么意思？"

另一个警察说："嘿，莱尼，别废话了，走吧。"似乎不太满意。

莱尼却没理他，对史蒂夫说："你看不见吗？你是这儿唯一一个白人，你不属于这儿。"

"但我刚才目睹了一件罪行。"

警察靠过来，距离近到让人不适。"你想去市中心走一趟，"他说，"还是要现在就他妈滚？"

史蒂夫不想去市中心兜一圈，他们要往他口袋里放些毒品栽赃，或是打他一顿还反咬他拒捕，实在易如反掌。史蒂夫是法律系的，要是被控犯罪就干不了这一行了。他真希望自己没有强出头，因为巡警欺负一个异装癖就要搭上自己的整个职业生涯，这也太不值了。

但这是错的。现在有两个人被欺负了——多若茜和史蒂夫。是警察犯了法，史蒂夫不能就这么走开。

可他的语调还是缓和下来。"我不想惹麻烦，莱尼，"他说，"你干吗不让多若茜走呢，我保证把看见你揍他那件事忘得干干净净。"

"混蛋，你威胁我？"

照着肚子上来一拳，然后对着脑袋左右开弓。一是为了钱，二是为了秀①。这警察就会像匹瘸马一样软倒在地。

"只是个友好的建议。"警察似乎想闹事。史蒂夫不知道这场矛盾怎样才能消解，只希望多若茜现在能趁莱尼背着身子的时候悄声离开。但那异装癖还是站在那儿，一只手轻轻揉着肚子，解气地看着警察发怒。

忽然幸运眷顾了一下。巡逻车的无线电里传出声音。两个警察都停下动作听着。史蒂夫听不懂那些含混不清的词汇和数字代码，但莱尼的搭档说："老大有麻烦了，我们走吧。"

莱尼有些迟疑，眼睛还狠狠地瞪着史蒂夫，不过史蒂夫觉得

---

① 美国俗谚，通常是孩童在赛跑前喊的口号，全句为："One for the money. Two for the show. Three to make ready. And four to go."典出1842年作品《Striking For the Right》。

自己看见警察眼里闪过一抹轻松。大概他自己也从这种糟糕情境下解脱了吧。可他还是恶狠狠对史蒂夫道："记住我，我可是记住你了。"说完跳进车重重关上门。车飞速开走了。

小伙子们又是拍手又是嘘叫。

"哇，"史蒂夫感激地说，"那真是吓人。"

而且还蠢，你知道会有什么后果的，你知道自己是个什么样的人。

这时候他的表兄瑞奇恰巧来了。"发生什么事了？"瑞奇望着渐渐驶离的巡逻车说道。

多若茜走过来，双手搭在史蒂夫肩上。"我的英雄，"他风骚地说，"我叫约翰·韦恩。"

史蒂夫发窘道："嘿，别这么说。"

"你什么时候想来点儿刺激的，就来找我约翰·韦恩，我给你免单。"

"先谢谢了……"

"我本打算吻你，可看你还挺害羞，所以我就说句再见吧。"他挥了挥涂着艳红指甲油的手指，转身离开了。

"再见，多若茜。"

瑞奇和史蒂夫走向另一个方向。瑞奇说："看来你在这儿已经交上朋友啦。"

史蒂夫松了口气，笑道："我差点儿就惹上大麻烦了。一个混账警察揍那个穿裙子的男人，我这个呆瓜就跑上去让他住手。"

瑞奇吃惊地说："那你运气不错啊，竟然没被带走。"

"我知道。"

他们走进瑞奇住的大楼。这地方一股奶酪味，也可能是放久了的牛奶味。刷成绿色的墙面上画着不少涂鸦。他们绕过拴在走廊上的自行车上了楼。史蒂夫说："我就是看不惯，多若茜凭什么肚子上就要挨拳头？他喜欢化妆穿短裙怎么了？碍着别人什么事儿了？"

"你说得没错。"

"而且凭什么莱尼就能做了这种事以后安然离开？就因为那身警察制服吗？警察既然有那种特权地位，行为准则应该更高才是啊。"

"这不可能。"

"所以我才想当个律师，想阻止这种混账事的发生。你有偶像吗，想效仿的那种人？"

"也许是卡萨诺瓦①吧。"

"我的是拉尔夫·纳德。他是个律师，是我的偶像。他跟全美最强大的公司打官司，还赢了！"

瑞奇笑起来，进房间的时候他揽住史蒂夫的肩膀道："我表弟还是个理想主义者呢。"

"啊，少来。"

"喝咖啡吗？"

"好啊。"

瑞奇的房间不仅小，家具还都很陈旧。一张单人床、一张破破烂烂的书桌、一张内凹的沙发和一台大电视。墙上贴着幅裸女海报，全身各部位标注着人体骨骼的名字，从头盖骨到趾骨应有尽有。屋里还装着台空调，但似乎已经不能运行了。

---

① 18世纪享誉欧洲的大情圣，生于1725年，卒于1798年，一生与一百三十二名女性有染。

史蒂夫坐到沙发上："你的约会怎么样？"

"没说的那么好，"瑞奇往茶壶里灌了些水，"梅丽莎的确可爱，但我觉得她实际上不如表现的那么迷恋我，所以我才这么早就回来了。你呢？"

"我到琼斯·福尔斯大学逛了逛，那里真是漂亮。我也遇见了个姑娘呢。"他想着那幅场景，脸上熠熠生辉，"我看见她在打网球。她太棒了，又高又壮，身材又好。她发球那力道，我敢向上帝发誓，比火箭炮都差不到哪儿去。"

"这倒新鲜，我还没听说过有人因为女孩儿网球打得好而陷入爱河的呢。"瑞奇咧嘴笑道，"她好看吗？"

"她长得很刚毅，"史蒂夫似乎看见了那张脸，"深褐色的眼睛，黑眉毛，浓密的黑发……左边的鼻翼上还穿了一个雅致的小银环。"

"没开玩笑吧，这倒不寻常啊，不是吗？"

"是啊。"

"她叫什么啊？"

"我不知道，"史蒂夫苦笑道，"她脚步都不停，让我碰了个钉子。可能我这辈子再也见不着她了。"

瑞奇满上咖啡："也许这样才好呢，你不是还有个稳定的伴侣吗？"

"算是吧。"史蒂夫有点内疚，自己怎么迷恋上这个网球手了呢。"她叫希琳，"他说，"我们是同学。"史蒂夫在华盛顿特区上的学。

"你和她睡过了？"

"没。"

"干吗不睡？"

"我现在的承诺还做不到那个份上。"

瑞奇面露讶色："我可绝不会说这种话。你在和女人做爱之前还要想着承诺？"

史蒂夫很尴尬："这就是我的个人感觉嘛，你明白吗？"

"你总这么想吗？"

"也不是。高中那会儿我对女孩儿是言听计从，弄得像竞赛似的。哪个漂亮姑娘肯脱内裤我就讨好谁……但以前是以前，现在是现在，我觉得我已经不再是孩子了。"

"你现在多大，二十二岁？"

"是啊。"

"我二十五啦，可想必还不如你成熟呢。"

史蒂夫听出话里带着愤懑："嘿，我又不是在批评你，别生气了好吗？"

"好吧，"瑞奇似乎也不是很生气，"那她让你碰了钉子后，你干什么去了？"

"去查尔斯村①找间酒吧坐了会儿，喝了点儿啤酒，吃了个汉堡包。"

"你一说我也觉得饿了。想吃点儿什么吗？"

"你都有什么？"

瑞奇打开柜子："都是麦片，有啵干果、脆脆米，还有德咕拉伯爵，吃什么？"

"啊，哥们儿，德咕拉伯爵听上去不错。"瑞奇拿出碗和牛

---

① 巴尔的摩中北部的街区，中产阶级聚居之处。

奶放在桌上，两人当即开吃。

吃完之后，他们洗干净碗准备睡觉。史蒂夫躺在沙发上，只穿了条内裤，这天气盖毯子太热啦。瑞奇睡床。两人睡着之前瑞奇说："你去琼斯·福尔斯大学干什么？"

"他们邀请我参加一项研究，要我去做些心理测评。"

"为什么是你呢？"

"我也不知道。他们说我是个特殊的案例，等我到了再向我解释这一切。"

"你怎么就答应了呢？这听上去就是浪费时间啊。"

史蒂夫有自己特殊的理由，但他不打算告诉瑞奇。不过，他给出的答案也部分属实："我想是因为好奇心吧。你就不想知道关于自己的事儿吗？比如我实际上是个什么样的人，还有我人生中想要的是什么？"

"我的想法很简单，就想当个成功的外科医生，靠给人做丰胸手术年入百万。"

"你没问过自己为什么要做这些吗？"

瑞奇笑了："没有啊，史蒂夫，我可不会问这种问题。但你会，你一贯是个思考者，我们小时候你就经常想些上帝之类的事儿啦。"

这是实话。史蒂夫十三岁就开始思索宗教层面的问题。他去了许多不同的教堂，还去了一所犹太会堂和一间清真寺，认真地向一大群茫然无措的神职人员询问他们的信仰。他的双亲对此也大为不解，他俩都是对此漠不关心的不可知论者。

"不过也难怪，你向来就有点儿与众不同，"瑞奇继续道，"我认识的人里，也就你能毫不费力地拿高分。"

这也是实话。史蒂夫学东西一向快，轻而易举就能在班里拔尖，除非别的孩子欺负他，他才会故意做错几道题让自己不那么显眼。

但有另一个原因能解释他为什么好奇自己的心理。瑞奇不知道这件事，法律系也没人知道。只有他父母知道。

史蒂夫差点儿杀了人。

他那时十五岁，个子已经挺高，但还显单薄，是篮球队的队长。那一年他带领希尔斯菲德高中一路打到了市篮球赛半决赛，对手是华盛顿一所贫民学校，队员全是无情冷酷的街头混混。有个叫提普·亨德里克斯的小伙子，整场比赛不停地对史蒂夫犯规。提普球技不错，但全用在了变着法犯规上。每次犯规了还笑，好像在说："又让我得手啦，傻瓜！"史蒂夫气得要命，但只能强压火气。可不管怎样他还是没发挥好，输了球赛，丢了奖杯。

祸不单行，史蒂夫在停车场又遇到了提普，校车正停在那儿等着把队员们送回各自的学校。要命的是，有个司机正在换轮胎，工具箱敞开着放在地上。

史蒂夫没理提普，但提普把烟蒂往史蒂夫一弹，恰巧落在他的外套上。

这件外套对史蒂夫意义重大，是他用周六在麦当劳打工挣的钱买的，还是昨天买的。是件漂亮的束腰外套，料子是黄油色的软皮子，现在倒好，胸口处的灼痕任谁一眼就能看见。衣服毁了。史蒂夫当即动了手。

提普凶猛地反击，又踢又撞，但史蒂夫气得浑身麻木，几乎感觉不到疼痛。提普满脸是血，一眼扫见司机的工具箱，抓起轮胎扳手就往史蒂夫脸上连锤两记。这两下还真疼，史蒂夫怒火中烧，失去了理智。他一把夺过提普的轮胎扳手，然后就什么也记不得了。只记得后来提普倒在地上，他站在旁边，手里握着血迹斑斑的轮胎扳手，有人叫道："哎哟我的天，他死啦。"

提普当时没死，他两年后才因为欠人八十五美元在牙买加的大麻贩子手里送了命。但史蒂夫那时候是真想杀他，并且试图杀了他。他没有借口，是他先动的手，而且虽然扳手是提普抄起来的，但操着扳手使劲儿往人身上招呼的却是他。

史蒂夫被判监禁六个月，缓期执行。判决之后他转了学，如往常一样通过了所有考试。因为斗殴时他还未成年，案底不向任何人透露，所以他顺顺利利地进了法学系。父母觉得这场噩梦算是结束了，但史蒂夫心头还是有困惑，他知道若非自己走运以及提普恢复力不错，他就犯了杀人罪了。提普·亨德里克斯终究是个人，史蒂夫却差点儿为了一件外套杀了他。听着瑞奇无忧无虑的呼吸声传过房间，他毫无睡意地躺在沙发上想：我到底是个怎样的人呢？

周　一

5

"你遇见过想嫁的男人吗？"丽莎说。

她们坐在丽莎公寓的桌边喝着速溶咖啡。屋子里的每一件东西都很漂亮，就跟丽莎本人一样：印花图片，瓷质饰品，还有只打着波点领带的泰迪熊。

丽莎请了一天假，简妮却穿着工作的海蓝裙子和白棉衬衣。今天是个重要的日子，她的第一个受访者要来实验室做测评，这让她有点儿坐立不安。他会契合还是会推翻她的理论呢？今天傍晚她会觉得振奋，还是得痛苦地重新评估自己的想法呢？

可她想尽量多留一会儿，丽莎依旧很脆弱。简妮知道自己最好就是坐在这儿一如往常地同丽莎聊男人和性，帮助她恢复正常。她虽希望在这儿待一上午，但是做不到。她虽想今天丽莎能去实验室帮她，但毕竟不可能。

"是，有一个，"简妮答道，"有个想嫁的男人，他叫维尔·坦普。我认识他时他是个人类学家，现在也是。"简妮眼前浮现出维尔的模样，他高大、蓄须，穿着蓝色牛仔裤和渔夫式厚套衫，在大学走廊里扛着他那辆十变速自行车。

"你之前提过他，"丽莎说，"他是个怎样的人？"

"他很棒，"简妮叹口气道，"他让我欢笑，在我生病的时候照顾我，他给自己熨衬衫，做爱的时候像马一样猛。"

丽莎却没笑："那你们怎么没在一起呢？"

简妮虽然言语轻佻，但回忆过去还是有些神伤。"他为了乔吉娜·廷哥顿·萝丝把我甩了。"说完，她又解释性地添了句，"就是匹兹堡的廷哥顿·萝丝家族。"

"她长什么样？"

乔吉娜算是简妮最不想回忆的人。但为了让丽莎快快忘掉强奸，她强迫自己开始回想。"可漂亮了，"她讨厌自己声音里刻薄挖苦的味道，"金红色的头发，沙漏似的身材，对羊毛衫和鳄鱼皮鞋的品位很高。脑子虽然差了点儿，但有的是钱。"

"什么时候的事儿？"

"我读博士那会儿，维尔已经和我同居了一年。"那是她人生中最快乐的时光，"他搬出去的时候我在写犯罪秉性是否存在于基因之中的论文。"挑了个好时候啊，维尔。我真想恨你，但恨不起来。"后来柏林顿请我来琼斯·福尔斯任教，接着我就兴冲冲地来了。"

"男人都是混蛋。"

"维尔也没那么可恶，他性子很好，只是上了别人的当而已。他做了个大错特错的决定，但我们毕竟没结婚，他也没违背什么承诺。他甚至也没有对我不忠，就那么一两次，最后也都告诉了我。"简妮意识到她正在重复维尔的自我辩白，"我不知道，也许他也是个混蛋吧。"

"也许我们该回到维多利亚时代，那时候男人亲一口姑娘就要谈婚论嫁。至少姑娘们知道两人处在什么阶段了。"

现在丽莎对恋情的看法很偏激，但简妮没发表意见。她只是问道："那你呢？有没有找到真命天子？"

"没有，从来没有过。"

"你和我标准都高，别担心，肯定会有非常棒的白马王子出现的。"

门铃响了，她俩都吃了一惊。丽莎跳起来，撞到桌子，碰倒了一只瓷花瓶。花瓶在地上砸碎了，丽莎说："该死。"看来她的精神状态还没恢复过来。"我来收拾碎片吧，"简妮安慰道，"你去看看谁来了。"

丽莎举起对讲机，眉头困扰地蹙成一堆，接着她看了看监视器上的画面。"可以……吧。"她迟疑地说道，然后按下按钮打开大楼的门。

"是谁啊？"简妮问道。

"性犯罪科的探员。"

简妮怕他们会再派个人来威吓丽莎，强迫她合作调查。她肯定不能让他们得逞。丽莎现在最不需要的就是那些骚扰性问题了。"你干吗不叫他们走？"

"可能因为她是个黑人女性吧。"丽莎道。

"你没开玩笑吧？"

丽莎摇摇头。

真聪明的伎俩，简妮一边把地上的瓷片扫拢进手心一边想着。警察知道丽莎有抵触情绪，白人探员肯定进不了门。所以他们派来个黑人妇女，知道那两个中产白人姑娘肯定会拼命示好。不过只要她打算逼迫丽莎，哪管她什么肤色我照样轰她出去，简妮想。

探员是位约莫四十岁的矮胖妇女，她没穿警服，很聪明地穿了件一件奶油色的上衣，配条色彩鲜艳的丝巾，拎着只公文包。"我是米雪儿·德莱威尔警监，"她说道，"大家都叫我米雪。"

简妮想知道公文包里有些什么。探员通常带枪不带纸。"我是简妮·费拉米博士，"简妮说，每每她觉得要和某人争吵之前，就喜欢把头衔亮出来，"这是丽莎·霍克斯顿。"

探员说："霍克斯顿小姐，对您昨天的遭遇我感到非常痛心。我科平均每天就要处理一起强奸案，每一起案件对受害者来说都是一次悲惨的境遇和创痛。我知道您非常痛苦，我理解您。"

哇，简妮想，这一位和昨天那个不同嘛。

"我正从那件事中恢复着呢。"丽莎强自嘴硬道，可夺眶而出的眼泪却背叛了她。

"我能坐下吗？"

"当然，请坐。"

探员坐到厨房的桌子上。

简妮警惕地盯着她，说道："你的态度似乎和昨天那位巡警不同。"

米雪点点头："对于麦克亨蒂先生的所作所为，我深感抱歉。我科所有巡警都需要受训，学习如何应对强奸案受害者，他也不例外。但他似乎把这些都忘光了。我为整个警察局感到难为情。"

"他那么做就好像又侵犯了我一次。"丽莎含泪说道。

"绝不会再发生这种事了，"米雪说，声音里带着怒意，"为什么抽屉里这么多强奸案例标着'证据不足'呢？这不是因为受害者对强奸案讳莫如深，而是因为我们的司法机构对受害者太粗暴，逼得她们撤诉。"

简妮说："这我信。"她告诫自己要小心，虽然米雪说话的姿态像是个大姐姐，但她依然是个警察。

米雪从包里拿出一张卡片。"这是'强奸与虐童案受害者志愿中心'的号码，"她说，"每一个受害者迟早都要去那儿咨询的。"

丽莎接过卡片，却说："现在我只想把这件事忘了。"

米雪点点头："听我一言吧，先把这张名片塞进抽屉。你的感觉会有周期性的变化，兴许什么时候就想寻求帮助了呢。"

"好吧。"

简妮觉得该对米雪礼貌点，这是她应得的。"要喝咖啡吗？"她询问道。

"来一杯吧。"

"我给你煮新鲜的。"简妮起身往咖啡壶里灌水。

米雪问："你们两个是工作伙伴吗？"

"是的，"简妮答道，"我们研究双胞胎。"

"双胞胎？"

"我们考量他们的异同，试着弄明白哪些来自遗传，哪些归于成长环境。"

"那你在这里面扮演什么角色呢，丽莎？"

"我负责找到供科学家研究的双胞胎——"

"怎么找？"

"从出生记录入手，在大多数州这些信息都是公开的。产下双胞胎的概率约为百分之一，所以一百张出生证里就能找出一对双胞胎。出生证明上有出生日期和地点，我们把它复制下来，然后借此联系上那对双胞胎。"

"怎么联系？"

"光驱里有全美所有的电话本。我们还能使用驾照登记处和信贷资料服务机构的资源。"

"每次都能联系上吗？"

"哪儿啊，没呢。成功率取决于双胞胎的年龄。十多岁的可以联系上百分之九十，八十多岁的就只剩下百分之五十了。像是多次搬迁、改名，或是死亡这类事，落在老年人头上的概率总要高些。"

米雪看向简妮："然后你就去研究他们。"

简妮说："我专门研究分开抚养的同卵双胞胎。这就更难找了。"她把咖啡壶放到桌上，给米雪倒上一杯。要是这位探员正打算给丽莎施加压力，她倒是不着急。

米雪啜了口咖啡，对丽莎说："在医院里你接受药物治疗了吗？"

"没，我在那儿没待多久。"

"他们本该把次日早晨服用的药片给你的。你不想怀孕吧？"

丽莎打了个哆嗦："当然不想，可我那时候只顾着问自己该怎么办了。"

"去找你的医生，他应该会给你药，除非他有宗教异议，有些信天主教的医生就不肯。那样的话我推荐你找志愿者中心帮忙。"

"能跟个懂行的人聊真是太棒了。"丽莎道。

"还有，火灾不是意外，"米雪继续道，"我和消防队长谈过了。有人在更衣室隔壁的储藏室纵火，他还把通风管拆了好让烟涌进更衣室。现在看来强奸者并非真的热衷性爱，他的性欲反倒是被恐惧激起的。所以要我说，这个混蛋的脑子里就只有纵火。"

简妮没想过这个可能性："我以为他是个机会主义者，想趁着火灾占便宜。"

米雪摇摇头："约会强奸才是机会主义，男人发现赴约的女孩儿喝高了或是吸蒙了，没反抗能力了才施暴。但强奸陌生人的罪犯不同。他们都会先做计划。把事情构想好，再想办法实现。他们中有些人非常聪明，这也令他们更加可怕。"

简妮觉得怒火更旺。"那场该死的火灾差点儿要了我的命。"她说。

米雪问丽莎："我正在想，你从没见过这个男人吗？他是个完完全全的陌生人吗？"

"事发前一个小时我应该见过他，"丽莎答道，"我那时候正和曲棍球队一起跑步，一辆车在我们旁边慢了下来，司机直勾勾地盯着我们。我觉得就是他。"

"什么样的车？"

"我记得是辆旧车。白色，车上不少锈迹。也许是部达特桑吧。"

简妮以为米雪要写下来，不料她只是开口说道："这家伙给我的印象是个聪明人，却也是个极端冷酷无情的变态，为了取乐什么都干。"

简妮恨恨道："这号人就该被关一辈子。"

米雪使出了绝招："判不了那么久，而且他现在逍遥法外，肯定还会继续作案。”

简妮疑惑道：“你怎么那么确定？”

“大多数强奸犯都是连环强奸。只有我之前说的约会强奸才是机会主义，那种人也许只会侵犯一次。但强奸陌生人的罪犯绝对会连续不断地作案，直到被抓为止，”米雪紧紧盯着丽莎，“七到十天后那个强奸你的家伙肯定还会侵犯另一个姑娘，除非我们先抓住他。”

“啊，我的天。”丽莎说。

简妮知道米雪打算说什么了。不出意料，探员开始劝说丽莎协助调查。简妮依然打定主意不能让米雪威吓或逼迫丽莎。但她现在说的那些话实在不好反驳。

“我们需要一份DNA采样。”米雪说。

丽莎露出恶心的表情：“你指他的精子。”

“是的。”

丽莎摇头道：“我回来之后先冲澡再坐浴，最后还做了灌洗。上帝保佑，我身子里绝不会留有他的精子。”

米雪坚持道：“事后痕迹会在身体里存留四十八至七十二小时。我们需要做个阴道拭样、阴毛梳样和血检。”

简妮说：“我们在圣德兰见到的那个医生真是个混球。”

米雪点头道：“医生都讨厌诊治强奸受害者。受到法院传唤的话还得耗时费财。你也不该去圣德兰，本城有三所医院被指定为性侵中心，那里却不在其中。不过这也得怪麦克亨蒂，这家伙真是错误不断。”

丽莎说：“那你要我去哪儿呢？”

“恩悯医院有性侵司法鉴定科。我们管它叫性鉴科。”

简妮点点头。恩悯是市中心一家大医院。

米雪继续说："你会在那儿见到性侵护理检察员，通常是女性。她们受过特殊训练，知道怎么处理证据。你昨天见的那位医生可不懂这些，我估计就算你没走，他最后还是要搞砸。"

米雪显然对医生没什么敬意。

她打开公文包。简妮好奇地往前探了探身。包里是台笔记本电脑。米雪翻开屏幕打开电脑。"我们有个叫E-FIT的软件，全称是电子面部识别技术。我们就喜欢首字母缩写，"她自嘲地笑笑，又说，"实际上这是苏格兰场的探员编写的程序，可以让普通人把罪犯形象的各部分拼起来，这样就用不着画家帮忙了。"说完她热切地盯着丽莎。

丽莎看着简妮道："你觉得呢？"

"别有压力，"简妮说，"听自己的，怎么舒服怎么来，你有这个权利。"

米雪不满地瞪了她一眼，对丽莎说："我没给你施加压力，要是你要我离开，我这就走。我只是在请求你。我想抓住这个强奸犯。而这需要你帮忙，不然根本没戏。"

简妮听得入了迷。从一进门开始米雪就掌控了对话，而且她也不靠威吓或耍手腕来达成目的。她知道自己在说什么，也知道自己想要什么。

丽莎说："我不知道。"

米雪说："你何不来瞧一眼这个电脑程序呢？要是这东西让你不舒服，我们马上停止。要是没问题的话，那我至少就能有那家伙的一幅画像了。等我们弄完这个你可以考虑一下去不去恩悯。"

丽莎又犹豫了，然后说道："好吧。"

简妮说："别忘了，只要感觉不舒服，你随时都可以停止。"

丽莎点点头。

米雪说："那我们先从他的脸开始吧，这张粗略的草图肯定不会很像他，就是打个底子。然后我们再完善细节。我需要你努力回忆罪犯的脸，然后向我大致描述一下。慢慢来。"

丽莎闭上眼："他是个白人，和我差不多年龄。短发，颜色没什么特别的。浅色眼睛，应该是蓝色的。鼻梁挺直……"

米雪操作着鼠标。简妮站到探员身后盯着屏幕。这是一个窗口程序，右上角是一张分成八个部分的脸。丽莎每形容一个部位，米雪就点击脸的对应部位，打开下拉菜单，根据丽莎的意见核对条目：短发、浅色眼睛、鼻梁挺直。

丽莎继续说："下巴方方的，没留胡须……我说得够清楚吗？"

米雪又点了下鼠标，整张脸出现在主屏幕上。这是个三十多岁的白人，五官匀称，丢进人堆里都找不到。米雪把电脑屏幕转了个方向让丽莎看见："现在我们慢慢调整脸部。我先把所有的前额和发型轮廓给你看一遍吧。你就说像还是不像就行，准备好了吗？"

"准备好了。"

米雪按下鼠标，屏幕上的脸变了，额上的发际线突然向后退去。

"不像。"丽莎说。

她又点鼠标。头发一条条垂下来，好像老式的甲壳虫发型。

"也不像。"

下一个发型是个波浪卷，丽莎说："这倒有点儿像了，但他的头发是分开的。"

接下来的发式更鬈了。"更像了，"丽莎说，"比上一个要好，但发色太深了。"

米雪说："等我们把这些看完了，再倒回去挑出你觉得最像的那一款。等我们把整张脸都画出来，可以用润饰功能继续改进细节，像是让发色深一点儿浅一点儿，移动头发分线，让整张脸老几岁或年轻几岁。"

简妮看呆了，不过这得花上一个小时甚至更久，她还有工作呢。"我该走了，"她说，"你一个人行吗，丽莎？"

"没问题。"丽莎说，简妮看出她说的是真心话。也许让丽莎协助抓捕那个男人也不错。她看见米雪的眼神里闪现出一抹得意的神情。简妮心想，敌视米雪维护丽莎是我错了吗？米雪肯定是有同情心的，她说话那么得体。可她还是和别人一样，第一要务不是帮助丽莎，而是抓住强奸犯。丽莎仍然需要一个真正的朋友，可以全心全意为她着想。

"我会给你打电话。"简妮对她说。

丽莎拥抱了简妮。"你能陪着我真好，我都不知道怎么谢你了。"她说。

米雪伸出手道："很高兴见到你。"

简妮握了上去。"祝好运，"她说，"希望你能抓到他。"

"我也是。"米雪说。

6

　　史蒂夫把车开到占地一百英亩的琼斯·福尔斯大学西南角，停在大型学生停车场里。差几分钟就十点了，校园里挤满了穿浅色夏装的学生，蜂拥着去上今天第一节课。他在校园里边走边看，寻找网球运动员打扮的姑娘，他知道看见她的可能性很小，但还是忍不住朝每个高个黑发的姑娘都盯一会儿，看人家戴没戴鼻环。

　　*露丝·W·爱考恩心理系大楼*是栋有着当代风格的四层建筑，却和那些传统的老楼房一样砌着红砖。他在大堂登记了姓名，然后被引去实验室。

　　之后的三小时他把能做的测评都做了个遍，不少项目甚至闻所未闻。身高、体重、指纹。科学家、技术员和学生轮番上阵，为他的耳朵拍照，给他测握力，让他看烧伤患者和残缺不全的尸体，估定他的惊吓反射。他也被问及自己的兴趣爱好、宗教信仰、女朋友和工作志向，还得说明自己会不会修门铃，穿着考究与否，会不会打孩子，某种特定的音乐会不会让他联想到不断变化的彩色图案。但没人告诉他为什么被选来参加研究。

　　他不是唯一的受试者。实验室里还有两个小女孩儿和一位穿着西式衬衫、蓝牛仔裤和牛仔靴的中年男子。中午的时候他们聚在休息室里吃午餐，有沙发有电视，有比萨有可乐。史蒂夫这才发现实际上有两个穿牛仔靴的中年男子，他们是双胞胎，而且着装也一样。

他介绍了自己，得知两位牛仔分别是班尼和阿尔诺德，姑娘们是苏和伊丽莎白。"你们一直穿一样的衣服吗？"史蒂夫问正在吃饭的两个男人。

他们交流了下眼神，班尼开口道："不知道啊，我们今天才第一次见面。"

"你们是双胞胎啊，怎么今天第一次见面？"

"我们还是婴儿的时候就被不同的家庭收养了。"

"那你们穿成一样只是巧合喽？"

"应该算是吧？"

阿尔诺德补充道："而且我们也都是木匠，都抽骆驼牌香烟，都养了两个孩子，都是一男一女。"

班尼说："女儿都叫卡洛琳，不过我的儿子叫约翰，他的叫理查德。"

阿尔诺德说："我本来也打算让儿子取名约翰，但我老婆一定要叫理查德。"

"喔，"史蒂夫说，"但你们对骆驼牌香烟的喜好总不能遗传啊。"

"那谁知道？"

两个女孩儿中的一个，伊丽莎白问史蒂夫："你的孪生兄弟在哪儿呢？"

"我没有啊，"他回复道，"这就是他们的研究课题吗，双胞胎？"

"是啊，"她骄傲地说，"苏和我是异卵双生。"

史蒂夫扬了扬眉。她看上去才十一岁。"我听不太懂那个字眼，"他认真地问道，"那是什么意思？"

"我们不完全相同，虽然也叫双胞胎，但其实是姐妹。所以我们长得也不一样。"她指指班尼和阿尔诺德，"他们是同卵双生，有同样的DNA，所以长得也一样。"

"你好像懂得还挺多呢，"史蒂夫说，"真让我佩服。"

"我们之前来过嘛。"她说。

史蒂夫背后的门开了，伊丽莎白抬起头说道："你好啊，费拉米博士。"

史蒂夫转过身看见了那位网球运动员。

她健壮的身子虽然藏在齐膝的实验室白大褂里面，可走进屋子那副模样活似个运动员，流露出网球场上那股动人心魄的专注气质。他直瞪瞪地盯着她，几乎不敢相信自己的好运。

她朝小女孩儿们问了好，又向其他人做了自我介绍。当她和史蒂夫握手的时候，突然明悟似的叫道："原来你就是史蒂夫·洛根啊！"

"你网球打得真棒。"他说。

"不还是输了嘛。"她坐了下来，浓密的黑发随意地披在肩膀上。在实验室灯光无情的照耀下，史蒂夫还注意到她有一两根白发。今天她鼻翼上也没戴那枚银环，而是别了一只纯金饰钉。她化了妆，乌黑的眼睛被睫毛膏渲染得更迷人。

她先是感谢所有人肯花时间来这儿，又问了问比萨合不合口味。几句客套话之后，她让女孩儿和牛仔们先去参加下午的测评。

她坐得离史蒂夫很近，史蒂夫却觉得她似乎有点儿局促不安，仿佛正要告诉自己一个坏消息。她说："你现在肯定很想知道这一切是怎么回事吧？"

　　"我猜，我被选来这儿是因为我在学校的表现一贯很突出。"

　　"不是，"她说，"的确，所有的智商测评里你得分都很高，学校里你的表现其实还没完全展示出你的能力。你的智商远超常人，也许根本没怎么学习就在班里名列前茅了，是不是？"

　　"是。那不是我获选的原因吗？"

　　"不是。我们在这儿的工作目的是弄明白一点，人类的本性中有多少是通过基因先天遗传的，"当她一开始阐述自己的课题，那份窘迫就消失了，"是什么决定了我们是否聪明、是否好斗、是否浪漫、是否有运动细胞呢？是DNA还是生长环境？如果两者都有影响，它们又是怎么互相作用的呢？"

　　"真是个古老的论题。"史蒂夫说。他在大学修过哲学课，也曾对这项争论着迷过。"我之所以是现在的我，是因为我生来如此吗，还是生长和社会的产物呢？"他回想起那句总结得相当精练的标语："先天还是后天？"

　　她点点头，长发随之海浪般大幅度甩动。史蒂夫想知道摸上去是什么感觉。"但我们试着用完全合乎科学的方式解答这个问题，"她说，"你也知道，同卵双胞胎有完全相同的基因，异卵双胞胎则没有，不过两者的生长环境大多完全相同。我们两种双胞胎都研究，然后把他们和分开长大的双胞胎进行比较，看看彼此又有几分相似。"

　　史蒂夫不由得想知道这些是如何影响自己的。他也想知道简妮几岁了。昨天见她在网球场挥汗如雨，头发塞在帽子里，似乎和他差不多大。但如今她看起来三十岁左右。不过这点没改变他对她的感觉，他只是没料到自己会被这么大年龄的人吸引。

她继续说："要是环境更加重要，那且不论他们是同卵还是异卵，共同成长的双胞胎都应该非常相似，分开成长的双胞胎则会大不相同。但事实恰恰相反，不管是如何长大的，同卵双胞胎都非常相像，甚至分开长大的双胞胎比共同长大的双胞胎更像。"

"像是班尼和阿尔诺德？"

"对，你也看见了，他们尽管生长在不同的家庭中，但那么相像。这很常见。我们系研究了超过一百对分开抚养的同卵双胞胎。这两百个人里有两个出版过作品的诗人，他们是双胞胎。有两个宠物专家，一个是驯狗师，一个是饲养员，他们是双胞胎。我们还遇见过两个音乐家，一个教钢琴，一个是录音室吉他手，他们也是一对双胞胎。不过这些只是些比较明显的例子。你今天早上也见识过了，我们还测性格、智商，做各式各样的身体检查，结果大多一样：不论成长环境如何，同卵双胞胎都非常相似。"

"而苏和伊丽莎白就很不同了。"

"没错。虽然她们同父同母，生长在同一个家庭中，上同一所学校，从小到大吃一样的饭菜，诸如此类。但我猜午饭的时候苏一直很安静，而伊丽莎白会和你讲她的生活琐事吧。"

"事实上，她还给我解释了'异卵双生'这个词呢！"

费拉米博士笑了，露出洁白的牙齿和一点儿粉色的牙龈。史蒂夫心花怒放，自己逗她笑了！

"但你还是没告诉我，为什么我也会参与进来啊。"他说。

她又面露尴尬。"有点儿难以启齿，"她说，"以前没发生过这种事。"

　　突然他明白了。原因很明显，只是太过出人意料，他根本没往那个方向想。"你们觉得我也是双胞胎，只是我自己还不知道？"他狐疑地问道。

　　"我不知道这种事儿怎么说比较好接受，"她说道，神色相当懊恼，"不过没错，我们就是这么想的。"

　　"喔。"他一阵恍惚：这有点儿难以接受。

　　"我真的很抱歉。"

　　"我觉得你没什么要道歉的啊。"

　　"还是有的。通常人们来这儿之前都知道自己是双胞胎。但我想出个新办法招募受试者，你就是第一个被找到的。实际上，你不知道自己有孪生兄弟这件事正好验证了我的招募方法。但我没预料到我们会让人们大吃一惊。"

　　"我一直想有个兄弟。"史蒂夫说。他是家里的独子，父母三十八九岁的时候生了他。"是个兄弟吧？"

　　"是的，你们俩是同卵双生。"

　　"一个同胞兄弟啊，"史蒂夫咕哝道，"但我怎么就不知道呢？"

　　她面露愧色。

　　"等会儿，我想到了，"史蒂夫说，"我是被收养的。"

　　她点点头。

　　这就更让人吃惊了，父亲母亲竟可能不是他的血亲。

　　"又或者我的孪生兄弟被收养了。"

　　"对。"

"也可能两个都是，像班尼和阿尔诺德一样。"

"也可能两个都是。"她一本正经地重复道，乌黑的眼眸紧紧盯着他。他心里顿时起了惊涛骇浪，只觉得她好可爱，只想她永远这么看着自己。

她说："以我的经验来说，就算受试者不知道自己是双胞胎，一般也知道自己是被收养的。话虽如此，我也该料想到你这样的情况。"

史蒂夫痛苦地说："我就是不敢相信父亲母亲竟然瞒着我这事儿。这不是他们的作风啊。"

"和我聊聊你的父母吧。"

他知道她是想让他一吐为快，从而抚平震惊，不过这的确是个好办法。他理了理思绪说："我母亲是个出类拔萃的人，你应该听说过她，她叫洛琳·洛根。"

"那个《寂寞心》专栏的撰稿人？"

"是的，她给四百家报纸写过稿，出版过六本有关女性健康的畅销书。名利双收，而且都来得堂堂正正。"

"为什么这么说呢？"

"她是真心在乎那些写信给她的人，回了几千封信。你知道的，那种信件大部分简直就想让她施展魔法，像是要让不慎怀孕的胎儿消失，叫孩子戒毒，把家庭暴力的丈夫变成温柔可靠的男人。她就一直回信，给他们提供所需的资讯，要他们自己决定去做什么，告诫他们相信自己的感觉，别让任何人欺压自己。多好的生活哲学啊。"

"那你父亲呢？"

"他就平凡多啦。他是个有上校军衔的军人，在五角大楼从事公共关系工作，就是给将军们写写讲稿之类。"

"一个纪律严明的人？"

史蒂夫笑了："他责任感很强，却并不粗暴。我出生之前他在亚洲见识过战场，却从不把那些带到家里来。"

"那你呢，守不守纪律？"

史蒂夫大笑："从上学开始我就一直是班里最淘气的男孩儿，不停地惹麻烦。"

"为什么呢？"

"不守规矩呗。我在楼道里奔跑，穿红袜子，上课的时候嚼口香糖。还在学校图书馆的生物学书架后面吻温蒂·普拉斯科，那时候我十三岁。"

"为什么？"

"因为她太美啦。"

她又笑了："我是问你为什么老要违反纪律。"

他摇摇头："我就是不肯乖乖听话，想干吗就一定要干吗。规矩太呆板了，让我觉得无聊。要不是我成绩优异，还是不少体育队的队长，他们早把我轰出学校了。足球队长、篮球队长、棒球队长和田径队长我都当过。我也不了解自己到底是个什么样子，我算是个怪胎吗？"

"谁都有古怪的一面。"

"我也这么想，你为什么要戴鼻环呢？"

她扬起黑色的眉毛，好像在说："在这儿应该是我问问题。"可还是回答："我十四岁的时候是个朋克少女，头发染成绿色，穿破洞丝袜，什么都干。这个鼻洞就是那时候打的。"

"要是你把环取下来鼻子会长好的。"

"我知道，我猜我留着它就是因为觉得太体面很无趣吧。"

史蒂夫脸上泛起微笑，想道：我的天，我喜欢这个女人，她年龄再老也一样。接着他思绪转回她对他说的那些话："你凭什么那么确定我有个孪生兄弟呢？"

"我开发了一个电脑程序，可以查阅双胞胎的病历和其他数据库。同卵双胞胎的脑电波、心电图、指纹纹线数量和牙齿都一样。我检索了一家医疗保险公司的牙科X光片数据库，发现那个巨大的数据库里有个牙齿数量和形状和你完全相同的人。"

"这也不能说明我有个孪生兄弟啊。"

"也许不能吧，不过他连牙齿上龋蚀的位置都和你一样。"

"那他叫什么？"

"叫德尼斯·平科尔。"

"他现在在哪儿？"

"弗吉尼亚州的里士满。"

"你见过他吗？"

"明天我去里士满见他，把你今天做过的测评给他原样来一份儿，还得采集他的血液比对你俩的DNA。之后我们就能确定了。"

史蒂夫皱了皱眉："在基因领域里，你有没有对某个特定的领域感兴趣？"

"有啊，我专门研究犯罪秉性是否可以遗传。"

史蒂夫点点头："我明白了。他犯了什么事儿？"

"你说什么？"

"德尼斯·平科尔犯了什么事？"

"我不知道你说什么。"

"你要去见他，而不是让他来找你，显然就是他被监禁了嘛。"

她脸涨得通红，仿佛行骗的时候被人戳穿了。不过这副红彤彤的脸蛋也使她显出从没有过的性感。"是的，你说对了。"她说。

"他因为什么入狱的？"

她迟疑了一下："谋杀。"

"老天啊！"他不再看她，试着接受这件事，"我不仅有个孪生兄弟，他还是个杀人犯！老天爷啊！"

"我很抱歉，"她说，"这事儿我真是处理得很糟糕，你这种情况的受试者我还是第一次遇到。"

"唉，我来这儿是为了了解自己，没想到还有意外之喜。"简妮不知道，也永远不会知道他几乎杀死一个叫提普·亨德里克斯的男孩儿。

"而且你对我来说相当重要。"

"这话怎么说？"

"我研究的问题是犯罪秉性会否遗传。我发表过一篇论文，阐述有一种特定类型的性格是会遗传的，混杂着冲动、无畏、侵略性和多动性，但这样的人会不会成为罪犯还得看父母如何教育。要证明我的理论，我必须找到那些一个是罪犯，另一个是遵纪守法公民的同卵双胞胎。你和德尼斯就是我的第一对，而且你们堪称完美：他进了监狱，而你，请原谅我这么说，你是个理想的美国男孩儿。说实话，我现在简直激动得坐不住啊。"

想到她激动得坐不住，史蒂夫也心猿意马起来。他转开视线不看她，害怕自己的情欲会写在脸上。但她告诉他的那些事又让人痛苦不安。他和谋杀犯的DNA相同。这会使他怎么样呢？

史蒂夫背后的门开了，她抬头看去。"你好啊，柏里，"她说，"史蒂夫，你来见见柏林顿·琼斯教授，他是琼大孪生子研究小组的领队。"

教授是位六十岁不到的矮个儿男人，有一头柔顺的银发，显得英俊潇洒。他穿一套有灰色斑点的爱尔兰花呢西装，看上去挺值钱，打一枚红底白点领结，浑身上下打理得干净整洁，显出神采奕奕的样子。史蒂夫在电视上见过他几次，成天说美国会怎么怎么败落。史蒂夫不喜欢他的观点，但他从小就被教育要讲礼貌，所以还是站起来伸出手来。

柏林顿·琼斯却像是见了鬼似的大吃一惊。"我的天！"他说道，脸色一下刷白。

费拉米博士说："柏里！怎么回事？"

史蒂夫问："我做什么了吗？"

教授却什么都没说，过了好一会儿似乎才镇定下来。"抱歉，没什么，"他嘴里这么说，但显然被惊得够呛，"我只是突然想到了一件事……是个非常可怕的错误，我之前给忘了。告辞了。"他走向门口，嘴里还咕哝道："对不起，原谅我。"说着离开了房间。

史蒂夫看着费拉米博士。

她耸肩摊手，做了个无可奈何的手势。"真是见鬼了。"她说。

7

柏林顿坐在桌后，不住地喘着粗气。

他虽然有独立办公室，但房间里陈设朴素，塑料地板，白墙面，朴实无华的文件柜和廉价书架。学者的办公室本就不该奢华。电脑上显示的屏保程序是一条缓慢旋转的DNA，扭成著名的双螺旋结构。桌上摆着几张照片，是他同杰拉尔多·瑞维拉[1]、纽特·金里奇[2]和拉什·林博[3]的合照。窗外的体育楼因为昨天的大火闭馆了。马路对面的网球场上有两个男孩儿冒着酷暑在打球。

柏林顿揉揉眼睛。"该死，该死，该死。"他情绪激动地说。

是他把简妮·费拉米请来这儿的。她那篇关于犯罪秉性的论文举前人所未举，聚焦于犯罪性格的组成部分。这对基因泰的研究项目至关重要。他要她在他的麾下继续工作，就帮她在琼斯·福尔斯大学谋了一份工作，还从基因泰公司批了一笔钱资助她的研究。

在他的帮助下，她可以大有作为，而且她那贫苦出身也会为

---

① 美国律师、记者、作家、脱口秀主持人。
② 美国共和党人，1995年至1999年任美国国会众议院议长。
③ 美国右翼新闻人、电视主持人、记者、作家。

她的成绩增光添彩。她在琼斯·福尔斯大学最初的四周验证了他的判断。她第一时间立项，然后更是进展神速。大多数人都喜欢她，可她也不是省油的灯。一个留着马尾辫的实验室技术员觉得工作可以马马虎虎，结果第二天就被她骂得狗血淋头。

柏林顿自己也对她完全入了迷。她不仅智商高，人也漂亮。他一方面想作为父辈给她鼓励和引导，另一方面又有强烈的冲动想要和她上床。

可现在却出了这事！

他呼吸平稳下来之后，先给布瑞斯顿·巴克打了个电话。布瑞斯顿是他相处最久的朋友，20世纪60年代他们在马萨诸塞理工学院初识，那时候柏林顿正在攻读心理学博士学位，布瑞斯顿是个年轻有为的胚胎学家。在那个个性张扬的年代里，两人却留短发，穿花呢西装，都被看作怪人。他们很快就发现彼此几乎在一切事情上都看法一致：比如现代爵士乐不堪入耳，抽大麻是吸海洛因的第一步，美国唯一诚实的政客是巴里·戈德华特，等等。这段友谊比他俩各自的婚姻都要长久。柏林顿也不再思考自己是不是喜欢布瑞斯顿：布瑞斯顿就是在那儿，就像美国旁边有个加拿大一样。

布瑞斯顿现在应该在城北的基因泰总部，那里有几栋整齐的低层楼房，俯瞰着城北巴尔的摩的一片高尔夫球场。布瑞斯顿的秘书说他正在开会，柏林顿却要求她无论如何立即联系上他。

"早上好，柏里，出什么事儿了？"

"你那儿还有谁在？"

"我和李鹤在一起呢，他是兰兹曼的会计。我们正要商定基因泰方面披露新闻的最终细节。"

"先让他回避一下。"

布瑞斯顿的声音飘忽了些，看来是把电话从嘴边挪开了。"我很抱歉，李，这件事可能要耽误会儿工夫，我待会儿再找你吧。"过了会儿，他的声音才又回到电话里。只听他怒气冲冲地说："我刚才赶走的人是迈克尔·麦迪甘的左右手。你可别忘了，麦迪甘就是兰兹曼的首席执行官。要是你对收购议案的态度还像昨晚那么热忱，我们最好别——"

柏林顿不耐烦地打断了他："史蒂夫·洛根在这儿。"

布瑞斯顿一时吃惊得张口结舌："在琼斯·福尔斯大学？"

"就在心理系大楼里。"

布瑞斯顿立即把李鹤抛到九霄云外："天哪，怎么回事？"

"他是受试者，在实验室接受测评。"

布瑞斯顿声音抬高八度："这种事到底是怎么发生的？"

"我不知道，五分钟前我才撞见他。你可以想象我有多吃惊。"

"你认出他了？"

"当然认出来了。"

"干吗要测评他？"

"这是孪生子研究的一部分。"

"孪生子？"布瑞斯顿吼道，"双胞胎？那该死的另一个是谁？"

"我还不知道。你瞧，这种事儿迟早要发生。"

"但怎么能在这个节骨眼儿上呢！我们得推掉兰兹曼的合作。"

"见鬼，别！我告诉你这些可不是要来动摇你的交易决心的，布瑞斯顿。"柏林顿心想早知道就不打这个电话了。但他总得把这件惊人的事情告诉谁，而布瑞斯顿还是个精明的战略思想家。"我们现在只要找到办法控制住局势就好。"

"谁把史蒂夫·洛根带到学校里去的？"

"我们刚聘的助理教授，那个费拉米博士。"

"那个写犯罪秉性论文的小伙子？文章倒是不错。"

"是的，不过她是个姑娘家。实际上还是个非常迷人的姑娘——"

"我不管她是不是他妈的莎朗·斯通①——"

"我估计她把史蒂夫找来是要做研究。我遇见他的时候她也在边上。这件事我查一下。"

"这是关键啊，柏里。"布瑞斯顿心情渐渐平复，不再纠缠问题，开始专注于解决办法，"弄明白他是怎么被找来的，我们就能估测我们现在的处境有多危险。"

"我马上让她来。"

"聊完了马上给我回电，行吗？"

"当然。"柏林顿说完挂上电话。

然而他没有立即呼叫简妮，而是坐在椅子上整理思绪。

桌子上有一张黑白老照片，上面是他穿白色海军制服、戴军帽的少尉父亲，模样光彩照人。胡蜂号沉没的时候柏林顿六岁。就和所有美国的小男孩儿一样，他憎恨日本人，玩游戏的时候经常在想象中杀死几十上百个日本人。他心中的父亲是个无敌的英雄，高大英俊、勇敢强壮，而且所向披靡。他现在还能感受到

---

① 美国女演员，1958年生，十七岁时在宾夕法尼亚州的选美大赛中夺魁。

得知父亲死在日本人手中时那股不可遏制的狂怒。他曾向上帝祷告，希望战争慢点儿结束，能让他成年以后加入海军，杀上一百万个日本人报仇雪恨。

可他一个也没杀成。不过他从没雇过一个日本员工，不允许日本学生进入心理系，也不给日本心理学家工作机会。

很多人面对问题的时候，都会问自己：父亲遇到这种事会怎么做？朋友们曾经告诉他：这是他享受不到的特权。他父亲过世的时候他还太小，来不及了解父亲。他也不知道琼斯少尉遇到危机的时候会怎么做。他记忆中的父亲甚至从来不是个有血有肉的人，而是一个超级英雄。

他要先问出简妮的招募方法，接着再邀她共进晚餐。

他拨通了简妮的分机号码。她立即就接了电话。他压低声音，用他前妻薇薇形容成"毛骨悚然"的语调说道："简妮，我是柏里。"

她还是那么直截了当。"刚才到底怎么回事？"她说。

"我能跟你谈谈吗？拜托了。"

"当然可以。"

"你能来我办公室吗？"

"我马上到。"她说完挂了电话。

等她的当口，他开始回忆自己睡过多少女人。一个个想下来可得花不少时间，不妨用科学计数法近似一下：一个肯定有，十个也没跑。有没有一百个呢？十九岁后每年两个半，这个他肯定也超过了。一千个呢？一年二十五个，四十年来每两周搞一个新女人？没，他还没那么厉害。他和薇薇·艾灵顿成婚的那十年可能出轨过的女人加起来还超不过二十个。不过离婚后他都补了回来。那就是一百至一千之间的某个数吧。不过他没打算和简妮上床。他只是要弄明白她到底是怎么联系上史蒂夫·洛根的。

简妮敲门进屋,她在上衣和裙子外面套了件实验室白大褂。柏林顿就喜欢年轻姑娘把这种外套当连衣裙穿,里面最好只穿内衣。他觉得这样可性感了。

"你能来真好。"说着他给她搬了张椅子,又把自己的椅子从桌后拉出来,免得两人隔着桌子讲话。

他先得给简妮一个合理的解释,说明自己遇到史蒂夫·洛根时候为什么失态。她没那么好糊弄,他现在开始后悔自己刚才干嘛要数女人了,想想对策岂不更好吗?

他坐了下来,笑容可掬地对她说:"我为刚才的失态向你道歉,我刚才正从澳大利亚的悉尼大学下载文件呢。"他指指那台电脑,"你把我介绍给那位年轻人的时候,我突然想起来自己电脑还没关,电话也没挂,就感觉自己真是马虎,仅此而已。我刚才太失礼啦。"

牵强的解释,但她似乎接受了。"叫我松了口气,"她说,"我还以为自己做了什么冒犯你的事儿了呢。"

目前为止,一切顺利。"我正要跟你谈谈你的工作,"他自然而然地转过话题,继续说道,"你起了个好头啊,才来四周,工作就已经开展起来了。恭喜你。"

她点点头。"正式立项之前的那个夏天,我同赫伯和弗兰克长谈过几次。"她说。赫伯·迪克森是系主任,弗兰克·德米邓科是全职教授。"我们把一切可能遇到的实际问题都事先讨论过了。"

"再多说点儿,出什么问题了吗?有什么我能帮上忙的?"

"最大的问题是招募研究对象，"她说，"因为我们的受试者都是志愿者，所以大多数都来自体面的美国中产家庭，比如史蒂夫·洛根。他们认为好公民有义务支持科学调查。可皮条客和毒贩子这类人来的就少了。"

"我们的自由主义批评家也总拿这个说事儿。"

"另一方面，光研究遵纪守法的美国中产家庭可没法儿了解侵害和犯罪。所以解决招募问题对我的研究绝对是至关重要。"

"那你解决了吗？"

"我想是的。我想到政府机构和保险公司的大数据库，那里面存储着成百万人的医疗信息。包括脑电波、心电图等，这些东西都可以帮我们断定双胞胎是同卵还是异卵。比方说把相似的心电图找出来配成对，这不就是一种法子吗？要是数据库够大，分开抚养的双胞胎也能找到。不过还有个麻烦之处，有些双胞胎可能压根儿不知道自己的身世。"

"干得漂亮，"柏林顿说，"虽然简单，但是独具匠心。"这句夸奖是出自真心。分开抚养的双胞胎是基因研究的重中之重，为了招募这些人，科学家们费尽心机。可眼下他们所用的办法依旧是通过公开宣传：在杂志上发表关于双胞胎研究的文章，让读者自愿报名参加。正如简妮所说，那种法子大多只能找到体面的中产阶级，对基因研究颇为不利，对犯罪研究更是致命。

但是这种新办法对他个人而言却是场灾难。他盯着她的眼睛，极力隐藏自己的恐慌。情况比他料想中的还要糟糕。布瑞斯顿·巴克昨天晚上刚说过："可公司有秘密啊，这我们都知道。"吉姆·普洛斯特还说没人能把他们揪出来。他当时真想不到会有个简妮·费拉米。

柏林顿抓住一根救命稻草："在数据库里找到相似的条目似乎没听上去那么简单啊。"

"的确，图片要占用几兆空间。查找这类记录可比在博士论文里检查拼写错误难多了。"

"我觉得软件设计肯定是个问题。你是怎么办的？"

"我自己写了个软件。"

柏林顿惊很吃惊："你写的？"

"是啊，你知道的嘛，我在普林斯顿修学过计算机硕士学位。在明尼苏达的时候，我还和导师共同研究过神经网状结构呢，可以实现模式识别。"

她竟然这么聪明？"程序是怎么工作的？"

"软件通过模糊逻辑加快模式匹配。我们搜寻的两张图片只是相似，却并非完全一样。比如说不同的技术员利用不同的机器，对同一副牙齿拍出来的X光片也不尽相同。但人眼能分辨出这是一样的。当X光片经过扫描、数字化和电子存储等步骤的时候，拥有模糊逻辑的电脑就能辨别出它们是一对。"

"那你的电脑可得有帝国大厦那么大。"

"我想办法精简了模式匹配的步骤，只检索数字化图片的一小部分。想想吧，要认出一个朋友，你用不着看到他整个身子，只看脸就够了。汽车爱好者只要一张车头灯的照片就能辨认出大多数通用车型。把任何一首麦当娜的曲子放给我妹妹听，大约十秒钟她就能说出歌名。"

"不过这就会出错啊。"

她耸耸肩："不检索整张图片难免会漏掉几对。不过毕竟精简了这么多步骤，这点儿误差也不算大。怎么权衡就是统计概率学上的问题啦。"

当然,所有的心理学家都学过统计学:"但一款软件怎么能又测X光片,又查心电图,还比对指纹呢?"

"它只认电子模式,不管它们的含义。"

"程序有用吗?"

"似乎能用。我获准在一家医疗保险公司的牙科X光片数据库里运行了程序,结果找出几百对匹配结果。不过我当然只关心分开抚养的双胞胎啦。"

"你怎么把他们选出来呢?"

"我先筛掉所有姓氏相同的结果,接着是所有的已婚妇女,她们大多都改为夫姓了嘛。剩下的那些双胞胎就没什么明显的理由解释为什么姓氏不同了。"

真叫聪明,柏林顿心想。他现在对简妮是既钦佩,又害怕她发现真相:"剩下几对?"

"三对,有点儿让人失望。我本来以为能有更多对呢。第一对里那位改名的孪生子是因为宗教原因,他成了穆斯林,取了个阿拉伯名。第二对不知所终。不过幸好还有第三对,他们就是我要找的那种双胞胎。史蒂夫·洛根是个守法公民,而德尼斯·平科尔是个谋杀犯。"

柏林顿知道这件事。一天晚上,德尼斯·平科尔切断了一家电影院的供电,当时《黑色星期五》正放到一半。结果影院大乱,他趁着骚乱侵扰了不少妇女,有个姑娘试图反抗,他就把她杀了。

看来简妮找到德尼斯了。天啊,他心想,她太危险了。她会毁了一切的:公司易手、吉姆的政治生涯、基因泰公司,甚至还有柏林顿自己的学术声誉。忧惧让他怒火中烧：自己多年来一直为之奋斗的事业，怎么能毁在自己的女门徒手里呢？但他也不知道事态会如何发展。

她能在琼斯·福尔斯任职真是走运，能让他随时知道最新进展，早早防备起来。不过他还是无计可施。要是突发一场大火把她的文件都烧了，或是她出场车祸死掉，那就万事大吉啦。不过这些都是空想罢了。

也许他可以破坏她对自己软件的信心？"史蒂夫·洛根知道他是被收养的吗？"他心怀叵测地问道。

"不知道，"简妮的眉头拧起来，露出烦心的表情，"我们知道很多家庭都会在收养事宜上撒谎，但他觉得他母亲肯定会告诉他真相。但也可能有另一种解释。大概他父母因为某种原因不能通过正常途径收养孩子，所以花钱买了个婴儿。这种事就不怎么能说实话了。"

"也可能是你的系统有问题，"柏林顿道，"就因为两个男孩儿的牙齿相同，未必说明他们就是双胞胎啊。"

"我不觉得是系统出了错，"简妮不假思索地答道，"但我担心我要告诉几十上百人他们是被领养的，我都不知道自己有没有权力用这种方式干涉别人的生活。问题的严重性我也才意识到。"

他看了看表："时间不早了，但我还想继续聊聊这个话题，今晚有空吗？"

"今晚？"

"是啊。"

他看得出她有些犹豫。在国际孪生子研究大会上他们第一次见面，接着共进了一顿晚餐。她来琼斯·福尔斯之后，他们去校园里的教工俱乐部里的酒吧小酌了几杯。后来有个周六，查尔斯村的商业街上他们又不期而遇，柏林顿带她去巴尔的摩艺术博物馆逛了逛。不管怎么算，她肯定没有爱上他，但他知道在这三件事上她挺享受他的陪伴。而且他还是她的导师，她很难拒绝他的邀请。

"好啊。"她说。

"我们去港湾酒店的汉普顿餐厅吧，行吗？我觉得那儿是巴尔的摩最棒的餐厅啦。"也是最奢华的。

"行啊。"她说着站起身。

"那我八点来接你吧？"

"好。"

她背过身子那一刻，柏林顿眼前突然浮现出她光滑健硕的裸背，还有那紧致的臀部和一双大长腿。他的喉咙因为情欲一阵发干。接着她关上了门。

柏林顿摇摇头，把这些香艳的幻想驱逐出去，然后给布瑞斯顿打了个电话。"情况比我们想的更糟，"他直入正题，"她写了个电脑程序，能检索医疗数据库找出匹配的两个人。结果第一次运行就找到了史蒂夫和德尼斯。"

"该死！"

"我们得告诉吉姆。"

"我们三个得聚一聚，决定接下来该怎么办。今晚怎么样？"

"今晚我要和简妮吃晚餐。"

"这能解决问题吗？"

"反正不会扩大问题。"

"我还是觉得到头来我们一样得推掉兰兹曼的交易。"

"我不同意，"柏林顿说，"她很聪明，但一个女孩儿绝不可能在一周内把整件事都查出来。"

他挂断电话的时候，心里却对自己的说法惴惴不安。

8

人类生物学课堂上的纪律有些松散，学生们的注意力不集中，还都有些坐立不安。简妮知道原因。她自己也后怕。都是那场火灾和强奸案闹的，它打乱了他们安静的学术环境。想起昨天那些事儿所有人都心不在焉。

"已观测到的造成人类智力差异的原因有三条，"简妮说，"第一，基因不同。第二，环境不同。第三，测量误差。"她顿了顿。学生们记着笔记。

她早就注意到了这个现象，要是她给课堂内容编上号，大伙儿都会记下来。要是她只说"基因不同、环境不同、测量误差"就没几个人会动笔。所以从那时起，她讲课前就尽量先把东西编号了。

她是个出色的老师，这让她自己都吃惊。总的来说，她觉得自己不怎么会与人打交道。她既没耐性，也不好相处，今天早上就和德莱威尔警监闹得挺不愉快。但她是个很好的沟通者，说话简洁精练，而且她也喜欢解释事物。最叫她高兴的事儿，莫过于看见学生脸上浮现出明悟的表情了。

"上面这些我们可以写成一个方程。"她说道，转身在黑板上用粉笔写道：

$$Vt=Vg+Ve+Vm$$

"Vt是总差异，Vg是基因部分，Ve是环境，Vm是测量误差，"学生记下方程，"这个方程可以描述人类之间可以测量的任何误差，从身高到体重，乃至对上帝的信仰程度都行。不过公式里有个错误，谁能找到？"没人开口，她只好给出答案，"有时候总差异会比三部分之和还要大。这是为什么？"

有个小伙子开口了。男生发言不稀奇，女生却腼腆得让人生气。"是不是因为基因和环境还会互相作用，所以总量会大些？"

"完全正确。基因会引导个体进入特定的环境，同时规避掉其他的。脾性不同的婴儿从父母那儿得到的待遇也不同。就算生长在一处房子里，喜欢四处蹦跶的孩子和喜欢安静待着的孩子经历不会相同。同镇的两个年轻人，天不怕地不怕的那个也要比唱诗班的乖宝宝更容易吸毒。所以我们必须在方程右边加上参数Cge，表示基因—环境协变量，"她把这个写上黑板，然后看了看手腕上的瑞士军用手表，三点五十五分，"有问题吗？"

这回却换成个女生提问了。这是唐娜玛丽·迪克逊，她曾经是个护士，三十多岁才重返学校，人挺聪明，就是腼腆了点。她问道："那奥斯蒙家族呢？"

全班哄堂大笑，她的脸唰地红了。简妮柔声道："唐娜玛丽，你还是解释一下吧，课上有些同学太年轻，也许都没听说过奥斯蒙家族呢。"

"他们是20世纪70年代的摇滚组合，乐队成员都是兄弟姐妹。奥斯蒙家族虽然举家都是音乐人，但他们不是孪生子，基因并不相同。这种全家搞音乐的结果，好像是家庭环境造就的。还有杰克逊五兄弟不也是这样嘛。"其他同学大多比她年轻，听到这里又笑了一阵，唐娜玛丽害羞地笑了笑，添了句："我这下可是暴露年龄了。"

"迪克逊女士问到了点子上，我很吃惊其他人怎么都没想到。"简妮说。她其实一点儿也不吃惊，只是要给唐娜玛丽增加点儿自信。"专注且富有魅力的家长也许会让所有孩子都遵从同一理想，不管他们基因是否相同，就好像喜欢施暴的家长会把一家子都弄得精神分裂。不过这都是极端案例。就算父母和祖父母都身材高挑，营养不良的孩子还是长不高。就算祖辈都瘦，吃太多的孩子还是会胖。然而相比以往的研究，所有的新研究都更为确凿地显示，比起环境或抚养方式，基因遗传在决定孩子天性方面起主导作用，"她顿了顿，"要是没有其他问题的话，下周一前请大家读完布沙尔等人在《科学》杂志上发表的文章，1990年10月12日那期。"简妮说完就收拾起课件。

学生们开始整理课本。她在课堂上等了一会儿，让那些上课不好意思开口提问的学生有机会和她私下里说两句。内向者常常都能成为大科学家。

走到讲台前的是唐娜玛丽。这个圆脸姑娘有一头金色的鬈发。简妮心想，这个沉稳干练的姑娘以前肯定是个好护士。"我为可怜的丽莎感到难过，"唐娜玛丽说，"这事太可怕了。"

"警察还添乱呢，"简妮说，"说实话，把她送去医院那个警察真是个混账。"

"真闹心。不过抓罪犯可能还得指望这帮人。他们已经把嫌犯的照片贴得满学校都是了。"

唐娜玛丽所说的照片肯定是米雪儿·德莱威尔的软件制作出来的。"今天早上我出门的时候，她还和一个探员在画着呢。"

"她现在感觉怎么样？"

"依然麻木……还有些神经质。"

唐娜玛丽点点头："这都是必经阶段，我都见识过。第一阶段是否认。他们会说：'我只想把这些事都忘掉，然后继续过日子。'但做起来可没那么简单。"

"她真该和你聊聊，知道该怎么做才能帮助到她。"

"随时欢迎。"唐娜玛丽说。

简妮穿过校园走向疯人院。天还是热。她警戒地四处打量，仿佛西部片里不安的牛仔，生怕有人从新生宿舍楼的拐角蹿出来袭击她。琼斯·福尔斯大学的校园环境静谧安宁，直到现在都是美国当代城市沙漠中的一方绿洲。校园里有商店、银行、体育场、停车位、酒吧间、饭馆、办公室和住宅，的的确确就是一个小镇。这儿五千人口，有一半住在校内。但那场火灾让这里变得危机四伏。那男人无权做这种事，简妮辛酸地想，竟让我在自己工作的地方心惊胆战。也许这就是犯罪的必然结果吧，它会动摇你脚下坚实的大地。

步入办公室的时候，她突然想起柏林顿·琼斯。这是个迷人的老头，尤其迷女人。每每和他在一起时她都很愉快。她也欠他一份人情，这份工作不就是他给她谋的嘛。

另一方面，他却有些油滑。她怀疑他对女人有控制欲，老让她想起那则笑话，内容是男子对姑娘说："给我聊聊你的事儿吧，说说你对事物的看法。比方说，我。"

从某些角度来看他不像个学者。但简妮注意到，大学里真正的干将绝不会露出那些心不在焉的教授脸上那种茫然无助的神色。柏林顿的体态形貌像个强者，行为做派也像个强者。他虽然多年都没有伟大的科研发现问世，但那也属正常：双螺旋结构这类才华横溢的原创发现，通常都是三十五岁之前的成就。随着科学家年龄的增长，他们是用经验和直觉去帮助和引导年轻的新生学者。柏林顿这方面就做得很好，他兼了三份教职，还执掌着基因泰公司的研究资金。然而，他却没有得到应得的那份尊重，其他科学家不喜欢他掺和政治。简妮本人就觉得他的科研能力强，政治上却是一团糟。

起初她乐于相信柏林顿所谓从澳洲下载文件的说辞，但回过神来却起了疑虑。他看见史蒂夫·洛根的时候，那表情是活见鬼，不是看见一张电话账单啊。

很多家庭都有"父母的秘密"。已婚妇女可能有个情人，只有她心知肚明孩子的父亲究竟是谁。年轻姑娘可能生下孩子后会交给母亲，摇身一变装作孩子的姐姐，然后全家都会共同保守这个秘密。领养孩子的邻居、亲戚和朋友也会隐瞒真相。洛琳·洛根也许不是会对正当收养讳莫如深的人，但她有的是理由隐瞒史蒂夫的来历。但是柏林顿怎么会牵涉进去的？难不成他是史蒂夫的父亲？简妮不由得笑了。柏林顿虽说英俊，但他比史蒂夫足足要矮上六寸。虽说万事皆有可能，但这种解释还是太牵强。

老想不通的秘密让她有点儿心烦意乱。不管从哪个角度说，史蒂夫·洛根都代表了她的成功。首先，他本人是个守法公民，他的同胞兄弟却是个凶狠罪犯。史蒂夫验证了他的计算机搜索程序，还证实了她的犯罪理论。当然，她在证明自己的理论之前，还得找到上百对史蒂夫和德尼斯这样的双胞胎。不过即使如此，她现在的开头也不能再好了。

明天她要去见德尼斯，万一对方是个黑发矮子，那她就知道肯定哪儿出了大问题。但要是她想对了，对方就会是史蒂夫·洛根的翻版。

史蒂夫·洛根完全不知道自己可能是被收养的，这事让她有些震撼，看来要想办法制定章程应付这类情况。今后她可以先和受试者的父母联系，核实他们究竟对孩子透露了多少，然后再去拜访双胞胎。虽然这样会减慢工作速度，但必须做呀：她可没资格去揭开人家家里的秘密。

问题可以解决，但柏林顿的质疑和史蒂夫·洛根的怀疑却让她忧心忡忡，静不下来。她开始对项目的下一步计划焦虑不安起来。她想用软件检索联邦调查局的指纹档案。

这是个绝好的信息来源。存档的两千两百万人里，许多都曾是嫌疑犯或罪犯。要是她的程序管用，就能找到几百对双胞胎，包括分开抚养的那些。这可谓她研究的一次飞跃。但她得先拿到政府部门的许可。

她以前在学校里最要好的朋友叫吉塔·苏姆罗，是个印度裔数学天才，现在是联调局信息技术部门的高层管理人员。她在华盛顿特区上班，住在巴尔的摩。吉塔早前已经同意去问问上司，看看能不能和简妮合作，还保证这周末能有回音，但简妮现在就想催催她，于是拨通了她的号码。

吉塔出生于华盛顿，但口音带着印度次大陆腔，语调柔软，元音圆润。"嘿，简妮，周末过得怎么样？"她说。

"糟透了！"简妮对她说，"我妈的精神状况还是不行，我只好送她去养老院。"

"听到这些我很难过，她怎么啦？"

"她大半夜忘了时间，起床要出门，可忘了换衣服，买了盒牛奶却连自己的住处也忘了。"

"然后呢？"

"警察把她找着了，幸亏她包里还有张我开的支票，他们这才联系上我。"

"你肯定很不好受吧？"

这是个女性才会问的问题。像是杰克·布根和柏林顿·琼斯那帮男人就会问她要怎么办。女人才会问她感受如何。"很糟，"她说，"要是我去照顾母亲，谁来照顾我呢？你理解吗？"

"她现在住在哪种养老院？"

"便宜的那种，这还花了她所有的保险金呢。我得把她从里面弄出来，只要我能弄到钱，一定要让她住进更好的地方。"电话那头一段意味深长的沉默使她突然意识到吉塔以为她在向她借钱。"我周末要去做家教，"她急忙补充道，"你对老板说了我的提议了吗？"

"已经说了。"

简妮屏住呼吸。

"这儿的所有人都对你的软件很感兴趣。"吉塔说。

这也没说同不同意啊。"你们难不成没有计算机检索系统？"

"我们有，但你的搜索引擎比我们手上任何一种都要快。他们正在讨论要问你买下程序的使用权呢。"

"哇，这么看来也许我用不着周末去做家教啦。"

吉塔笑了："在你开香槟庆祝之前，我们得先确定程序真能奏效。"

"那得多久啊？"

"我们得找一个晚上运行，那时候正常使用数据库的人少，干扰也少。我找个安静的晚上，一周内就能出结果，最多两周。"

"不能再快点儿吗？"

"你很着急吗？"

是很着急，但简妮不情愿把自己的担忧告诉吉塔。"我就是没耐性嘛。"她说。

"我尽快吧，别担心。你能通过网络把程序上传给我吗？"

"可以啊，但你运行的时候不用我在旁边吗？"

"不用，简妮，我还不用。"吉塔的声音里有一抹笑意。

"也对，你对这方面比我还熟呢。"

"这里是发送地址。"吉塔报出一个电子邮箱地址，简妮记了下来，"我到时候会通过同样的方式把结果寄回给你的。"

"谢谢啦。嘿，吉塔？"

"怎么了？"

"我是不是得想个办法避避税啊？"

"少来。"吉塔笑着挂断了电话。

简妮点开了"美国在线"浏览器，进入因特网。把程序上传给联调局的当口，门突然响了，史蒂夫走了进来。

她仔细打量着他。他才得知一个扰人的消息，烦恼全写在脸上。不过他还年轻，也有韧性，没被烦恼击倒。他心神很稳定。

要是他和那个也许是兄弟的德尼斯一样也是个犯罪人格的话，现在也许就和谁打起来了。"测评做得怎么样啦？"她问他。

他用脚跟关上身后的门。"都弄好了，"他说，"我做完了所有的测验和考试，把人类的智慧能设计出来的所有问卷都填了。"

"那你可以回家啦。"

"我今晚想待在巴尔的摩。实际上，我想问问你今晚能不能和我吃个晚饭。"

她吃了一惊。"为什么啊？"她口不择言地问道。

这问题把他问倒了："好吧，呃……为了多了解你的研究。"

"啊，好啊。只是不凑巧，我今晚已经有约了。"

他看上去非常失望："你是不是觉得我太年轻了？"

"太年轻又怎么了？"

"不能约你出去。"

这话让她大吃一惊。"我不知道你是要和我约会啊。"她说。

他发窘道："你可真是迟钝。"

"抱歉。"她的确没领会。他昨天就在网球场上搭讪过她，但今天整整一天，她却只把人家看成研究的受试者。不过她现在开始考虑了，他的确太年轻，不适合她。他才二十二岁，还是个学生。她要比他大七岁，代沟很大啊。

他说："你的约会对象几岁啊？"

"五十九或六十岁吧。这个年龄段。"

"喔，原来你喜欢年龄大的。"

简妮拒绝他的邀请，心里很不好受。自己让他受了这种震动，总归欠了他些什么。这时候她的电脑发出一记门铃声，表示程序已经上传完毕。"我今天的活儿全完成啦，你愿意和我去教工俱乐部喝一杯吗？"

他顿时欢颜道："当然啊，我很乐意。我穿这身行吗？"

他穿着卡其裤和蓝色亚麻衬衫。"你可比那儿的大多数教授穿得都漂亮呢。"她微笑道。说完她关上电脑走了出去。

"我给母亲打了通电话，"史蒂夫说，"把你说的告诉她了。"

"她生气了吗？"

"她笑啦，说我不是被领养的，也没有什么送给别人领养的双胞胎兄弟。"

"奇怪。"洛根一家这么冷静地接受了这条消息让简妮松了口气，但他们淡漠的态度让她开始担心，莫非史蒂夫和德尼斯不是双胞胎吗？

"你知道……"她迟疑了，因为她今天已经对他说太多奇谈怪论了，但她还是决意说道，"还有一种可能性，能解释你和德尼斯是孪生兄弟。"

"我知道你在想什么，"他说，"在医院里抱错孩子了。"

他思维敏捷。今天早上她已经不止一次见识过他的理解速度了。"对，"她说，"母亲一号生了对同卵双胞胎男孩儿，母亲二号和三号也都生了男孩儿。双胞胎给了母亲二号和三号，而她们的孩子却都给了母亲一号。孩子长大的时候，母亲一号发现孩子形貌差异那么大，只会认为自己生的是异卵双胞胎。"

"而且要是母亲二号和母亲三号不认识的话，没人会注意到她俩的孩子长得惊人地相似。"

"这虽然是言情作家的陈年老调，"她承认，"但也不是不可能啊。"

"有专门讲孪生子的书吗？"他说，"我想多了解了解。"

"有啊，我这儿就有一本……"她朝书柜看了看又说，"没找到，看来放在家呢。"

"你住在哪儿？"

"就在附近。"

"你可以带我去你家喝一杯嘛。"

她犹豫了。这是双胞胎里正常的那个，她提醒自己，不是那个病态人格的家伙。

他说："你今天已经对我了解不少啦，我对你也很好奇，想看看你住的地方。"

简妮耸耸肩："可以啊，干吗不去呢？走吧。"

他们离开疯人院的时候恰好五点钟，天气终于开始转凉。看见那辆红色梅赛德斯时，史蒂夫吹了记口哨。"多漂亮的车啊！"

"它跟了我八年啦，"她说，"我喜欢它。"

"我的车在停车场，我过会儿开到你车后头，然后闪闪车前灯。"

他走后，简妮坐上车点上油门。几分钟后她看见后视镜上闪过车头灯的亮光，于是开出停车位驶走了。

驶离校园的时候，她发现有辆警用巡逻车切进史蒂夫车后，尾随了上来。她盯着速度计，把速度减小到三十迈。

史蒂夫·洛根似乎对她入了迷，她虽然没有回馈他的感情，却也挺满足。能俘获一名英俊小伙儿的心，总是让人欢喜的事儿呀。

他一路跟着她回家。她把车停在门口，他也在她后面跟着停下。

很多巴尔的摩的老街里都有一条齐街长的公用门廊，在空调发明之前邻居街坊就在这儿纳凉。她穿过走廊站在家门前，掏出钥匙。

蓦地，警车里蹿出两个握着枪的警察。他们迅速摆出射击姿势，手臂伸直，枪口直指简妮和史蒂夫。

简妮的心跳都停止了。

史蒂夫说："怎么回——"

其中一个警察叫道："警察！不许动！"

简妮和史蒂夫双双举起手。

但警察却没有因此而放松。"趴在地上，混蛋！"一个警察叫道，"脸朝下，手放在后面，背后！"

他俩又双双趴下。

警察小心翼翼地朝他们走来，仿佛这是两枚定时炸弹。

简妮说："你能不能告诉我们到底这是怎么回事？"

"你可以站起来，女士。"一位警察开口道。

"呼，谢谢。"她站直身子。心还是怦怦跳，但警察似乎犯了什么愚蠢的错误。"你们可把我吓得半死，到底出什么事儿了？"

他们还是不回话。两人端着枪瞄准史蒂夫。其中一个挨着他跪下，用娴熟的手法迅速给他上了手铐。"你被捕了，混蛋。"警察说。

简妮说："我算是个大度的女人了，但你们这么骂骂咧咧的有必要吗？"却压根儿没人搭理她。她又开口道："无论如何，能不能告诉我他到底干什么了？"

这时候，一辆浅蓝色的道奇柯尔特轿车停到警用巡逻车后，车里钻出两个人。其中一位正是性犯罪科的米雪·德莱威尔探员。她还穿着今早的裙子和上衣，外面多罩了件亚麻外套，腰际的枪却仍露出一截。

"你们来得真快。"一个巡警说道。

"我就在附近。"她回答。她盯着躺在地上的史蒂夫道："让他起来。"

一位巡警拽住史蒂夫的胳臂，把他拉起来。

"就是他，"米雪说，"这就是强奸丽莎·霍克斯顿的家伙。"

"是史蒂夫干的？"简妮简直不可置信。上帝啊，我竟然正要把他往家里带呢。

"强奸？"史蒂夫说。

"他开车离校的时候巡警盯上了他。"米雪说。

简妮这才注意到史蒂夫的车。这是辆褐色的达特桑，差不多十五年车龄。丽莎说她看见强奸犯开着辆生锈的白色达特桑。

她起初的震惊和警醒开始给理智让路。警察虽然怀疑他，但并不代表他有罪。证据呢？她说："要是你们看见每个开生锈达特桑的人都……"

米雪直接塞给她一张传单，上面印着一张电脑生成的黑白男性照片。简妮盯着照片看了看，的确和史蒂夫有几分相似。"这也许是他，但也可能不是啊。"简妮说。

"你和他在一起干吗呢？"

"他是我的受试者，我们在实验室给他做测评呢。我不相信他会是那个强奸犯！"她的测评结果的确表明史蒂夫遗传了某些可能成为罪犯的性格，但也显示他并没有成为真正的罪犯。

米雪对史蒂夫说："你能解释一下你昨天晚上七点到八点之间都在做些什么吗？"

"我在琼斯·福尔斯大学。"史蒂夫说。

"在干什么？"

"没干什么，我本来打算和表兄瑞奇一起出去，但他又不去了。于是我就来这儿看了看今早要去的地方，然后就没事情可干了。"

这话简妮听着都觉得不可采信。也许史蒂夫真是那个强奸犯，她沮丧地想道。不过要是如此，她的整个理论就完了。

米雪说："你是怎么打发时间的？"

"我看了会儿网球。然后去查尔斯村的酒吧待了几个小时。压根儿不知道那场大火。"

"你的话有人能做证吗？"

"我和费拉米博士说过话，虽然那时候我还不知道她是谁。"

米雪转向简妮，简妮看见她眼里的敌意，想起今早米雪劝说丽莎合作的时候，她们还起了冲突。

简妮说："那是我刚打完网球的时候，大火发生之前几分钟吧。"

米雪说："所以你也不知道强奸案发生的时候他在哪儿喽？"

"不知道，但我能说点儿其他情况。为了给这个男人做测评，我和他待了一整天，他并没有强奸犯的心理动向。"

米雪面露讥讽道："这可不能作为证据。"

简妮手上还攥着传单。"那我猜这也不行。"她把传单团成球状，丢到路边。

米雪猛地转过头朝警察们道："我们走。"

史蒂夫突然开口了，他用清晰、冷静的声音道："等一下。"

所有人都停下动作。

"简妮，我不在乎这群家伙怎么看我，但我想告诉你，我没强奸过别人，我也永远不会做这种事。"

她相信他。为什么呢？只是因为她需要靠他的清白来验证自己的理论吗？不是，她那些心理测评结果已经表明他没有罪犯特质。还有另一个原因，就是她的直觉，和他在一起她觉得很安全。他会倾听她的话语，不吓唬人，也不乱摸。不生气，也没有敌意。行为那么检点的他，绝不会是强奸犯啊。

她说："你要我给谁打个电话吗？你父母？"

"不要，"他果决地说，"他们会担心的。几个小时之内这件事就会结束。到那时我再告诉他们。"

"他们今晚会等你回家吗？"

"我说过可能要和瑞奇再住一宿了。"

"你确定的话就行。"她怀疑道。

"我确定。"

"走吧。"米雪不耐烦地说。

"急什么啊？"简妮破口叫道，"赶着去抓别的无辜民众吗？"

米雪瞪着她："你还有什么想对我说的？"

"接下来会怎么样？"

"先让丽莎·霍克斯顿指认是不是这个人强奸了她。"突然米雪换了种戏谑的口吻道，"您看这样可以吗，费拉米博士？"

"这样最好。"简妮说。

9

　　他们开着那辆道奇柯尔特把史蒂夫带去了城里。女探员开车，另一个体形魁伟的白人小胡子坐在她身边，在小车里伸展不开手脚。没人说话。

　　史蒂夫表面不动声色，心底却恼怒异常。他凭什么要戴着手铐，这么不舒服地挤在车里呢？他现在明明应该在拿着冷饮，舒舒服服地待在简妮·费拉米的公寓里啊。他们最好早点儿弄明白缘由，让这一切快些过去。

　　警察局位于巴尔的摩红灯区，是一栋粉红色的花岗岩建筑，附近林立着不少露天酒吧和色情店铺。车子驶上坡道，进入局内的车库，和满库的警用巡逻车和柯尔特这类廉价小轿车停在一起。

　　下车后他们把史蒂夫带进电梯，领进楼上一间黄色墙面的无窗屋子，接着解开史蒂夫的手铐，把他一个人丢在了那儿。史蒂夫猜他们把门锁了，但没去核实。

　　屋里有一张桌子和两张塑料硬椅。桌上的烟灰缸里丢着两个烟蒂，都是带滤嘴的那种，其中一枚烟蒂上还有口红印子。门上嵌着块不透明玻璃，史蒂夫看不见外面，但他猜想他们看得见里面。

看着烟灰缸，他真希望自己也抽烟。在这么间黄墙面的牢房里总得干点儿什么吧，于是他就踱起步来。

他对自己说，不可能真出问题。他看过传单上的照片，虽然有几分像他，却并不是他啊。毫无疑问他是长得像强奸犯，但他要是和其他高个小伙儿站成一串儿，受害者绝不会把他挑出来。毕竟那个可怜的姑娘肯定死死盯过那个混蛋很长时间，那家伙的脸早就烙刻进她的记忆里了。她绝不会认错人。

但警察无权让他这么等着。好吧，他们是得把他看成嫌疑犯，但他们没必要让他等一个晚上啊。他是个守法公民呢。

他尽量往好处想。这么走一遭也算是近距离接触了美国司法系统。接下来他给自己辩护，这不也是个绝好的实践机会吗？等到将来他代表被控犯罪的委托人时，就很清楚警方拘留的道道啦。

他以前见过审讯室的样子，但和这次的感觉大不相同。他当年才十五岁，被老师带着来投案。他来警察局之后立即就承认了罪行，并对一切情况供认不讳。警察看见他也受了伤，说明这不是单方面的殴打。后来他的父母就把他接回了家。

那是他这辈子最羞耻的时刻。父母走进屋子的时候，史蒂夫恨不得死了才好。父亲表情痛苦，好似受了奇耻大辱；母亲的神色里则透着哀伤；他们两人都带着疑惑而又难过的神情。这种时候，他只能强忍着不让眼泪掉下来。事后他每每想起，还是觉得喉咙发哽。

但这次不同。这次他是无辜的。

女探员带着只文件夹走了进来。她已经脱掉外套，但枪还别在腰带上。这是个四十岁左右的黑人妇女，有点偏胖，一副这里我做主的神气。

史蒂夫看见她顿时松了口气，说道："谢天谢地。"

"谢什么？"

"你总算是来了，我可不想在这儿待上一整晚。"

"你能先坐下来吗？"

史蒂夫坐了下来。

"我是米雪儿·德莱威尔警监。"她从文件夹里取出一张单子放在桌上，"你的全名？住址？"

他如实相告，她记下来后又问："年龄？"

"二十二岁。"

"教育程度？"

"大学毕业。"

她填完之后把表单推给他。只见抬头上写着：

警察局

巴尔的摩，马里兰州

享有权利的说明

第六十九号文档

"请把文档上的五句话念出来，然后把你名字的首字母缩写签在每句话后面，那里给你留出空了。"她递给他一支笔。

他开始默读文档，并且写下首字母缩写。

"你得念出声来。"她说。

他想了想，问道："为了知道我认字儿？"

"不是，为了避免你之后假装不识字，还说没人告诉过你这些权利。"

这可是法律系不会教的东西。

他读道："特此告你：一、你有权保持沉默。"接着在行末的空挡写下SL。他再往下读并一一签上名。"二、你所写所说之一切皆可呈堂用于控诉你。三、你随时有权与律师交谈，问询前、中皆可，回答任何问题前亦可。四、若你需要律师而无钱募得，则不会有问询，且法院将指派一名律师给你。五、同意回答问询后，你可随时中止并要求律师介入，此时将不会再询问你任何问题。"

"现在请签名，"她指了指表单，"签在这里，和这里。"

第一处要签在这句话之下：

　　　　我已阅读上述享有权利的说明，并完全理解其含义。

　　　　　　　　　　　签名＿＿＿＿＿＿＿

史蒂夫签上名字。

"然后在底下再签一个。"她说。

　　　　我愿意回答问询，并且暂不需要律师。我自愿并自
　　主做出上述决定。

　　　　　　　　　　　签名＿＿＿＿＿＿＿

他签名之后说道："要真是个罪犯你要怎么让他签上这个名？"

她却不答腔，只是在文件上签下自己的名字。

她把文件放回文件夹，然后看着他说："你摊上麻烦啦，史蒂夫。但你看上去不像个罪犯，你不妨把真相告诉我吧。"

"我说不出啊，"他说，"我当时不在那儿，我猜我就是和那个犯事的混蛋长得像而已。"

她往后靠了靠，跷起二郎腿，友善地冲他一笑。"我了解男人，"她用亲密的语气说，"他们有冲动嘛。"

要是我还不明事理，可能还要把她的肢体语言看作对我有意思呢，史蒂夫心想。

她继续说："在我看来，你是个迷人的小伙子，她肯定喜欢上你啦。"

"我从没见过这个女人啊，警监。"

她不理他，身子探过桌子，盖住他的手道："我想是她挑逗的你。"

史蒂夫看着她的手，指甲修剪得很整齐，也不太长，涂着透明指甲油。但手上皱纹不少，她看来不止四十岁，也许有四十五岁了。

她的声音突然变得鬼鬼祟祟，好似在说："这事只有你知我知。是她要和你上床，所以你才做的，是不是？"

"你怎么会这么想？"史蒂夫听了之后大为光火道。

"我知道女孩儿们的脾性。她先把你逗得起了兴，但在最后关头却又改变了主意。不过太迟啦，男人没办法像那样说停就停，否则怎么能叫男人呢。"

"啊，等等，我懂了，"史蒂夫说，"嫌疑犯会想着把事态弄得更有利于自己，所以会同意你的说辞。但实际上他是承认自己作了案，你也就成功了一半了。"

德莱威尔警监神色羞恼地坐回原处，史蒂夫知道自己猜对了。

她站起来。"行啊，聪明小子，跟我走吧。"

"我们去哪儿？"

"班房。"

"等会儿，受害者不是还得指认吗？"

"那得等我们去拜访受害者，然后把她带来这儿之后才能开始。"

"你不能不通过法院程序就无时限地把我扣留在这儿啊。"

"扣你个二十四小时还用不着走法院程序，闭上嘴走吧。"

他们坐电梯到楼下，穿过门进入一个大厅，墙面刷成暗淡的黄褐色。墙上一条通知提示警官在搜身的时候要铐上嫌疑犯。狱警是个五十多岁的黑人警察，站在一只高高的柜台后面。"嘿，斯派克，"德莱威尔警监说，"给你带来个聪明小子。"

狱警咧嘴笑道："要真是个聪明小子，哪儿能来这儿啊？"

他们大笑一阵。史蒂夫心说，以后就算看透了警察的心思也不能明说。这是他的弱点，上学的时候他就这么触怒过老师。谁也不喜欢太聪明的人。

名叫斯派克的警察身材瘦小，满头银发，留着一撮小胡子。他虽然形态滑稽，眼神却冷冽非凡。他打开铁门道："你要进牢里吗，米雪？是的话我得提醒你一句，先检查一下武器。"

"不进去了，我到这儿就算交班了，"她说，"待会儿还得让他参加指认呢。"说完她就离开了。

"这边走，小伙子。"狱警对史蒂夫说。

他穿过门。

他在牢房里了，墙和地板也是一样暗淡的颜色。

史蒂夫觉得电梯是在二楼停下的，但因为没有窗，他感觉自己是在深入地下的某个洞窟里，要花上好久才能爬上地表。

小休息室里有一张桌子和一支三脚架，上面摆着一台相机。斯派克从文件柜里抽出一张表单。史蒂夫站在他对面，倒着看出文件抬头是：

警察局

巴尔的摩，马里兰州

囚犯活动报告表1992年12月

斯派克拔下圆珠笔的笔帽，开始填表。

填完后他指着地面的一处说道："就站到那儿去。"

史蒂夫站到照相机前。斯派克按下快门，闪光灯一亮。

"转个身。"

又一亮。

接着斯派克掏出一张四四方方的卡片，上面用粉色墨水写道：

联邦调查局

美国司法部

华盛顿特区，20537

斯派克让史蒂夫把手指在印泥垫里按一下，然后摁到卡片上写着"1. 右手拇指，2. 右手食指"等的对应位置上。史蒂夫注意到斯派克虽然身材矮小，却有双青筋暴起的大手。斯派克边给他印指纹边说道："我们有套新的中央登记设备，就放在格林芒特大道上的市立监狱里，他们那儿有台电脑，不用墨水就能给你采指纹。就像是台大号的影印机，只要你把手指按在玻璃上就齐活儿啦。但在这儿我们还是得用脏兮兮的土办法。"

史蒂夫尽管并没有犯罪，但起初还是觉得有些羞耻。这有一部分是因为这里可怕的环境，不过主要还是因为无力感。从那两名警察在简妮家门口冲出警车的时候起，他就像块猪肉一样被丢来带去，毫无自主权。这让他身为男性的自尊迅速跌落下去。

指纹采集完毕后，斯派克说他可以洗手了。

"请允许我带您去您的套房看看。"斯派克打趣道。

他带史蒂夫走进楼道，左右都是牢房。每一间都差不多四四方方，靠走廊的一面都没有墙，只有条条铁栅，所以从外面往里看，牢房里的一切一览无余。透过铁栅，史蒂夫看见每间牢房的墙上都安着一张合金床铺，还有只不锈钢马桶和洗手池。刷成黄褐色的墙壁和床铺上布满涂鸦。马桶没有盖子。有那么三到四间牢房里关着人，他们无精打采地躺在床上，但绝大多数都是空的。"在拉法叶街的假日酒店，周一多么安宁啊。"斯派克调侃道。

可史蒂夫哪儿有心思笑啊。

斯派克在一间空牢房前停住脚步。趁着警察开锁的时间，史蒂夫朝里看了看。一点儿谈不上隐私。史蒂夫意识到自己要上厕所就得当着所有人的面，不管谁刚巧从楼道里穿过，不论是男是女，都能把他这姿态看得一清二楚。这可比其他任何事情都要羞辱人。

斯派克打开铁栅门，示意史蒂夫进去，接着在史蒂夫背后重重关上门，上了锁。

史蒂夫坐到床铺上。"老天啊，这什么破地方啊。"他说。

"你得习惯。"斯派克笑呵呵地说道，接着就离开了。一分钟后他带着个泡沫塑料盒回来了。"我晚饭还剩下点儿，"他说，"吃炸鸡吗？"

　　史蒂夫看看饭盒，又看看马桶，摇了摇头。"谢谢你的好意，"他说，"我还不饿。"

10

柏林顿点了香槟。

简妮经历了这样的一天后，其实想狠命喝上一大口加冰的红牌伏特加，但喝烈酒可不是和上司交流的方式，所以她还是决定把这愿望藏在心里。

香槟意味着浪漫。上一次他们见面的时候，他表现得虽然迷人却不多情。现在他打算向她示爱了吗？这让她有点儿局促。她还没见过一个连遭到拒绝都能显出风雅的男士呢。而且这位男士还是她的老板。

她也没把史蒂夫的事情告诉他。晚餐时她几次想要把实情相告，却欲言又止。要是一切事与愿违，史蒂夫的确就是那个罪犯，那她的整个理论就要动摇。但她可不想把事情往糟糕了想。在一切水落石出之前，她还是别疑神疑鬼的好。而且她确信整件事就是个可怕的误会。

她把这事儿告诉过丽莎。"他们把布拉德·皮特抓了！"她这么说的。丽莎吓坏了，那个男人竟然在疯人院待了整整一天，那是她工作的地方啊。而且简妮还正要把这家伙带进家里呢。简妮解释了她确信史蒂夫绝不会是那个罪犯。挂断电话之后又有些后悔，也许自己不该打这通电话，别人会觉得这是在影响证人的。不过这样不打紧。丽莎还是得看一排年轻白人小伙，接着找到或是没找到强奸她的那一个。这种事她又不会搞错。

简妮也和母亲通了电话。帕蒂今天在那儿，她的三个孩子也去了，母亲在电话里兴致盎然地谈起男孩儿们怎么在家里的楼道上跑来跑去。谢天谢地，她似乎忘了昨天她才搬进了丽景，说话口吻好似在那儿住了好多年，还责备简妮怎么不多去看看她。聊完后简妮对母亲的事释怀了些。

"你觉得鲈鱼怎么样？"柏林顿开口道，打断了她的思绪。

"挺好吃，做得很考究。"

他用右手食指抹过眉毛，让她觉得像是在自我庆贺。"现在我要问你个问题，你得老实交代。"他笑道，免得她认为他太过严肃。

"好啊。"

"那你喜欢甜品吗？"

"喜欢。你觉得我是那种会在这种小事儿上装模作样的女人吗？"

他摇摇头："我觉得能让你装装样子的事儿不多啊。"

"岂止不多，完全不够。人家都说我缺心眼呢。"

"这是你最大的缺点吗？"

"要是我能好好反省，也许能做得好些吧。你最大的缺点是什么？"

柏林顿毫不犹豫地说："失恋。"

"这也算缺点？"

"屡次失恋得算啊。"

"或是一次和几个人纠缠不清吧。"

"这么说来，也许我该给洛琳·洛根写封信，问问她的意见。"

简妮笑了，但不想把话题牵到史蒂夫头上。

"你最喜欢的画家是谁？"她岔开话题。

"你猜猜。"

她寻思柏林顿是个超级爱国者，所以肯定是个感性派。

"诺曼·洛克威尔吗？"

"当然不是！"他好像被吓了一跳。"他只是个粗俗的插画家！不，就算我有钱买画，我也会买美国印象派画作。像是约翰·亨利·图瓦克曼描绘冬天的那些画。我想把《白桥》买下来，你呢？"

"你也猜猜吧。"

他想了想，说道："胡安·米罗？"

"为什么是他？"

"我猜你喜欢着色大胆的画作。"

她点点头："很敏锐嘛，不过不对。米罗的画作太乱，我喜欢蒙得里安。"

"啊，对，当然啦，他那些直线条。"

"是啊，你很懂嘛。"

他耸耸肩，珍妮知道这老头肯定和不少女人都玩过这套你猜猜的把戏了。

她把勺子戳进芒果沙冰。这场晚餐已经变了味，肯定不算上下级之间的宴请了。她得尽快拿定主意，决定和柏林顿的关系要走向何方。

自从维尔·坦普离她而去之后，她一年半都没吻过男人了，而且直到今天连一次约会都没有。她并非还留恋维尔，她已经不爱他了。但她也不能滥交啊。

然而，她已经受够了尼姑似的生活了。她怀念有个毛发浓密的家伙在床上痴缠，她怀念男人的味道，那种混杂着自行车油、足球衫上的汗臭和威士忌的味道，不过她最怀念的还是做爱。当那些激进的女权主义者说什么男人的生殖器是敌人时，简妮只想回一句："省省吧，小妹妹。"

她瞥了眼柏林顿，他正斯斯文文地吃着焦糖苹果。尽管他的政治糟透了，她还是喜欢他。他很聪明，她的男人必须是才华横溢，而且他还会讨女人欢心。她敬重他在科研上的作为。他身材修长，体态匀称，也许是个经验丰富的情场高手，而且他那双眼睛还是那么漂亮的蓝色。

可他太老了，她喜欢成熟的男人，可这也太成熟了。

要怎么做才能既拒绝他还无损于自己的事业呢？不妨装作自己把他的关怀理解成了出于父辈的慈爱，这应该是最好的办法了，免得直言伤人。

她啜了口香槟。服务生又给她满上，她自己都不知道喝了多少，但好在她今晚用不着开车。

他们点了咖啡，简妮要了份双倍浓咖来醒酒。柏林顿付了账后，他们乘电梯下到停车场，坐进他那辆银色的林肯城镇轿车。

柏林顿沿着海岸开上琼斯·福尔斯公路。"那儿就是市立监狱。"他说，指着一座堡垒式样的建筑，占了整整一个街区，"地球上的渣滓都在里面。"

简妮突然想到：史蒂夫不就有可能在里面吗？

她竟然还打算过是不是要和柏林顿睡觉？这会儿她连最后一丝

对他的情愫都消失了。她开始羞愧自己竟然还琢磨过这个主意。他把车停在她家门口的时候，她态度坚决地说："就这样啦，柏里，谢谢你带给我这么美好的夜晚。"他会和她握手吗？她揣测着，还是打算吻她呢？要是他要吻她，她就侧过脸把脸颊凑上去。

但他两者都没选。"我家的电话坏了，可我睡前还得打个电话，"他说，"我能用你的电话打吗？"

她又不能说"少来，不行，去打公用电话去"。看来这老头没这么好打发。"当然可以啦，"她说，忍住没有叹气，"跟我来吧。"她想知道今晚能不能不给咖啡就把他送走。

她跳出车走在前面。穿过门廊，走进大门后的小小门厅，门厅里又有两扇门。一扇通向一楼的公寓间，里面住着退休的装卸工人奥利弗先生。另一扇就是简妮的房门了，门内是一道楼梯，楼上就是她在二层的公寓间。

她皱起眉头，她的房门开着。

她先进屋爬上楼梯。楼上的灯竟也开着。

真奇怪啊，她走的时候天还没黑，开什么灯啊？

这道楼梯直接通往她的起居室。她踏进房间后，突然失声尖叫。

只见一个胡子拉碴的邋遢男子站在她的冰箱旁，手里拿着瓶伏特加，好像还有点儿醉醺醺的。

她身后的柏林顿问道："怎么回事？"

"你这儿的安全措施得改进改进啊，简妮，"这位不速之客说，"撬你那门锁只花了我十秒钟。"

柏林顿问："他究竟是谁啊？"

简妮惊恐万分地说道："你什么时候出狱的，父亲？"

11

指认室和牢房在同一层。

休息室里除了史蒂夫之外，还有六个体形、年龄差不多的年轻人。他猜测他们都是警察，因为他们既不同他说话，也不看他，仿佛他就是那个罪犯。他真想说："嘿，伙计们，咱们是一路的啊，我不是强奸犯，我是无辜的。"

所有人都要摘下腕表和首饰，并在衣服外面套上一件白纸做的连体工作服。各人准备的当口，一个穿西装的年轻小伙子走进来问道："哪个是嫌疑犯？"

"我是。"史蒂夫说。

"我是卢·坦那，公设辩护律师，"那个男人说道，"我是来保证指认程序正常执行的，你有什么问题吗？"

"指认结束之后，要多久才能放我出去？"史蒂夫说。

"如果你没被指认出来的话，一两个小时就行。"

"两个小时！"史蒂夫恼火道，"那我还得回那间破牢房蹲着喽？"

"恐怕是的。"

"真要命。"

"我和他们说说，尽快让你获释吧，"卢说，"还有问题

吗？"

"没了，谢谢。"

"好吧。"他离开了。

一名狱警带着七位小伙子经过一扇门，走上一个台子。台子的背景是一连串水平刻度线显示身高，还有依次标上一到十的站位编号。台前有道幕墙，把台子和房间的其他部分隔了开来。灯光很强，他们看不见幕墙后的东西，只能听见那边的动静。

对面先是只有脚步声和偶尔响起的轻微男声。过了一会儿，史蒂夫听见一阵脚步声，毫无疑问是个女人。接着一个男声响起，口气像是在念台词或是背书。

"你面前站着七个人，你只知道他们的编号。要是这些人中有哪位对你做过什么，或是当着你的面做过什么，希望你能叫出他的编号，只叫编号。如果你要他们之中的某位开口说话，请说出特定的词语，我们会让他们复述。如果你要他们转身或侧身，他们所有人都会照做。你能认出那里面有谁对你做过什么，或是当着你的面做过什么吗？"

幕墙那边沉默了一会儿，史蒂夫虽然确信自己不会被指认出来，但神经还是像吉他弦一样绷得紧紧的。

响起一道轻轻的女声："他戴着顶帽子。"

听声音像是个受过教育的中产阶级女性，和自己差不多大，史蒂夫心想。

男声道："帽子我们有，你要他们所有人都戴上帽子吗？"

"不是随便什么帽子，要棒球帽。"

史蒂夫听见她的声音里虽然透露出紧张和焦虑，但也有决心，毫无虚伪做作的味道。她的声音听起来就像是那种即使满心哀伤依然会指出真相的女性。他略微觉得安心了些。

"戴维，看看柜子里有没有七顶棒球帽。"

接着几分钟毫无动静，史蒂夫不耐烦地咬着牙关。

一道声音喃喃道："天哪，我还不知道我们连这都有呢……夹鼻眼镜，小胡子——"

"别磨磨蹭蹭了，戴维，"之前的男人说道，"现在是正规的法律程序。"

终于一个探员从旁边走上台子，给每个人发了一顶棒球帽。他们戴上后探员就离开了。

幕墙那边突然传来女人的哭泣声。

男人又重复了之前说过的话："你能认出那里面有谁对你做过什么，或是当着你的面做过什么吗？是的话叫出他的编号，只叫编号。"

"四号。"她哽咽道。

史蒂夫转身看了看背景。

四号就是他。

"不，"他失声叫道，"你看错了！肯定不是我！"

男声道："四号，你听见了吗？"

"我当然听见了，但我没强奸她啊！"

台上其他六个人已经开始离开。

"看在老天的分上！"史蒂夫瞪着不透明的幕墙道，恳求地大张着双臂，"你怎么能把我挑出来呢？我压根儿不知道你长什么样啊！"

幕墙那边的男声说道："什么都别说，小姐。非常感谢你的合作。请从这边离开。"

"你不明白吗？肯定哪里搞错了啊。"史蒂夫大叫道。

狱警斯派克出现了。"结束啦，孩子，走吧。"他说。

史蒂夫盯着他。有那么一刻，他真恨不得把这个小个子的牙齿打落让他自己吞下去。

斯派克看见他的表情后，态度也强硬起来。"别惹事儿，小子。你哪儿都去不了。"他一把抓住史蒂夫，仿佛铁钳一般。抗议也没用。

史蒂夫感觉自己仿佛被一根大棒打在背上。简直是无中生有。他耷拉着肩膀，一肚子愤懑无助。"怎么回事？"他说，"到底是怎么回事？"

12

柏林顿说："父亲？"

简妮只想把自己的舌头咬掉。"你什么时候出狱的，父亲？"能有比这更蠢的问题吗？几分钟前柏林顿才说市立监狱里都是地球上的渣滓。

她觉得羞恼异常，光让柏林顿发现自己父亲是个职业窃贼已经够糟了，让两人面对面更是雪上加霜。他的脸摔得青一块紫一块，胡子几天没刮，衣服邋邋遢遢，还微微散发出一股令人作呕的味道。她觉得脸都丢尽了，看都不敢看柏林顿。好多年前的一段时光里，她并不为他感到羞耻。

相反，他还让其他女孩儿的父亲显得既无聊又烦人。

他那时候英俊潇洒，爱好玩乐，回家的时候西装总是挺括如新，口袋里从不缺钱。看电影，新裙子和冰淇淋圣代都不在话下，母亲也会买上件漂亮的睡袍，还有心思节食减肥。但他经常要消失一阵，等简妮九岁的时候才发现原因。是苔米·方汀把事实真相告诉她的，她永远也忘不了那次对话。

"你的套头衫好丑。"苔米说。

"你的鼻子才难看呢。"简妮机智地回应，逗笑了其他姑娘。

"你母亲给你买的衣服可真叫糟。"

"你母亲是个大胖子。"

"你父亲坐牢了。"

"他没有。"

"他就有。"

"他没有！"

"我父亲读报纸的时候对我母亲说的，我听见了，他说：'我看见老皮特·费拉米又去坐牢了。'"

"撒谎撒谎，裤衩烧光。"简妮高声唱道，但心里信了苔米，这么一来所有事都解释得清了：来得快，去得也快的财富，还有长年不见踪影的父亲。

从那以后，简妮再也没和同校女孩儿这么互相斗过嘴。只要提起她父亲，任谁都能让简妮闭嘴。对一个九岁的孩童来说，这种事就像是人生中的污点。不管什么时候学校里只要丢了东西，她就觉得所有人都责难地看着她。她总也摆脱不了这种负罪感。要是有个女人打开钱包说道"该死，我记得放了张十块钱啊"，简妮的脸就会涨得通红。她变得过分诚实，宁肯走一里地，也要把一支便宜的圆珠笔还回去，唯恐人家说她和她父亲一样是个贼。

现在他却出现在这儿，还站在自己上司的面前，这个邋遢汉胡子拉碴，很有可能身无分文。"这位是柏林顿·琼斯教授，"她说，"柏里，这是我父亲，皮特·费拉米。"

柏林顿礼貌地同父亲握了手。"很高兴见到你，费拉米先生，"他说，"你的女儿是位非常特别的女性。"

"那可不是。"父亲说着，露出满足的笑容。

"柏里，现在你算是知道我家的秘密了，"她认命地说道，"我从普林斯顿大学博士毕业的时候，我父亲被第三次抓去坐牢。到今天已经是第八个年头啦。"

"本来该判十五年的，"父亲说，"我们那时候带了枪。"

"谢谢你跟我们说这些，父亲，这话肯定会让我老板印象深刻。"

听了这话，父亲好像又受伤又困惑。虽然还是怨恨他，简妮见他这副模样心里却不由得生起一股怜悯。他的弱点伤害这个家庭有多深，伤害他自己就有多深。他是大自然的败作。使人类代代繁衍的奇妙系统，也就是简妮所研究的深奥复杂的DNA结构，其目的就是让每个个体都有些微差异。就像是一台有先天缺陷的影印机。有的时候会印出好的结果，比如爱因斯坦、路易斯·阿姆斯特朗①和安德鲁·卡耐基②，有的时候却会印出皮特·费拉米。

简妮必须尽快打发走柏林顿："柏里，你想打电话的话可以用卧室里那台。"

"呃，我下次再打吧。"他说。

谢谢老天。"那好吧，谢谢你给我带来这么特殊的一晚。"她伸出手要握。

"我的荣幸，晚安。"他尴尬地和她握握手离开了。

简妮转身对着父亲："怎么回事？"

"我因为表现良好提前出狱了。我现在自由啦。而且当然

---

① 美国爵士乐音乐家，将爵士乐从新奥尔良地区带向全世界，被人尊称为爵士乐之父。

② 20世纪的钢铁大王，同样也是20世纪的首富。

啦，我第一件想做的事就是见见我的小丫头。"

"喝了三天酒才想着来见我吧。"他显然言不由衷，真是叫人生气。她又开始冒火，为什么她父亲就不能和别人的父亲一样呢？

他说："别这样，对我好点儿吧。"

愤怒顿时变成哀伤。她从没有个真正的父亲，也再也不会有了。"把那瓶子给我，"她说，"我来煮咖啡。"

他不情不愿地把酒瓶递给她，她放回冰箱，接着往咖啡壶里倒了些水，打开开关。

"你看上去老了些，"他对她说，"都长白头发啦。"

"嗯，谢谢。"她拿出杯子、奶和糖。

"你母亲的头发白得就很早。"

"还不都是因为你。"

"我之前去她住的地方，"他的声音里微带愤慨，"她却不住在那儿了。"

"她现在住丽景养老院。"

"邻居也这么说，门多扎太太告诉我了，她还把你的地址给了我。我不喜欢你母亲住进那种地方。"

"那你把她接出来啊！"简妮光火道，"她还是你的妻子呢。你找份工作，找个像样的公寓好好照顾她啊。"

"你知道我做不到的，我一直就做不到。"

"那就别埋怨我不把她接出来。"

父亲又开始哄道："我没说你的不是啊，亲爱的。我只是说我不喜欢你母亲住养老院，仅此而已。"

"我也不想这样，帕蒂也不想。我们正要攒钱把她接出来。"简妮一阵难受，强忍住眼泪道："真该死，父亲，事情已经这么困难了，你却还坐在这儿发牢骚。"

"不说了，不说了。"他说。

简妮用力咽下一口唾沫。我不能被他迷惑了。她转过话题道："你接下来打算做什么？有计划吗？"

"我先观望观望吧。"

也就是说他要找个地方去偷。简妮什么都没说。他是个贼，她改变不了他。

他咳嗽了一声："也许你能给我几块钱让我起步。"

这话让她的火气又蹿了上来。"我告诉你我要干吗，"她语气严厉地说，"我要你去洗澡刮脸，这时候我就把你的衣服丢进洗衣机。要是你能不碰那瓶伏特加，我还给你做鸡蛋吐司。此外我借你一件睡衣让你睡沙发。但我绝不会给你现金。我正费尽心思筹钱，要让母亲搬进那种把她当人对待的养老院，一分钱都没多的。"

"好吧，亲爱的，"他郁闷地说，"我懂啦。"

她望着他，心中交织着羞耻、愤怒和怜悯，而最后却只剩下渴望。她全心全意地希望他能够照顾好自己，能够有相对固定的居所，能够拥有一份普通的工作，能够变得慈祥稳重、可以依靠。她多么渴望自己能有一个称职的父亲，但她知道这个愿望永远都不会实现。在她心中有一块属于父亲的地方，却永远没有人去为她填满。

电话响了。

简妮接起来："喂。"

是丽莎打来的电话，她声音烦乱道："简妮，就是他！"

"谁？你说什么？"

"他们在你身边抓住的那个家伙。我在指认程序里认出他了。就是他强奸了我。史蒂夫·洛根。"

"他是强奸犯？"简妮半信半疑道，"你确定吗？"

"百分之百确定，简妮，"丽莎说，"我的天哪，看见他的脸我就害怕。起初我也认不出来，因为他不戴帽子的时候看上去有些不同。可后来探员给所有人都戴上了棒球帽，我当时就确信了。"

"丽莎，不可能是他啊。"简妮说。

"这话怎么说？"

"他的测评结果显示他不会是强奸犯，而且我和他待过，感觉他不是那种人。"

"但我认出来了。"丽莎的声音有点儿恼怒。

"我很惊讶，我也不理解。"

"这件事毁了你的理论啦，不是吗？你就希望双胞胎里一个好一个坏。"

"是啊，但一个反例还不能推翻理论。"

"要是你觉得事实威胁到你的理论，那我还真是抱歉。"

"这不是我说不是他的理由啊，"简妮叹气道，"真要命，也许就是他吧。我也不知道了。你现在在哪儿呢？"

"家里。"

"你感觉还好吗？"

"挺好，反正他被关进监狱里了。"

"他看上去真不错啊。"

"米雪对我说这才是最糟糕的那种人。表面上看起来非常正常，实际上却是一群狡猾透顶、残忍无情，专喜欢看女人受罪的家伙。"

"老天爷啊。"

"我要睡了，今天很累了。我就是打电话跟你说一下。你今晚过得怎么样？"

"一般般吧，明天再告诉你。"

"我还是想和你一起去里士满。"

简妮原本计划让丽莎帮她一起给德尼斯·平科尔做测评。"你觉得能行吗？"

"可以，我就想过回正常生活。我又没生病，用不着慢慢康复。"

"德尼斯·平科尔也许就是史蒂夫·洛根的翻版呢。"

"我知道，我应付得了。"

"你有把握就没问题。"

"那我明早给你电话。"

"好的，晚安。"

简妮重重地坐下。莫非史蒂夫迷人的性格只是张面具吗？要的确如此话，我还真是个不会判断性格的人，她想道。而且科研工作可能也没做好：也许所有的同卵双胞胎都会变成一样的罪犯。想到这儿她叹了口气。

她自己的罪犯父亲就坐在身边。"那个教授长得挺不错，但肯定比我老啦！"他说，"你是他的情人还是什么？"

简妮皱了皱鼻子。"卫生间在那儿，父亲。"她说。

13

史蒂夫回到黄色墙面的审讯室。烟灰缸里还是那两只烟蒂。房间一点儿没变，但他变了。三小时之前他还是个遵纪守法的公民，身世清白，从没犯过比超速五公里更大的罪孽。现在他却成了个强奸犯，被逮捕还被受害者认出来要被公诉。他正坐在国家司法机器的输送带上。他是个罪犯。无论他怎么告诉自己"自己没做错任何事"，他还是不能甩开那种微不足道和耻辱的感觉。

早先他见过德莱威尔警监。现在同车的另一位探员走了进来，手里也拿着一只蓝色文件夹。他和史蒂夫一般高，却更宽更厚，留着铁灰色的短发和两撇硬扎扎的小胡子。他坐了下来，掏出一包烟敲出一根，点上后把火柴丢进烟灰缸，其间不发一言。

接着他打开文件夹，里面又是一张表格，抬头上写着：

马里兰地方法院

……（城市/县）

表格的上半页分成两列，分别写着"原告"和"被告"。稍微靠下一点儿印着：

起诉书

探员还是不说话，安安静静地开始填表。写了几个字之后，他掀开第一页看了看底下绿、黄、粉、褐四份复写稿。

史蒂夫看着倒置的文件，辨认出受害者叫是丽莎·玛格丽特·霍克斯顿。"她长什么样？"他问。

探员看看他。"闭上你的臭嘴。"他说道，吸了一口烟继续填写。

史蒂夫觉得很没面子。对面这家伙正在骂他，他却什么都做不了。这又是一个羞辱他的台子啊，他觉得自己无关紧要，也无能为力。你这混蛋，他心想。你不带枪走在外面的时候最好别让我碰上。

探员开始填写罪状。第一个方格里他先写上"周日"，然后是"巴尔的摩琼斯·福尔斯大学体育馆，马里兰，州巴尔的摩"。在下面他又写上"一级强奸"①。

下一个格子里他再填了遍时间地点，然后加上"意图强奸型袭击罪"。

接着他拿出一张增补表，补充了两条罪名，分别是"殴击罪"和"鸡奸罪"②。

"鸡奸罪？"史蒂夫惊讶道。

"闭上你的臭嘴。"

---

① 美国法律在罪名前加注的一级或二级的修饰，是为了说明其罪行程度，一级指代那些经过周密预谋的犯罪，而二级就次之。
② 男性与男性之间的性行为，也用来指称男性之间的刑事犯罪。

史蒂夫恨不得揍他一顿。这是有意为之的，他压住情绪。这家伙就想激怒我，要是我真动了手，他就有借口再叫来三个人把我按住，好把我踢得屁滚尿流。别动手，别动手。

探员写完后，把两张表格倒过来推给史蒂夫。"你麻烦大了，史蒂夫。你殴打、强奸并鸡奸了一个姑娘——"

"不，我没有。"

"闭上你的臭嘴。"

史蒂夫咬住嘴唇不说话。

"你是个渣滓，你是坨屎。好人家甚至连和你待在一个房间都不愿意。你殴打、强奸并鸡奸了一个姑娘。我知道这不是你第一次了。这种事你已经做了一段时间了。你狡猾，精心设计，以往你每次都能逃掉。但这次你被抓到了。你的受害者指认出了你。其他目击者说你当时就在犯罪现场附近。还有差不多一小时，德莱威尔警监就能从值班的法律理事手上拿到搜查令或是查封令，我们要把你带去恩悯医院，给你做个血检，做个阴毛梳样，然后就能证明你的DNA和我们从受害者子宫里找到的DNA完全一样。"

"DNA检验得多久？"

"闭上你的臭嘴。你完蛋了，史蒂夫，你知道接着会有什么事发生在你头上吗？"

史蒂夫不说话。

"一级强奸的刑罚是终生监禁。你要坐牢了，你知道牢里有些什么事儿吗？你会尝到你给别人带去的那种滋味。像你这样的英俊小伙儿，毫无疑问，你肯定会被殴打、强奸并鸡奸。你会明白丽莎当时的感觉。不同的只是你要一直承受这种感觉，好多年，好多年。"

他顿了顿，拿起烟盒递给史蒂夫。

史蒂夫一惊，摇了摇头。

"顺便说一句，我是布莱恩·阿拉斯敦探员，"他点上烟，"我真不知道为什么要把下面这些话告诉你，不过这是一种能让你过得好点儿的方法。"

史蒂夫皱起眉头，好奇起来。他接下来要说什么？

阿拉斯敦探员站起身，绕过桌子走到史蒂夫身边，一屁股坐到桌沿上，一只脚踩在地上。他俯下身子，凑近史蒂夫，用和气得多的语调说："给你指条明路吧，强奸是使用强迫或威胁手段，在违抗女性意愿或不受其首肯的前提下进行阴道性交。一级强奸则必须有加重罪行的因素才能成立，比如绑架、毁容或轮奸。二级强奸的惩罚就轻多啦。现在，要是你可以说服我你犯下的只是二级强奸罪，你就算帮了自己一个大忙啦。"

史蒂夫不作声。

"你想把事情经过告诉我吗？"

史蒂夫终于开口道："闭上你的臭嘴。"

阿拉斯敦闻言飞快地动起来。他离开桌沿，抓住史蒂夫衬衫的前襟，把他从椅子上揪起来，使劲把他的脑袋往墙上撞。史蒂夫的头往后一仰，狠狠地撞在墙上，痛得要命。

他一动不动，身侧的双手紧握成拳。别动手，他对自己说，别还手。真是个艰难的决定。阿拉斯敦探员不仅超重，身体状况也不好，史蒂夫知道自己马上就能把这个混蛋打趴下。但他得控制住自己。他一定要保持清白。要是他打了警察，不管他是为什么动的手，都会被判有罪。那样的话他可能就坚持不住了。要是他没了这股义愤支撑自己，就会灰心丧气。所以他站在那儿，浑身僵硬，咬紧牙关，任凭阿拉斯敦把他拉回来第二次撞上墙，第三次，第四次。

"别再那样对我说话，你这无赖。"阿拉斯敦说。

史蒂夫突然觉得自己的怒火消匿无踪，甚至不认为阿拉斯敦在伤害他。这是一出戏，阿拉斯敦只是一个角色，而且演得很蹩脚。他唱白脸，米雪唱红脸。过一会儿她就会走进来给他倒杯咖啡，假装是他的朋友。但她和阿拉斯敦的目的一致，就是要说服史蒂夫供认罪行，承认自己强奸了一个没见过面的名叫丽莎·霍克斯顿的女士。"废话少说，探员，"他说，"我知道你是个鼻毛冲出鼻孔的混账东西，你也知道要是自己没带枪被我在外头撞见，会被我打得屁滚尿流，所以还是省省吧。"

阿拉斯敦面露讶色。毫无疑问他以为史蒂夫会怕得说不出话。他放开史蒂夫走到门口。

"他们告诉过我，说你是个聪明小子，"他说，"好吧，那我就给你说说接下来要怎么教育你。你会回牢房待一会儿，不过这次给你配个舍友。下面那四十一间空牢房不知什么原因，总归就是不能用了。所以你得和一个叫鲁伯特·波切尔的人待在一起，这家伙绰号肥猪，你觉得你算老大，他比你更大。他来这儿之前才和朋友喝了三天酒，所以还有点儿头疼。昨天你在体育馆纵火，把你那根脏鸡巴插进可怜的丽莎·霍克斯顿的时候。肥猪波切尔用园艺叉把情人插死了。你们应该会喜欢彼此的，走吧。"

史蒂夫这回怕了，勇气像是被拔了塞子一样漏得一干二净，又觉挫败又觉无助。探员就算羞辱他，也不会让他受多大伤害。

但和一个精神病待一晚上可就大不相同了，那是实实在在的危险。这个叫波切尔的家伙已经杀了一个人，要是他还有点儿理智的话，就知道再多杀一个也不会严重多少。

"等会儿。"史蒂夫声音打战。

阿拉斯敦慢慢转过身："怎么？"

"要是我认罪，是不是就有单间？"

探员的表情舒展开来。"当然啦。"他说道，声音突然变得友善起来。

这种态度转变顿时激起了史蒂夫的恨意："但要是我不认罪，就要被肥猪波切尔杀掉吗？"

阿拉斯敦双手一摊，无可奈何的样子。

史蒂夫觉得自己的恐惧统统变成了怨恨。"既然如此的话，探员，"他说，"去你妈的。"

阿拉斯敦的脸上又露讶色。"你这混账东西，"他说，"我们走着瞧吧，看两小时后你还能不能这么活蹦乱跳。走吧。"

他把史蒂夫带进电梯，下到牢房区。斯派克还在那儿。"把这个王八蛋和肥猪关在一起。"阿拉斯敦对他说。

斯派克扬起眉毛："这么狠？"

"是啊，而且顺便说一句，史蒂夫先生晚上会做噩梦。"

"所以说？"

"你要是听见他叫唤，别担心，他就是在做梦呢。"

"我懂啦。"斯派克说。

阿拉斯敦离开了，斯派克把史蒂夫押入囚室。

肥猪躺在铺位上，他和史蒂夫差不多高，但是要壮实多了。他就像是个出了车祸的健美运动员，T恤上沾着血迹，紧紧包在隆起的肌肉上。他仰躺着，头朝牢房的内墙，脚伸出床铺外面。斯派克开门把史蒂夫押进去的时候，他睁开了眼睛。

门砰地关上，斯派克上了锁。

肥猪睁开眼盯着史蒂夫。

史蒂夫回瞪了一会儿。

"做个好梦。"斯派克说。

肥猪又闭上了眼睛。

史蒂夫坐在地上，背靠墙壁，看着肥猪睡觉。

14

柏林顿·琼斯慢慢地开车回家。他心里既觉失望，同时也有些轻松。就好比节食者去冰淇淋店的一路上都在做心理斗争，结果却发现人家压根儿没开门，也就避免了一些自己知道不该做的事。

可是，对于解决简妮项目的问题与其可能揭示的真相来说，他却毫无头绪。也许他应该多花点儿时间质问她，而不是一门心思取乐。他困惑地皱起眉头，把车停到屋外走了进去。

屋里很静，保姆玛丽安娜肯定已经睡了。他走进书房看了看答录机。有一条未读信息。

"教授，我是性犯罪科的德莱威尔警监，现在是周一夜晚。很感谢您今天的协作。"柏林顿耸耸肩，他只不过确认了丽莎·霍克斯顿是疯人院的员工而已。她继续说："鉴于您是霍克斯顿小姐的上司，而且强奸案的发生地点在校内，我想我应该告诉您，今晚我们逮捕了一名男子，实际上他今天还去您的实验室接受了测评。他叫史蒂夫·洛根。"

"老天！"柏林顿破口叫道。

"受害者在指认程序里把他指认出来了，所以我确信之后DNA检验也会证明他就是强奸犯。请将此消息告诉学校里您认为合适的人选。多谢。"

"不！"柏林顿说道，然后重重地坐下。"不。"他又用轻得多的声音说道。

接着他竟然哭起来。

过了一会儿，他站起身子，一边啜泣一边关上书房的门，以免保姆听见动静进来。之后他又坐回书桌前，把脑袋埋进双手中。

他坐了好久。

等眼泪都干了，他才拿起电话，拨通一个熟记于心的号码。

"天啊，可千万别是答录机。"他一边听着铃声响起，一边念叨着。

一个年轻男子应答了。"哪位？"

"是我。"柏林顿说。

"嘿，你还好吗？"

"我很难过。"

"啊。"那声音顿时有些心虚。

要是柏林顿之前还有疑虑，听见这语调也一扫而空了。"你知道我干吗打电话给你的，是吧？"

"不知道啊。"

"别跟我装了，我说的是周日晚上。"

年轻男子叹了口气："是我。"

"你这该死的傻瓜。你是不是去学校了？你……"他忽然意识到不该在电话里说太多，"你又干了。"

"我很抱歉……"

"你很抱歉！"

"你是怎么知道的？"

"一开始我也没疑心你，我还以为你离开镇子了呢。后来他们抓到个和你长得一模一样的家伙。"

"哇！那就是说我……"

"你脱身了。"

"哇，真是个好消息，听着……"

"怎么？"

"你什么都别说。对警察什么都别说。"

"我不说。我一个字儿也不会说，"柏林顿心情沉重地说，"你可以相信我。"

周　二

15

里士满市已经辉煌不再，简妮觉得德尼斯·平科尔双亲和这里非常契合。夏洛特·平科尔满脸雀斑，一头红发，穿着件窸窣作响的丝绸裙子，尽管住在小镇里的木板房中，却俨然一副弗吉尼亚州高贵淑女的派头。她自称五十五岁，但在简妮看来得有六十许。她称之为"死鬼少校"的丈夫也是这把年纪，看模样却仿佛早已退休，显出不修边幅、慢慢悠悠的样子。他朝简妮和丽莎调皮地眨眨眼，问道："两位姑娘喝不喝鸡尾酒？"

平科尔太太说话带着优雅的南方口音，嗓门略大，像是随时都要在会议上发言："行行好吧，少校，现在才上午十点钟哪！"

他耸耸肩："我就想让聚会开个好头嘛。"

"这不是聚会，两位姑娘此行的目的是研究我们，因为我们儿子是个谋杀犯。"

简妮注意到她管德尼斯叫"我们儿子"，但这也不代表什么，德尼斯仍可能是被领养的。她急不可待地想问清楚德尼斯的身世。要是平科尔夫妻承认德尼斯确为领养，那谜团也就解决了一半。但她必须谨慎发言。这个问题很敏感，要是她问得太唐突，他们也许会撒谎的。她克制住自己，等待合适的时机到来。

她对德尼斯的长相也很在意。他到底和史蒂夫·洛根像不像呢？她火热的目光在狭小的起居室里四处逡巡，投注在便宜相框里的照片上。都是些多年之前拍的，相片上的小德尼斯或坐在婴儿车里，或骑在三轮车上，或穿着棒球服，或在迪士尼乐园和米老鼠握手。没有一张是成人之后的照片。显然，他的父母想记住的只是那个天真可爱的男孩儿，而不是后来那个有罪的杀人犯。因此，简妮在照片上一无所获。相框里那个十二岁的金发男孩儿虽然和史蒂夫·洛根很像，但这么多年过去了，他也可能变得又丑又矮又黑。

夏洛特和少校已经提前填完了问卷，现在正要接受每人约一小时的访问。丽莎和少校去了厨房，简妮则留在起居室里访问夏洛特。

简妮没心思问常规问题，她全副心神都放在牢里的史蒂夫身上了。她还是不相信史蒂夫会变成强奸犯。并不是因为这会毁了她的理论，更因为她喜欢这个小伙子。他聪明、迷人，而且看上去很善良。他也有脆弱的一面，得知自己拥有一个心理变态的孪生兄弟时，他的迷惑和沮丧让她不禁想抱住他好好安慰。

她问夏洛特，家族成员中是否还有其他人触犯法律。夏洛特目不转睛地盯着她，慢条斯理地说道："我家的男人们性子都烈，"她深吸一口气，鼻翼翕张，"我是土生土长的马罗威人，我们一家子也都是这个暴脾气。"

言下之意德尼斯并非收养，抑或说她不承认德尼斯是收养的。简妮藏起失望，心想夏洛特会不会否认德尼斯是孪生的呢？

必须问个清楚。简妮开口道："平科尔太太，德尼斯会不会有个孪生兄弟呢？"

"不可能。"

回答很坦荡，并无愤怒，也没叫嚷，只是在陈述事实。

"你确定吗？"

夏洛特笑了："小姑娘，这件事我这做母亲的总不会弄错啊！"

"他肯定不是领养的吗？"

"容我说句不雅的话，他可是从我的子宫里生出来的啊。"

简妮的情绪顿时低落下去。她觉得夏洛特·平科尔可比洛琳·洛根更会撒谎，不过她俩这么异口同声地否认，还真是让人既费解又担心。

两人向平科尔夫妇告辞的时候，简妮感到很悲观。一种感觉萦绕在她心头，她即将见到的德尼斯会和史蒂夫一点儿不像。

这是个大热天，他们租来的福特雄心轿车就停在外面。简妮穿着一件无袖连衣裙，穿了件外套以显正式。福特车的空调轰鸣起来，送出的冷气还是有些温热。她脱下连裤袜，又把外套挂到后座的衣帽钩上。

简妮开车去监狱，行驶在公路上的时候丽莎开口道："我还是放不下，你怎么能怀疑我看错人了呢？"

"我也是，"简妮说，"我知道你不是信口开河的人。"

"那你怎么就能那么肯定是我错了？"

"我什么都肯定不了，我只是对史蒂夫·洛根有种强烈的感觉而已。"

"可我认为你应该权衡自己的感觉和目击者的判断，然后相信目击者。"

"我知道，但是，你看过阿尔弗雷德·希区柯克①的一部作品吗？是黑白片，偶尔会在有线电视上重播。"

"我知道你要说什么。片子里四个人目击了一场交通事故，结果每个人说的都不同。"

"你生气啦？"

丽莎叹道："本来应该气一气的，可谁叫我太喜欢你了呢，对这件事怎么都生不起气来。"

简妮伸手过去，握住丽莎的手道："谢谢。"

两人一时无话，过了好一会儿丽莎才开口道："我讨厌人家说我软弱。"

简妮皱眉道："我不觉得你软弱啊。"

"大多数人都这么说。就因为我长得矮小，就因为我这只逗人的小鼻子，就因为我脸上几点雀斑。"

"好吧，你看起来的确不坚强，这是实话。"

"但我就是啊。我一个人生活，照顾得了自己，保得住工作，还从不和别人上床。至少周日之前我都是这么想的。可现在我觉得人们都是对的，我就是个软弱的人。我压根儿照顾不好自己！路上随便哪个精神病只要拿把刀顶着我的脸，就能对我为所欲为，还能把精子留在我的身子里。"

简妮看着对面的她。丽莎的脸因为愤怒而发白。简妮希望能帮她把这些情绪驱逐出去。"你不软弱。"她说。

"你才坚强。"丽莎说。

"我有相反的问题，人们觉得我刀枪不入，就因为我身高六

① 美国知名惊悚片导演，作品剧情大多曲折、悬疑。在电影历史上具有极高的地位。

英尺，打了个鼻洞，态度还差。他们以为谁也伤害不了我。"

"你态度才不恶劣。"

"我说话太直接。"

"谁认为你刀枪不入？我反正没有。"

"丽景的老板就这么想啊，我妈就住那家养老院。她就直接对我说'你母亲活不到六十五岁'诸如此类的话，还有什么'我知道你喜欢我坦诚点儿'。我只想告诉她我鼻子上戴个环不代表我冷血无情啊。"

"米雪·德莱威尔说强奸犯实际上并不在乎性，他们热衷的是凌驾于女性之上的威权，热衷的是支配女性、吓唬女性、伤害女性。他会挑那些看上去就好吓唬的姑娘下手。可这种事谁能不怕？"

"可他没挑你啊，要是你的话可能就会狠狠揍他一拳。"

"有机会我肯定揍他。"

"不管怎么说，你都会比我抗争得激烈些，都不会像我那么无助，那么害怕。所以他没找上你。"

简妮明白丽莎想说什么了："丽莎，也许这是事实。但即使如此，被强奸也不是你的错啊，明白吗？你不该受责备，一丝一毫都不该。你就像是上了一辆失事列车，这种事可能落在任何人的头上啊。"

"这倒是。"丽莎说。

她们开出镇子十英里后，见洲际公路上的路牌上写着"格林伍德监狱"，就拐了进去。这是一座老式监狱，几栋灰色的石质建筑外围着一圈高墙，墙顶上缠了几层铁丝网。她们把车停在访客停车场的树荫下。简妮又穿上了外衣，却没再套上连裤袜。

"你准备好了吗？"简妮问道，"要是我的招募方法没错的话，德尼斯会和强奸你的那家伙长得一模一样。"

丽莎坚定地点点头道："我准备好了。"

这时候大门打开，驶出一辆送货卡车，她们就走了进去，也没有受到阻拦。简妮心想，虽然墙上有铁丝网，但是守卫还是很松懈啊。她们先前预约过，守卫检查了她们的身份证明后带她们穿过一片炙热的空地，几个穿着劳改服的黑人小伙儿正在互相抛接篮球。

行政大楼里装了空调，守卫直接把她们领进了典狱官约翰·苔莫因的办公室。这位长官穿着件短袖衬衫，打着领带，烟灰缸里散落着几枚雪茄烟蒂。简妮和他握了手。

"我是琼斯·福尔斯大学的简妮·费拉米博士。"

"你好啊，简妮。"

苔莫因显然就是那种不肯以姓氏称呼女性的人[①]，于是简妮故意不把丽莎的名字告诉他："这是我的助手，霍克斯顿小姐。"

"嗨，甜心。"

"典狱长先生，我在给你的信里已经把我们的工作解释过了，但如果你还有进一步的问题，我依然乐意为你解答。"简妮虽然已经迫不及待地想要见德尼斯·平科尔一面，但这时候还是得这么说。

"你得明白，平科尔是个暴躁危险的家伙，"苔莫因说，"你知道他犯罪的细节吗？"

"据我所知，他在电影院试图性侵一个女孩儿，过程中又由

---

① 意指想要套套近乎，占占便宜的男性。

于那姑娘试图反抗，就把她杀了。"

"很接近了，案发地点在格林斯堡的一家旧电影院里，名叫黄金国电影院。那时候所有人正在看着恐怖片，平科尔跑到地下室关掉了电闸，然后趁着所有人都在黑暗里惊慌失措的时候，趁机往女孩儿身上乱摸。"

简妮和丽莎交换了一个惊异的眼神。这和周日在琼斯·福尔斯大学发生的那一幕何其相似。先是弄出点儿事端造成混乱和恐慌，然后趁机作案。在黑暗的影院里摸女孩儿也好，看着姑娘们赤身裸体从更衣室里往外跑也罢，这两个青年幻想出来的方案透着类似的味道。要是史蒂夫·洛根是德尼斯的同卵双生子，那看起来他们连犯罪方式都差不多。

苔莫因继续道："然后一个女孩儿不明智地试图反抗，就被他掐死了。"

简妮怒气冲冲地说："要是他摸的是你，典狱官先生，你会不明智地试图反抗吗？"

"我又不是女孩儿。"苔莫因说道，一副你可说不过我的样子。

丽莎机智地插话道："我们该开始了，费拉米博士，我们还有很多工作要做呢。"

"你说得没错。"

苔莫因说："通常你访问囚犯的时候得隔着铁窗。不过你要求和他待在一个房间里。上面也交代我听你们的。不过我还是要请你三思。他毕竟是个暴躁危险的罪犯。"

听到这话，简妮心里也打起了鼓，但表面上还是镇定自若。"我们和德尼斯谈话的时候，不是全程都有个全副武装的守卫

吗？"

"当然会有，但要是你们和囚犯之间还能有一道铁栅栏，那就更让我安心了，"他猥琐地一笑，"就算不是精神病，一个正常男人也会受到你们两位年轻漂亮女孩儿的诱惑啊。"

简妮突然站起来说："谢谢你的关心，典狱官，真的很感谢你。但我们需要执行某些步骤，比如采血样、给受试者拍照，等等，这些可不能隔着铁栅做啊。此外，我们鉴定时的一些问题比较私人，所以为了访问结果着想只好做出让步，撤掉我们和受试者之间的人造栅栏吧。"

他耸耸肩。"好吧，我猜你们也不会有事，"说完站起来道，"我带你们去牢房。"

一行人离开办公室，经过一片被烤得炙热的空地走向一栋两层楼的水泥建筑。门卫打开铁门让他们进去。建筑里面和室外一样热。苔莫因说："从现在开始罗宾逊负责照看你们，有事喊就行。"

"谢谢你，典狱长，"简妮说，"我们非常感谢你的合作。"

罗宾逊是个三十来岁的黑人男性，高高的个头，很有安全感，腰际别了一把枪和一根令人胆寒的警棍。他把她们带进一小间会见室里，屋里只有一张放着烟灰缸的桌子，六把堆在一起的椅子和一台摆在屋角的饮水冷却机，其他就没了。地板铺着灰色的塑料，墙面也刷成同样灰暗的颜色。没有窗户。

罗宾逊说："平科尔马上就到。"说完他帮简妮和丽莎摆好桌椅，三人落座。

过了会儿，门开了。

16

　　柏林顿·琼斯同吉姆·普洛斯特和布瑞斯顿·巴克在华盛顿的莫诺克饭店碰了头，这里地处参议院办公楼附近，是巨头们工作聚餐的地方，周围全是他们认识的人物，像是众议员、政治顾问、记者、随员，等等。柏林顿觉得不该搞得神神秘秘，他们都是名人，尤其是秃顶、大鼻子的普洛斯特参议员。要是他们在哪个不起眼的地方见面，被记者发现的话肯定要传出些流言蜚语，质疑他们秘密会面的意图。与其那样，还不如去个所有人都认识他们的地方，别人还会觉得他们只是在讨论合法的共同利益。

　　柏林顿的目标是继续和兰兹曼公司谈下去。这件事本就有风险，简妮·费拉米更是使之变得危险。但是退缩就意味着放弃梦想。把美国拨乱反正，使之重返种族纯洁的机会只有一次，现在虽然还来得及，时间却也不多了。他们都已经六十岁左右，抓不住这次机会哪儿还有下次呢？要实现美国满足守法顾家、上教堂做礼拜的白人公民的景象，只能靠现在了。

　　吉姆·普洛斯特性子咄咄逼人，嗓门又大，虽然经常会让柏林顿讨厌，却通常可以被说服。布瑞斯顿虽然性子温和，更加可爱些，却很倔强。

　　柏林顿带来的是坏消息，他们一点完菜，他就直截了当地说道："简妮·费拉米今天要去里士满见德尼斯·平科尔。"

吉姆满面怒容道："你怎么不阻止她？"由于多年发号施令，他的声音低沉沙哑。

如往常一样，吉姆这副专横的态度又把柏林顿惹毛了："那我该怎么做？把她捆起来吗？"

"你不是她的老板吗？"

"吉姆，这是大学，又他妈不是军队。"

布瑞斯顿紧张地说："你们小点儿声。"他还是戴着那副黑框窄片眼镜。这款式他从1959年至今没换过，而且柏林顿注意到，这款式如今好像又流行起来了。"我们知道这种事迟早会发生。我们不如主动交代了吧。"

"交代？"吉姆不可置信地说，"我们做错了什么？"

"人们会觉得……"

"我提醒你一句，这一切不都是中情局那篇报告引发的吗？《苏维埃科技的新发展》，尼克松总统亲口说过，这是自苏联人分裂原子后从莫斯科传出的最惊人的消息。"

布瑞斯顿说："那篇报告又不一定是真的……"

"但我们当时信了，而且更重要的是，我们的总统信了。你忘了那时候的恐慌了吗？"

柏林顿绝对忘不了，中情局说苏联人有个人类繁育计划，他们要创造完美的科学家、完美的棋手、完美的运动员，还有完美的士兵。尼克松命令当时的美国陆军医务司令部也开展类似的项目，想办法培养出完美的美国军人。吉姆·普洛斯特受命使之完成。

他当时立马找到柏林顿寻求帮助。几年前柏林顿同龄人的反战情绪正值高昂之际，他却义无反顾地参了军，把所有人都吓了一跳，尤其是他的妻子薇薇。他服役于马里兰州弗雷德里克的德崔克堡[①]，研究士兵的疲劳。到20世纪70年代早期的时候，他已经是世界上数一数二的遗传学专家，专门研究诸如侵略性和耐力之类的军人特质是不是可以遗传。同一时期，留任哈佛的布瑞斯顿也在人类受孕的领域中做出了一系列突破。柏林顿于是说服他离校，参与到自己和普洛斯特的伟大实验中来。

那是柏林顿最为骄傲的时刻。"我还记得那时候自己有多激动，"他说，"我们走在科学前沿，要纠正美国，而我们的总统也要求我们去做。"

布瑞斯顿戳弄着面前的色拉："时代变了啊。现在'这是美国总统要求我做的'这种话已经当不成借口了。那些对总统言听计从的家伙也去坐了牢。"

"但我们错在哪儿了？"吉姆怒气冲冲地说，"这当然是秘密。但是看在老天的分上，我们又交代哪门子呢？"

"我们是偷偷摸摸干的。"布瑞斯顿说。

听到这话，吉姆那张黑脸也红了。"我们只是把项目转成私营。"

柏林顿没吱声，心里却觉得吉姆是在诡辩。总统竞选连任委员会的那帮小丑潜入水门综合大厦的时候被抓了个现行，震惊了整个华盛顿[②]。接着布瑞斯顿建立了私营的基因泰公司，吉姆拨

---

① 巴尔的摩以西的城镇。隶属美国陆军医务司令部，1943年至1969年曾是美国生物武器项目的研究中心。项目中止之后，该处进行了多项美国生物防御项目的研究。

② 即"水门事件"，总统连任委员会的人潜入水门大厦安装窃听器，给文件拍照，结果被发现。最后揪出美国总统尼克松意图掩饰自己在任上的违法行为，最后尼克松引咎辞职。

了几个真金白银的军事合同让基因泰能够养活自己。一段时间之后，生育诊所获利颇丰，即使不用军方的帮助，其利润也可以负担起研究经费。柏林顿回到大学，吉姆参军进了中情局，后来又成了参议员。

布瑞斯顿说："我不是说我们错了——虽然我们早期干的那些事儿的确违法。"

柏林顿不想让两个朋友分歧太大，于是赶紧用和事佬的口气插嘴道："讽刺的是，研究结果表示培育出完美的美国人压根儿不可能，我们完全走错了路。自然繁育太不精密了。幸亏我们足够聪明，从基因工程里窥见了可能性。"

"那时候几乎都没几个人知道这词儿。"吉姆一边切着牛排一边叫道。

柏林顿点头道："吉姆说得对，布瑞斯顿。对我们干的那些事儿，我们应该自豪而不是羞耻啊。你想想吧，我们创造了奇迹呢。我们给自己定的任务是：找出智商、侵略性这类性格特征里哪些是可以遗传的，再辨别这些性格特征又是由哪些基因链决定的，最后再通过基因工程，也就是试管婴儿做试验。我们几乎就成功了啊！"

布瑞斯顿耸耸肩："整个人类生物学界都在做这事儿。"

"并非如此，我们更加专注，而且赌注下得也很小心。"

"这倒是。"

说到这儿，柏林顿的两个朋友以不同的方式都消了气。他们太好预测啦，他心情愉悦地忖道，也许老朋友都这样吧。吉姆喊过叫过了，布瑞斯顿的牢骚也发够了，现在他们终于可以冷静下来，客观地审视目前的情况了。"咱们继续说简妮·费拉米吧，"柏林顿说，"一两年内她也许就能告诉我们，怎么把人们变得好斗的同时还不会成为罪犯。拼图的最后几块就要拼好了，兰兹曼的收购协议能让我们加快整个项目的速度，还能把吉姆送进白宫，现在可没时间打退堂鼓了。"

"你说的这些都很好，"布瑞斯顿说，"但我们要怎么做呢？兰兹曼集团有个该死的道德考察委员会，这你是知道的啊。"

柏林顿咽下嘴里的鲷鱼。"首先要知道，我们并没有危机，只是有个问题，"他说，"而且问题也不是兰兹曼。我们就算把账本给他们的会计员看上一百年，都看不出真相。我们的问题在于简妮·费拉米。我们必须在她了解更多内情之前阻止她，至少也要拖到下周一，在我们和兰兹曼签了易手合同之后。"

吉姆挖苦道："但你又不能命令她，因为那是大学，又他妈不是军队。"

柏林顿点点头。现在两位好友终于用他想要的方式开始思索了。他冷静地说："我的确不能命令她。但是吉姆，除了军队那一套，指挥别人还有很多种更加微妙的法子。交给我吧，我来对付她。"

布瑞斯顿还是不买账："怎么对付？"

柏林顿已经把问题斟酌过好几遍。他虽然还没有计划，但已经有了个想法："她在运用医疗数据库上还有个问题，会引起道德争议，我相信可以强迫她停下来。"

"她肯定早就想好了辩白的说辞啊。"

"我用不着什么确凿的证据，有个托词就行啦。"

"这姑娘什么样？"吉姆问道。

"差不多三十岁，高高的个子，运动神经非常发达。黑头发，戴鼻环，开一辆红色的旧梅赛德斯。我之前一直都很欣赏她。可昨天晚上我发现她的基因里也不全是好的，她父亲就是个罪犯。但她还是又聪明，又易怒，又倔强。"

"已婚还是离婚？"

"单身，连个男友都没。"

"养狗了吗？"

"不养，她长得挺好看，但也很棘手。"

吉姆凝思着点了点头："我们在情报界还有很多忠实的朋友，要让这么个女孩儿彻底消失也不太难。"

布瑞斯顿吓了一跳："别用暴力，吉姆，看在老天的分上。"

这时候一个服务员走了过来，收走了他们的盘子，其间他们一直保持静默。柏林顿知道必须把昨天晚上德莱威尔警监的话告诉他们。他怀着沉重的心情说道："还有一件事儿，周日晚上有个姑娘在体育馆被强奸了。警察逮捕了史蒂夫·洛根。受害者把他指认出来了。"

吉姆说："那是他干的吗？"

"不是。"

"你知道是谁干的吗？"

柏林顿直勾勾地盯着他的眼睛道："是的，吉姆，我知道。"

布瑞斯顿说："啊，该死。"

吉姆说："也许我们应该让这群小伙子都消失。"

一听这话，柏林顿只觉得喉咙发紧，仿佛喘不过气来，而且他知道自己肯定脸色通红。他往前探出身子，指着吉姆的脸。"别让我再听到你说这种话！"他说道，手指离吉姆的眼睛如此之近，以至于吉姆不禁缩了缩，尽管吉姆块头比他更大。

布瑞斯顿赶紧嘘了一声，道："你们都消停点儿，别人会看见的！"

柏林顿收回手指，心里还是不痛快。要是他们在一个稍微私密点儿的场合聚会，他的手肯定就掐上吉姆的脖子了。现在他只是揪住吉姆的翻领。"我们给了这群男孩儿生命，我们把他们带到这个世界上来，不管他们是好是坏，我们都要为他们负责。"

"好吧，好吧！"吉姆说。

"你听清楚，要是他们中任何一个受了伤害，老天保佑，我就轰烂你的脑袋，吉姆。"

这时候一个服务员出现问道："几位先生要甜点吗？"

柏林顿放开吉姆的翻领。

吉姆愤怒地捋顺西装领口。

"真该死，"柏林顿嘴里还在念叨着，"真该死。"

布瑞斯顿对服务员说："结账吧。"

17

史蒂夫·洛根一晚上没合眼。

肥猪波切尔睡得像个婴儿，偶尔还会发出几声细微的鼾声。史蒂夫坐在地上盯着他，惊恐地观察着他的每一个动作、每一次抽动，想着这男人醒来之后会发生什么。肥猪会不会挑衅他？会不会鸡奸他？还是直接就揍他一顿？

他的担心是有理由的。坐牢的人经常被打，大部分人被打伤，还有被打死的。牢外的公众却漠不关心，他们认为这群恶棍不管是残废了还是死了，守法公民被抢劫、谋杀的概率总会小一点儿。

史蒂夫一面发抖，一面打定主意，无论如何都不能表现得像个受害者，他知道那样的话人们很容易误以为他好欺负。提普·亨德里克斯当年就看走了眼，史蒂夫气质良善，虽然高大健壮，但看起来仿佛一只苍蝇都不忍伤害。

现在他必须做出一副时刻准备还击的样子，但也不能让人觉得在挑衅。最重要的是，他绝不能让肥猪知道他是个生活严谨的大学男生。否则他就成了被嘲弄、被欺负、被虐待、被殴打的最好目标了。他必须尽可能表现出一副强硬罪犯的模样。要是不行的话，他也要用这些举动迷惑肥猪，让他看不透自己的底子。

但要是这些都没用呢？

肥猪比他高比他重，而且可能是个经验丰富的街头打手。史蒂夫虽然更加健壮，行动也更快，但是七年来他从没和人红过脸动过手。要是地方宽敞点儿，史蒂夫也许能够先下手为强，然后尽快逃脱，免受重伤。但在监狱里开打，不管谁赢谁输，过程都会很血腥。要是阿拉斯敦探员所言属实，波切尔在过去的二十四小时之内做出来的事就证明了一点：这家伙嗜杀成性。我是不是嗜杀成性呢？史蒂夫自忖。究竟有没有嗜杀成性这码事儿呢？我差点儿杀了提普·亨德里克斯，是不是和肥猪算一类货色呢？

当史蒂夫寻思着打赢肥猪意味着什么的时候，他战栗了，眼前浮现出这副场景：肥猪胖大的身子躺在牢房地上，流着血，史蒂夫就站在他身边，一如当年站在亨德里克斯身边那样，狱警斯派克会说："哎哟我的天，他死啦。"与其如此，他宁愿被打一顿。

也许他不该这么悲观。可能蜷缩在地上，让肥猪随便踢，直到踢烦为止反而更加安全。但是史蒂夫不知道自己能不能做到。于是他只是坐在那儿，喉咙发干，心怦怦跳，紧紧盯着睡着的心理变态，在脑海中幻想两人打斗的场面，每次都是他输。

他猜警察常玩这套把戏。狱警斯派克看上去也见多了。也许屈打成招这一招已经用不着警察亲自在审讯室动手了，其他的嫌疑犯就能代劳。史蒂夫不由得想知道，有多少人承认了自己并没有犯过的罪行，只为了不和肥猪这样的人在一间房里待一晚上。

他誓要牢记今天，往后自己成了律师，为委托人辩护的时候，绝对不接受将嫌犯的供词当成证据。他仿佛看见自己在陪审团面前说："我曾经被指控我不曾犯过的罪行，当时我差点儿就供

军方的怪物　161

认了。我知道那种感受，因为我曾体会过。"接着他又想到，要是他被判了罪，就会被开除出法学系，更别说为什么人辩护了。

他不断告诉自己他不会被判定有罪的，DNA检验会还他一个清白。午夜时分他曾被铐着双手带出牢房，乘车去了几个街区外的恩悯医院。那里的护士给采了他的血样，用来提取DNA。他问护士多久才能出结果，然后沮丧地得知至少要三天。接着他心情低落地被送回牢房，继续和肥猪关在一起，老天保佑这家伙还睡得挺熟呢。

他估计自己可以坚持二十四小时不睡觉。那是警方不经过法院批准可以拘留嫌疑犯的最长时间。他被逮捕的时间大约是昨晚六点，所以他最多也就在这儿待到晚上六点。如果没有提前保释，到那时他有权申请保释。那也是个出狱的机会。

他努力回想法律系课程中关于保释的内容。"法院会考量的唯一问题就在于被告会不会出庭。"瑞克塞姆教授抑扬顿挫地说道。这话在当时听起来真是和布道一样无趣，现在却是字字珠玑。课上的细节也一一浮现在脑海中。法庭会考虑的因素有两条，一是可能做出的判决结果。要是被指控的是重罪，准予保释的风险就更大，谋杀犯总比小偷更可能逃跑。同样地，有案底或会重判的人也更容易逃之夭夭。史蒂夫没有案底，虽然他犯过重度袭击罪，但那时候他还没满十八岁，所以不碍事。他出庭的时候会是个案底清白的小伙子。然而，他所面对的指控却非常严厉。

第二条因素，据他回忆，就是囚犯的"社会纽带"了，也就是他的亲属、家庭和工作。和妻儿在同一个地方住了五年，而且工作地点就在附近的男人会获得保释；而在城里没有亲人，六周之前才搬进新公寓的无业音乐家可能就得不到批准了。这方面史蒂夫有自信，他和父母一起生活，是法律系的二年级学生，逃跑得不偿失。

照理说，法庭不应该考虑被告是否对社会有害，这无异于提前宣判，然而实际上他们的确是这么操作的。连续涉入斗殴事件比只犯了一次袭击罪的家伙获准保释可能性小得多，这已经是约定俗成。要是史蒂夫被控屡次强奸妇女，而不只是这一次，那他获得保释的概率就非常微小了。

情况就是这样，能否保释还说不准。他盯着肥猪，心里一遍遍念叨着面对法官时要说的话，语言变得越来越有说服力。

他还是决定要做自己的律师。他有权打电话，但是他没打。在恢复清白之前，他完全不想让双亲知道这件事。他们要是知道自己坐了牢，心里怎么受得了？他们会惊愕又悲恸。不过如果自己一口咬定没有犯罪，他们也许会好受些。但每次要打电话的念头刚一升起，他就想起七年前自己和提普·亨德里克斯打完架后，他们走进审讯室时脸上的表情，而且他知道，无论肥猪波切尔怎么揍他，都不会比通知父母对自己的伤害来得大。

整个晚上牢里还被带进了几个人，有的对此轻车熟路毫不在乎，有的大声说自己是无辜的，还有一个竟敢和警察对打，结果被专业地一顿臭揍。

约莫早上五点的时候一切平静下来。八点左右，同斯派克换班的狱警带来了早餐，是从"哈伯德老妈"饭店里打包来的。食物的到来唤醒了牢房里的其他住客，响动也吵醒了肥猪。

史蒂夫坐在原地，双目无神地盯着虚空，但是余光紧张地提防着肥猪。友善会被看作软弱，他揣度着，还是采取不寻衅不理眯的态度吧。

肥猪从床铺上坐起来，抬起头看着史蒂夫，却没说话。史蒂夫心想这家伙在打量自己的斤两呢。

一两分钟后，肥猪问："你他妈怎么在这儿？"

史蒂夫不言不语，表情略显厌恶，而后目光扫过牢房，直到和肥猪四目相对，看了一会儿。肥猪长相英俊，满脸横肉的脸上显出迟钝而好斗的样子。他用那双布满血丝的眼睛试探地盯着史蒂夫，史蒂夫看出这家伙沉湎酒色，不得志，但是非常危险。接着他看往别处，装出漠不关心的样子。他并没有回答那个问题，肥猪越慢弄明白他的底细，他就越安全。

狱警把食物从铁栅栏中间送了进来，史蒂夫没搭理，肥猪拿过托盘，把熏肉、鸡蛋、吐司和咖啡吃了个一干二净，接着坐上马桶就开始拉屎撒尿，一点儿也不觉得尴尬。

搞定之后他提上裤子坐回床铺，盯着史蒂夫说道："你是因为什么被抓进来的，白人小子？"

这是最危险的时刻，肥猪要探探他的虚实，摸摸他的底。史蒂夫随便装成什么样儿，反正不能把自己本来那副从没打过架，好欺负的中产阶级学生样拿出来。

他扭头看着肥猪，好像方才发现这么个人，接着他狠狠盯着他，好一会儿才口齿含混地回答："有个混账东西他妈的惹我，我失手把他操翻了，不过我乐意。"

肥猪也盯着他，史蒂夫看不出这家伙信没信，很久之后肥猪才开口道："谋杀？"

"对啊。"

"我也是。"

似乎肥猪听信了史蒂夫的说辞。史蒂夫这时候又大着胆子补充道："那个混账东西他妈的再也不能来惹我了。"

"没错。"肥猪说。

然后是长时间的沉默，肥猪似乎在思索。终于，他开口道："他们为什么把我们关在一起？"

"他们拿我没辙，"史蒂夫说，"所以想了这么个招，要是我在这儿把你宰了，他们就算抓着我了。"

肥猪不服道："要是我宰了你呢？"

史蒂夫耸耸肩膀："那就抓着你呗。"

肥猪缓缓点头道："对，有道理。"

他似乎说完了，没多久又躺了回去。

史蒂夫等待着，都结束了？

过了几分钟，肥猪似乎又睡着了。

他开始打鼾时，史蒂夫才松了口气，瘫靠在墙上。

后来几小时什么事都没发生。

没人来找史蒂夫谈话，也没人告诉他现在是什么状况了。这儿可没有客服台让人咨询信息。他想知道自己什么时候才能申请保释，但根本没人告诉他。他想和新来的狱警说上话，但人家不理他。

狱警来开牢门的时候肥猪还睡着，他给史蒂夫戴上手铐脚镣，接着叫醒肥猪如法炮制。他们和另外两人排成一串，走到牢房区的尽头，被引进一小间办公室。

屋里有两张桌子，每一张上面都放着台电脑和激光打印机。桌前摆着几排灰色塑料椅。其中一张桌子后面坐着个三十岁左右的黑人妇女，穿着整洁。她抬头瞥了他们一眼，说了句"请坐"

就继续埋头工作了，修剪过的指甲在键盘上敲敲打打。

他们拖着脚步走到那排座椅前坐了下来。史蒂夫四处张望，钢制文件柜、布告板、灭火器，还有一只老式保险箱，这是个普普通通的办公室。从监狱出来后这些东西都显得异常顺眼。

肥猪合上眼睑，好像又睡着了。至于另外两个人，一个不可置信地盯着自己打着石膏的右腿，另一个笑得眼神迷离，显然完全不知道自己身在何处，似乎是喝醉了酒或是精神有问题，也可能两者都有。

那女人终于从屏幕后扭过头，说道："说出你的名字。"

排头的正是史蒂夫，于是他回答道："史蒂夫·洛根。"

"洛根先生，我是威廉姆斯助理法官。"

她当然得是个助理法官，这时候他记起刑事诉讼程序的课程内容。助理法官属于法院编制，比法官地位要低不少。她可以签发逮捕令和其他较轻微的法律程序。她也有权准予保释，他回忆到这里，情绪又高昂起来。也许他就能出去了。

她继续说道："我来通知你下列事项：你被控的罪名、审判日期和地点、能否获得保释或是具体释放以及获释所需的一切条件。"她说得非常快，但史蒂夫还是注意到了有关保释的内容，发现和记忆中的一致。

他必须说服这个女人，让她相信自己肯定能按时出庭。

"你被控一级强奸、意图强奸型袭击罪、殴击罪和鸡奸罪。"她叙述那些可怕的罪名时，圆脸上毫无表情。她接着又说审判日在三周后，这让他想起所有嫌疑犯的审判时间不能超过三十天。

"强奸罪会判终生监禁。意图强奸型袭击罪二年到二十五年。两者都是重罪。"史蒂夫知道重罪意味着什么，但他很好奇肥猪波切尔知不知道。

他想起来，强奸犯也点燃了体育馆的火，那为什么他没有被控纵火罪呢？也许警察没有直接证据把他和火灾联系起来吧。

她把两张文件递给他。一张上写着他已经知道可以找律师，另一张上写着公设辩护律师的联系方式。两张文件都得签名。

她又问了他一连串强奸纵火案的问题，并把他的回答输入进电脑："请报上全名，家庭住址，电话号码，住了多久，以前住在那儿。"

史蒂夫告诉助理法官自己和父母一起住，在法律系读两年级，没有前科，他越说越觉得有希望。她问他是否有酗酒或吸毒的习惯，他说没有。他想知道自己有没有机会申请保释，但她说话飞快，好像赶台词一样。

"对于鸡奸罪的指控证据不足。"她说道，然后从电脑屏幕后转头盯着他，"但这并不意味着你没有犯罪。不过现在信息不足，警方提供的证据不够，所以我不能批准这条指控。"

史蒂夫想知道为什么探员把这条指控也放了进去。也许他们想让他被愤怒冲昏头脑，说出"这么恶心，我是奸了她，但没有鸡奸她啊，你们把我当什么人了？"这种认罪的话。

助理法官继续说道："但你还是得受审。"

史蒂夫被搞迷糊了，他要还是得受审，那她的发现又有什么意义？如果他这个法学系的二年级学生都觉得这话难以理解，那别人岂不是觉得更加费解？

助理法官说："你有什么问题吗？"

史蒂夫深呼吸了一口。"我想申请保释，"他说道，"我是无辜的……"

她打断道："洛根先生，你现在被指控犯了重罪，符合诉讼程序法第638B条的叙述。也就是说我作为助理法官，无权准予你的保释请求。只有法官才能。"

这就好像兜头一拳，史蒂夫只觉得失望透顶，他不可置信地盯着她。"那这么出闹剧究竟有什么意义？"他怒道。

"目前你的拘留状态无法保释。"

他提高嗓音："那你为什么问我这些问题，升起我的希望呢？我还以为我能出去了呢！"

她无动于衷。"你告诉我的关于住址等信息会交给审前调查员审核，然后再由他们报告给法院，"她冷淡地说道，"你明天可以重新申请保释，法院会做出是否准予的决定的。"

"我和他关在一个牢房！"史蒂夫指着正在打瞌睡的肥猪说道。

"关在哪个牢房不是我的责任范围。"

"这家伙是个谋杀犯！他现在还没杀了我只是因为他没睡醒！现在我正式向你申诉，助理法官小姐，我的精神受到摧残，而且生命处于危险之中。"

"牢房满了的时候你就得和别人共享。"

"牢房没满。你到门外看看就知道了。大多数牢房都是空的。他们把我和这家伙关在一起，好让他把我痛揍一顿。要是这种事真的发生了，我就要以个人名义投诉你，威廉姆斯助理法官，投诉你坐视这种事的发生。"

她的态度稍稍缓和了些。"那我帮你查查。现在我先给你几份文件，"她给他一张起诉书、一份证词和几份其他文件，"请在每份文件上签名，然后留下副本。"

史蒂夫觉得受了挫折，闷闷不乐地接过她给的圆珠笔，在各份文件上签了名。他写字的当口，狱警把肥猪戳醒了。

史蒂夫把文件交还给助理法官。她把它们收进文件夹。

然后她转向肥猪："说出你的名字。"

史蒂夫把脑袋埋进双手。

18

简妮看着会见室的门慢慢打开。

走进来的家伙和史蒂夫·洛根一模一样。

她听见身边的丽莎倒吸一口凉气。

德尼斯·平科尔和史蒂夫极为相像，简妮完全分不清他俩。

系统奏效了，她顿感扬眉吐气，自己的理论被证明了。尽管双方的父母都断然否认两个年轻人可能有孪生兄弟，他们本人却长得和左右手一般像。

两个人都是一样的中分金色鬈发，剪得短短的。德尼斯卷袖口的方式和史蒂夫一样利落干净。德尼斯用脚跟关上身后的门。这和史蒂夫走进简妮在疯人院里的办公室时的关门方式也一样。他坐下后，冲她投去迷人而又孩子气的笑容，这也酷似史蒂夫。她几乎不敢相信，这家伙和史蒂夫竟然不是一个人。

她看向丽莎，只见丽莎瞪大双眼盯着德尼斯，脸色吓得发白。“就是他。”她喘着气说道。

德尼斯看着简妮说：“把内裤脱了给我吧。”

简妮被这话里的冷酷自信吓得一哆嗦，但理智上又觉得很是激动。史蒂夫从来不会这么说话。这不就是了吗？拥有同样基因的两个婴儿长成了完全不同的人，一个是迷人的大学男生，另一个则是心理变态。但区别仅此而已吗？

那个守卫罗宾逊插话了，他语气温和地说："表现好点儿，平科尔，否则就要你好看。"

德尼斯又露出孩子气的笑容，但出口的话很吓人。"罗宾逊压根儿发觉不了，快脱吧，"他对简妮说，"你出门的时候还能感觉到微风吹屁股呢。"

简妮要自己冷静。他只是空口吹牛罢了。她聪明又坚强，就算孤身一人都不容易受德尼斯侵犯，何况现在身边还站着个挎枪持棍的高个子警卫，她无比安全。

"你受得了吗？"她对丽莎轻声道。

丽莎虽然脸色发白，却坚定地抿紧嘴唇冷冷道："没问题。"

和平科尔夫妇一样，德尼斯事先也填了几张表格。现在丽莎拿出几套更加复杂的问卷，这些可不是打打钩就能完成的。他们填问卷的当口简妮重新检阅了测评结果，并将德尼斯和史蒂夫做了比较。他俩的相似度非常惊人：心理状况、兴趣爱好、品味偏好乃至身体素质都相同。德尼斯甚至也拥有史蒂夫那奇高的智商。

多可惜啊，她心道，这个年轻人科学家、外科医生、工程师、软件设计师什么不能当？可偏偏被关在这儿浪费光阴。

德尼斯和史蒂夫有个巨大的不同点，他们的社会化程度不同。史蒂夫成熟，有着高于常人的社交能力，会见陌生人时落落大方，愿意接受法律的权威，和朋友相处时轻松自在，也乐于融入团队。德尼斯在这方面的表现却像个三岁孩童，只顾抓住自己想要的，不肯分享，害怕陌生人，稍不如意就大发脾气，又打又闹。

简妮想起自己三岁的时候，那是她最早的记忆。她当年趴在妹妹的婴儿床边，凑过头盯着熟睡中的新生儿。帕蒂穿着粉色的睡衣，领口上绣着几朵粉青色的花卉。简妮如今都还记得当时自己望着那张小脸时心中的愤恨。帕蒂偷走了她的父母。简妮只想杀了这个入侵者，她分走了好多曾经是简妮独享的爱和关怀。罗莎姑姑问她："你爱你的小妹妹吗？"简妮答道："我讨厌她，最好她死掉。"结果被罗莎姑姑掴了耳光，这也让简妮感到愈发难过。

简妮长大了，史蒂夫也是，但德尼斯从没长大。为什么史蒂夫和德尼斯不同呢？是由于成长环境吗？抑或他只是看上去不同呢？他的社交技巧难道只是病态内心的一层伪装吗？

她旁观的时候，简妮又发现到另一处不同。她害怕德尼斯，虽然说不出具体缘由，但她就是觉得这家伙危险，属于那种想做什么就会不顾后果地去做的家伙。史蒂夫却从没给她这种感觉。

简妮给德尼斯拍了照，给他的双耳拍了特写。同卵双胞胎的双耳大多高度相仿，尤其是耳垂。

快结束的时候，丽莎给德尼斯取了血样，在这方面，她接受过训练。简妮有点迫不及待地想知道DNA比对结果了。她很确定史蒂夫和德尼斯有相同的基因，他们俩毫无疑问是同卵双胞胎。

丽莎照例封上采样瓶，写上标记，然后带着瓶子放进车后备箱的冷库，留下简妮一个人完成剩下的鉴定。

简妮问完最后一组问题后，觉得应该让德尼斯和史蒂夫一起去实验室待一周。不过这事对于她的大多数研究对象都不可能。研究罪犯就得面对很多受试者都在坐牢的事实。像是要用到实验室仪器之类更加复杂的测评，必须等到德尼斯出狱之后再做，如果他还出得去的话。这也属无可奈何，她只好去研究大量其他资料。

做完最后一套问卷后，她道："谢谢你的耐心，平科尔先生。"

"你还没把内裤给我呢。"他冷冰冰地说。

罗宾逊说："平科尔，你今天下午表现都不错，现在也别挑事儿。"

德尼斯轻蔑地瞥了警卫一眼，然后对简妮说："心理学家女士，罗宾逊怕老鼠，你不知道吧？"

简妮心里一紧，感觉要出事，加紧收拾起文件。

突然罗宾逊看上去有些难为情："我的确讨厌老鼠，但还没到害怕的分上。"

"角落里那只灰色大老鼠也不怕？"德尼斯指着墙角说道。

罗宾逊回过头，墙角没老鼠。然而，罗宾逊扭头的时候德尼斯迅速摸进口袋，掏出一块紧紧包着的布包。简妮被这一串眼花缭乱的动作晃晕了，方才反应过来，但是太迟了。他解开布包，露出一只拖着粉色尾巴的灰色肥老鼠。简妮看得直发抖。她虽然没洁癖，但是看见这只掐死过人的手这么轻柔地捧着一只老鼠，心里总得发毛。

德尼斯赶在罗宾逊转回来之前放下老鼠。

它蹿过房间。德尼斯马上跟着叫道："那儿呢，罗宾逊，它在那儿！"

罗宾逊一回头就看见了老鼠，顿时脸色煞白。"要命。"他大叫一声抄起警棍。

老鼠在地面上爬来跑去，到处找藏身之地。罗宾逊就追着它打，在墙脚砸出一连串黑色斑点，但都没打中。

简妮看着罗宾逊，警戒起来。事情不对头，不合情理啊。这是场滑稽戏，可德尼斯不是小丑，他是个性变态、谋杀犯。这不符合他的行为特征。除非，她突然一阵恐惧，这只是声东击西，德尼斯另有所图……

突然有东西摸上她的头发。她猛地回过头，心跳都停了。

只见德尼斯正站在她跟前，手里握着把用锡勺自制的小刀，勺头被压平磨尖。

她只想放声尖叫，喉咙却仿佛被勒住了。一秒前她才觉得自己无比安全，没想到立马就受到持刀杀人犯的威胁。这一切怎么能转变得这么快？她脑袋里的血似乎都流光了，根本没法儿思考。

德尼斯左手抓住她的头发，刀尖对着她的眼睛，距离近到她都看不见。他弯腰在她耳畔说了几句，声音很轻，在罗宾逊闹出的动静下几不可闻。她还感觉到脸上拂过他温热的口气，嗅得到他身上的汗味。"照我说的做，否则我就划破你的眼珠子。"

她吓得两腿发软，哀声恳求道："啊，老天啊，别……别戳瞎我。"

听见自己用古里古怪的语调求着饶，她又回过神来，竭尽全力地要振作起来好好思考。罗宾逊还在追打老鼠，一点儿不知道德尼斯在干吗。简妮简直不敢相信眼前的一切，这里是市立监狱，旁边还有个全副武装的守卫，她现在却得求德尼斯开恩。几个小时前她还那么优哉游哉，想着如果德尼斯敢动手她就要他好看！现在她却只剩下发抖的份了。

德尼斯揪住她的头发，猛地往前一拽。她被拉得头顶生疼，不由得站直身子。

"求你了！"她说。即使嘴里这么说，她仍讨厌这么低三下四地求饶，但现在她可没胆儿住嘴。"我什么都肯做！"

她感到他的嘴唇贴上她的耳朵。"脱下内裤。"他悄声道。

她惊呆了。她本来已经准备好了，不管他要她干多耻辱的事儿她都干。可脱内裤和拒绝他差不多危险啊。她不知道怎么办了，想找罗宾逊，这家伙却连个影子都看不见，至于身后，眼前戳着德尼斯的匕首她哪儿敢回头啊。倒是能听见罗宾逊咒骂老鼠和警棍敲击地面的声音，显然他还没发现德尼斯的行为。

"我没多少时间，"德尼斯低语时的口气仿佛一阵寒风，"要是你不遂我愿，就永远别想见着阳光了。"

这话她信。她刚花了三小时为他做了心理测评，知道他是什么货色。这家伙没有道德心，字典里没有负疚，也不懂自责。要是她不让他得逞，这家伙绝对会毫不犹豫地扎进来。

可要是她脱了内裤之后，这家伙又会干什么呢？她绝望地想。他会心满意足地把刀子从她脸上拿开吗？要是他还是下毒手了呢？要是他得寸进尺呢？

罗宾逊怎么还没宰了那只该死的老鼠？

"快点儿！"德尼斯催促道。

有什么能比失明更糟呢？"好。"她呻唤道。

德尼斯还抓着她的头发，刀子还在眼前晃悠。她小心翼翼地弯下腰，摸索到腰际，把亚麻裙提了提，褪下棉质的白内裤。德尼斯看着内裤落到脚踝上，喉间发出了狗熊似的咕哝声。她很难为情，尽管理智告诉她这不能怪她。接着她赶忙往下扯了扯裙子遮住走光的部位，然后退开一步，把灰色塑料地板上的内裤踢到一边。

她觉得自己毫无防备。

德尼斯撒开手，一把抓起内裤按在脸上，闭上眼深深地吸了口气，露出狂喜的表情。

简妮骇然瞪着他。虽然他连碰都没碰她，这种间接的肌肤相亲还是让她恶心得打战。

他接下来会干吗？

一声令人作呕的扑哧，简妮应声回头，罗宾逊终于打中了，锤瘪了老鼠的下半身，血溅到周围的地上。它跑是跑不动了，但还没死，还睁着眼睛，身子随着呼吸一动一动的。罗宾逊又照着脑袋补上一下，这才让它彻底不动了，浅灰色的浆液从裂开的脑壳里流了出来。

简妮扭回头看向德尼斯，却惊异地发现这家伙坐在桌后，摆出和下午一模一样的姿势，好像从来没挪过地儿，脸上还一副天真无邪的表情，刀和内裤都不见了。

她脱离危险了吗？一切都结束了吗？

罗宾逊累得直喘气，怀疑地盯着德尼斯道："那臭玩意儿不是你带进来的吧，平科尔？"

"不是的，先生。"德尼斯答得干脆。

简妮真想脱口而出"是，就是他！"却不知为何欲言又止。

罗宾逊继续道："要是让我知道这事儿是你干的，我就……"说到这儿他瞥了简妮一眼，决定还是不说要怎么处置德尼斯了。"我相信你知道，我肯定会让你后悔的。"

"是的，先生。"

简妮醒悟到自己安全了，不过释然马上又被愤怒替代。她怒火中烧地瞪着德尼斯。这家伙难不成打算装作什么都没发生过吗?

罗宾逊说:"那就好,你去提桶水刷洗干净吧。"

"我这就去,先生。"

"不着急,你先跟费拉米博士弄完了再说。"

简妮想说:"你追杀老鼠的时候,德尼斯偷了我的内裤。"却没说出口。这话听上去好蠢。而且她能料想到后果,她得在这儿滞留上一小时,等他们调查事实真相,他们会搜德尼斯的身,找到她的内衣,交给苔莫因典狱长。她想象着典狱长检查证物的模样,他摸着她的内裤,翻来覆去地看,脸上一副不可思议的表情……

不。还是什么都别说了。

她又感到愧疚万分,以前她还老看不起那些被非礼还三缄其口,让侵犯者逍遥法外的女人。现在她自己也这么做了。

她恍然发现德尼斯就指望着这一点呢。他预料到她的感受,赌他可以安然脱身。这个念头让她大为光火,有那么一瞬间她真想不管不顾地和盘托出,就为了不让他如意。不过紧接着她就想到苔莫因、罗宾逊和狱中其他家伙会盯着她,想着她没穿内裤。这等耻辱教人怎么受得了。

德尼斯真是聪明啊,和那个在体育馆纵火强奸丽莎的家伙一样聪明,和史蒂夫一样聪明……

"你好像有点儿发抖嘛,"罗宾逊对她说,"想必你也讨厌老鼠吧。"

她定了定神又想。一切都结束了,自己活了下来,眼睛也没事。能有多糟呢?她问自己,比起变成残废或是被强奸,只少条内裤算什么？知足吧。“我没事，谢谢你。”她说。

“既然如此，我带你们出去吧。”

他们三人一起离开了房间。

罗宾逊走到门外后说：“去拿个拖把来，平科尔。”

德尼斯朝简妮投去一个长久而又亲切的微笑，仿佛他们是恋人，已经在床上温存了一下午，接着就走进监狱里面不见了。简妮见状如释重负，心里却依旧厌恶，他口袋里还装着她的内裤呢。他会把她的内裤按在脸上睡觉，仿佛孩子抱着泰迪熊吗？或者他会把它包在生殖器上手淫，假装在肏她吗？不管是哪种她都不情愿，觉得自己没了隐私，少了自由。

罗宾逊领她走回大门口，同她握了握手。她穿过火热的停车场钻进福特车，庆幸总算可以离开这里了。德尼斯DNA的样本已经到手了，这才是最重要的东西。

丽莎坐在驾驶位上，打开空调制冷。

简妮瘫软在副驾驶位上。

“你怎么垂头丧气的。”丽莎说着启动了车子。

“遇到购物街先停一停。”简妮说。

“好啊，你要买什么？”

“我会告诉你的，”简妮答道，“不过你肯定不信。”

19

午饭后柏林顿找了家安静的街区酒吧，点了杯马提尼酒。

吉姆·普洛斯特对杀人无所谓的态度让他很受震动。柏林顿知道，揪住吉姆的领口大吼大叫，最后引起骚动是自己犯了傻，但他不后悔。他至少让吉姆确确实实地知道了自己的感受。

他们之间争吵也是常事。还记得第一次大危机是在20世纪70年代初，那时候水门事件刚出，年景非常糟糕，操持法纪的政客结果自己就持身不正，他们推崇的保守主义也连带遭人鄙弃，而且一切秘密活动，不管初衷好坏，一律被看作违法乱纪的勾当。布瑞斯顿·巴克怕了，想放弃整个计划。吉姆·普洛斯特骂他是懦夫，气冲冲地争辩说不会有危险，提议把计划挂在中情局和军方联合项目的名下，也许得加强保密。要是有哪个不开眼的记者要调查他们的工作，吉姆毫无疑问会格杀勿论。当时正是柏林顿挺身而出，建议和政府撇清关系，成立私营公司。现在又得靠他带大家走出困境。

这地方阴暗凉爽，吧台上的电视里播着肥皂剧，声音很轻。冰凉的酒液让柏林顿冷静下来，对吉姆的愤慨也渐渐平复，他开始思索起简妮·费拉米的事情。

之前他一时冲动，在吉姆和布瑞斯顿面前仓促应下了对付简妮的差事，现在他开始担心了，要说到做到就得阻止她进一步调查史蒂夫·洛根和德尼斯·平科尔。

然而事情可没那么简单。虽然他是她的雇主兼金主，但他不能给她下命令，正如他对吉姆说过的，大学可不是军队。她已经任职于琼斯·福尔斯大学，而且基因泰也已经给她批了一年的资金。当然，从长远来看，他要给她使绊子是轻而易举，但那哪儿来得及。必须立即阻止她，今天，要么明天，绝不能让她了解到真相，这会毁了他们所有人。

冷静，他心想，冷静下来。

她还是有破绽的，她利用医疗数据库并没有征得病患的同意。这种事捅到报界就是一桩丑闻，不论是不是真有人的隐私被侵犯了。大学就怕丑闻，这很不利于大学筹措资金。

要一手毁掉这么有前景的科研项目真是出悲剧，也背弃了柏林顿自己的信条。当初支持鼓励简妮的人是他，现在要中伤她的人还是他。她肯定要心碎啊。他又劝慰自己道，这姑娘基因不好，迟早会卷入什么麻烦里去，但想归想，他不想成为毁掉她的根源。

他努力不去想她的胴体。女人一向是他的软肋，除此之外他不受任何诱惑。他饮酒适量，从不赌博，也不理解为什么有人要吸毒。他爱过妻子薇薇，但即便在热恋的时候他也抵挡不住其他女人的魅力，薇薇最终离开他就是因为他拈花惹草。现在他想着简妮，想象着自己的手指梳过她的头发，嘴里说道："你对我真好，我欠你那么多，该怎么感谢你才好呀？"

这种念头让他很难为情，他应该是她的赞助人兼导师，不该去勾引她啊。

和欲望一同燃起的是熊熊怨恨。看在老天的分上，她还只是个戴鼻环的小姑娘而已啊！怎么会成为威胁、毁掉他们三人梦想的人呢？这可是他们为之奋斗终生并几近成功的梦想啊！他们会被挡在这儿吗，这简直是想都不敢想的问题。想到这儿他又晕又怕，和简妮做爱这种事早就抛诸脑后了，他现在只想掐死她。

同样地，他也不想公开指斥她，媒体毕竟不好控制，即使他们一开始的调查是冲着简妮去的，却也有可能最后反而把自己咬了出来。这法子太危险啦。不过除此之外，他也想不出别的了，总不能实行吉姆的谋杀计划吧。

他把杯子里的马提尼酒一饮而尽，酒保正要给他续满，他拒绝了。他在酒吧里四处打望了会儿，发现男厕所旁边摆着一台公用电话。他掏出美国运通卡刷过读卡器，拨通了吉姆办公室的号码。"普洛斯特参议员的办公室。"接电话的是吉姆手下一个小伙子，略显毛躁。

"我是柏林顿·琼斯。"

"恐怕参议员正在开会。"

他真该好好操练操练自己的助手，把他们变得可爱些，柏林顿这么想着，开口说："那我们别打扰到他，今天下午他有约见媒体吗？"

"我不确定，我能问问你的来意吗，先生？"

"不能，年轻人，你最好别问，"柏林顿含怒道，这些自以为是的助手正是国会山的一大祸害，"你要不就回答我的问题，要不就让吉姆·普洛斯特接电话，否则你就等着被炒鱿鱼吧，你打算怎么办？"

"请稍等。"

一段长时间的沉默。柏林顿想到，要吉姆教会助手变得可爱，就好比要让黑猩猩教幼崽学会餐桌礼仪。老板的行事风格会影响雇员，粗鲁不文的家伙身边围着的往往也都是没礼貌的员工。

电话里响起一道新的声音："琼斯教授，参议员将在十五分钟之后参加记者招待会，会上要发表丁奇众议员的新书《美国新希望》。"

真是刚想睡觉就有人送枕头。"在哪儿？"

"水门酒店。"

"告诉吉姆我也会去，让他把我的名字加到宾客名单上去。拜托你了。"柏林顿不等对方回应就挂了电话。

他离开酒吧，打的直奔酒店。操控媒体是在铤而走险，好的记者听过明面上的说辞之后，还会探寻其背后的因缘，必须小心行事。不过，每每他想到风险的同时，就会提醒自己成功之后的报酬，并坚定决心。

他找到了要召开记者招待会的房间，发现宾客名单上没有自己的名字，自以为是的助手向来办事不利索。然而新书发布会的公关人员还是欢迎了他，因为他们认出了他，把他当作吸引眼球的额外惊喜。他很高兴今天穿了滕博阿瑟的条纹衬衫，非常上镜。

他拿起一杯矿泉水，东张西望了会儿。房间正前方的墙上贴着一张放大了的新书封面，海报前摆着一张讲台，讲台边的小桌上堆着一叠新闻稿。电视台的工作人员正在布置灯光。柏林顿认出了其中一两个记者，但都信不过。

不停地有人到来，他在房间里四处溜达，随口应付上两句，一刻没放松地关注着门口。大多数记者都认识他，他也算小有名气。他虽然没读过新书内容，不过丁奇的政纲偏向传统右翼，正合柏林顿、吉姆和布瑞斯顿的口味，只是不如他们激进。所以柏林顿很乐意告诉记者自己赞同本书的观点。

三点过几分钟，吉姆和丁奇到场了。汉克·斯通紧紧跟着他，这位秃顶、酒糟鼻的先生还是《纽约时报》的资深记者呢，他的肚子在腰带上方鼓了出来，衬衫领口的扣子开着，领带也没收紧，棕黄色的皮鞋破破烂烂，堪称白宫记者团的最丑记者。

柏林顿想知道汉克行不行。

目前为止，汉克并无政治信仰。十五六年前他给基因泰撰文，柏林顿也因而结识了他。后来汉克来到华盛顿就职，给吉姆·普洛斯特写过不少文章，也为柏林顿的想法写过一两篇。和所有记者一样，汉克的报道也偏重引起轰动效应，而不在乎知识性。但他不同于其他自由派记者的是，他从来不虔诚地进行道德说教。

对于到手的消息，汉克会据其价值决定是否报道，要是他认为这是个好故事，他就会写。但他会不会挖掘故事背后的真相呢？能不能相信他呢？柏林顿不知道。

他见过吉姆，和丁奇握了手，三人聊了几分钟。此间柏林顿一直注意着门口，希望有更好的人选出现。但是谁也没来，这时候记者招待会开始了。

柏林顿耐着性子听完了所有的演说。时间不够啊。要是能有几天时间，他会有比汉克更好的人选，但是根本没有几天，他只有几个钟头！而且比起专程邀请记者共进午餐，这种一看就是偶遇的场面要不引人怀疑得多。

演说完毕之后，场内还是没有比汉克更好的人选。

记者们开始散场，柏林顿拉住汉克道："汉克，遇到你很高兴。我正好有条消息要透露给你。"

"好极了！"

"是关于滥用数据库的医疗信息的。"

汉克做了个鬼脸："不是我的菜啊，不过你继续说吧，柏里。"

柏林顿内心发出呻吟，汉克似乎不怎么想听啊。他硬着头皮继续说，设法引诱汉克道："我觉得这就是你的菜啊，因为只有你这样的记者才能看出这件事里的内涵，一般的记者往往就忽略了。"

"好吧，说说看。"

"首先，这场交谈没发生过。"

"这倒有点儿意思了。"

"其次，就算你想知道我为什么把这事儿告诉你，你也别问。"

"更有意思了。"汉克道，却没做出承诺。

柏林顿决定还是不逼他保证了："琼斯·福尔斯大学心理系的青年研究员简妮·费拉米博士，她在检索适合受试者的时候，擅自搜索了大型医疗数据库，却没有获得在档人员的首肯。"

汉克捏着鼻头："这是关于电脑的问题呢，还是关于科学伦理的呢？"

"我怎么知道，你才是记者啊。"

他看上去兴致缺缺："这又算不上独家报道。"

别摆你的臭架子，混账玩意儿。柏林顿友善地拉着汉克的胳臂。"帮我个忙吧，采访一下，"他蛊惑道，"给莫里斯·欧贝尔校长打电话，再给费拉米博士打电话。告诉他们这是条大新闻，看看他们怎么说。我敢肯定，他们的反应会很有趣的。"

"这谁知道。"

"我保证，汉克，肯定不会浪费你的时间的。"答应啊，你这臭混蛋，答应啊！

汉克迟疑了会儿，然后说："好吧，我姑且试试看。"

柏林顿心里乐开了花，但面上还要努力维持肃穆的表情，可嘴角还是情不自禁地露出一抹胜利的微笑。

汉克看见了，疑惑地皱起眉头："你不是想利用我吧，柏里？难不成是要我去帮你恐吓谁？"

柏林顿微笑着把手搭在记者的肩上。"哪儿能啊，"他说，"相信我。"

20

简妮在里士满城外的商业街上买了包三条装的白色棉质内裤。接着，她走进旁边汉堡王店里的女厕所换上内裤，这才觉得好过了些。

说来也怪，自己刚才不穿内裤的时候感觉那么无助，什么都想不了。不过同维尔·坦普恋爱那会儿，她却经常不穿内裤到处走，她觉得这样子一天都会很性感。坐在图书馆里，在实验室工作，甚至仅仅沿着路走，她都会幻想维尔意外地出现在她面前，激情燃烧地说："我想要你，虽然时间不多，但是我要你，就在这儿，就是现在。"而她也正做好了准备。但如果生命中没有这样一个男人，那么内裤就像是鞋子一样，是她须臾不可离的东西。

重新整理好衣服之后，她返回车上。丽莎载着她去里士满—威廉斯堡机场还了车，正巧赶上回巴尔的摩的班机。

揭开迷局的关键在于德尼斯和史蒂夫诞生的医院，航班上简妮一路都在冥思苦想。同卵双生子不知为何成了不同母亲的孩子，这种童话故事的内容竟然在现实中发生了。

她看着案例文件，检查两例受试者的生日。先是史蒂夫，他生于八月二十五日，接着她惊恐地发现，德尼斯的生日是九月七日，几乎比史蒂夫小上整整两周。

"肯定哪儿出了错，"她说，"我之前怎么没查查看这个呢。"然后她把有冲突的文件给丽莎看了看。

"我们可以复核一下。"丽莎说。

"我们的问卷里有没有问受试者的出生医院？"

丽莎苦涩一笑："我记得没有。"

"照他们这种情况，肯定是个有军方背景的医院。洛根上校是军人，而且德尼斯出生的时候'少校'可能也在服役。"

"我们之后查查看吧。"

丽莎不像简妮那么焦躁。对她而言这不过是一项研究计划。对简妮来说这却是她的一切。"我这就打电话，"她说，"这架飞机上有电话吗？"

丽莎皱眉道："你想给史蒂夫的母亲打电话？"

简妮听见丽莎的语气里有些不赞成："是啊，不行吗？"

"她知道他入狱了吗？"

"哎呀！这我可不知道，该死，这种惊天动地的消息可轮不到我去告诉她。"

"他也许给家里打过电话了呢。"

"也许我该去探史蒂夫的监。这没问题吧？"

"嗯，不过监狱有访问时间的吧，像医院那样。"

"我先去碰碰运气吧。反正我还能问平科尔夫妇呢。"

她向路过的空姐招了招手："请问机上有电话吗？"

"抱歉，没有。"

"真倒霉。"

空姐微笑道："你还记得我吗，简妮？"

简妮这才看向空姐，马上就认出了她。

"佩妮·瓦特米都！"她说道。佩妮是她在明尼苏达大学的同窗，修英语博士学位。"你还好吗？"

"还行啊，你呢？"

"我在琼斯·福尔斯大学做研究呢，现在遇上麻烦了。我还以为你会从事学术相关的工作呢。"

"我当时的确去找过，可惜没找到。"

简妮顿时有些发窘，她成功了，但她的朋友失败了："太糟了！"

"我现在挺快乐的，我喜欢这份工作，而且薪水也比大多数大学来得要好。"

简妮不信，女博士竟然在当空姐，这让她非常惊讶："我一直相信，你肯定会成为一个好老师的。"

"我教过一段时间的高中，结果有个学生因为同我对《麦克白》的感想不同，竟然动刀戳伤了我。那以后我问自己，我究竟在干什么？我冒着生命危险教孩子莎士比亚，他们满脑子却只是放学上街偷钱买毒品。"

简妮记起佩妮丈夫的名字，问道："丹尼现在好吗？"

"他很棒，他现在是区域销售经理，经常得出差，不过这也值嘛。"

"真好，能再见到你真好。你现在住在巴尔的摩吗？"

"住在华盛顿特区。"

"把你的号码给我，我给你打电话。"简妮取出一支圆珠笔，佩妮在简妮的一只文件夹上写下了号码。

"找时间一起吃顿午饭吧，"佩妮说，"会很有趣的。"

"没错。"

佩妮继续往前走了过去。

丽莎说：“她看上去很开朗啊。”

“她很聪明的，真没想到她做了空姐。也不是说做空姐有什么不好，只不过这不是浪费了二十五年的教育嘛。”

“那你会给她电话吗？”

“见鬼，肯定不会，她虽然嘴上说不在意，但我的存在会让她想起曾经的理想，会让她伤心的。”

“我想也是，她真是可惜了。”

“是啊。”

她们一降落，简妮就用公用电话，打给了里士满的平科尔夫妇，但对方正在通话。“该死。”她抱怨了一句，等了五分钟又试了一回，却还是烦人的忙音。“夏洛特肯定在给她暴躁的全家通电话，传扬我们到访的事儿，”她说，“我待会儿再试吧。”

丽莎的车在停车场，她们驱车进城，简妮在自己的公寓门口下了车。钻出车门前她道：“你能帮我个大忙吗？”

“行啊，但我可不一定做得来。”丽莎笑道。

“今晚就提取DNA吧。”

她的脸垮了下来：“噢，简妮，我们一整天都在外面，我还得买菜做晚餐。”

“我知道，我也得去趟监狱，我们过会儿在实验室见，九点整怎么样？”

“好吧，”丽莎微笑道，“我也好奇检验结果会怎么样。”

“要是我们今晚就开始，后天就能知道结果啦。”

丽莎的面容有些存疑：“简化几个步骤的话，也许能赶上吧。”

"好姑娘！"简妮钻出车外，丽莎随即开车离去。

简妮本打算直接开自己的车去警察局，但想了想又决定先去看看父亲，于是走进屋子。

他正在看《幸运之轮》，见简妮进门就说："嗨，简妮，今天回来挺晚啊。"

"我忙工作呢，而且晚上还得去，"她说，"你今天过得怎么样？"

"有点儿闷，就我一个人。"

她为父亲感到难过，他似乎一个朋友都没有。然而，他气色比昨天晚上好多了，干净整洁，下巴光溜，休息得也不错。他热了冰箱里的比萨当午餐，脏污的盘子放在厨房案台上。她禁不住想问：你到底等谁给你刷碗呢。可终究没说出口。

她放下包开始做清洁。他电视也不关。

"我去了弗吉尼亚州的里士满。"

"那不错啊，亲爱的，晚上吃什么？"

不行，她心想，可不能这样下去了。可不能由他待母亲一样对待自己。"你干吗不自己做点儿食物呢？"她问道。

这句话吸引了他的注意，他回过头盯着她道："我不会做饭啊！"

"我也不会啊，父亲……"

他皱起眉头，随即又微笑道："那我们出去吃吧！"

她很熟悉他脸上这个表情，刹那间简妮似乎回到了二十年前，她和帕蒂穿着相配的喇叭牛仔裤，她看着黑发、络腮胡的父亲说道："我们去嘉年华吧！要吃棉花糖吗？蹦上车吧！"他当初是全世界最好的父亲。然后画面闪回十年前，她穿着黑色牛仔裤和貂皮靴子，父亲的头发短了灰了，他说道："我开车送你去波士顿吧，我能搞到一辆卡车，我们正好能趁这机会一起待会儿，可以在路上吃快餐，很有趣的！准备好十点钟出发！"结果她等了一整天父亲都没有出现，只好次日自己坐长途汽车走了。

而今他眼里又闪耀出当初那种"找点儿乐子吧"的光彩，她全心全意地希望自己可以回到九岁，会相信他所说的每一个字。但她已然长大了，所以她开口道："你有多少钱呢？"

他的脸色顿时阴了下来："一分钱都没有，我告诉过你的。"

"我也没有，所以我们没法儿出去吃。"她打开冰箱，里面还有一颗卷心菜、几根新鲜玉米棒、一个柠檬、一袋羊排、一个番茄和半盒本叔叔牌大米。她把它们全部取出来，放在案台上。"我们这么办，"她说，"新鲜玉米拌黄油做前菜，正餐是柠檬羊排和色拉盖饭，最后甜点是冰淇淋。"

"好啊，听上去棒极了！"

"我得出门，你来做。"

他站在那儿瞅着她码出来的东西。

她抓起包："十点一过我就回来。"

"我不会做这玩意儿啊！"他拿起一根玉米。

简妮从冰箱上方的架子上取下一本《读者文摘：全年食谱》递给父亲："学着做吧。"说完吻了吻他的脸颊就出门了。

驱车前往市中心的时候，她希望自己没有做得太过火，他毕竟是上一代人，他们那个时代的规矩和今天不同。可是话虽如此，她也不能当他的保姆啊，就算她心里愿意也做不到，她还有工作呢。能让他在晚上有个睡觉的地方，她为他付出的已经比他这一辈子为她做的都要多了。不过她还是希望能够让他更快乐些，虽然他并不是个称职的父亲，但也是她唯一的父亲啊。

她把车停到车库，下车穿过红灯区走进警察局。局大厅装饰得挺时髦，大理石长凳，墙壁上还画着巴尔的摩的历史事件。她告诉接待员要见拘留中的史蒂夫·洛根，本以为还得争论两句，结果几分钟后就出来一位穿制服的年轻女士，把她带进警察局坐上电梯。

她被引到一间小室，屋子平平无奇，只是在墙上辟了一面高及脸部的小窗，窗棂里嵌着块隔音玻璃。从窗子看过去是另一间类似的隔间。除非从墙上打洞，否则绝没有办法在两间屋子里传递东西。

她盯着窗口，几分钟后史蒂夫被带了进来，戴着手铐脚镣，似乎是个危险人物。他凑到玻璃前看过来，认出她的时候绽开了笑容。"真是份惊喜啊！"他说，"实际上，这是我今天唯一的好事儿了。"

暂且不论他表现出来的喜悦，他现在看起来真是很糟糕，神经紧张、疲惫倦乏。"你怎么样？"她问道。

"不太好过。他们把我和杀人犯关在一起，那家伙吸毒吸高了，搞得我连觉都不敢睡。"

她同情起他来，要说这男人强奸了丽莎，她怎么也不信："你还得在这儿关多久？"

"明天法官会审理我的保释申请。要是没通过的话，可能就得等DNA的检验结果了。那个要三天。"

说起DNA，她想起了自己来此的目的："我今天看见你的孪生兄弟了。"

"然后呢？"

"毫无疑问，他和你长得一模一样。"

"也许强奸丽莎·霍克斯顿的是他吧。"

简妮摇头道："除非他周末越狱出去犯了罪，不过他现在还关在牢里呢。"

"你觉得他有没有可能越狱了，然后又回去了呢？为了制造不在场证明？"

"稀奇古怪的想法，要是德尼斯越狱成功，可不会有东西能引他回去。"

"说得也是。"史蒂夫落寞地说。

"我有几个问题要问你。"

"说吧。"

"首先，我想要复核一下你的生日。"

"八月二十五日。"

这和简妮之前写下来的日期相同，也许她是把德尼斯的日子搞错了。

"你知道自己是在哪儿出生的吗？"

"知道啊，我出生的时候父亲在弗吉尼亚州的利堡服役，我就是在那儿的一家部队医院出生的。"

"你确定？"

"确定，母亲在她那本《我有孩子了》里把这些都写出来了。"他说着眯起了眼睛，这副表情她很熟悉，他在揣摩她的想法呢，"德尼斯是在哪儿出生的？"

"目前还不清楚。"

"但我们应该是同一天出生的吧。"

"很遗憾，他自称生日在九月七日，不过也有可能是误报。我要去复核一下。待会儿我回办公室给他妈打电话。你和父母联络过了吗？"

"没呢。"

"要我帮你打吗？"

"别！求你了。在还我清白之前，我可不想让他们知道这件事儿。"

她皱眉道："从你对他们的讲述来看，他们似乎是那种会支持你的父母啊。"

"他们的确会支持我，不过我不想让他们伤心。"

"伤心是肯定的，不过他们也许宁愿知道这件事呢，这样才能帮到你啊。"

"不，拜托别给他们打电话。"

简妮耸耸肩，他肯定还有隐情没说，不过这是人家自己的决定。

"简妮……他什么样？"

"德尼斯？外貌和你一样。"

"他是长发还是短发，有没有胡子，指甲脏不脏，脸上有没有粉刺，瘸不瘸……"

"他是和你一样的短发，脸上没毛，双手干净，皮肤光滑。和你完全一样。"

"老天爷啊。"史蒂夫的表情非常不自在。

"你和他有个很大的不同点，就是行为举止的不同。他不知道如何与其他人相处。"

"这倒怪了。"

"我不觉得怪，实际上这点还验证了我的理论。你俩都是我所谓的野孩子，这词是我从法国电影里学来的。我用来形容那些无所畏惧、不服管教、活力亢奋的孩子。这类孩子难以融入社会。夏洛特·平科尔和她的丈夫没把德尼斯教育好。你的父母却成功了。"

这没让他宽慰多少。"不过从本质上来讲，我和德尼斯还是一样的。"

"你们生来都是野孩子。"

"我不过是披着一层薄薄的文明皮。"

她看得出他非常困扰，便道："为什么你这么在意这一点呢？"

"我想把自己看作一个人，而不是有家教的大猩猩。"

她笑了，不顾他郑重的表情："大猩猩也得融入社会啊，所有的群居动物都需要。这就是犯罪的由来。"

他被提起了兴趣："来自群居？"

"是啊，所谓犯罪，即是破坏了重要的社会规则。独居动物没有这类规则。一只熊可以毁坏其他熊的巢穴，偷走它的食物，杀死它的幼崽。但狼不会做这种事，因为这会让它们无法共同生活。狼是一夫一妻制，它们会照看其他狼的幼崽，尊重各自的私人空间。要是某条狼坏了规矩，狼群会责罚它，要是它屡教不改，就会被驱逐出狼群，或者直接被杀掉。"

"那要是破坏不重要的社会规则呢？"

"像是在电梯里放屁？我们管这个叫不礼貌。唯一的惩罚就是其他人的恶感，不过令人吃惊的是，这种惩罚的效果还很不错。"

"你为什么对犯罪者那么感兴趣呢？"

她想起了父亲，不知道自己是不是遗传了他的犯罪基因。也许这能让史蒂夫知道，自己也受基因遗传的困扰，但是对父亲的事儿撒了这么多年的谎，她没办法就这么轻轻松松地告诉史蒂夫。"犯罪是个大问题嘛，"她推诿道，"谁都会有兴趣的。"

门在她背后开了，一个年轻女警官朝里张望着道："时间到了，费拉米博士。"

"好，"她回头答应了声，接着又对史蒂夫说，"史蒂夫，你知道丽莎·霍克斯顿是我在巴尔的摩最好的朋友吗？"

"不知道啊。"

"我们是同事，她是技术员。"

"她什么样？"

"她不是那种会随随便便瞎指的人。"

他点点头。

"虽然如此，我还是希望你能知道，我不相信这件事是你做的。"

有那么一瞬间，她以为他要哭了。"谢谢你，"他粗着嗓子道，"我不知道怎么表达这对我有多重要。"

"出去之后给我打电话，"她把号码告诉他，"记得住吗？"

"没问题。"

简妮不愿离开，朝他投去一个微笑，希望能够鼓励到他："祝你好运。"

"谢谢，在这儿我的确需要好运。"

她转身离开。

女警带她走回大厅，接着她在夜色中回停车库取了车，开上琼斯·福尔斯高速公路，打开了老梅赛德斯的车前灯。车子向北疾驰，匆匆赶回大学。她开车一贯快，是个经验老到，却仍有点儿大胆鲁莽的司机，这点她自己也知道。不过她就是没耐性以五十五码的时速往回赶。

丽莎的白色本田雅阁已经停在疯人院外，简妮停在旁边走进大楼。丽莎也是刚到，才打开实验室的灯。装着德尼斯·平科尔血样的冷柜搁在长凳上。

简妮的办公室就在走廊对面，她刷过门卡，打开门锁走了进去。进屋后她坐到自己办公桌前，给里士满的平科尔家打了个电话。"终于通了！"她一听见拨号音就叫道。

夏洛特接起电话："我儿子怎么样？"

"身体康健。"简妮答道。他看上去很正常，要不是后来用刀指着我要抢我的内裤，一点儿看不出有精神病。她试着说些好话："他很配合。"

"他从来就是礼貌优雅。"夏洛特拉长了调子，用慢吞吞的南方口音说着，仿佛在述说最为骄人的成果。

"平科尔太太，我想和你复核一下他的生日。可以吗？"

"他出生于九月七日。"好似这是个全国性的节日。

这不是简妮想要的答案："那么他出生于哪家医院呢？"

"我们当时在北卡罗林纳州的布拉格堡。"

简妮努力控制自己，才没有骂出声。

"少校当时正训练远征越南的新兵，"夏洛特骄傲地说，"陆军医务司令部在布拉格堡有一间大医院。德尼斯就是在那儿降生的。"

简妮不知道怎么说下去了。迷局依旧，没有任何进展。"平科尔太太，再次谢谢你，感谢你的友好合作。"

"不客气。"

她回到实验室对丽莎道："显然史蒂夫和德尼斯的生日相差十三天，而且出生地点也不同。真让我费解。"

丽莎拆开一盒新的试管。"没事儿，这儿还有一项无可争议的检验手段呢，要是他们俩有相同的DNA，他们就是同卵双生子，谁说生日不同都不算数。"她拿出两支小号的玻璃试管，一两寸长。每支都是锥形底，顶端有盖。她又拆开一包标签纸，在一张上写下"德尼斯·平科尔"，另一张上写下"史蒂夫·洛根"，分别贴到两枚试管上，再把试管搁在架子上。

她拿过德尼斯的血样，撕下封条往试管里滴了一滴。接着对史蒂夫的血样也如法炮制。然后，丽莎拿出有精确刻度的滴管——就是一头有个橡皮球的玻璃管——往两枚试管中各加入一小滴精确计量过的氯仿，再用一支新的滴管加入了同样剂量的苯酚。之后她盖上两支试管，把它们放进混匀仪里晃了几秒钟。氯仿会溶解脂肪，苯酚能消除蛋白质，而脱氧核糖核酸那长长的双螺旋分子结构却会保持完整无缺。

丽莎把试管放回试管架道："接下来几小时我们就等着吧。"

水溶性的苯酚会慢慢和氯仿分离开来，分界呈新月形。DNA溶于水，在检验的下一步就能用滴管提取出来。但是这得等到明天早上啦。

蓦地电话响了，简妮皱起眉头，铃声好像来自自己的办公室。她穿过走廊接起电话道："喂？"

"请问是费拉米博士吗？"

简妮讨厌别人不做自我介绍就对她直呼其名。这就好像到别人家去敲门，等人家来开门了你却来一句"你谁啊"一样可恶。她本想讥诮两句，但又咽了回去，只是应道："我是简妮·费拉米，你哪位？"

"奈奥米·福里兰德，《纽约时报》的记者，"她的声音好似一杆五十多岁的老烟枪，"我有几个问题要问你。"

"三更半夜来问？"

"我全天候工作，而且你好像也是嘛。"

"你为什么打我电话？"

"我要写一篇关于科学伦理的文章，得做个采访。"

"啊！"简妮立即想到史蒂夫并不知道自己被领养的事情。这是伦理问题，虽然并非不可解决，但《时报》应该还不知道这点吧？"你想问什么？"

"据我所知，你是利用检索数据库的方法来寻找适合受试者的。对吧？"

"噢，是的，"简妮松了口气，在这方面她无可指摘，"我设计了一种搜索引擎，可以检索计算机数据，找出匹配的条目组。我的目的是找到同卵双生子。这个软件可以用在任何数据库上。"

"但用了软件，你就获得了数据库的病历记录。"

"重点在于你怎么定义'获得'了，我很小心不去侵犯任何人的隐私，从来不看他人的病历详情，软件也不会输出任何病历。"

"那么它输出什么呢？"

"两个匹配对象的姓名、住址和电话号码。"

"但它输出了两个人名啊。"

"当然啦，我要的就是这两个人名。"

"也就是说，要是你把软件用在脑电波图上，它就会告诉你约翰·杜尔的脑电波和吉姆·菲茨的一模一样。"

"一样或相似。但是两位先生的健康状况如何，它是不会告诉我的。"

"然而，要是你事先知道约翰·杜尔是个偏执型精神分裂患者，那你就能断言吉姆·菲茨也是。"

"这种事我们可不知道。"

"也许你会认识约翰·杜尔啊。"

"怎么认识？"

"他可能是你公寓的门卫，或是你认识的任何人。"

"啊，少来！"

"这是有可能的啊。"

"你要把这事儿写成新闻？"

"有可能。"

"好吧，这在理论上是有可能的，但是概率已经小到任何有理智的人都不会在意的程度。"

"未必吧。"

记者似乎决定要制造轰动，不顾事实真相，简妮心里这么想着，开始担忧起来。就是不算媒体，她的麻烦已经够多了。"你要写的东西到底会有几句实话？"她问道，"你在现实中知道有谁觉得自己的隐私被侵犯了吗？"

"我在乎的是潜藏的可能性。"

突然一个念头击中简妮："话说回来，谁让你给我打电话的？"

"你干吗问这个？"

"和你问我问题一样的原因。我想知道真相。"

"我不能说。"

"有意思，"简妮说，"我或多或少地把自己的研究项目和研究手段告诉了你，开诚布公，但你藏着掖着，显出一副……嗯，亏心的样子。我猜，你是靠亏心手段知道我的研究项目的吧？"

"我不对任何事情感到亏心。"记者脱口叫道。

简妮觉得自己也开始发火了。这女人以为自己是谁？

"哈，某人还不承认呢。否则你为什么不敢告诉我那人是谁？"

"我得保护我的消息来源。"

"保护来干吗？"简妮知道自己该消停了，和媒体对抗从来就是一场空。但这女人的态度让她忍不住火大。"我说过了，我的方法没有任何问题，不会威胁到任何人的隐私。所以你的线人干吗要弄得这么鬼鬼祟祟？"

"每个人都有他们的原因。"

"这话说得好像你的线人心怀不轨，不是吗？"虽然嘴里这么说，简妮心里却想着，为什么会有人想对付自己呢？

"对此我不予置评。"

"不予置评，哈？"她讥嘲道，"真是句经典台词，我肯定忘不了。"

"费拉米博士，很感谢你的合作。"

"拉倒吧。"简妮说着挂断了电话。

她盯着电话看了很久，自言自语道："这到底是怎么一回事？"

周　三

21

柏林顿睡得不好。

他和比芭·哈本登待了一宿。比芭是物理系的秘书，很多教授都想约她出去，包括不少已婚的，但只有柏林顿成功了。昨天晚上他穿得漂漂亮亮的，带她去氛围温馨的餐厅点了美酒。四周那些和丑陋老妻吃饭的同龄男士纷纷朝他投来嫉妒的目光。饭后他领她回家，点起蜡烛，换上绸睡衣，同她颠鸾倒凤，一番云雨，直到她喘息着沉浸在快感之中。

可是才凌晨四点，他就醒了过来，觉得自己的计划好像有些不对。汉克·斯通昨天下午在招待会上喝了不少，说不定已经忘了自己的嘱托。而且就算没忘，《纽约时报》的编辑也未必肯跟进报道。他们也许会做一两次采访，然后发现简妮的作为似乎也没什么大毛病。又或者他们就是磨磨蹭蹭，打算下周再开始深入调查，可那就太晚了。

他辗转反侧了一会儿，比芭咕哝了一句："你还好吗，柏里？"

他摸摸她长长的金发，她随即发出渴睡的可爱声音。同美女做爱往往能缓解任何程度的麻烦，但这次他觉得不灵了。他心事压得太多了。要是能向比芭倾诉，那自己也许能轻松许多，因为她聪明懂事、善解人意，又有同情心。但这种秘密怎么能对别人说呢？

过了一会儿，他索性起床出门跑步，回来的时候比芭已经离开了，留下一张包在黑丝袜里的感谢便条。

保姆在八点差几分的时候到了，开始给他准备煎蛋卷。玛丽安娜是个纤瘦而拘谨的女孩儿。她来自加勒比海的马提尼克岛，法国属地，只会说寥寥几句英语，最怕的事就是被遣送回家，所以相当任劳任怨。她长相俏丽，柏林顿琢磨就算自己要求她口交，她也会觉得这是大学员工的职责之一吧。不过他当然不会这么做，和帮佣做爱可不是他的做派。

他冲过澡，刮净胡须，穿上白衬衫，打上小红点黑领带，然后套上淡色细条纹的炭灰色西装，一副大人物派头。袖扣上印着姓名首字母的花体字，他再取出一条亚麻白手帕，叠得整整齐齐后揣进胸袋，又把黑色浅口皮鞋擦得锃亮。

他驱车到学校，走进办公室打开电脑。和大多数超级明星学者一样，他已经很少授课了。他在琼斯·福尔斯大学每年只教一门课，他的主要工作是引导和监督系里科学家们的研究，并在他们的论文中署上自己的名字以增添名望。但今天早上他心绪不宁，什么也不想干，只是愣愣地盯着窗外，看着网球场上四个年轻人激情洋溢地打双打，等着电话铃响。

他没等很久。

九点半的时候，琼斯·福尔斯大学的莫里斯·欧贝尔校长来电。"我们有麻烦了。"

柏林顿紧张道："怎么了，莫里斯？"

"《纽约时报》有个婊子打电话来，说你系里有人在侵犯大众的隐私，叫什么费拉米博士。"

谢天谢地，柏林顿欣欣鼓舞，汉克·斯通干得漂亮！他努力让声音变得郑重肃穆。"我就怕这种事，"他说，"我马上过去。"然后挂上电话，坐下盘算了一会儿。现在要说胜利还言之过早，这才刚刚开始呢。他现在得让莫里斯和简妮都按照他的期望行事。

莫里斯的声音透着烦恼，这是个好的开始。柏林顿必须保证他继续烦恼下去。他要让莫里斯以为，若简妮不立即停止使用数据库检索程序的话，整件事就会演变成一场灾难。一旦莫里斯决定采取行动，柏林顿只需要确保他坚定不移就行了。

最重要的是，他必须防止任何形式的妥协。虽说他知道简妮骨子里不是个会妥协的人，但是赌上她所有未来的话，她会不会病急乱投医就难说了。他必须进一步激怒她，让她保持那种好斗激烈的态度。

而且在做上述勾当的时候，他还得努力装成好人。要是他陷害简妮的意图被察觉，莫里斯可能会发现猫腻的。柏林顿在明面上必须维护她。

他离开疯人院穿过校园，经过巴里摩尔电影院和文学院，抵达傍山大会堂。这里原先是学校捐助者的乡村宅邸，而今被改建成行政大楼。校长办公室以前是富丽堂皇的大厅。柏林顿对欧贝尔博士的秘书和善地点点头，说道："校长要我过来。"

"请进，教授。"她说。

莫里斯正坐在飘窗旁边俯瞰草坪。这是个矮个子男人，胸围宽大，他从越南回来的时候坐着轮椅，腰部以下完全瘫痪。也许是因为都当过兵，柏林顿和他挺投契。而且他们也都热爱马勒的音乐。

莫里斯经常苦着张脸，为了运营琼斯·福尔斯大学他每年得从私人或企业捐助者手上筹措一千万美金，所以非常惧怕负面报道。

见柏林顿来了，他转过椅子滑到桌前。"她说他们要弄一条大新闻，柏里，我不能让琼斯·福尔斯大学被卷进这种报道，这可是违背科学伦理啊。要是真出了事儿，得有一半捐助者撤资。我们可不能坐以待毙。"

"她是谁啊？"

莫里斯翻开便笺本看了看："叫奈奥米·福里兰德，是伦理编辑。哪门子报纸会有伦理编辑？你听说过吗？我反正不知道。"

"《纽约时报》这类报社有这种编辑也不出奇。"

"随便吧，他们就跟该死的盖世太保一样纠缠不休，还要把这篇文章曝到记者招待会上去。就在昨天他们刚获得线报，说这事儿和你手下那个费拉米女士有关。"

"是谁告诉他们的呢？"柏林顿道。

"身边某些个不忠不义的混蛋东西吧。"

"我想也是。"

莫里斯叹道："告诉我这不是真的，柏里。告诉我她没有侵犯公众的隐私。"

柏林顿跷起二郎腿，掩起心里奇妙的紧张感，努力做出放松的样子。接下来就是关键了。"要说她会出差错，我可不信，"他说，"她只是检索医疗数据库，找出那些不知道自己身世的双胞胎而已。这法子很聪明啊，事实上……"

"她没经人同意就调阅了公众的病历？"

柏林顿似乎不情不愿地说："嗯……算是吧。"

"那她必须停下来。"

"问题是她的研究真的是非常需要这些信息啊。"

"那不然我们给她一些补偿？"

柏林顿没想过贿赂她。他很怀疑这么做能否成功，但是试试看也没坏处。"好主意。"

"她的教职任期还剩几年呢？"

"她这学期才当上助理教授，至少还有六年才到期。但我们可以给她加薪。我知道她需要钱，她跟我提过。"

"她现在赚多少？"

"年薪三万。"

"那你觉得我们该给她多少？"

"多给些吧，加个八千到一万吧。"

"钱从哪儿来？"

柏林顿微笑道："我来说服基因泰出这笔钱。"

"那就这样吧，现在就给她打电话，柏里。要是她在学校的话，让她现在就过来。我们得赶在那些道德警察再打电话过来之前就把这事儿敲定。"

柏林顿提起莫里斯的电话，打给简妮的办公室，电话立即就通了："简妮·费拉米。"

"我是柏林顿。"

"早上好。"她的声音略显警惕，莫非是觉察到周一晚上自己的歪心思了？现在是不是以为自己又要约她？还是已经听闻《纽约时报》那破事儿的风声了？

"现在能来见我吗？"

"去你办公室吗？"

"不，我在傍山大会堂，欧贝尔博士的办公室。"

她恼怒地叹了一声："是不是那个叫奈奥米·福里兰德的女人？"

"是的。"

"她净胡扯啊，你知道的啊。"

"我知道，不过我们还是得解决这件事儿。"

"我马上过去。"

柏林顿挂了电话。"她一会儿就到，"他对莫里斯说，"好像《纽约时报》已经给她打过电话了。"

几分钟后就是关键时刻了，要是简妮辩护得好，莫里斯也许就会改变策略。柏林顿必须保证莫里斯坚定不移，还不能显出对简妮的敌意。她脾气烈，自视甚高，不是愿意息事宁人的性子，尤其是觉得自己占理的时候。就算柏林顿不推波助澜，她都有可能和莫里斯敌对起来。不过万一她一反常态地乖巧温驯起来怎么办？他需要一个后备计划。

灵感突至，他说："我们不如边等边草拟一份新闻稿吧。"

"好主意。"

柏林顿拿过一沓纸，下笔如飞。他要搞些简妮绝不会同意的事情，一些会伤她自尊，激她生气的东西。他写道：琼斯·福尔斯大学承认所犯错误，并向广大隐私受侵犯的民众致歉，且承诺整项研究计划自即日起停止。

他把草稿递给莫里斯的秘书，让她立即输入电脑。

简妮心怀义愤地赶到，她穿着翠绿色的宽松式T恤，黑色紧身牛仔裤，脚下的鞋子以前被称作工程师靴，现在却正是流行的款式。她鼻翼的孔洞上佩着一枚银环，浓密的黑发扎在颈后。柏林顿觉得她这模样挺可爱，但校长不喜欢，这不活脱脱一个年轻毛躁、不负责任、尽给学校惹麻烦的助理教授形象吗？

莫里斯请她坐下，说了从媒体那里得来的消息，一举一动很是拘谨。柏林顿见状心想，这家伙只有同成熟男性打交道的时候才轻松自如，这么个穿紧身牛仔裤的年轻姑娘对他来说就像是个外星人。

"那女人也给我打电话了，"简妮怒道，"太荒唐了。"

"但你的确进了医疗数据库。"莫里斯说。

"我没有看数据库的内容，是计算机在看。没有哪个人看了任何人的病历。我的程序生成的表单里只有成对的姓名和地址。"

"即使如此……"

"在事先征得潜在的受试者同意之前，我们不会做进一步的研究，甚至不会透露他们是双胞胎。所以谁的隐私被侵犯了呢？"

柏林顿装作力挺她的样子道："我告诉过你了，莫里斯，《纽约时报》搞错啦。"

"他们不这么认为，而且我也得考虑大学的名声。"

简妮说："相信我，我的工作会给大学的名誉增光添彩的。"

她往前凑过身子，柏林顿听见她的声音里透出优秀科学家面对新知识时的热情。"这个项目非常重要，而我是唯一一个知道如何去研究犯罪遗传的人。等我们的研究结果一发表，准会引起轰动。"

"她说得对。"柏林顿插嘴道。这是实话。她的研究本就令人着迷，要毁掉它真是让人心碎。但他别无选择。

莫里斯摇头道："保护学校不出丑闻是我的职责。"

简妮立即回击道："守卫学术自由也是您的职责啊。"

简妮的这一步却是走错了。毫无疑问，校长也曾为无拘无束地追求知识的权力而奋斗过，但那些日子已经过去了。现在他只是四处筹措资金的人，纯粹而简单。她提起学术自由只会冒犯到莫里斯。

莫里斯发怒了，一字一顿地说："我不需要你给我上校长职责的课，小姐。"

简妮没领会个中深意，这让柏林顿很高兴。"不需要吗？"她对莫里斯道，得理不饶人，"这里就有个直接的冲突，一方面新闻媒体明显打算歪曲事实，另一方面科学家在追逐真理。要是一位大学校长要屈服于这种压力之下，那还有什么希望呢？"

柏林顿喜出望外。她真好看，双颊闪出两抹红晕，眼里炯炯有神，但她这是在自掘坟墓，每一个字都在引起莫里斯的反感。

接着简妮突然转过话头，似乎意识到了自己在做什么。"其实吧，我们谁都不想让学校名声变坏，"她用缓和些的口吻说道，"我非常了解您的担心，欧贝尔博士。"

莫里斯的态度立即软下来，让柏林顿很苦恼。"我意识到这件事让你陷入了非常艰难的境地，"他说，"大学准备补偿你，给你的年薪加一万美金。"

简妮呆住了。

柏林顿说："这些钱应该能让你把母亲接出那里了吧，你对那地方那么忧心忡忡。"

简妮仅仅迟疑了一会儿。"对此我非常感谢，"她说，"但这解决不了问题。我还是需要双胞胎罪犯进行研究，否则我就没什么研究的了啊。"

柏林顿没想到她竟然真被收买了。

莫里斯说："你肯定还有其他办法为你的研究寻找合适的受试者的吧？"

"没了，我需要被分开抚养的同卵双生子，其中至少有一个得是罪犯。这是个非常高的标准。我的电脑程序能锁定那些甚至不知道自己是双胞胎的对象。没有其他方法能做到这一点了。"

"这我倒不知道。"莫里斯说道，语调表现出危险的友善情绪。接着他的秘书走进来，递来一张纸，上书柏林顿刚草拟的新闻稿。莫里斯把这张文件交给简妮，说道："我们今天要发布一条类似这样的新闻稿，为了让这件事偃旗息鼓。"

她迅速地读完，又开始冒火。"但这份新闻稿是鬼扯！"她咆哮道，"没谁犯错，也没谁的隐私被侵犯了，甚至没人投诉过！"

柏林顿藏起自己的满意。这姑娘也真是矛盾，虽然脾气暴躁，但又有耐心和毅力去做那些冗长而乏味的科研工作。他见过她会见受试者，他们似乎从来不会使她生气厌烦，即使把测评搞得一团糟。他们那些粗鲁举止在她眼里仿佛成了好事、趣事。她只是记下他们的话，然后在测评完成的时候真挚地致谢。不过一出了实验室，她就又变回沾火就着的模样，活像根爆竹。

他装成忧心忡忡的和事佬："但是简妮，欧贝尔博士觉得我们必须公布一条措辞坚定的新闻稿啊。"

"你不能说要停止使用我的电脑软件啊！"她说，"这就等于取消了我整个研究项目啊！"

莫里斯闻言又板起脸。"我不能让《纽约时报》刊登'琼斯·福尔斯大学的科学家侵犯个人隐私'的报道，"他说，"这会让我们失去几百万的资助。"

"找一个折中的办法吧，"简妮恳求道，"就说你正在调查问题，打算成立一个委员会。要是必要的话我们就进一步加强对隐私的保护。"

噢，不，柏林顿想。这番话太明智了，简直危险。"我们已经有伦理委员会了，"他拖延着时间，"是校理事会的下属机构。"校理事会执掌大学各项管理决议，成员包括所有终身教授，但实际工作由各个委员会完成。"你可以说你把问题交给了他们。"

"不行，"莫里斯不客气地说，"谁都知道那是在拖延时间。"

简妮抗议道："你没发现吗？要是一定要立即采取行动，那就断了所有深思熟虑的讨论啊！"

柏林顿觉得这是个结束会谈的好时机。两个人相持不下，各执己见。他应该趁他俩互相妥协之前结束这次会谈。"简妮说得有理，"柏林顿说，"那我提个意见吧，莫里斯你看？"

"行啊，说说看。"

"我们目前有两个问题：第一是要想法子让简妮的研究得以继续，但不能给大学带来丑闻。这件事简妮和我来解决，我们待会儿好好商量。第二个问题是系里和学校要怎么把这件事公之于世，莫里斯，这件事我们俩可以聊聊。"

莫里斯看上去松了口气，开口道："很明智。"

柏林顿说："谢谢你立马就赶来了，简妮。"

她意识到柏林顿在送客，于是站起身来，眉毛疑惑地拧成一堆。她觉得自己似乎被耍了，但不知道是怎么回事，于是对柏林顿道："你给我打电话？"

"是啊。"

"好吧。"她迟疑了一下，然后就出去了。

"难缠的女人。"莫里斯说。

柏林顿往前俯身，双手紧扣，垂头丧气地说："我觉得自己做错了，莫里斯，"莫里斯摇头，但柏林顿继续道，"简妮·费拉米是我请来的。当然，我并不知道她会想到这种工作办法，但一样的，这事还是得怪我，所以我打算一力承担。"

"你要怎么做？"

"我不能阻止你发新闻稿，一来我没那个权力。二来我也明白，你不能把一个研究项目置于全校利益之上。"他抬起头道。

莫里斯犹豫了，这一刹那柏林顿害怕了，想知道莫里斯是不是开始怀疑自己在设局骗他。但这想法只是一闪而过。"谢谢你的好意，柏里，但你要怎么对付简妮呢？"

柏林顿如释重负，看来大局已定。"这就是我的问题啦，"他说，"把她交给我吧。"

22

史蒂夫熬到周三凌晨才睡着。

监狱里很安静，肥猪在打鼾，史蒂夫已经四十二个小时没睡了。他努力保持清醒，在脑子里排练着明天申请保释时要对法官说的话，可总是想入非非，仿佛看见法官和蔼地朝他笑道："批准保释，给这小伙子自由吧。"然后自己步出法庭，走上阳光明媚的大街。他背靠墙壁坐在地上，不住地瞌睡过去，接着又猛地清醒过来，如是好几次后，睡意终于战胜了意志力。

他睡得正沉，蓦地肋骨上一阵剧痛，他喘着气睁开眼。原来是肥猪踹了他一脚，现在这家伙正俯身盯着他，瞪圆的双眼里满是疯狂，嘴里吼道："混账，你偷了我的毒品！你把它藏哪儿了？快还我，不然我要你的命！"

他大脑一片空白，当即还手，身子弹簧似的从地板上蹿起来，右手用力一伸，两个指头戳到肥猪的眼睛。肥猪痛叫着后退。史蒂夫连忙跟进，用力要把指头插进肥猪的脑子里。史蒂夫恍惚之间，依稀听见远方传来尖厉的叫骂，好像是自己的声音。

肥猪又退一步，重重地坐到马桶上，双手捂着眼睛。

史蒂夫两手兜住肥猪的后脖子，向前一拽，一膝盖顶上他的脸，血马上从肥猪的嘴里喷出来。史蒂夫再揪住他的衬衫，一把将他从马桶上扯起来，甩手摔到地上。他正要开踢，脑子又清醒了，于是脚也就停了下来。他低头一看，只见肥猪倒在地上淌血，于是火气慢慢消退，不禁喃喃道："噢不，我都干了些什么？"

突然间牢门大开，两个警察挥舞着警棍冲了进来。

史蒂夫举起双手。

"冷静下来。"其中一名警察道。

"我现在很冷静。"史蒂夫答道。

史蒂夫被警察铐着带出牢房。这时候，其中一名警察猛地一拳打在他肚子上，见他喘着气弯下腰，说道："免得你还想惹事儿。"

牢门在背后重重关上，斯派克狱警用惯常的口吻打趣道："你需要就医吗，肥猪？东巴尔的摩街可有个兽医呢。"说着他就被自己的笑话逗笑了。

史蒂夫直起身子，觉得好了些。虽然还疼，但已经喘得过气了。他透过铁栅栏看向肥猪。他坐在地上揉着眼睛，嘴唇还在渗血，闻言朝斯派克骂道："去你妈的，混蛋。"

史蒂夫松了口气，好在肥猪没受重伤。

斯派克说："也正该请你走了，大学生。这几位先生会带你去法庭，"他在一张表格上查阅着，"北区法院还要谁去呢？我看看，罗伯特·桑迪兰兹，绰号'鼻涕虫'……"他拉出三个人，用链条和史蒂夫串成一串。接着两位警察带他们去停车场坐上巴士。

史蒂夫希望自己永远别回来了。

外面天色还暗，史蒂夫估摸是早上六点。法院开门办公时间却是上午十点，所以有得等啦。十几二十分钟之后，巴士就抵达了法院大楼的停车场。所有人鱼贯下车，一起去了地下室。

地下室正中间是一块空地，四周依次排开八间牢房。每间牢房里有一张长凳和一只马桶，但面积要比警察局的大些，这一批四个犯人全都被丢进同一间房里，而里面已经有了六位住客。警察为他们解开链条，丢在房间正中的桌子上。附近站着不少狱警，为首的是一名满脸轻蔑的黑人妇女，身穿警司的制服。

接下来的一小时里，这儿又来了三十多个囚犯，依次被安排进十二人一间的牢房。一小群女犯被押解进来的时候，地下室响起一阵号叫和口哨声。她们被带进房间最里面的牢房里。

接下来几个小时都平安无事，早饭送来了，但史蒂夫依然不肯吃。他还是接受不了在厕所里用餐。有几个囚犯大声谈笑，但大多数人还是阴沉沉地一言不发。不少人似乎宿醉未醒。囚犯和警卫之间的玩笑话比之前要正经不少，史蒂夫无所事事地想，这是不是因为这儿的主事人是女性呢？

他还想到，监狱和电视上播出的样子可真是大不相同，电视和电影里的监狱就好比低档宾馆，那里面既不会有没遮没拦的马桶，也不会有粗口脏话，更别说揍刺头儿的场景了。

今天也许是他在监狱里的最后一天了。要是他信老天的话早就诚心祷告啦。

直到正午，囚犯才被带出牢房。

史蒂夫在第二批十个人当中，他们再一次被铐起来串好，上楼走向法庭。

法庭布置类似循道宗的教堂，墙壁在及腰处有一道黑线，上半部分刷成乳白色，下半部分则是绿色。一块绿色地毯从门口铺到法官席前，两边分别排开九排木制亚麻色长凳，有点儿像教堂长椅。

最后一排坐着史蒂夫的父母。

他惊得倒吸一口凉气。

父亲穿着他那件上校军服，帽子夹在腋下。他坐得笔直，仿佛是在立正。他有点儿像是凯尔特人，黑发碧眼，面上的胡子虽然剃得光净，但皮肤下还是映出络腮胡的黑须根。他面无表情，肌肉绷紧，压抑着情感。母亲坐在他身边，显得又小又胖，美丽的圆脸哭得浮肿。

史蒂夫希望自己能找个地缝掉下去。宁肯回牢里和肥猪一起蹲大牢也想逃开这一刻。他停住脚步，凄然无声地盯着父母。整列囚犯也跟着停下，狱警赶忙推了他一把，他这才跌跌撞撞地走到第一排长椅边。

一位女职员面朝囚犯坐在法庭前方。一名男狱警守在门口。剩下那位戴眼镜的黑人男警官四十多岁，西装、领带、蓝色牛仔裤。他正对着名单——审核囚犯的姓名。

史蒂夫回头看去，旁听席上除了自己父母以外别无一人。父母在乎他所以出席，这点他很感激，别的囚犯都没有这个待遇。不过他还是更希望能够独自面对这桩耻辱。

他的父亲起立向前走来，蓝色牛仔裤的警官公事公办地问道："先生有什么事吗？"

"我是史蒂夫·洛根的父亲，想和他说说话，"父亲用下命令地口吻说，"你是哪位？"

"戴维·坡迪，审前调查员，今早给你打过电话。"

父母原来就是这么知道的，史蒂夫明白了。他早该猜到的，法院专员已经说过调查员会核实他的信息。那么最简单的办法莫过于询问他的父母了。他想到那一通电话，身子不禁缩了缩，调查员到底说了些什么？"我要核实史蒂夫·洛根的住址，嫌犯被拘留在巴尔的摩，受控强奸，你是他的母亲吗？"

父亲和那人握了握手，说道："你好，坡迪先生。"但史蒂夫看得出来，父亲讨厌这家伙。

坡迪说："你可以跟你儿子讲话，去吧，没问题。"

父亲略略点头，就走到前面，侧着身子穿进史蒂夫背后那排座位，在史蒂夫身后坐下。他把手放在史蒂夫肩上，轻轻地抓着。史蒂夫当即潸然泪下道："父亲，不是我做的。"

"我知道，儿子。"父亲道。

他简简单单的信任对史蒂夫意味良多，他不禁泪流满面，哭个不停。他又饿又困，身子虚弱。这两天里所有的紧张和痛苦压垮了他，泪水止不住地往下流。他不停地咽口水，用铐着的手轻拍脸颊。

过了一会儿，父亲说："我们要给你找个律师，但时间不够了。我们只能先赶过来。"

史蒂夫点头。他只要能够控制情绪，自己就能当自己的律师。

两位女囚犯被一名女狱警带进来，没有戴手铐。

她们坐下后嬉笑不停，看上去才十八岁。

"这到底是怎么回事？"父亲对史蒂夫道。

因为要试着回答问题，史蒂夫不由得止住了哭泣。"犯事儿的那小子肯定和我长得很像，"他说着吸了吸鼻子，再咽下口唾沫，"受害者把我指认了出来。但出事儿的时候我明明在附近的街区，这我已经跟警察说过了。我还去做了DNA检验，三天后它就能还我清白了。但愿今天能保释出去。"

"告诉法官我们在这儿，"父亲说，"也许有帮助。"

史蒂夫感觉自己像是个被父亲安慰的孩子。这让他回想起甜蜜又苦涩的五岁生日，那天他得到第一辆自行车，车后装着防止摔倒的辅助轮。家里有片大花园，走两步台阶能下到露台。"绕着草坪骑，离台阶远点儿。"父亲说道。可小史蒂夫做的第一件事就是骑车冲下台阶。结果车子撞坏了，人也受了伤。他以为父亲会朝他大发脾气，骂他不听话。但父亲只是把他扶起来，温柔地给他洗净伤口，再修好自行车。史蒂夫觉得父亲迟早要爆发，可没有。父亲甚至连"我早告诉过你"这类话都没说。不论发生了什么，史蒂夫的父母都会支持他。

法官走了进来。

这位引人注目的白人女性，五十多岁，身材矮小，身穿黑色长袍，打理得干净整洁。她坐下后，把手里那罐健怡可乐放到桌上。

史蒂夫盯着她的脸，试图读出她的性格。她是温柔还是严酷？情绪是好是坏？是个思想开明的热心肠，还是循规蹈矩成癖，暗暗希望把他们都送上电椅的刻薄鬼呢？他瞅着她湛蓝色的眼睛，尖削的鼻子，黑里透灰的头发。她丈夫有没有啤酒肚？她儿子是不是已成年？她可爱的孙儿会不会和她在地毯上玩耍？或者她孤身一人住在昂贵的公寓，家具带有现代风格的尖锐边角？他上的法律课程讲过理论上批准或驳回保释的理由，但现在那些似乎毫无关系。真正起作用的是这女人是否有副好心肠。

她看着这排囚犯，说道："下午好，现在开始处理你们的保释申请。"她声音虽然低沉，却语调清晰、措辞精准。她的一切仿佛都契合精确、整齐两个词。只有那罐可乐让她有了些人味儿，使史蒂夫升腾起一线希望。

"你们都收到起诉书了吗？"他们都收到了。于是她开始朗读手里的稿子，声明他们有什么权利以及如何找到律师。

读完之后，她说："点到名字的人请举起右手。艾恩·汤普森。"一名囚犯举手。她接着读出罪名和面临的刑罚。艾恩·汤普森在罗兰德花园的高档街区盗窃了三户人家。现在这个西班牙小伙子吊着一只胳膊，对自己的命运满不在乎，仿佛觉得整个过程很无聊。

她告诉他有权接受预审和陪审团审判的时候，史蒂夫急切地等着，希望知道自己能不能获得保释。

这时候审前调查员站起来，语速飞快地说汤普森在自己的住址待了一年，有妻有子，但没有工作。他吸食海洛因，有前科。史蒂夫觉得自己肯定不会把这种人放回街上。

然而法官批准了，只是要求他缴纳两万五千美金的保释金。史蒂夫觉得很振奋。他知道通常被告只要交上百分之十的保释金就行了。所以汤普森只要交上两千五百元就能重获自由，这位法官看上去挺慈悲。

接下来是一位女犯，她和另一位姑娘打了起来，所以受控袭击罪。审前调查员告诉法官，这位女士和父母同住，在家附近的超市做收银员。

保释她显然没什么风险，法官直接批准了保释，也就意味着她一分钱都不用交了。

又是个温柔的决定，史蒂夫情绪高昂。

被告也被命令不能前往打过架的那位姑娘的住所。这句话让史蒂夫想起来，法官可以添加保释条件。也许他会被要求主动远离丽莎·霍克斯顿。虽然他连她长什么样，住在哪儿都不知道，但只要能帮他脱出囹圄，让他说什么都行。

下一位被告是个中年白人男子，他在仪助药房的女性卫用区朝一群女顾客露出生殖器。这家伙前科累累，在一处地方鳏居了五年。让史蒂夫惊讶而沮丧的是，法官驳回了他的保释申请。这男人瘦瘦小小，史蒂夫觉得他只是个人畜无害的疯子而已。但也许这位法官作为女性，对性犯罪尤为严厉吧。

她看着表格说道："史蒂夫·查尔斯·洛根。"

史蒂夫举起手，请让我离开吧，拜托了。

"你被控一级强奸罪，可判处终身监禁。"

他听见身后的母亲倒吸一口凉气。

法官继续读出其他罪名和可能的判决结果，接着审前调查员起立，说出史蒂夫的年龄、住址和职业，还说他并没有犯罪前科，也没有毒瘾或酒瘾。

史蒂夫觉得比起绝大多数被告，自己就像是个模范市民。法官肯定会注意到这点的吧？

坡迪讲完后，史蒂夫说道："我能说话吗，法官阁下？"

"可以，但要记住，和我讲犯罪事宜未必于你有利。"

他起身道："我是无辜的，阁下，也许只是因为我和强奸犯长得相像而已。所以如果您能批准我的保释，我保证不会接近受害人，您可以将之作为保释条件。"

"我会的。"

他想求法官放他自由，但牢房里已经想好的一套套雄辩说辞现在却都想不起来了，他一时张口结舌，什么都说不出来，只好泄气地坐下。

父亲在他身后起立道："阁下，我是史蒂夫的父亲，查尔斯·洛根上校，我很乐意回答您的任何问题。"

她冷冰冰地瞅他一眼，道："用不着。"

史蒂夫想知道她为什么讨厌自己父亲的介入，也许她只想说明自己无所谓他什么军衔？或许她想说："在我的法庭里所有人都是平等的，不论多受人尊敬，是不是中产都一样。"

父亲又坐了下去。

法官看向史蒂夫："洛根先生，罪案发生之前你认识受害者吗？"

"不认识，我从没见过她。"史蒂夫说。

"以前从没见过？"

史蒂夫估计法官想知道自己在侵犯丽莎·霍克斯顿之前有没有跟踪过她。他答道："说不准，我连她长什么样都不知道。"

法官沉吟不语，似乎在消化这个答案。史蒂夫觉得自己仿佛正用手指扒在岩壁上。她一句话就能拯救他，但要是她驳回保释，那就像是让他掉进了无底深渊。

终于，她开口道："批准保释，保释金两万美元。"

轻松感好似一股浪潮刷过史蒂夫。他觉得浑身都松快了。

"感谢老天。"他喃喃道。

"禁止你靠近丽莎·霍克斯顿，也不能去韦恩大道1321号。"

史蒂夫感觉到父亲又抓住他的肩膀，他提起被铐着的双手，抚摸着父亲骨节凸显的手指。

史蒂夫知道，自己离自由还有一两个小时，但他既然已经获准保释，所以就不怎么担心了。他能吃下六个巨无霸，睡上二十四个小时。他要洗热水澡，穿干净衣服；他要拿回手表，要和不会每句话里都带脏字的人待在一起。

然后他又意识到一桩有点儿出乎意料的事情，那就是他最想做的，就是给简妮·费拉米打电话。

23

简妮回办公室的一路上都不痛快。莫里斯·欧贝尔是个胆小鬼。区区一个报纸记者，只不过强硬地说几句捕风捉影的话，他竟然就忙不迭地就范了。柏林顿也是太软弱，护不住她。

她的电脑搜索引擎是她最大的成就。自从她了解到"如果没有新方法检索到受试者的话，研究绝对走不远"之后，她就开始编写，三年之后才告完工。如果不算那些网球冠军的殊荣，这是她唯一真正斐然的成就了。她的天赋就在于解决逻辑难题。虽然她心理研究的对象难以预测、不可理喻，但她那撷取千百人数据资料的工作依然需要严谨的统计学和数学。如果她的引擎一无是处，那不就等于她自己也一文不名吗？那还不如早早辞职，学佩妮·瓦特米都去当个空姐呢。

到办公室门口的时候，她愕然发现安妮特·比格罗正在等她，她是简妮带的研究生。她这才恍然记起，安妮特上周交了年度计划，同她约好今晨讨论。简妮下意识地要取消约见，自己还有更重要的事儿要做呢，可看着小姑娘脸上渴切的表情，她不禁回想起自己的学生时代，不也对这类约见看得重逾千钧吗？这么一来，她只好挤出笑脸道："抱歉让你久等了，我们这就开始吧。"

好在她之前已经仔细看过提案，还写了批语。安妮特计划从已有的双胞胎数据中下手，看双生子在政治倾向和道德态度范畴中有没有联系。这想法挺有趣，科研计划也合理，所以简妮只提了几个小的改进意见就给她开了绿灯。

安妮特离开后，特德·兰塞姆探头进来，瞅了瞅简妮道："你这模样像是要去阉人啊。"

"反正不阉你，"简妮微笑道，"进来喝杯咖啡吧。"

"帅塞姆"是她在系里最喜欢的男性了，他是研究认知心理学的副教授，婚姻美满，有两个孩子。简妮知道他也中意她，但他从没付诸过行动。他们之间有一种性的激情，却绝不会演变成麻烦。

她接通桌旁咖啡机的电源，便对他说了《纽约时报》和莫里斯·欧贝尔的事情。"但这里有个大问题，"最后她道，"是谁给《纽约时报》通风报信的呢？"

"肯定是索菲。"他说。

在心理学系仅有的两位女性里，索菲·查普尔虽然已经年近五十，也当上了教授，但她人老心不老，还把简妮看作竞争对手，嫉妒心在学期一开始就彰显无遗，从简妮的超短裙到她乱停车，每件事都指斥。

"她会做这种事情？"简妮问道。

"毫无疑问会去做。"

"我想也是。"简妮一直对顶级科学家们的卑鄙小气感到吃惊，她在美国见过一个受人尊崇的数学家在自助餐厅动手打人，对方是声名赫赫的物理学家，起因却不过是物理学家插了队。"也许我该问问她。"

他扬起眉毛："她才不会承认呢。"

"表情总会露出点儿惭愧吧。"

"那你俩可能得打起来。"

"早就开打啦。"

这时候电话响起，简妮一边示意特德倒咖啡，一边接起电话道："喂。"

"我是奈奥米·福里兰德。"

简妮一时无言，过了一会儿才说："我不知道现在该不该跟你说话。"

"你那研究肯定已经停止使用医疗数据库了吧。"

"没。"

"'没'是什么意思？"

"就是没停止，你的电话让我们争论了一番，但最后也没个结论。"

"我这儿有一份大学校长办公室发来的传真，里面说大学向隐私受侵犯的民众道歉，还承诺说研究项目已经停了。"

简妮吓得目瞪口呆："他们发新闻稿了？"

"你不知道？"

"我就看见份草稿，而且根本没答应啊。"

"那似乎他们没告诉你就把研究项目取消了。"

"他们不能这么做！"

"怎么说？"

"我和大学签了合同，他们不能这么随心所欲。"

"那你就是要继续对抗大学的权威喽？"

"和对抗没关系，事情在于他们没资格命令我。"

简妮忽然迎上特德的目光，他正朝自己摇手示意呢。他是对的，简妮意识到，这可不是对报界该有的说话方式，她于是改变策略。"你瞧，"她晓之以理，"你自己都说了，这件事上侵犯个人隐私只是潜在的。是吧？"

"是……"

"你也完全没能找到有谁打算投诉我的项目吧？那你怎么就能毫无疑虑地要我中止项目呢？"

"我不负责评判，我只管报道。"

"那你知道我的研究方向吗？我在努力找寻导致人们犯罪的由来原因啊。在这个问题上，我是第一个想出真正有望解决问题办法的人。要是最后成了，我发现的东西能让你孙辈生长的那个美国变得更好。"

"我没孙辈。"

"这算是你的借口吗？"

"我用不着借口！"

"也许不是吧，但你干吗不找个被侵犯隐私的实例出来呢？那不是会给你的新闻报道增色不少吗？"

"这是我的事。"

简妮叹口气，她已经尽力了。她死死咬住牙关，努力挤出友善的辞别语："那好吧，祝你好运。"

"感谢你的合作，费拉米博士。"

"拜拜，"简妮挂上电话愤愤道，"臭婊子。"

特德递给她一杯咖啡："听起来他们已经把你的研究项目取消了。"

"我不理解啊，柏林顿说这件事该我和他讨论决定的。"

特德压低声音："我比你了解柏里，听我一句话，他是条毒蛇。只要不当面看着，他什么承诺我都不会信。"

"也许这是一时失误吧，"简妮说道，像是抓住一根救命稻草，"也许是欧贝尔博士的秘书发错了传真呢。"

"有可能，"特德说，"但我还是相信自己的毒蛇理论。"

"你觉得我该不该给《纽约时报》打电话，说刚才接电话的人其实不是我？"

他笑道："我觉得你该去柏里的办公室问问他，看新闻稿这事儿先斩后奏是不是他的意思。"

"好主意。"她咽下咖啡，站起身子。

他走到门口："祝你好运，我为你加油。"

"谢谢啦。"她真想在他脸上亲一口，不过想想还是算了。

她通过走廊，上了一层楼之后来到柏林顿的办公室。门锁着，于是她找到兼理所有教授事务的秘书，问道："嗨，茱莉，柏里在哪儿呢？"

"他今天不在，不过他要我转告你明天来找他。"

该死，这混蛋躲她呢。特德说对了。"明天几点？"

"九点半可以吗？"

"行。"

她下楼走进实验室。丽莎正坐在长椅上计算试管里史蒂夫和德尼斯的DNA浓度。她已经从两份样本中各取了两微升，并同两毫升荧光染料混合。染料在接触DNA的时候会发出荧光，光的强弱标注着DNA的数量，光强可以用DNA荧光仪测定，这时候刻度盘上就会显示每微升样本中所含DNA的毫微克数。

"你好吗？"简妮问道。

"挺好。"

简妮仔细端详着丽莎的腮颊，很显然，她仍然拒绝承认，虽然脸上是忙于工作的淡漠表情，但心底的紧张昭然若揭。"你和你妈说过了吗？"丽莎的父母住在匹兹堡。

"我不想让她心烦。"

"母亲就是干这个的，给她打个电话吧。"

"晚上再说吧。"

丽莎忙碌的时候，简妮在一旁说起《纽约时报》记者的事情。丽莎把DNA样本和一种叫限制酶的酵素混合。这些酵素能将DNA长分子切成成千上万个分子碎片，从而消灭由于各种各样原因突入体内的异种DNA。这种酶可以在特定点切开DNA链，在基因工程中用处极大。两份样本中的DNA碎片经对比后若相同，则血样同属一人或同卵双生子；否则血样必然来自不同个体。

这就好比从歌剧录音带里裁一寸，拿出两卷录音带，分别试听开头五分钟的段落，如果都是"安静听我说"二重唱，那么两卷全是《费加罗的婚礼》。不过为了避免有些不同的歌剧在开头用了相同的曲调，就不能只看一对，必须多比几对碎片。

切割DNA碎片要花几小时，急不得。而且DNA没完全切开之前，检验无从谈起。

简妮说完后，丽莎虽然吃惊，但并没有表露简妮预料中的强烈同情。也许是因为她自己三天前经历过那种可怕的创伤，相较之下简妮的问题就显得轻微得多了吧。丽莎道："要是放下这个项目，你打算换什么来研究呢？"

"不知道，"简妮回答，"我无法想象要放下。"简妮意识到丽莎并不能体会科学家那种求知若渴的心境，对他们这些技术员而言，哪个研究项目都一样做。

简妮回到办公室，拨通了丽景养老院的号码。她这两天忙得焦头烂额，实在抽不出空和母亲聊天。"请帮我转接费拉米女士。"她道。

回答干脆利落："她吃午饭呢。"

简妮稍显迟疑，须臾才道："好吧，那劳烦你告诉她，她女儿简妮来电了，我晚些再打过来。"

"哦。"

简妮觉得那女人根本没记下来。"我叫简——妮，"她道，"她的女儿。"

"哦，知道了。"

"谢谢。"

"好。"

简妮挂上电话。她必须把母亲接出来。不过周末家教的事儿还一点儿没头绪呢。

她看了看表，刚过十二点。她习惯性地摸上鼠标，盯着显示屏。不过项目都要告吹了，工作好像也没什么意义。愤怒无奈之下，她决定先回家再做打算。

她关闭电脑，锁上办公室，离开了大楼。自己那辆红色梅赛德斯还没卖，她钻进车愉快又熟练地打起方向盘。

她努力让自己高兴起来，对了！她还有个爹呢，这可是件稀罕事儿。

也许她该多陪陪他，尝个新鲜。他们可以开车去海边，一起散散步。她也能为他买件布克兄弟牌的新运动外套。她虽然没钱，但可以透支嘛。毕竟人生苦短哪！

这么一想果然好受些了。她把车停在家门口，一边走上阶梯一边叫道："父亲，我回来了。"进入起居室的时候她发现了异常，接着她又注意到电视机不见了。也许他把它搬进卧室看了吧。她看向隔壁，他不在。她又回到起居室。"不是吧？"她愕然发现自己的录像机也不翼而飞了，"父亲！"她继续检查，自己的音响和电脑也难逃厄运。"不，"她道，"不，我不信！"她冲回自己的卧室，打开首饰盒。维尔·坦普送她的一克拉镶钻鼻环已经不在里面了。

恰巧电话响起，她机械地接起来。

"史蒂夫·洛根，"对方道，"你好吗？"

"今天是我这辈子最糟糕的一天。"她说着说着就哭了。

24

史蒂夫挂了电话。

他洗过澡刮净胡子，换上干净衣服，吃了一肚子母亲煮的宽面条。他已经对父母交代了这几天的煎熬苦难。虽然他称公诉方在DNA检验结果出来之后绝对会撤诉，但他们还是坚持要获得法律援助，所以他明天一早就得去见律师。从巴尔的摩开赴华盛顿的一路上，史蒂夫在父亲的林肯马克八的后排睡得很香，虽然还没能完全驱逐近两天没睡的困意，但也总比没睡来得好。

他还想见简妮。

去电之前他已经有这想法了，而今她既然身陷不妙，他就更是心急火燎。他要揽住她的肩膀，安慰她一切都会好起来的。

他觉得他们两人的问题肯定有关联。

在史蒂夫看来，从她把他介绍给老板，然后把柏林顿吓了一跳之后，他们两个就是诸事不顺。

他想多知道些自己的身世。这件事他没告知自己的父母，毕竟这太离奇，说了还让人烦心。但他想和简妮聊聊。

他提起电话正要给她打过去，想想又改了主意。她肯定会讲自己不用人陪，伤心失落的人往往如此，就算明明想找个肩膀靠着哭也不肯直说。也许他应该直接出现在她家门口说："嘿，我们互相打气吧。"

他走进厨房，母亲正用钢丝球刷盘子。父亲一小时前就去了办公室。史蒂夫边把餐具摆进洗碗机，边说："母亲，这件事可能听着有点儿怪，可……"

"你要去见姑娘了吧。"她说。

他笑了："你怎么知道？"

"我是你妈，对孩子有心灵感应的。她叫什么？"

"简妮·费拉米，费拉米博士[①]。"

"她是个医生怎么了？难道我是个犹太母亲吗？"

"科学家那个博士，不是医生那个博士。"

"噢，那她既然读完了博士，想必比你大吧。"

"她二十九岁。"

"嗯，她长得怎么样？"

"唔，看上去挺醒目的，身量高、身段好、黑头发、黑眼睛，而且网球打得好极了。她戴鼻环，是枚非常精致的银环，她还很……嗯，有力，想要什么就直说那种性格。而且常常笑，我就把她逗笑过几次，不过大体上她还是那种……"他斟酌着措辞，"反正她要是出现在身边，你就根本挪不开视线……"他声音渐渐小了下去。

母亲只是盯着他，俄而才道："噢，小伙子，这次你可是入迷得很啦。"

"嘿，未必吧，"说着他又改口道，"好吧，你说得没错，我是迷上她了。"

---

① Doctor在英语中有"博士"和"医生"双解。

"她迷你吗？"

"还没。"

母亲怜爱地微笑道："去吧，去见她。希望她是配得上你的好姑娘。"

他吻了吻她："你人怎么就这么好呢？"

"熟能生巧喽。"她道。

史蒂夫的车被母亲从大学里开回了华盛顿，现在正停屋外。现在他则沿着I-95大道开回巴尔的摩。

简妮本来满心准备享受温柔的呵护关爱。史蒂夫给简妮打电话的时候，她说了自己父亲是如何偷走了她的东西，大学校长也出尔反尔，在这种时候，她真心希望能有个人珍爱自己。而他正能胜任。

他驾驶的时候眼前勾勒出她和他依偎着坐在沙发上，时而笑语声声，时而又对自己说什么"你能来真好，我好受多了，咱们不如脱光衣服上床吧"。

他在华盛顿山街区的一处商业街上停下车，买回一盒海鲜比萨、一瓶霞多丽葡萄酒、一盒本杰瑞牌的雨林系列冰淇淋和十朵康乃馨。他的视线无意中扫过《华尔街日报》的头版，被一则基因泰公司的新闻吸引住了。他想起来这就是那个资助简妮研究双胞胎的公司，他们似乎正要被德国企业兰兹曼收购。于是他也顺手买下了。

忽然，他那些旖旎幻想上又乌云密布，万一简妮讲完电话之后就出门了呢？万一她虽然在家，但不肯应门呢？又万一她有访客呢？

他欣然看见那辆红色梅赛德斯230C停在屋子附近，说明她在家。不过马上又想起，她要出门可以步行，也可以打车，也可以搭朋友的车啊。

她装了对讲门禁。他按下门铃，然后盯着对讲机，盼着里面能传出声音来。无人应答，他再按门铃。对讲机终于响了，传出一阵噼噼啪啪的电流声。他心跳加速。里面一道烦躁的声音说："谁啊？"

"我是史蒂夫·洛根，来给你打气。"

良久后对讲机才发声道："史蒂夫，我现在不想见客。"

"至少让我把这些花送给你啊。"

她没吱声。他心想：她被吓到了，这让他有些心酸失望。她说过她相信自己是无辜的，但那时候他在铁窗之后，人畜无害。而现在他站在她家门口，她又孤身一人，所以就没那么泰然了。"你没改变对我的看法吧？"他道，"你还信我是无辜的吗？不信的话我这就走。"

蜂鸣器响起，门应声而开。

他心想，她是个受不得激的姑娘啊。

他进门走进小厅，厅里辟了两扇门，其中一扇开着，门里是一道往上的楼梯，简妮正站在上层楼梯口，穿着鲜绿色的T恤。

"上来吧。"她说。

这算不得热情的欢迎，不过他还是微微一笑，提着装礼物的纸袋拾级而上。她带他走进一小间带厨房角的起居室。他一路上东张西望，注意到她喜欢黑白底色配以浓重艳丽的装饰。比如黑面沙发上摆着橙色的靠垫；雪白的墙壁上挂着铁青色的钟和明黄的灯罩；还有厨房柜的白面板上放着几只艳红色的咖啡杯。

他把礼物袋搁在厨房柜上。"瞧，"他说，"你得先吃点儿东西才能好受些，"他取出比萨，"还需要一杯酒来舒缓紧张情绪。吃完正餐如果还想特别优待一下自己，这儿还有一盒冰淇淋呢，直接对着盒吃，连碟子都用不着。吃饱喝足之后，你还能玩赏玩赏这束花，看见没？"

她紧紧盯着他，仿佛面前站着一个火星人。

他补充道："不管怎么说，我觉得你需要有个人来告诉你，你很出色，很特别。"

她噙着眼泪。"去你的！"她道，"我从来不哭的。"他赶忙搭着她的肩膀。这是他第一次碰触到她，他试着把她往怀里拉过来，她没拒绝。真是太走运了，他当即搂住她，双手环住她的肩膀。原来她和他差不多高呢。

她把头枕在他的肩上，身子因啜泣而颤动着。他抚摸着她的头发，柔软浓密。不知不觉中，他的下体居然也开始昂头起立，于是他赶紧偷偷缩了缩身子，希望她没发觉。"一切都会好起来的，"他说，"你能解决的。"

她还是软倒在他的怀里，恍若未闻。这真是一段长久、美好的时光，他感受着她的体温，嗅着她身上的芬芳。心里打着鼓，自己能不能吻她呢？他犹豫着，迟疑着，生怕自己的冒失举动会被拒绝。不过时机已逝，她走开了。

她撩起T恤下摆擦净鼻子，露出晒得通红的小腹，性感而平坦，让他大饱眼福。"谢谢你，"她说，"我的确需要一个肩膀来靠着哭。"

她陈述事实的语调让他很是失望，刚才那一刻给了他多么强烈的感触啊，对她却不过是释放紧张罢了。他打趣道："这是我服务内容的一部分嘛。"早知道刚才就别那么激动了。

她打开橱柜取出几只盘子。"我感觉好多啦，"她道，"开吃吧。"

他一屁股坐上厨房柜旁的凳子，看着她切比萨，拔瓶塞，在屋里来来去去，她一扭胯关上抽屉，眯着眼睛检查酒杯干不干净，用修长、灵活的手指提起开瓶钻。他瞅着瞅着，不禁回想起自己的初恋，她叫邦尼，和他同岁。他七岁那年盯着姑娘金红卷发和碧绿眼眸，只觉得奇迹降临了，如此完美的人儿竟然出现在斯皮拉路小学的操场上。好一段时间他都觉得她实际上可能是个天使，心里美美的。

他从没把简妮想成是天使，不过这姑娘动作姿态这么流畅、这么协调，对他的触动也一样深。

"你精神不错，"她说道，"上次见你的时候，你还萎靡着呢。才过了二十四小时，但你看起来已经完全复原了嘛。"

"我没吃多少苦头，头上的伤是阿拉斯敦探员弄的，他把我的脑袋往墙上撞；还有就是今早五点胸口被肥猪踢青了一块。但只要别让我回去牢里，这都算不得什么。"他要把这些统统忘掉，他绝不会回监狱里去，DNA检验会还他清白的。

他看着她的书架。上面摆着不少纪实文学，还有达尔文、爱因斯坦、弗朗西斯·培根等人的传记，以及一些他没读过的女小说家作品，比如埃丽卡·容、乔伊斯·卡罗尔·欧茨、伊迪丝·华顿的四五本著作，另有几本当代经典作品。"嘿，你这儿还有我最喜欢的著作呢！"他说道。

"我猜猜是哪本啊，是《杀死一只知更鸟》？"

他愕然道："你怎么知道的？"

"那还不简单，主人公是个律师，要打破社会偏见，拯救无辜人士。那不就是你的梦想吗？而且我也不觉得你会喜欢《女人们的房间》啊。"

他无奈地摇摇头："你对我真是知根知底，真让人气馁啊。"

"你觉得我最喜欢哪本书？"

"你要考我？"

"没错。"

"噢……呃，《米德尔马契》。"

"怎么说？"

"因为女主人公内心强大，思维独立。"

"但她什么都没做！而且我喜欢的那本书应该不算小说，再猜猜。"

他摇摇头。"不是小说，"他灵机一动，"我知道了。书里讲的是一项辉煌美丽的科学发现，对人类生命至关重要。肯定是《双螺旋》。"

"嘿，棒极了！"

他们开始用餐，比萨还温热。简妮沉吟了会儿，然后道："我现在回头想想，今天真是搞得一团糟。我本该把整件事低调处理，应该说'也许我们该讨论讨论，别草率地做决定'。可我惹怒了学校当局，还错上加错地把这事儿捅给了报社。"

"在我心里你是个不会妥协的人。"他说。

她点点头："是不妥协，还犯傻呢。"

他给她看了《华尔街日报》："这也许解释了为什么你们系现在对声誉这么敏感，你的资助方要被收购了。"

她开始看第一段。"一亿八千万美金，哇。"她一边嚼比萨一边往下读。看完整篇文章后她摇摇头。"你的说法挺有趣，但我不同意。"

"为什么？"

"跟我过不去的是莫里斯·欧贝尔，不是柏林顿。虽然大家都说柏林顿很狡猾。但不管怎么说，我都没那么重要。基因泰资助了这么多研究项目，我才代表了其中多小的一份儿啊。而且退一步说，即使我的项目真的侵犯了公众隐私，也影响不了上亿美金的交易事项啊。"

史蒂夫用纸巾擦擦手指，拿起一张带框照片，里面是一位女士和婴儿的合照。那位女士也是直发，和简妮有几分相似。"这是你妹妹？"他猜道。

"是的，她叫帕蒂。现在有三个孩子啦，都是男孩儿。"

"我连一个兄弟姐妹都没有，"他说完后突然想起一件事，"除非你把德尼斯·平科尔也算成我兄弟。"

简妮忽地变了脸色，史蒂夫又道："你那表情怎么好像我是一件标本。"

"抱歉抱歉，你想吃雪糕吗？"

"当然吃。"

她把雪糕盒放上桌子，拿出两把调羹。史蒂夫挺高兴，在同一个盒子里吃雪糕不是离接吻更近一步了吗？简妮吃得津津有味，他心想她做爱的时候会不会也这么贪婪热情呢？

他咽下一勺子雨林系列冰淇淋，说道："你能信任我，我很高兴，警察都不信呢。"

"如果你是强奸犯的话，我的整个理论就完蛋啦。"

"即使如此，也不会有几个女人肯让我晚上进屋的。尤其是你还相信我和德尼斯·平科尔有着一模一样的基因。"

"我也犹豫过，"她说，"但你证明了我没做错。"

"怎么证明的？"

她指指吃剩的晚餐："要是德尼斯·平科尔被一个女人吸引了，他会掏刀命令那个姑娘把内裤脱了。而你会带比萨来。"

史蒂夫笑了。

"也许听上去是挺可笑，"简妮说，"但这之间就差了两个世界啦。"

"有件事我该让你知道，"史蒂夫说，"这是我的秘密。"

她放下调羹："什么？"

"我有次差点儿杀人。"

"怎么回事？"

他把和提普·亨德里克斯对打那件事说了。"就因为这，我才那么在乎我的身世，"他说，"听说父亲母亲也许不是我的亲身父母，你知道我心里有多乱吗？万一我的亲身父亲是个杀手呢？"

简妮摇头道："你那只是校园殴斗失了控，不能说明你有精神病啊。另外那人后来怎么样了？那个提普？"

"几年后被人杀了。他那时候在贩毒，和上家起了争执，被人家一枪打穿了脑袋。"

"他才叫有精神病呢，"简妮说，"他们这种人在哪儿都要惹是生非。像你这样强壮的大男孩儿也许会触犯一次法律，但之后就会回归正常生活。然而德尼斯则会不停地坐牢出狱，直到被人弄死。"

"你多大了，简妮？"

"你不喜欢我叫你大男孩儿？"

"我二十二岁了。"

"我二十九岁，比你大得多啦。"

"在你眼里我就是个男孩儿吗？"

"听着，我不知道，不过三十岁的男人也许不会开车从华盛顿赶过来就为了给我带份比萨吧。太冲动了。"

"这让你不高兴了？"

"不，"她摸摸他的手，"我很高兴。"

他还是不知道自己和她算是什么关系。但她在他肩膀上哭过了。你不会找个男孩儿来靠着哭的吧，他忖道。

"你什么时候能知道我的基因检验结果？"他问道。

她看看表："上色也许已经完成了，丽莎早上就能去拍照了。"

"那检验结果出没出？"

"快了。"

"那我们现在能知道结果吗？我等不及想知道自己和德尼斯·平科尔的DNA是不是相同了。"

"应该能了，"简妮说，"我也很好奇。"

"那我们还等什么呢？"

25

柏林顿·琼斯有张可以打开疯人院所有门禁的塑料磁卡。

这件事没有其他人知道，就连其他教授都天真地以为自己的办公室很私密呢。他们知道清洁工有万能钥匙，大学保安处的人也有。但所有教职人员从没想过，要弄一张连清洁工都有的卡是不会太难的。

不过即使如此，柏林顿还是很少动用这把万能钥匙。皮特·瓦特林森也许会在抽屉里放几张男孩儿裸照；特德·兰塞姆肯定在哪儿藏着些大麻；索菲·查普尔可能还有支振动棒来消磨那些个冗长孤寂的下午。不过柏林顿对这些秘闻毫无兴趣。万能钥匙只是应急用的。

而现在就很紧急。

大学勒令简妮停止使用她的电脑搜索软件，而且昭告天下会中止项目，但事实究竟如何谁知道呢？他可没办法亲眼看着电子信息从电话线一头传到另一头。今天一整天他都烦恼不已，说不定她已经开始继续检索下一个数据库了呢？天知道她会发现什么。

所以他回到办公室，坐在桌前，落日余光暖暖地照在校园建筑的红砖上。他手指夹着磁卡，一下一下叩着鼠标，哪怕违背自己的信条也必须采取行动了。

他的体面很珍贵，这点他从小就知道。刚上学时，他既没有得到父亲的谆谆教导，告诫他如何应对欺凌；母亲也忙于挣钱养家，顾不上他的喜怒哀乐。这让他渐渐端起一副高傲、冷漠的架子以保护自己。在哈佛求学的时候，他私下里注意着一位出身富贵的同学的一举一动，人家系什么皮带扣，用什么手帕，花呢西装和羊绒围巾又是什么款式，他一个都不漏过；人家怎么展开餐巾，怎么给女士拉椅子，他也是有样学样；至于人家面对教授时那轻松自如又不失恭敬的做派，和面对下位者时那表面热情内心冷漠的模样，更是让他啧啧称奇。

几年后柏林顿开始攻读硕士学位，大多数人已经会对他高看一眼，以为他是个上等人呢。

这层体面的外壳很难脱掉，有些教授可以脱下外套和学生一起打橄榄球，柏林顿不行。学生从来不开他的玩笑，也不会邀他参加派对，但是没有人敢在他面前放肆，在他课上说话，或质疑他打的分数。

在某种意义上说，柏林顿打基因泰公司成立开始就生活在伪装里，只是用大胆和浮华矫饰了起来。然而，偷偷摸进别人的办公室里找东西这种事，再怎么矫饰都算不得体面了。

他看了看表，实验室现在应该闭馆了。大多数同事已经离开，有的回家了，有的去教工俱乐部的酒吧了。现在正是好时机，因为疯人院就没有完全没人的时候，毕竟科学家们是否开工全凭激情。要是他被人看见，也可以厚着脸皮蒙混过去。

他离开办公室，走下楼梯，穿过楼道来到简妮门前。周围没人。他把卡刷过读卡器，门开了。他进屋开灯，带上身后的门。

这是楼里最小的一间办公室，事实上，它曾经是间储藏室。索菲·查普尔却用心险恶地坚持要把这里改成简妮的办公室，还胡说什么系里要用好几箱铅印问卷，需要大一点儿的储藏室才能装得下。这间屋子窄小逼仄，窗户也不大。但是简妮把这里布置得生气盎然，两把鲜红色的木椅子，一盆细长的棕榈树，一幅毕加索铜版画的仿品，画中用鲜艳的黄色和橙色勾勒出一幕斗牛的场景。

他拿起桌上一张带框黑白照片，画面上的男子面貌英俊，络腮胡，宽领带，身边的女子表情坚毅。这应该是简妮父母在20世纪70年代拍摄的吧，柏林顿心想。除此之外她的桌面非常干净。真是个整洁的姑娘。

他坐到桌前打开电脑，趁着启动的光景翻了翻她的抽屉。顶上那只装着圆珠笔和便笺本。在另外一个抽屉里有一盒卫生棉和两双连裤袜，都没开封。柏林顿讨厌连裤袜。他喜欢自己少年时期流行的吊带袜。而且连裤袜也不健康，对男人来说就好比紧身短裤。要是普洛斯特总统让他当卫生局长，他肯定要颁布一条法令，要求所有连裤袜都必须在包装上写明健康警告。第三只抽屉里放着一面手镜和一把梳子，梳齿上缠着几根简妮长长的黑发。最后那只抽屉里装着本袖珍字典和《陌上伊人》的平装本。到目前为止都没有秘密。

屏幕上显示出菜单，他拿起鼠标点选了日历。

她的行程不难预测，授课、讲座、实验室、网球赛，和别人一起喝酒看电影。周六她要去金莺球场看球赛，周日同兰塞姆夫妇一起吃早午餐，周一例行维护车辆，哪儿都没写"检索致力保险的医疗档案"。她的备忘录上记录的都是些私事，像是"买维生素、给吉塔打电话、丽莎的生日礼物、检查调制解调器"。

他退出日志，浏览起她的文件。她的电子表格里存着大量数据，文本文件却不多，只是几封来往邮件、几套问卷设计和一篇文章草稿而已。使用搜索功能后，他检索到了整个文本目录下含有"数据库"的所有条目。在文章中出现过好几次，三份已发送的信件中也有，但没有哪个条目能告诉他，她接下来准备将搜索引擎用在哪个数据库上。"拜托，"他不禁叫出声来，"看在老天的分上，肯定有什么的吧。"

她有只文件柜，但里面没放多少东西。毕竟她才来了几周，等过个一两年，里面就会塞满填写过的问卷了，这是心理学研究的原始数据。现在柜子里只有三只文件夹，第一只里夹着三封来信，第二只里是心理系备忘录，第三只里则是几篇文章的影印本。

另一只文件柜空空荡荡，只有一张反扣的带框照片。相片上是简妮和一名高个大胡子男子，一起骑车在湖边徜徉。

柏林顿暗想，估计这对鸳鸯已经分手了吧。

现在他更紧张了。看办公室的布置，这显然是位有条不紊，凡事预先计划的人。她收到的来信装在文件夹里，寄出的信件也留了复印本。这里面应该能找到她接下来的行程。这种事又没必要保密，今天之前也没什么会让她有负疚感的啊。她肯定要检索下一个数据库。那找不到线索的原因就只剩一个了，她接下来的打算要通过电话或亲自见面来安排，也许对方还是她的密友呢！不过要是事实果真如此，那他就算把房间搜上千百遍，可能也找不到任何信息了。

忽然楼道里传来脚步声，他身子一紧。喀。磁卡划过读卡器。柏林顿无助地盯着门口，这不正是被抓了个现行吗？他还能做什么？他坐在她桌前，开着电脑，还能装作是无意间闯进来的吗！

门开了，却不是简妮，而是一位保安。

那保安认识他。"噢，你好啊，教授，"保安道，"我见灯亮着就过来看看。费拉米博士在的时候一般不关门。"

柏林顿强自镇定。"你做得对。"他说。别道歉，也别解释。"我结束之后会把门关牢的。"

"好的。"

保安静静地站在那儿，等他解释。柏林顿却紧抿双唇一言不发。保安终于说道："那么晚安，教授。"

"晚安。"

保安离开了。

柏林顿松了口气。没问题。

他发现她的调制解调器开着，就点开浏览器进入她的邮箱。密码是记住的，登录后邮箱里有三封邮件。他全部下载下来。第一封是网费提价通知，第二封来自明尼苏达大学，函内写道：

> 我周五去巴尔的摩，看在旧情分上，想请你喝上一杯。爱你的维尔。

柏林顿心想这个维尔是不是就是自行车照片上的大胡子。接着他看向第三封邮件。

内容让他惊呆了。

你放心吧，我今晚就在指纹档案里运行你的程序。

给我打电话，吉塔。

发件人是联调局。"混账，"柏林顿喃喃道，"这会要了我们的命的。"

26

　　柏林顿不敢在电话里说联邦调查局指纹档案和简妮的事儿，情报部门监控着那么多电话呢。而且现在都是计算机监听，一发现敏感词汇就会录下来报知有关人员，比如"钚""海洛因"或"杀掉总统"。对柏林顿而言，最不希望其发生的事情，莫过于让中情局那帮窃听员去琢磨"普洛斯特参议员为什么这么关心联调局的指纹档案"了。

　　所以他只好坐进自己那辆银色的林肯城镇轿车，以九十码的速度疾驰在巴尔的摩华盛顿公园道上。超速于他是常事。事实上他对所有类型的规则都很不耐烦。他自己也知道这是自相矛盾的。一方面他讨厌和平游行者、瘾君子、同性恋、女权主义者和摇滚乐手，一切我行我素、视美国传统为无物的家伙们。但同时他又不喜欢人家告诉他要在哪儿停车，该给员工付多少薪水，实验室要放多少灭火器。

　　一路上他盘算着吉姆·普洛斯特在情报界的人脉。这群老兵是已经退居二线，整日里围坐在一起聊当年勒索反战示威者、暗杀南美总统的光辉历史呢？还是仍旧宝刀不老？他们还会不会互相帮助，好比黑手党那样，把投桃报李看成神圣的责任呢？还是说现在已经不流行那一套了？吉姆已经离开中情局太久，就算是他也许也不了解现状了。

天色虽晚，但吉姆还是守在国会大厦的办公室里等柏林顿。"怎么回事？还不能电话里说？"他问道。

"她要在联调局的指纹档案里运行那个软件。"

吉姆脸色刷白："会有用吗？"

"在牙科病历里都有用，在指纹里怎么会没用？"

"老天啊。"吉姆颤声道。

"他们档案里有多少指纹样本？"

"都超过两千万人次了。这些不可能都是罪犯啊，美国哪儿来这么多罪犯啊？"

"我不知道，估计死人的也有吧。说正题，吉姆，看在老天的分上，你能阻止这件事吗？"

"她联系的是局里的哪位？"

柏林顿把简妮电子邮件的打印本递给吉姆，趁他阅读的时候环顾四周。在办公室的墙上挂着几张照片，是吉姆和肯尼迪之后美国历届总统的合影。一张张看过来：军服整齐的普洛斯特上尉向林登·约翰逊敬礼；满头金发直竖的普洛斯特少校，与理查德·尼克松握手；普洛斯特上校恶狠狠瞪着吉米·卡特；普洛斯特将军对罗纳德·里根讲了个笑话，两人笑得前仰后合；中情局的普洛斯特副局长西装笔挺，正和眉头紧锁的乔治·布什深谈；还有现在谢了顶、戴着眼镜的普洛斯特参议员，朝比尔·克林顿摇手指。墙上还有他和撒切尔夫人共舞的照片；同鲍勃·多尔打高尔夫的照片；与罗斯·佩罗骑马的照片。这类合照柏林顿只有几张，但吉姆挂满了一屋子。他想给谁看呢？也许是他自己吧。时不时地看见自己和世界政要在一起，他也会觉得自己是一个角色了。

"我从没听说过吉塔·苏姆罗这个人，"吉姆说，"她肯定不是什么大人物。"

"那联调局里你认识谁？"柏林顿不耐烦地说。

"你见过克林夫妇吗？大卫和希拉里。"

柏林顿摇头。

"大卫是助理署长，希拉里在戒酒。两个人都快五十岁了。十年前我管中情局的时候大卫为我打理外交情报司，留心所有的外国使馆和他们的间谍行动。我挺欣赏他。后来有天下午希拉里醉酒驾车，结果在斯普林菲尔德郊外的比尤拉大道上出了事儿。她的本田思域撞死了一个六岁的黑人小姑娘。事后她开车逃逸，跑到商场才停下来给大卫打电话。大卫那时候人还在兰利，听到消息后马不停蹄地就开着雷鸟赶来接她回家。一到家大卫就报案说本田被偷了。"

"但是事情出了纰漏。"

"有个目击者咬定肇事司机就是个中年白人女子，警察又是个刚正不阿的明白人，知道女人很少偷车。后来目击者就把希拉里指认出来了。她就崩溃了，全招了。"

"然后呢？"

"然后我去找地方检察官，他的意思两个人都得坐牢。我赌咒发誓说这两位关乎国家安全，终于说动他撤诉。那以后希拉里就去了嗜酒者互诫协会，此后滴酒不沾。"

"大卫去了联调局，干得有声有色。"

"所以，你说他是不是欠我很大一份人情？"

"他阻止得了这个吉塔吗？"

"他有权直接向副局长报告，全联调局有这个权限的只有九人。虽然指纹部门不归他管，但他位高权重。"

"他到底行不行？"

"我不知道！等我问问他行不行？要是这件事他能做，他肯定会帮忙的。"

"好吧，吉姆，"柏林顿说，"拿起那个该死的电话问他吧。"

27

　　简妮打开心理系实验室的灯，史蒂夫跟进来。"遗传语言一共就四个字母，"她说，"A、C、G和T。"

　　"为什么是这四个？"

　　"分别代表腺嘌呤、胞嘧啶、鸟嘌呤和胸腺嘧啶[①]呗。DNA分子的两条螺旋线就靠这些化合物连接。遗传学的单词和句子就靠它们组成，比如'一只脚长五根脚趾'。"

　　"但每个人的DNA肯定都是'一只脚长五根脚趾'啊。"

　　"说得对，你的DNA，我的DNA，世界上所有人的DNA都差不多。我们的DNA甚至和动物也有不少雷同，毕竟它们体内的蛋白质也和我们一样嘛。"

　　"那你怎么分得出我和德尼斯DNA中的不同呢？"

　　"在单词和单词之间，有一些不代表任何内容的字母，好比是无意义的音节。它们就像是句子之间的空格，我们管它们叫寡核苷酸。比如在'五根'和'脚趾'之间，可能就会有段写作TATAGAGACCCC的寡核苷酸，重复好几遍。"

　　"谁都有TATAGAGACCCC？"

---

① 此处四种碱基对的首字母分别是ACGT。

"是的，但是重复次数不同。你重复三十一遍TATAGAGACCCC的地方，我可能重复了两百八十七遍。重复多少遍其实不重要，因为寡核苷酸没有任何意义。"

"那你要怎么比对我和德尼斯的寡核苷酸？"

她取出一块形状和大小都和书本相类似的矩形盘。"我们会先往盘子里倒凝胶，然后在凝胶上切出一道道缝隙，再把整块凝胶板放进这里面，"长凳上放着一只小玻璃缸，"之后我们再给凝胶通电，让DNA的碎片沿直线穿过凝胶，这要持续一两个小时。小个儿碎片会比大个儿的速度快。也就是说，比起我那二百八十七遍的寡核苷酸，你的三十一遍会率先走通凝胶。"[①]

"你怎么能看出来它们走了多远呢？"

"我们有指示剂啊，这是种化学试剂，能粘在特定的寡核苷酸上。比方说我们的指示剂能吸附序列为TATAGAGACCCC的寡核苷酸，"她抓起一块抹布似的东西给他看，"那就先把这块尼龙膜浸入指示剂溶液里，再摊到凝胶板上，DNA碎片就被吸附到膜上了。指示剂会发光，这样就能给胶片曝光了。"她看向另一只玻璃缸。"看来丽莎已经盖上尼龙膜了，"她低头凝视着，"图案想必已经印上去了，只要把胶片洗出来就好了。"

简妮用化学制剂洗过胶片，放在水龙头下冲洗。史蒂夫守在旁边，企图看清片子上的图案。他的身世秘密全在那页胶片上了。但透明塑料片上只有一个梯子形的图案。终于，简妮关上水龙头，甩干水迹，把片子钉在灯箱前。

史蒂夫看得目不转睛，片子上显出一条条竖直纹路，每道纹

---

① 简妮所说为琼脂糖凝胶电泳实验。

路之间相隔四分之一寸，好像灰色的跑道。片子底部给跑道一一编上号，从一到十八。跑道间有几个清晰的黑色标记，呈连字号形状。他完全看不懂。

简妮说："黑色标记显示你的基因碎片沿着跑道跑了多远。"

"但是每条跑道上都有两个标记啊。"

"那是因为你有两链DNA嘛，父母各传给你一条。"

"对，双螺旋结构。"

"是的，而且你父母的寡核苷酸各不相同。"她看了看实验笔记，然后抬头道："你准备好看结果了吗？"

"准备好了。"

"好吧，"她又低下头，"三号跑道是你的血样。"

两个标记相距一寸，处在跑道正中。

"四号跑道是控制样本，可能是我的血样，也可能是丽莎的。标记应该在完全不同的地方。"

"的确。"两个标记非常接近，已经走到胶片底部，都快挨着数字了。

"五号跑道是德尼斯·平科尔，位置和你的一样吗？"

"一样，"史蒂夫说，"完全一样。"

她看着他，开口道："史蒂夫，你们是双胞胎。"

他不肯相信："实验就不可能出错吗？"

"当然有可能，"她说，"有百分之一的可能性，两个毫无关系的人父母亲双方的DNA在某个片段完全相同。所以我们一般要检验四组不同的碎片，寡核苷酸、指示剂也都不同。这样一来，出错概率就能降到亿分之一。丽莎还会做三次实验，每次半天。但最后的结果想必还是那样，你说呢？"

"好吧，"史蒂夫叹了口气，"我还是相信的好，可我这来历到底是怎么回事？"

简妮若有所思地说："我想起来你说过'我连一个兄弟姐妹都没有'，而且从你对你父母的描述来看，他们是那种喜欢子孙满堂的家长，最好有三四个孩子。"

"是的，"史蒂夫说，"但我妈怀孕困难，嫁给我父亲十年之后才有了我，那时候她都三十三了。她为了这还写了一本书呢，书名就叫《不能怀孕怎么办》。这是她第一本畅销书。写书赚来的钱她就在弗吉尼亚州买了间避暑小屋。"

"德尼斯出生的时候，夏洛特·平科尔也三十九岁了。她应该也有不孕的问题。这会不会是关键？"

"这怎么可能？"

"我不知道。你母亲接受过特殊的疗法吗？"

"我倒是没读那本书，要不我给她打个电话问问？"

"方便吗？"

"反正现在也该把这事告诉他们了。"

简妮指向办公桌："用丽莎的电话吧。"

他拨通家里的号码。母亲接的电话："母亲，是我。"

"她见到你高兴吗？"

"一开始谈不上高兴，但我现在还和她在一块儿呢。"

"那她倒也不讨厌你嘛。"

史蒂夫瞅瞅简妮："讨厌倒不讨厌，就是觉得我太年轻了。"

"她正在听你讲电话？"

"是啊，而且现在还挺窘呢，这还是头一遭。母亲，我们在实验室呢，遇到个疑惑。有个叫德尼斯·平科尔的人，那是她另一个研究对象。他的DNA和我的一致。"

"不可能一致啊——否则你不就成了双胞胎了嘛。"

"是啊，除非我是被收养的。"

"史蒂夫，要是你在意的是这一点，我可以告诉你，你不是领养的，你也没有孪生兄弟。要是有两个你这样的儿子，天知道我怎么才能忙得过来。"

"那我出生前你接受过特殊的生育治疗吗？"

"有过。医生推荐我去费城的阿文提诺诊所，那里治过不少军官的太太。我在那儿接受了激素治疗。"

史蒂夫把原话复述给简妮，她飞速写在一沓便利贴上。

母亲继续说道："疗效不错，你出生了，你可是我们千辛万苦才收获到的果实啊。结果你却把两鬓斑斑的老母亲丢在特区不管，跑去巴尔的摩缠着个比你大七岁的美女不放。"

史蒂夫笑了："谢啦，母亲。"

"嘿，史蒂夫？"

"你说吧。"

"别弄得太晚，明早你还得见律师呢。在担心你那DNA之前咱们先把这桩官司解决了吧。"

"我不会太晚的，再见。"他挂断电话。

简妮说："我这就给夏洛特·平科尔打电话。但愿她还没睡。"她翻开丽莎的电话簿，然后拿起电话拨了几个数字。俄而，她开始讲话："您好，平科尔太太，我是琼斯·福尔斯大学的费拉米博士……我很好，谢谢，您怎么样？我还想问您几个问题，希望您不要介意……太好了，您真是善解人意。是的……您怀上德尼斯之前，有没有接受过生育治疗？"长时间的停顿后，简妮的脸上绽开激动的光泽。"在费城？是的，我听说过……激素治疗。很有意思，您帮了我大忙了。再次谢谢您，再见。"她挂掉听筒。"我猜对了，"她说，"夏洛特也去了那家诊所。"

"真稀奇，"史蒂夫道，"不过这说明了什么？"

"我还不清楚，"简妮说，她又拿起电话拨通411，"我想查费城的号码……谢谢。"她接着又拨出一串号码。

"阿文提诺诊所。"对面一时无声。她看向史蒂夫说道："可能已经关门好多年了。"

他痴迷地望着她。她的大脑不停地思索，脸颊上闪耀着热情的光芒，看上去真是美极了。他真想帮上她的忙。

忽然她提笔写下一串号码。"谢谢你！"她对着话筒道。说完之后她挂掉电话。"它还在那儿！"

史蒂夫目不转睛地盯着她。自己的基因之谜也许要揭晓谜底了。"病历，"他说，"诊所肯定留有病历，里面可能有线索。"

"我得去那儿走一趟。"简妮说。她若有所思地皱起眉头。"夏洛特·平科尔签署了我的授权书，我们每一个采访对象都要签一份，有了它的许可我们才有权调阅病历。你能让你母亲也签一份，然后传真到琼大给我吗？"

"没问题。"

她继续拨打电话，手指兴奋地戳在号码键上。"晚上好，请问是阿文提诺诊所吗？值班主任在吗？谢谢。"

对方良久无声，她不耐烦地用铅笔敲着桌面。史蒂夫则对她投注以爱慕的眼神，他愿意这么看上一夜。

"晚上好，林伍德先生，我是琼大心理系的费拉米博士。

二十三年前，我的两位研究对象去了您的诊所。我希望能调阅一下他们的病历，这对我的研究很有帮助。我这里有他们的授权书，可以事先传真给您……那真是帮上大忙了。明天会不会太赶？下午两点可以吗？真是太谢谢您了……我会的。谢谢您，再见。"

"生育诊所，"史蒂夫沉吟道，"在那份《华尔街日报》上我似乎看见过，基因泰公司旗下是不是就有？"

简妮怔怔地看着他，张着嘴巴。"我的天哪，"她低声说道，"基因泰当然有。"

"这里面有关系吗？"

"我敢说肯定有。"简妮道。

"要是有的话，那么……"

"那么在你和德尼斯的事情上，柏林顿·琼斯就是在装疯卖傻。"

28

真是让人焦头烂额的一天，不过好在最终都有惊无险，柏林顿走出卫生间的时候想道。

他看着镜子里的自己，五十九岁上体形还是很不错。他瘦削、挺拔，有着略显小麦色的肌肤和几无赘肉的小腹。他的阴毛乌黑，一根令人难堪的灰毛也没有，不过这是染过的缘故。要能在不关灯的前提下和女人裸裎相对，对他而言是头等要事。

今天一大早，他还满以为可以轻松摆布简妮·费拉米，却不料这姑娘竟然这么难缠。我可不会再低估她了，他心想。

从华盛顿回来的途中，柏林顿顺道去布瑞斯顿·巴克家拜访了一下，简单讲了讲最新事态。一如既往，布瑞斯杜又开始紧张悲观起来，程度更甚于当前事态。受到布瑞斯顿的情绪感染，柏林顿开车回家的一路上都愁云惨淡。不过，他一回到家电话铃就响了。他接起电话，只听见吉姆用暗语说大卫·克林会插手联调局和简妮的合作，并保证今晚就打电话。

柏林顿用毛巾擦干身子，换上蓝色棉睡衣，披上蓝白条纹浴袍。保姆玛丽安娜已经离开了，留了张便条，说在冰箱里放了一锅普罗旺斯烩鸡，字迹一笔一画，略带几分稚气。他把烩鸡放进烤箱，再给自己倒一小杯云顶威士忌。他刚啜了一口，电话又响了。

这次是他的前妻薇薇，她说道："《华尔街日报》上面说你要发财了啊。"

他在脑海里想象着她，一位六十岁的窈窕金发女郎，坐在加利福尼亚家中的阳台上，望着太阳渐渐消失在太平洋下。"我猜你想重新回到我身边。"

"我还真想过，柏里。有那么十秒钟吧，我非常认真地考虑过这事儿。不过接着我就意识到，为了区区一亿八千万可不值啊。"

他大笑。

"柏里，我真心为你感到高兴。"

他知道她语出真心。他们离婚后她一头跳进圣巴巴拉的房地产市场赚了个盆满钵满："谢谢你。"

"你打算拿这笔钱怎么办？留给孩子吗？"

他们的孩子正在备考注册会计师。"他用不着，他当会计师就能挣钱。吉姆·普洛斯特要竞选总统了，我兴许会给他一些吧。"

"那你能得到什么好处？难不成你想去巴黎当美国大使？"

"不想，卫生局长还差不多。"

"嘿，柏里，你还真动心了呢。不过这种话电话里最好别说太多了。"

"那肯定。"

"我得出门啦，我的约会对象刚摁了门铃。回头见，蒙特祖玛。"这是他们家的老传统笑话了。

他回应道:"立刻就见,豆煮玉米。"①说完挂掉电话。

薇薇竟然晚上要和别人出去约会,这让他有些伤神。他完全不知道对方是谁,而自己还孤零零地坐在家里喝酒。除去父亲过世,薇薇的离开是柏林顿此生最痛苦的事情。即使已经离婚十三年了,他依然想念她。他不怪她,因为这本是他的过错,而这更让他难受。和她在电话里嬉闹玩笑让他想起当初两个人在一起的美好时光,那是多么幸福快乐的日子啊。

他打开电视,看着《黄金时间直播》,晚餐正在加热。厨房里弥漫着玛丽安娜用的香料的味道。

她是个出色的厨师,也许这和马提尼克岛是法国的殖民地也不无关系。

他把烩鸡从烤箱里拿出来的时候,电话第三次响起。

这次是布瑞斯顿·巴克,他颤声道:"费城的迪克·明斯基告诉我,简妮·费拉米明天要去阿文提诺诊所。"

柏林顿一屁股坐倒,说道:"真是活见鬼,她是怎么知道诊所的?"

"我不知道,迪克当时不在。接电话的是值班主任。不过听他转述,简妮说有几个研究对象多年前在诊所里接受过治疗,她要调阅他们的病历。她还承诺事先会把授权书传真过来,她明天下午两点到诊所。幸亏迪克昨晚刚巧有其他事,打了个电话去诊所问了问才听夜班经理说起这事儿。"

---

① 这种问候方式脱胎自歌曲《See You Later Alligator》,曲中有如下两句歌词:"See you later, alligator"和"After 'while, crocodile"。上句的later和alligator押韵,下句的while和crocodile押韵。而alligator意指短吻鳄,crocodile意指鳄鱼的大类,故而上下句的含义也对仗。而小说原文中则是"See you sooner, Montezuma"和"In a flash, succotash"。可见同样押韵。

迪克·明斯基是基因泰在20世纪70年代招募的第一批员工之一，入行的时候只是个收发员，而现在却成了诸家诊所的总经理。他并非公司核心层，核心层只有吉姆、布瑞斯顿和柏林顿三个人。但他知道公司藏有秘密，行事也就自然慎重小心。

　　"你对迪克怎么说的？"

　　"我要他取消约见。要是她硬要来，就把她轰出去。就说她没资格看病历。"

　　柏林顿摇摇头："这样不行啊。"

　　"怎么不行？"

　　"这只会让她更加好奇，她会找别的路子看那些档案的。"

　　"比如呢？"

　　柏林顿叹了口气。布瑞斯顿可能是缺乏想象力吧。"要是我的话，我会打电话给兰兹曼，让迈克尔·麦迪甘的秘书接电话。然后说麦迪甘先生在签署交易合同之前，最好去看看阿文提诺诊所二十三年前的病历。那么一来，他不就会追问这件事了吗？"

　　"好吧，那你又有什么主意？"布瑞斯顿愤愤地说。

　　"销毁70年代所有的病历记录。"

　　布瑞斯顿一时无话，良久才说："柏里，那些病历都是独一无二的。在科学意义上都是无价之……"

　　"我难道不知道？"柏林顿愤然打断道。

　　"肯定还有别的办法。"

　　柏林顿又叹了口气。布瑞斯顿有多难受，他就有多难受。他曾满心欢喜地幻想，多年之后某天会有人提笔将他们那些故事写下来，他们史无前例的实验、勇于探索的精神和科学研究上的辉煌都会揭示在世人面前。看见这些见证历史的病历被销毁，还是用这种见不得光的肮脏手段，他怎么能不心碎？但他别无选择了。"只要病历还在，就会威胁到我们。必须销毁，而且最好立即销毁。"

"那我们怎么向员工交代？"

"见鬼，我不知道。布瑞斯顿，看在老天的分上，这种事儿你自己去办不行吗？就说是新型的企业文档管理策略。只要他们明天一早就开始粉碎档案，你说什么都行。"

"你是对的。好吧，我马上给迪克回电。你给吉姆打个电话，让他知道最新情况，好吗？"

"好。"

"再见。"

柏林顿拨通吉姆·普洛斯特家的电话。接电话的是他的妻子，一位身材纤瘦、性子柔弱的女士，她把电话交给吉姆："柏里，我都睡了，你究竟想说什么？"

他们三个对彼此显得愈发暴躁了。

柏林顿把布瑞斯顿说的事情转述给吉姆，并告知了他们决定采取的措施。

"干得好，"吉姆说，"但还不够。这个叫费拉米的女人还有别的办法能查到我们头上。"

柏林顿只觉得蹿起一股邪火。吉姆对什么都觉得不够，不管你提议做什么，吉姆都要用更极端的方式，采取更强硬的措施。柏林顿强压不满。因为他觉得吉姆这次并不是无的放矢。简妮就是一条真正的猎犬，闻到气味就紧追不放。仅仅碰一次壁是不会让她放弃的。"我同意，"他对吉姆说，"而且我听说史蒂夫·洛根出狱了，所以简妮已经不是孤军奋战了。我们必须和她打持久战。”

“我们必须吓退她。”

“吉姆，看在老天的分上。”

“柏里，你又开始妇人之仁了，可这件事是一定要做的啊。”

“你休想。”

“你瞧……”

“我有个更好的注意，吉姆，你先听我说吧。”

“好吧，我听着呢。”

“我要解雇她。”

吉姆想了想：“我不太懂你的意思，这能有用？”

“当然了，你想啊，她以为自己只是遇见了生物学上的难题。而解决这种问题能让一位年轻科学家一鸣惊人。她完全不知道这件事背后的秘密，只是一厢情愿地以为大学害怕负面宣传。要是她丢了工作，既没了科研环境，也没了调查理由，还得忙着找份新工作。我可是知道的，她现在等钱用呢。”

“也许你是对的。”

柏林顿心里打鼓，吉姆答应得太干脆了。“你不会打算背着我们做些什么吧？”他问道。

吉姆回避了问题：“你能做到吗？能把她解雇吗？”

“当然能。”

“但你周二不是还说，‘那是大学，不是他妈的军队’。”

“那是实话，大学里你不能朝别人吼一嗓子就让人家照办。但我在学术界待了四十年，知道这里面的门道。要是真的有必要，我要解雇个把助理教授还不简单？”

"好吧。"

柏林顿皱起眉头："我们是一条战线的，是吧，吉姆？"

"当然啦。"

"那就好，睡个好觉。"

"晚安。"

柏林顿挂断电话。烩鸡已经凉了，他也无心吃了，把食物倒进垃圾桶后就上了床。

他在床上躺了很久，却始终无法入眠，心里一直想着简妮·费拉米的事情。凌晨两点钟，他起床服下一片安眠药，这才终于睡着了。

29

费城的夜晚很热。一幢公寓楼的所有门窗大开，没有一间屋子装空调。街上的喧扰浮上顶楼，侵入5A室：汽车喇叭、欢声笑语、几段音乐。一张遍布划痕的旧松木桌上被烟头烫出了几道灼痕，电话正响。

他接起电话。

只听一道大嗓门声音说："我是吉姆。"

"嘿，吉姆叔叔，你还好吗？"

"我挺担心你啊。"

"我怎么啦？"

"我知道周日晚上的事儿了。"

他迟疑再三，不知道该怎么回答："他们不是已经抓到人了嘛。"

"但那家伙的女友相信他是无辜的。"

"所以说？"

"她明天要去费城。"

"来干吗？"

"不清楚，但在我看来，那姑娘是个威胁。"

"该死。"

"你不妨招待招待她。"

"怎么招待？"

"这就看你自己了。"

"我要怎么找到她？"

"你知道阿文提诺诊所吗？就在你那个街区。"

"认识啊，就在切斯诺大道上，我每天都经过。"

"她明天下午两点到那儿。"

"我怎么辨认她？"

"你就找高个儿，黑发，戴鼻环的女人，约莫三十岁吧。"

"那范围可就大了。"

"她也许会开辆红色的旧款梅赛德斯。"

"这就好找不少了。"

"现在有件事，你要记牢了，那个人保释出狱了。"

他皱眉问道："那又怎样？"

"那也就意味着，要是她有什么不测，而且又被人看见和你在一起……"

"我明白了，他就会为我顶缸了。"

"对，你一向心思敏捷，孩子。"

他笑了："而你一向心思毒辣，叔叔。"

"还有一件事。"

"你说。"

"她很漂亮，好好享受吧。"

"再见，吉姆叔叔。谢谢啦。"

周 四

30

简妮又做了雷鸟轿车的梦。

梦的第一阶段是真实发生的事情，她九岁，妹妹六岁，父亲恰巧在家。他那时正腰缠万贯，多年以后简妮才知道钱是偷来的。他开回一辆崭新的福特雷鸟轿车，青漆，青座椅，简直是一个九岁女孩儿能想象到的最漂亮的车子了。父亲载他们开车兜风，母亲坐在副驾驶上，简妮和帕蒂坐在他们之间。车子开在乔治·华盛顿纪念公园道上时，父亲把简妮抱到膝盖上，把方向盘交给她。

真实的生活里，她把车开进快车道，后面要超车的家伙把喇叭按得响亮，听得简妮心惊胆战。父亲赶忙抢过方向盘把车子开回慢车道。但梦中父亲不在，只有她一个人开车，没人帮她。母亲和帕蒂明明知道简妮的视线超不过方向盘，却还是淡定地坐在一边。她用力握住方向盘，越握越紧，等待两车相撞的那一刻，其他车辆朝她狂按喇叭，声音越来越大，渐渐变成门铃声。

她猛然惊醒，指甲深深掐进手心，耳朵里的门铃声还响个不停。现在是早上六点，她在床上赖了会儿，庆幸这只是个梦。然后赶紧跳下床，跑到门禁对讲机前。"谁啊？"

"我是吉塔，快起来给我开门。"

吉塔在联邦调查局华盛顿总部工作，人却住在巴尔的摩。她肯定很早就得出门上班，简妮想着按下开门键。

简妮套上一件T恤，下摆遮到膝盖；见女伴这就够正式了。吉塔走上楼梯，海蓝色亚麻西装、乌黑的齐耳短发、耳钉、轻便的大镜片眼镜，好一副平步青云的企业高管模样。只见她腋下夹着一份《纽约时报》，劈头就问道："这到底是怎么回事？"

简妮说："我哪儿知道，我才刚醒。"不过看这架势肯定有坏消息了。

"我老板昨天晚上从家里打电话给我，要我别和你合作了。"

"不行！"她的程序可不可行就看联调局的结果如何了，尽管出了史蒂夫和迪尼斯这种怪事。"该死！他说原因了吗？"

"说你的方法侵犯大众隐私。"

"奇怪，联调局怎么会在乎这种小事。"

"《纽约时报》似乎也是这个想法。"吉塔展开报纸给简妮看。头版上有篇报道，标题为：

基因研究的伦理问题：
怀疑、忧虑和口角

简妮估计这"口角"说的就是她，事实的确如此。

年轻的简妮·费拉米女士刚愎自用。她罔顾所有同僚乃至琼斯·福尔斯大学校长的意愿，一意孤行，坚持要检索病例库来寻找双胞胎。

"我签了合同的，他们不能给我下命令。"她如是说道。对她的工作，在伦理范畴上的质疑完全动摇不了她。

简妮看得大为反感："我的天，真可怕。"

报道笔锋一转，大谈起人类胚胎的话题。直到简妮翻到第十九页才再次出现与她有关的内容。

> 琼斯·福尔斯校方开始头痛了，而这一切的根源就是心理系的简妮·费拉米博士。即使大学校长莫里斯·欧贝尔博士和心理系主任柏林顿·琼斯教授一致认为她的工作有悖道德，她还是拒绝终止项目。看来谁也挡不住她了。

直到结尾，简妮都没看见报道中提及她的项目其实并没有遭人诟病，这话她都跟报社重申多少遍了。整篇报道全聚焦在她的倒行逆施。

遭受如此攻讦，简妮又惊又痛。她一时间又觉委屈，又觉愤怒，这感觉宛如几年前她在明尼阿波利斯的超市里，被个小偷借着冲撞偷走了钱包一样。即使她知道记者向来心怀不轨、不择手段。但见了报道她还是觉得羞愧，仿佛自己真做错了什么似的。她觉得自己成了众矢之的，被全国的人戳脊梁骨。

"现在肯定没人会让我检索数据库了，"她垂头丧气地说，"你喝咖啡吗？我得喝点儿让自己好受些。大清早就是坏消息。"

"简妮，对不起。不过我把联调局牵扯进来，我自己也有麻烦了。"

简妮打开咖啡机，突地灵光一现："虽说这篇文章不尽不实，但也是今天早上才见的报。你老板昨天晚上那通电话肯定和这没关系啊。"

"也许他事先就知道有这篇报道吧。"

"谁告诉他的呢？"

"他没明说，就说指示是从国会山下达的。"

简妮双眉紧锁："那就是政治问题了？可哪门子议员会关心我在干什么啊，还要让联调局和我划清界限？"

"也许有谁知道这篇报道，好意提了个醒吧。"

简妮摇摇头："这篇文章都没提联调局，你我之外没人知道我要看联调局的档案，连柏林顿我都没告诉。"

"那我回去查查这通电话背后是谁。"

简妮看看冰箱："你吃过早饭了吗？我有肉桂卷。"

"我不吃了，谢了。"

"我好像也不饿。"她关上冰箱门，惆怅万分。她现在是不是什么都做不了？"吉塔，你能不能背着你老板运行我的软件检索数据库？"

她随口一问，也没指望吉塔能答应。哪知吉塔皱眉答道："你昨天收到我的电子邮件了吗？"

"我昨天很早就回家了，什么内容？"

"说我昨晚要运行你的软件。"

"那你运行了吗？"

"运行了，所以我才一大早赶过来。他昨晚给我打电话之前我就运行了。"

简妮瞬时又充满希望："什么？那你手上有运行结果喽？"

"我用电邮发给你了。"

简妮浑身发颤："太棒了！你看过没？是不是有很多对双胞胎？"

"挺多的，二三十对吧。"

"好极了！我的软件是有用的！"

"但我跟老板说我没运行，我当时慌了神，不由自主就撒了谎。"

简妮皱皱眉头："这有点儿棘手了。万一他哪天发现了怎么办？"

"是啊，简妮，所以你要删除那份名单。"

"什么？"

"要是被他发现，我就完了。"

"但我怎么能删除名单呢！它才证明我是对的啊！"

吉塔面容严峻："你一定要删除。"

"别啊，"简妮凄然道，"这东西也许能把我救出来啊，我怎么能删除它呢？"

"这件事我只是帮你的忙，"吉塔边说边摇着手指，"我不能把自己也搭进去！"

简妮可不认为这全怪她，马上刻薄地反击道："我可没让你跟你老板撒谎。"

吉塔大怒："我那时候害怕行了吧！"

"等一下，"简妮说，"我们都冷静冷静。"她倒了两杯咖啡，递给吉塔一杯，"比方你今天上班的时候就可以对你老板说昨天出了点儿岔子，你接完电话就指示下去了，可事后才发现程序已经运行完了，结果也发了电邮。"

吉塔端起咖啡，却没动嘴。这姑娘一脸快要哭的表情。"你知道在联调局工作是什么滋味吗？同事都是些最大男子主义的家伙。他们巴不得我出错，好找茬儿说女人干不了这行。"

"但你怎么都不会被解雇啊。"

"我的未来就在你一念之间啊。"

这是事实，吉塔说什么都没办法强迫简妮。简妮却说："别这么说，事不至此啊。"

吉塔毫不松动："就是到了这个地步了。我求你删了那份名单吧。"

"我做不到。"

"那就无话可说了。"吉塔朝门口走去。

"别就这么走了啊，"简妮说，"我们那么多年的交情了。"

吉塔还是走了。

"混蛋，"简妮骂道，"混蛋。"

大门哐当一声关上。

简妮黯然，自己刚才是不是失去了一个老朋友？

吉塔让她失望了。简妮知道，拼搏事业的年轻姑娘压力大。但被人责难的是她简妮，又不是吉塔。吉塔的友谊没有撑过这次危难的考验。

简妮暗暗想道，其他朋友会不会做出相同的选择呢？

她沮丧不已，草草冲了个澡便开始匆忙穿衣服，可没多久她就停下动作思索起来。她要面对一场恶斗，必须好好打扮打扮。她脱下黑色牛仔裤和红T恤，从头开始。她先洗过头，然后吹干。

在脸上精心化妆：上粉底，涂胭脂，画眉毛，抹口红。最后穿上鸽灰色上衣、透明丝袜、漆皮高跟鞋，套一件黑西装。鼻环也换成工艺简约的款式。

　　一切就绪之后，她站到全身镜前照了照，自己的模样很是威武，正好披荆斩棘、排除万难。"杀！简妮，杀！"她自语了一句就出门了。

31

简妮驱车去琼斯·福尔斯大学的时候，心里想着史蒂夫·洛根。她昨天虽然叫他强壮的大男孩儿，但实际上有些男人活一辈子都没他成熟。她能趴在他肩上哭，说明内心深处是信任他的。她喜欢他身上的味道，像是未燃的烟草。昨天她虽然心情沉重，他也有意遮掩，她还是发现他勃起了。光抱着她就让他这么动情，她觉得很得意，每每想起来都不免泛起微笑。唉，他要是能大个十来岁就好了。

史蒂夫让她想起自己的初恋，博比·斯普林菲尔德。那时她十三岁，他十五岁，两个人都对爱啊性啊一无所知，全是懵懵懂懂地探索。一想起周六那天晚上两个人在电影院后排做的事情，她就忍不住脸红。和史蒂夫 样，博比当时也是这么克制着情欲，让她激动不已。

博比那么想要她，一摸到她乳房，一碰到她内裤就欲火焚身，让她觉得自己魅力十足。有一段时间简妮胡乱放电，让博比热血沸腾、手足无措，只为了证明她有能耐做到这种事。不过没过多久她就明白了，即使她只有十三岁，这也算愚蠢的把戏。然而，挑逗戴着镣铐的巨人还是让她觉得既刺激又愉快。对史蒂夫她也有这种感觉。

她的世界里就史蒂夫一个好人了，她这回麻烦不小，但绝不能辞去琼斯·福尔斯大学的工作。《纽约时报》把她抗拒上司的事情一曝光，哪儿还有人肯让她做科研工作啊？她心想，要我是教师，肯定不会雇佣会惹出这种麻烦的人。

但现在再谨小慎微也为时已晚。她只能继续"一意孤行"下去，靠联调局的数据做出可靠的科研结果。这样别人才会回过头来看她的研究方法，好好考虑道德问题。

上午九点，她停下车，锁门走进疯人院，忽然肚子一疼，她没吃饭还顶着那么多压力。

一走进办公室她就知道，有人来过了。

不是清洁工，她熟悉他们做的改动：椅子挪动一两寸，擦掉茶杯印，废纸篓放到办公桌另一侧。不过这回不同。有人用了她的电脑，键盘摆放角度不对，来人无意识地放到自己习惯的位置上。鼠标放在鼠标垫正中间，而她喜欢把它靠在键盘边上。再看周围，柜门开了一线，有张纸从文件柜里露了一角出来。

有人搜了房间。

不过看这业余的表现，至少不像是中情局的手笔。可即使如此，她还是觉得很不舒服，坐下打开电脑时心里也忐忑不安。来者是谁呢？教职工，学生，被人收买的保安，还是外来者？又是所为何来呢？

一份信封从门缝间滑入。里面有洛琳·洛根签署的授权书，传真人是史蒂夫。她再从文件夹中取出夏洛特·平科尔的授权书，把两份一并放进公文包，打算过会儿传真给阿文提诺诊所。

她坐到电脑前接收电子邮件。只有一封：联调局检索结果。"哈利路亚。"她深吸一口气。

下载好这份包含人名和地址的列表后，她才如释重负。她是对的，检索程序的确能找到双胞胎。她等不及想要检阅结果，看看有没有其他像史蒂夫和德尼斯这样的怪事。

简妮想起来吉塔说过先前还发来一封邮件，内容是她要运行程序了。那封信呢？莫非被那个不速之客下载了？这就能解释昨晚吉塔老板那通急急忙忙的电话了。

她正要看名单，电话铃响了。是校长来电。"我是莫里斯·欧贝尔。我们最好谈谈《纽约时报》的事，你说呢？"

简妮胃部一缩。这就来了，她一阵心烦意乱。来就来吧。"当然可以，"她说，"您什么时候方便？"

"最好你马上来我办公室。"

"我五分钟后到。"

她把列表复制进磁盘，然后断开因特网，取出磁盘。接着她提起笔想了想，在磁盘标签上写下"购物单"。这种预防措施无疑没什么意义，但让她感觉安稳了些。

她把磁盘放进备份文件盒就离开了实验室。

天已经热起来。穿过校园的时候她自问，她到底想和欧贝尔谈出个什么结果来。她唯一的目标就是获准继续研究。她必须表现得强硬些，而且要说清楚她不吃威胁；但最好还是能平息校方的怒火，把冲突大事化小。

她很庆幸自己穿了黑西装，即便已经被汗濡湿了。这套行头一上身，她看上去就更老练更有威势了。她走向傍山大会堂，高跟鞋咔啦咔啦地踏在石板路上。进楼之后她就被带进豪华的校长办公室。

柏林顿·琼斯坐在里面，手里攥着一份《纽约时报》。她朝他微笑，很高兴看见一位盟友。他却只是冷冷点了点头道："早上好，简妮。"

莫里斯·欧贝尔坐在大办公桌后的轮椅上，一如既往地直奔主题："大学无法容忍这种事，费拉米博士。"

他没请她坐，但她可不肯像个女学生那样听训，于是自己拉过一张椅子坐下，还跷起二郎腿。"很遗憾，是你们在没搞清楚自己的合法权利之前就告诉报社，说我的项目被取消了，"她尽可能沉着地说，"我很同意你的观点，这的确让大学显得很蠢。"

莫里斯抬头怒道："让大学出丑的不是我。"

强硬到这一步就够了，她暗想，现在该指出他们是同一条战线的了。她摆正双腿。"当然不是，"她说，"事实是我们当时都有些急了，被报社钻了空子。"

柏林顿插嘴道："损失已经造成了，现在道歉也于事无补。"

"我没在道歉，"她顶了回去，然后转回身对欧贝尔微微一笑，"不过，我们是该停止争吵了。"

又是柏林顿答道："晚了。"

"肯定不晚。"她说道，心里奇怪柏林顿何出此言，他应该是想居中调停的啊，两个人剑拔弩张对他又没好处。

她盯着校长，笑容不变："我们都是讲道理的人，一定能找到折中的办法，让我也能继续研究工作，大学名誉也不会受损。"

欧贝尔虽然还蹙着眉，但显然喜欢这个想法。他说："我不太明白，那要怎么……"

"这是浪费时间。"柏林顿不耐烦地说。

这是他第三次插嘴找茬儿了。简妮强忍住自己尖刻的回应。

他怎么会是这种表现？难道要她中止研究、冒犯学校、被炒走人的就是他？看情形似乎如此。那偷偷潜入她的房间，下载电邮警告联调局的是不是他？一开始把消息透露给《纽约时报》，引发整件事情的又是不是他？这些奇怪的想法层出不穷，指向的答案惊得她一时间说不出话。

"校方之后的举动，我们已经有决定了。"柏林顿说。

她忽然意识到，自己之前都错估了房间里的形势。柏林顿才是这里的老大，不是欧贝尔。柏林顿能拉来基因泰几百万美金的资助，这正是欧贝尔需要的。柏林顿却没有什么要忌惮欧贝尔的，真实情况刚好相反。她之前光顾着猴子，却把拉手风琴的艺人丢在了一边。

柏林顿干脆捅破"大学校长说了算"的假象。"让你来不是要问你的意见。"他说。

"那是要干吗？"简妮问。

"解雇你。"他答。

她怔住了。她是想过他们会以解雇相要挟，但从不以为这会成真。她难以接受事实，傻乎乎地追问道："你说什么？"

"我说，你被解雇了。"柏林顿说道，然后用右手食指尖划过眉毛，这是他开心时的标志性动作。

简妮如遭重击。我不能失业，她想。

我才来了几周，开局这么好，工作这么努力。

我以为他们都喜欢我，除了索菲·查普尔。这件事怎么会来得这么快？她努力重整思路。"你不能解雇我。"她说。

"我们已经决定了。"

"不，"一开始的冲击过后，她心里涌起愤怒和反抗的情绪，"你们又不是部落首领，解雇我是有程序的。"

一般来说，大学在解聘教员之前要开一场听证会。她的合同里也写了这项，但她从没认真看过细节。忽然间，这些细节变得对她尤为重要。

莫里斯·欧贝尔开始说明有关程序。"当然，纪律委员会开听证会，通常来说，听证会前四周就要发下通知。但是鉴于本次事件的恶劣影响。我作为校长，决定采用应急程序，明早就开听证会。"

简妮被他们一轮眼花缭乱的动作弄迷糊了。纪律委员会？应急程序？明早？这可不像是"谈谈"，这是在拘捕犯人。欧贝尔之后是不是也要像警官一样对被捕者宣读她享有的权利？

事实相去不远。欧贝尔从桌上推过一本文件夹。"里面有委员会的程序规章。你可以请律师，也可以请其他辩护人，只要事先通知委员会主席一声就行。"

简妮终于问出一个像样的问题："主席是谁？"

"杰克·布根。"欧贝尔说。

柏林顿猛地抬起头道："已经定了人选了？"

"主席一年一任，"欧贝尔说，"杰克这学期初就接任了。"

"我还不知道呢。"柏林顿貌似有点心烦。简妮知道原因。杰克·布根是她的网球伙伴。在这件事上他会不偏不倚，这就够让人振奋的了。还没有满盘皆输呢！她还有机会在学者们面前为自己和自己的研究方法辩护。这会是场严肃讨论，而非《纽约时报》那种浮夸肤浅的报道。

此外，她手上还有联调局档案的检索结果。她开始思索，到时候该怎么自辩。先把联调局的数据展示给委员会，要是运气好，里面就会有一两对不知道自己身世的双胞胎。那可是枚重磅炸弹。接着她可以阐释自己为了保护公民隐私采取了预防措施……

"我要说的就是这些。"莫里斯·欧贝尔说。

他下了逐客令。简妮站起来说："真是遗憾，事情竟然发展到这步田地。"

柏林顿忙说："还不都怪你。"

他就像是个爱吵架的小孩。她没心思跟他白费口舌，倨傲地瞟了他一眼就离开了。

穿过校园的时候，她心底的苦闷才慢慢升起，自己的目标根本没有达成。本想好好协商，结果却成了一场唇枪舌剑。但这也不能怪她，早在她走进办公室之前柏林顿和欧贝尔就已经有了决定。整场谈话不过是走个过场。

她回到疯人院，快到自己办公室的时候发现清洁工竟然把垃圾袋留在门口，她一阵恼火，立刻就想打电话找他们。不过紧接着，她刷过磁卡，门却打不开。再刷几次依旧如故。她正要去接待处找维修工，脑子里忽然闪出一个可怕的想法。

她看向垃圾袋里面。没有废纸和一次性杯子。她第一眼看见的反而是自己的兰兹角帆布包，此外还有抽屉里的纸巾盒、简·斯迈利的平装本《一千英亩》、两张带框相片和一把梳子。

他们把她桌子里的东西都清了出来，还把她锁在门外。

她悲痛欲绝，这比校长办公室那一击更重。在那儿只是嘴上说说，在这儿则是切除了她人生中巨大的一部分。这是我的办公室，她想，他们凭什么不让我进去？

"你们他妈的王八蛋。"她骂出声来。

肯定是趁她在校长办公室时保安动的手。他们当然不敢知会她，否则她不就有机会把真正需要的东西带走了吗？他们这副冷酷无情的嘴脸再一次震惊了她。

这无异于截肢。他们把她的科研、她的工作都抢走了。她现在真不知道自己该做什么，该去哪里好。十一年了，她一直都在从事着科研工作，从本科、硕士、博士、博士后乃至助理教授。而现在却突然什么都不是了。

悲痛渐渐演变成漆黑一片的绝望，她忽然想起自己那张备份了联调局档案的磁盘，于是急急忙忙地在垃圾袋里翻找起来，结果里面连一张磁碟都没有。她的检索结果，她自辩的关键，都被锁在房间里了。

她徒劳无功地捶打着房门。一名路过的学生看见了，惊讶地盯着她问道："教授，您需要帮忙吗？"

她想起来这小伙子上过她的《统计学》课程，说："你好啊，本。帮我踹开这扇破门。"

他打量着房门，脸上充满疑惑。

"我随口说说罢了，"她说，"我没事，谢谢啦。"

他耸耸肩，走了。

站在这儿盯着锁上的门毫无意义，于是她拎起塑料袋走进实验室。丽莎正坐在桌后往电脑里输入数据。"我被解雇了。"简妮说。

丽莎瞪着她："什么？"

"他们把我关在办公室外面，还把我的东西装进这口破垃圾袋里。"

"不可能！"

简妮从袋子里拿出帆布包，从包里翻出《纽约时报》。

"就因为这个。"

丽莎读了开头两段后说："但这都是鬼扯啊。"

简妮坐下来："我知道。可柏林顿却装出一副要严肃处理的姿态，为什么呢？"

"你觉得柏林顿是装的？"

"肯定是装的，凭他的聪明才智，怎么会被这种胡说八道唬住？他肯定别有用心。"简妮跺着脚，既无助又无奈，"他不择手段、孤注一掷……肯定是遇到什么大麻烦了。"答案也许就在阿文提诺诊所的病历里。她看看表，约的是下午两点，马上就得出发了。

丽莎还没从惊愕之中醒过神来，愤愤不平地说："他们不能就这么解雇你啊。"

"明早开纪律听证会。"

"我的天，他们是认真的。"

"是啊。"

"需要我做什么吗？"

有是有，但简妮不敢开口相求。她以审视的目光打量着丽莎。虽然天气很热，但丽莎不仅穿着高领上衣，外面还罩着宽松的毛衣，把身子遮得严严实实，这无疑是强奸的后遗症。她脸上仍旧一片阴郁，好似有个亲友刚刚身故。

她的友谊会是和吉塔一样脆弱易折吗？简妮不敢知道答案。要是丽莎也让她失望，那还剩下谁呢？但她又必须让丽莎接受考验，即使现在正是最糟糕的时机。"设法进我办公室，"她说到这里迟疑了下，"联调局的检索结果就在里面。"

丽莎闻言一怔，没有立即回答："他们把你的锁给换了，还是怎么的？"

"用不着那么麻烦，他们只要换掉电子密匙，我的卡就不能刷了。而且我敢说，几个小时后连这栋楼我都进不来了。"

"真是难以置信，这一切发生得好快。"

简妮讨厌强迫丽莎冒险。她绞尽脑汁想找个别的办法。"也许我自己也进得去，让清洁工放我进去。不过我猜清洁工的磁卡也不管用了。毕竟我都不用那间房了，自然不用打扫了。但保安肯定能进去。"

"他们不会帮你的，他们知道你是被上面故意锁在外面的。"

"的确，"简妮说，"可他们也许会让你进去。你就说你需要从我办公室里拿点儿东西。"

丽莎若有所思。

"我真不该问。"简妮说。

丽莎脸色一变。"见鬼，好吧，"她终于说，"我尽力试试吧。"

简妮咬紧嘴唇，哽咽道："谢谢你，你是个真正的朋友。"她俯下身子，牢牢握住桌对面丽莎的手。

丽莎被简妮的情绪弄得很是难为情。"你把那份列表放哪儿了？"她问出一个实际的问题。

"我桌子抽屉里有一盒磁碟，有张标签上写着'购物单'的，列表就存在里面。"

"明白了，"丽莎皱起眉头，"我真不知道他们为什么这么针对你。"

"这一切都是从史蒂夫·洛根开始的，"简妮说，"自从柏林顿见过他之后，麻烦就层出不穷。不过我觉得答案就要揭晓了。"她说罢站起来。

"你接下来要怎么办？"丽莎道。

"去费城。"

32

柏林顿站在自己的办公室里望着窗外。今早网球场上空无一人，他的想象力勾勒出简妮在那儿。刚开学那两天他就注意到她了，看她穿着短裙奔跑，摆动着小麦色的双腿，雪白的鞋子仿佛一道流光……他当时就迷上了她。他皱起眉头，很疑惑自己为什么会被她的运动姿态打动。看女人运动并不会激起他的性欲，他就从来不看《美国角斗士》这类节目。不像埃及文物系的格姆雷教授会把全集都录下来，临到深夜就躲在书房里反反复复地重播。然而，简妮打网球的时候有种特殊的优雅。如同纪录片中的狮子暴起冲刺，肌肉在皮下律动，头发在风中飘扬，闪展腾挪、奔停行止之间，都有种慑人而奇妙的迅捷。这一切教他看得心醉神迷。而今虽然他一辈子的心血都可能毁在这姑娘手里，他还是想再看她打一场球。

让柏林顿生气的是，虽说琼斯·福尔斯大学是简妮的雇主，但钱则是基因泰公司拨来的，也就是说她的工资实际上是他发的，但他不能直接解雇她。大学解雇教员和餐厅解雇服务员的办法不一样。

所以他才不得不搞得这么麻烦。

"真要命。"他破口骂了一句，坐到办公桌后。

今早的会见进展得很顺利，哪知最后却冒出个杰克·布根是主席的事。柏林顿事先已经撩起莫里斯的火气，断了和解的可能。可纪律委员会的主席竟然是简妮的网球搭档，这可不妙。柏林顿本以为自己在主席人选上颇有影响力，事先查都没查，却沮丧地发现人选早已确定了。

杰克万一偏听简妮的一面之词，那他们可就危险了。

他懊恼地挠挠头。柏林顿从来不和大学同事交往，他喜欢和光鲜的政要、媒体们厮混。不过杰克·布根的背景他还是有所耳闻的，这家伙三十岁上才从职业网球中退役，进修化学博士学位。这把年纪做学问嫌老，他便成了行政人员。管理大学图书馆并平衡竞争部门间的冲突要求具备机智灵敏、殷勤体贴的个性，而杰克干得非常出色。

要怎么说服杰克？他非但不走旁门左道，恰恰相反，他好相处的性子正出于一颗赤子之心。不管柏林顿是公开游说还是私下贿赂，都会冒犯到他。唯一可行的可能只剩下小心翼翼地影响他了吧。

柏林顿受过一次贿，不论何时想起来都感到内心纠结。那是在他职业生涯早期，尚未升任教授。有个叫茱迪·吉尔莫的本科女生被发现找人代写论文。这姑娘很漂亮。这种事按规定是要开除学籍的，但系主任有权酌情降低处罚。茱迪就跑来柏林顿办公室找他"谈问题"。她不停地跷起二郎腿，又放下，悲戚地看着柏林顿的眼睛，甚至还俯下身子微微露出衬衫里面的蕾丝胸罩。柏林顿出于同情答应帮她说说情。她哭着道了谢，又牵他的手，吻他，最终拉开了他的裤拉链。

她自始至终都没谈过交易，也没在他提出帮助之前以性相诱。云雨过后，她只是从容地穿衣梳头，然后吻了吻他就告辞了。第二天他就说服系主任给她一个警告处分了事。

他当时认为这根本不算贿赂，所以才中了招。茱迪开口相求，他答应帮忙，后来的颠鸾倒凤只是因为茱迪倾慕他。不过时过境迁，他也意识到自己在诡辩。她举手投足之间已经暗示了性交易，他一同意帮忙，她就识相地付了价码。他总爱自诩守正不阿，但这事着实寡廉鲜耻。

行贿和受贿一样可鄙。不过即使如此，若有可能他还是会贿赂杰克·布根。想到这儿他不禁露出嫌恶的表情，但这事必须做。他硬着头皮也要上。

他可以学学茱迪，让杰克去自欺欺人。

柏林顿又想了几分钟，便拿起电话打给杰克。

"谢谢你之前发来的那份备忘录，就是生物物理图书馆扩馆的那份。"他开口道。

对方吃了一惊，过了一会儿才说："啊，是啊。那可有些日子了——很高兴你抽时间看了。"

柏林顿几乎一眼都没看过那份文档："我觉得你的提案很有意义，我打电话过来就是为了说，在评审会上我会支持你的。"

"谢谢。"

"实际上，我能说服基因泰公司出一部分资金。"

杰克马上识趣地说："图书馆可以取名叫'基因泰生物物理图书馆'。"

"好主意，我会把这点也告诉他们的。"柏林顿想要把话题转到简妮身上。也许可以从网球入手。"你这个夏天过得怎么样？去打温网了吗？"

"今年没去，工作太忙啦。"

"真可惜，"他装作就要挂电话的样子，提心吊胆地说，"下次聊吧。"

如他所愿，杰克叫住了他："呃，柏里，你对报纸上那些鬼扯怎么看？简妮的事情？"

柏林顿强压自己的喜悦，轻蔑地说："噢，那个啊——小题大做罢了。"

"我想给她打电话，可她不在办公室。"

"不用担心基因泰，"柏林顿说着，虽然杰克还没提到公司，"他们不在意这件事。幸亏莫里斯·欧贝尔迅速果断地采取了行动。"

"你是说纪律听证会吧。"

"我估计那就是走个程序。她让大学蒙羞，不肯中止项目，还把事情捅给了报社。估计她还要费尽心机地为自己辩护呢。我告诉基因泰的人我们已经掌控了局势。目前还没什么能威胁到大学和公司的关系。"

"那就好。"

"当然，要是委员会出于某种理由帮着简妮反对莫里斯，那我们就有麻烦了。不过我想这是不太可能的吧——你觉得呢？"柏林顿说着屏住呼吸。

"你知道我是委员会的主席？"

杰克回避了问题。去你的。"是啊，我非常高兴负责听证会的是你这样冷静的人，"他又说起哲学系的光头教授，"要是梅尔康·巴内特当主席，天知道会发生什么事情。"

杰克笑道："理事会都聪明着呢。梅尔康连停车委员会的主席都捞不到——他兴许会把这当成社会变革的工具呢。"

"你做主席的话，会支持校长吧。"

杰克的回应再一次带着让人着急的犹豫："我也料不准所有委员会成员的态度啊。"

你这混账，是专门来折磨我的吧？"但我确定主席不是一个我行我素的人。"柏林顿一揩额上的汗。

杰克顿了顿："柏里，要我现在就仓促地下判断是不对的……"

你见鬼去吧！

"……但我可以说，基因泰不用担心这件事了。"

终于！"谢谢你，杰克，我很感激。"

"一定不要告诉别人啊。"

"当然。"

"那明天见。"

"再见。"柏林顿挂掉电话。老天啊，真难！

杰克真不知道自己受贿了吗？他是自欺欺人吗？还是说他其实心知肚明，只是假装不知道呢？

这不重要，只要他把委员会带到正确的方向上就行。

当然，事情还没完呢。委员会的决议必须受理事会全员认可。简妮还可能雇一名好律师起诉大学，要求各种各样的赔偿。官司可能会打上几年。但她的研究肯定会暂停，而这就够了。

然而，委员会的决定目前还不明朗。要是明早事情有变，简妮中午就能返回办公室继续挖掘基因泰公司的罪恶秘密。柏林顿不由一哆嗦：老天保佑！

他拿过一本便笺本，写下委员会成员的名字。

杰克·布根——图书馆

泰尼尔·比邓纳姆——艺术史系

米尔顿·鲍沃斯——数学系

马克·崔德——人类学系

珍·艾德思博罗——物理系

　　比邓纳姆、鲍沃斯和崔德都是老资格教授，为人保守，事业与琼斯·福尔斯大学的名声和前景息息相关。柏林顿确信这几位会支持校长。不可测的是那位女士——珍·艾德思博罗。

　　他接下来就对付她。

33

沿着I–95大道开向费城，简妮发现自己又开始想起史蒂夫·洛根。

昨夜在大学校园的访客停车场里，她和他吻别。吻过之后她又后悔，那一吻是否太短了些。他的嘴唇厚实干燥，皮肤温暖。她很喜欢同他接吻的感觉。

为什么要因为年龄对他产生偏见呢？老男人又好在哪儿呢？维尔·坦普有三十九岁了吧，但还不是为了个脑袋空空的富家女甩了她？多成熟啊。

她按下收音机上的搜索键，想找个好电台，结果听到了涅槃乐队的《保持本色》。她一有和同龄或是更年轻的男孩儿约会的想法时，就会萌生惧意，有点儿像涅槃乐队给人的战栗感。老男人更让人安心，知道该做什么。

这还是我吗？她心想。这还是简妮·费拉米，那个凭喜好做事，让世界滚蛋的女人吗？我竟然需要别人让我安心？滚蛋！

但这是真的。也许是因为她的父亲。从他以后，她不希望生命中再出现一个不负责任的男人。另一方面，她的父亲又是一个鲜活的例子：老男人也能和年轻人一样不负责任。

她估计父亲正醉醺醺地睡在巴尔的摩的某家廉价旅馆里呢，

用变卖电视电脑的钱狂喝滥赌，这些钱撑不了多久，等花完了他还会去偷去抢，要不就是跑去求小女儿帕蒂发慈悲。简妮恨父亲竟然偷到自己女儿头上，但没有这桩烂事，她也看不到史蒂夫·洛根最好的一面。他真像个王子。该死，下次见到史蒂夫一定要再吻他一次，这次要吻得够劲儿才行。

梅赛德斯在费城车流密集的市中心穿梭。这会是非常大的突破，她也许就要揭晓史蒂夫和德尼斯之间谜团的答案了。

阿文提诺诊所在斯库尔基尔河以西的大学城里，整个街区都是学校的建筑和学生公寓。诊所是20世纪50年代建成的低层建筑，外观朴素，周围广植树木。简妮把车停在收费码表前，下车进了诊所。

候诊区有四个人：一对年轻夫妻，女的神情紧张，男的坐立不安；另外两位和简妮差不多大的女士，坐在沙发区看杂志。接待员殷勤地请她坐下，她顺手拿起一本基因泰公司的光面小册子，翻开放在膝盖上，却没读，两眼入神地看着大厅墙上那些抚慰人心而又意义不明的抽象画，脚不耐烦地跺着地毯。

她讨厌医院。这辈子她唯一一次上医院就是要堕胎。她那时候二十三岁，孩子的父亲是个胸怀大志的电影导演。当年他们分手了，她就停了避孕药。可没过几天两人又重归于好，做爱的时候也没做保护措施。然后简妮就怀孕了。手术很顺利，但简妮哭了好多天，而且虽然那位电影导演全程都表现得相当负责可靠，手术后简妮还是完全对他没了爱意。

他杀青自己第一部好莱坞电影的时候，简妮去看了。那是部动作片，她一个人跑到巴尔的摩的查尔斯影院。片里大多是人与人之间机械地互相攻击射杀，唯一的人味儿出现在这一幕：主角的女友在堕胎后情绪低迷，断然和主角分手。这位探员主角当时不知所措，悲伤不已。简妮看哭了。

回忆依然痛苦，她站起身子在房间里踱步。一分钟后大厅后面闪出一位男士，边走边大声叫道："费拉米博士！"这位先生五十多岁，浑身散发出不自然的活跃气质，头顶光秃，两鬓留着僧侣式的姜黄色发型。"您好，您好，很高兴见到您。"他热情得有些莫名其妙。

简妮握了握他的手："昨晚我和林伍德先生通过话了。"

"是的，是的！我是他的同事，叫迪克·明斯基。您好吗？"迪克有神经性痉挛，每几秒钟就要猛烈地眨一下眼睛。简妮为他感到难过。

他引她上楼，问道："请问，您为什么会想来这儿调查呢？"

"为一个医学谜团，"她解释道，"有两个男孩儿像是同卵双胞胎，但又似乎没有亲缘关系。我能找到的两人之间唯一的关联，就是他们的母亲在怀孕前都来这里接受过治疗。"

"是这样吗？"他心不在焉地说道。简妮有点儿惊讶，她还以为他会好奇呢。

他们走进拐角的办公室。"我院病历都存在电脑上，只要知道密码就能看，"他说着坐到电脑前，"那么，我们要找的那位病人是？"

"夏洛特·平科尔和洛琳·洛根。"

"很快就好。"他开始输入姓名。

简妮忍住焦急。这些病历也许什么都揭示不了。她打量起房间四周，这屋子太过奢华，不像是区区一个档案员的办公室。迪克肯定不只是林伍德先生的"同事"那么简单。"您是什么职务，迪克？"她问道。

"我是总经理。"

她一扬眉，但他连眼睛都不抬一下。她来调查怎么会惊动这么高层的人员？她惴惴不安地揣度着。

他皱起眉头："奇怪，电脑显示说没有这两个人的病历。"

简妮愈发不安。有人要骗我，她想。揭晓答案的苗头又断了。浓重的失落感扫过心头，让她沮丧得很。

他扭过屏幕给她看："我名字没写错吧？"

"没错。"

"这两位病人是什么时候来我院看病的呢？"

"大约二十三年前吧。"

他看着她。"啊，我的天，"他用力地眨了眨眼睛，"那恐怕您白跑一趟了。"

"为什么？"

"我们不会保留那么久远的病历，这是我院的文档管理策略。"

简妮眯起眼睛打量着他："你们把旧病历扔了？"

"是的，二十年以上的病历就会被塞进碎纸机，除非患者再次入院，我们才会把病历输入电脑。"

真让人失望透顶，她还得准备明天的自辩呢，珍贵的几个小时就这么浪费了。她苦涩地说："怪了，昨天晚上电话的时候，林伍德先生倒没说过这事儿。"

"照理该说，也许您没提日期吧。"

"我很确定，昨天晚上说的是两位女士二十三年前受诊。"简妮记得昨晚上为了说清年份，还特意在史蒂夫的年龄上加了一岁。

"那我就不知道了。"

简妮忽然觉得，会有这种结果似乎并不出人意料。迪克·明斯基表现出的夸张的友善、神经质的眨眼，活似一个心里有鬼的家伙。

他把屏幕转回一开始的位置，似乎满怀遗憾地说："恐怕我也无能为力了。"

"我能和林伍德先生聊聊，问问他昨天为什么不说病历被扔掉的事情吗？"

"他今天请了病假。"

"还真巧啊。"

他努力做出被冒犯的样子，但表演得很拙劣："您言下之意，想必不会是在说我们特意在瞒着您吧？"

"哪儿能啊？"

"我不知道，"他站起身，"现在，我还有别的事情要忙。"

简妮站起来率先走到门口，他跟着她走下楼梯，来到大堂，硬邦邦地说："走好。"

"再见。"她说。

走出大楼她又停了下来，觉得这事儿还没完，得给他们点儿颜色瞧瞧，让他们知道自己不是能随意摆布的角色。她决定四处看看。

停车场里全是医生的车，都是新款的凯迪拉克和宝马。

她顺着大楼一侧走过去，遇见一位留着白胡子的黑人大爷用发出噪声的吸尘器清扫垃圾。没什么值得注意的，也没什么有趣的。前面被墙挡住了，她转身走回来。

透过玻璃门她看见迪克·明斯基还留在大堂，正和那位殷勤的接待员说话。简妮路过的时候，他看上去有些紧张。

绕着大楼朝另一个方向走，她来到了垃圾场。

三个男人戴着厚手套把垃圾一袋袋地装上车。真蠢啊，她心想。自己是冷硬派推理小说里的侦探吗？她正要转身走开，蓦地发现一件事。

装垃圾的人毫不费力地就把这些褐色大塑料袋装了车，好像这些袋子很轻似的。诊所有什么垃圾装那么一大包却还没什么分量呢？

碎纸？

忽然传来迪克·明斯基的声音。他惊恐地喊道："请离开好吗，费拉米博士？"

她回头一看，他刚从大楼拐角转出来，身边陪着一位穿保安制服的男士。

她快步走到一堆垃圾袋前。

迪克·明斯基大叫："嘿！"

收垃圾的人瞪着她，但她不管不顾，在一个垃圾袋上撕开一道口子，掏出一把东西。

这是一捆褐色纸条。她把纸条凑近眼前，只见上面写着东西，有的是钢笔字迹，有的是打字机印出来的。这些是医院病历卡的碎片。

难怪今天有这么多垃圾袋要运走。

他们今早才刚刚把所有病例销毁，仅仅在她打电话之后的几小时。

她把碎纸条往地上一摔扭头就走。清洁工恼怒地朝她大叫一声，但她理也不理。

现在就毫无疑问了。

她在迪克·明斯基面前站定，双手支臀。他骗了她，所以才那么一副紧张兮兮的样子。"你们可真不要脸啊！"她叫道，"毁掉这些病例想隐藏什么啊？"

他完全吓傻了。"没有、没有，"他组织着语言，"而且，您这话有些失礼了。"

"当然有，"她脾气一下就上来了，用卷起来的基因泰小册子指着他说，"你给我听好，这项研究对我来说很重要，谁要在这件事儿上跟我撒谎，只要我没完蛋他就别想好过。"

"请离开吧。"他说。

保安上前抓住她的左手肘。

"我自己走，"她说，"别拽着我。"

保安不放手，说："请这边走。"

这是个中年男子，满头灰发，啤酒肚。现在的简妮可忍不得他的粗暴对待。她右手抓上他擒着她的那只手，感觉他上臂肌肉松松的。

"撒手。"她说着手上用力。她的手强壮坚实，握力比大部分男人还强。保安虽然想继续抓住她的手肘，却吃不住痛，一会儿就松了手。"谢谢。"她说道。

她走开了。

她感觉好受了些，诊所里果然有线索。他们越是遮遮掩掩，越证明诊所里有不可告人的秘密。谜团的答案和这地方息息相关。但在哪儿能找到呢？

她走到自己的车旁停住。已经下午两点半了，但她还没吃午饭呢。她虽然现在情绪激动，吃不下东西，但一杯咖啡还是需要的。

街对面是一间福音堂，旁边有一家咖啡馆。看上去既便宜又干净。她穿过马路走了进去。

她伤不到迪克·明斯基分毫。朝他大发脾气也什么用都没有。事实上这样反而会自曝底牌，告诉人家她知道自己被骗了。现在他们有防备了。

咖啡馆很静，周围只有几个用完餐的学生。她点了咖啡和色拉。等餐的时候，她翻开从诊所大堂里拿的小册子。读道：

> 阿文提诺诊所始建于1972年，隶属基因泰公司，是人类体外受精——即报界所谓"试管婴儿"的尖端研发中心。

一切瞬间明朗了。

34

珍·艾德思博罗在她五十出头时丧偶,虽然体态优美,但不修边幅,常年穿宽松的民族服装和凉鞋出门。而且凭这副尊容,谁也看不出她其实还有超群的智慧。

柏林顿就看不懂这种人。他觉得,要是你聪明过人,那干吗要穿得邋里邋遢装笨呢?不过实际上这种人才是大学的主流,柏林顿这样注重外表的反而是异类。

今天他穿一件海蓝色汗衫,配同色亚麻外套,一条轻便的犬牙纹便裤。他在办公室门背后的镜子前照了照,待会儿就要去找珍了。

他直接往学生会食堂走去,教工很少在那儿用餐,柏林顿更是从没去过。但据物理系那个健谈的秘书说,珍刚刚去那儿吃午饭了。

学生会食堂大厅的银行提款机前,穿短裤的孩子们排成一列等着取钱。他走进餐厅四处打望,发现珍坐在远处的角落里,边读日报边抓薯条吃。

这地方是美食广场的格局,类似柏林顿在机场、商场里看见的那些,广场上依次开着必胜客、冰淇淋柜台、汉堡王和常规的自助餐厅。柏林顿端起一张托盘朝自助餐厅走去,取餐处的玻璃柜里放着几块蔫吧的三明治和蛋糕。他一哆嗦，要不是为了见珍他宁愿开车到其他州吃饭。

事情很棘手，珍和他不是一路人，这使得她很有可能在纪律听证会上倒向错误的一边。他必须在短时间内和她交上朋友，这全靠自己的魅力了。

他买了一块芝士蛋糕、一杯咖啡，端到珍的桌旁。他心里七上八下，却故作轻松道："珍，真巧啊，我能坐这儿吃吗？"

"行啊。"她把日报放到一边亲切地说。她摘下眼镜，露出深褐色的眼睛和眼角的笑纹。但她的着装实在让人不敢恭维：灰白的长发用根看不出颜色的布条扎在一起，没版型的灰绿色上衣，腋窝下还有汗渍。"我还是头一次在这儿看到你呢。"她说。

"我从没来过，不过像我们这把年纪的人，不变成老古板是很重要的，你觉得呢？"

"我可比你年轻啊，"她温和地说，"不过别人大概都看不出来。"

"肯定能看出来。"他咬了口芝士蛋糕，蛋糕跟厚纸板一样难嚼，芝士的味道就像柠檬味的刮胡膏。他勉力咽下去。

"你觉得杰克·布根要扩建生物物理图书馆的想法怎么样？"

"你来见我就为了这个？"

"我不是来见你的，我只是来试试这儿的午餐，现在我就后悔了。太难吃了。你怎么能在这儿吃下饭的？"

她把勺子插进某种甜品中："柏里，我吃东西的时候不关注食物，脑子里全想着我那台粒子加速器呢。把新图书馆的事情跟我说说吧。"

柏林顿一度也同她一样，一门心思沉浸于工作。但他绝不许自己看上去像个流浪汉似的。不管怎么说，年轻时他也是为了科学探索而活的。不过后来，他的人生偏向了另一个方向。他书里收录的全是别人的成果，他近二十年都没动笔写过一篇原创论文。他也曾想过，如果当初自己做了不同的选择现在会不会更快乐。看看对面的珍，穿得邋里邋遢，吃着廉价的食物，心里却反刍着核物理问题，她身上洋溢着的平静、满足是柏林顿从未见过的。

他不打算靠魅力勾引她了，她太聪明了。也许他该夸夸她的智力。"我觉得你该多拿些资助。你是学校里的老资格物理学家，在琼大也是有数的杰出学者。这座图书馆该有你一份。"

"图书馆真能扩建？"

"我想基因泰会资助的。"

"好吧，是个好消息。但你又有什么好处呢？"

"三十年前，我开始探究人类哪些特性是遗传天生的，哪些是靠学习得来的，并因此出名。如今，在我和同行的努力下，我们发现决定人类所有的心理特质的因素里，遗传基因比生长环境重要得多。"

"先天而非后天。"

"对，我证明了人类就是他的DNA，新生代则对这个过程是如何运作的感兴趣。是什么机制让这些化学物质以这种方式混合起来就成了我的蓝眼睛，而用另一种方式又成了你这双深邃、浓褐，仿佛巧克力一般的眼睛呢？"

"柏里！"她露出苦笑，"如果我是个胸脯挺翘的三十岁秘书，兴许还能以为你在和我调情呢。"

这就好多了，他想。她终于软下来了。"挺翘？"他说着咧嘴一笑，故意端详了一下她的胸部，然后看着她的脸，"我觉得挺翘啊。"

她笑了，看得出她挺高兴。事情终于有了起色。接着她说："我得走啦。"

要命。这可没辙啊。他必须立即引住她的注意力。他和她一起站起来。"可能要成立一个委员会监督图书馆的扩建工作，"他们离开自助餐馆的路上他说道，"谁当委员比较合适呢？我想征询一下你的意见。"

"啊，那我得好好想想。现在我先得去做个反物质的讲座。"

真该死，我争取不到她了，柏林顿想。

然后她说："我们回头再聊。"

柏林顿抓住这根稻草："晚餐之后怎么样？"

她讶然，过了会儿才说："好啊。"

"今晚行吗？"

她面露困惑："好啊。"

至少还有一次机会。他松了口气："我八点来接你。"

"好。"她报出地址，他从口袋里掏出便笺本记下了。

"你想吃什么？"他问道，"啊，别回答了，我想起来了，你吃饭的时候只想你的粒子加速器。"他们步入炎热的阳光下，他轻轻捏了捏她的胳臂。"今晚见。"

"柏里，"她说，"你不是想得到些什么吧？"

他冲她眨眨眼："你有些什么呢？"

她笑着走开了。

35

体外受精，试管婴儿。那就是关联，简妮全明白了。

夏洛特·平科尔和洛琳·洛根都在阿文提诺诊所接受了不孕症治疗，而那里正是体外受精领域的先驱：把父亲的精子和母亲的卵子在实验室中结合，然后再把人工合成的胚胎植入母亲的子宫里。

一枚胚胎在子宫中分裂成两枚，就是同卵双胞胎，两枚胚胎分别长成两个独立的个体。这一步可以在试管中完成，接着再把试管中的孪生子们植入不同女性的子宫。这么一来，同卵双胞胎的生母毫无关系的缘由就说得通了。就是这样。

女侍应生端来简妮的色拉，但她兴奋着呢，顾不上吃东西。

她确信试管婴儿在20世纪70年代早期还停留在理论层面。但是显然，基因泰公司在这方面领先时代好多年。

洛琳和夏洛特都说接受的是激素治疗。看来诊所骗了她们。

真够恶劣的，不过简妮继续想下去，只觉得还有更恶劣的事情。分裂的胚胎要么是查尔斯和洛琳的孩子，要么是夏洛特和少校的公子，但绝不可能同时是两对夫妻的。他们中有一对抚养的是另一对夫妻的小孩。

蓦地，简妮的心里涌起一股恐惧和憎恶，史蒂夫和德尼斯也可能是完完全全陌生人的孩子啊。

基因泰为什么要瞒着患者做出这种骇人听闻的事情呢？是技术尚未实践过，他们需要做人体实验，问过患者却被拒绝了，还是另有不可告人的原因？

不管他们欺骗的动机是什么，简妮至少知道为什么自己的研究让基因泰怕成那样了。用来路不明的胚胎给妇女受孕，患者还不知情，简直丧尽天良。怪不得他们拼命要掩盖真相。要是洛琳·洛根知道了真相，还不得闹翻天。

她啜了一口咖啡。费城一行终究并非一无所获。她虽然还不知道全部的答案，但核心谜团已经解开了。真叫人满意。

她抬起头，愕然看见史蒂夫走了进来。

她使劲眨眨眼，再瞪大眼睛。他穿着卡其裤和蓝色活动领衬衫，进屋的时候用脚跟带上了门。

她笑容满面地站起来招呼他道："史蒂夫！"想起自己之前的决定，她张开双臂抱住他，吻上他的嘴唇。他今天闻上去不太一样，少了些烟草味，多了些香料味。他也回抱住她，嘴上回应着。她听见一道苍老的女声说道："我的天，我也有过这种青春哪。"随即响起很多人的笑声。

她松开他。"坐这儿来，你要吃点儿什么吗？尝尝我的色拉。你来这儿干吗？我真不敢相信。你肯定是跟着我来的。不，不，你也知道诊所的名字，特意来见我的吧。"

"我就是想来和你说说话。"他用食指抹过眉毛。这动作让她有种不舒服的感觉——好像还有谁也会这么抹眉毛？但她马上就把这想法抛在脑后了。

"在这儿看见你真奇怪。"

他突然显得有些紧张："是吗？"

"你就喜欢出乎意料是吧？"

"大概吧。"

她朝他笑笑："你今天有点儿怪啊，想什么呢？"

"听着，你让我又热又坐不住，"他说，"我们出去行吗？"

"行啊。"她放下五美元站了起来。

他俩走到室外，她问道："你的车呢？"

"坐你的吧。"

他们一左一右坐进红色的梅赛德斯。她系紧安全带，但他没有。

车子一启动，他就凑上来撩起她的头发，亲她的脖颈。简妮虽然挺喜欢这样，但有些难为情，说道："我们这把年纪不适合在车里做这档事儿了吧。"

"好吧。"他说着停下了动作，脸转向正前方，但左手还勾着她的肩膀。她正沿着切斯诺大道往东行驶。到桥边的时候他说道："走高速吧，我有东西要给你看。"她于是循路标右转，上了斯库尔基尔大道，前面是红灯，她停下车。

简妮肩上那只手往下移，摸上她的乳房。她身子立刻就有了反应，但她还是觉得不舒服。这就像是在地铁上被爱抚，很怪。她说："史蒂夫，我喜欢你，但你这么做对我来说有点儿太快了。"

他没搭腔，手指摸上她的胸部，狠狠掐了下去。

"啊！"她叫道，"很痛啊！看在老天的分上，你发什么神经？"她用右手推开他。交通灯变绿，她转进斯库尔基尔高速公路的入口匝道。

"我不知道我们之间到哪一步了，"他抱怨道，"是你先跟个花痴似的亲我，现在却装什么冰清玉洁。"

我还以为这孩子是成熟的呢！"听着，女孩儿亲你是因为她想亲你，不是说你可以对她为所欲为。而且你也永远不该弄痛别人。"她驶上高速路朝南的双车道里。

"有的姑娘就喜欢痛。"他说着把手放上她的膝盖。

她挪开他的手。"对了，你要给我看什么？"她问道，想转换他的注意力。

"这个。"他说着抓住她的右手。过了会儿她感觉自己摸到一根坚硬火热的东西，是他的生殖器！

"我的天！"她立即抽回手。对这小子她完全判断错了！"拿开它，史蒂夫，别像个破孩子似的！"

然后她觉得脸上被重重打了一下。

她痛叫一声，往旁边躲闪。车子也跨上旁边车道，被挡住的马克卡车响起刺耳的喇叭声。她觉得脸上火辣辣的痛，嘴里甚至尝到了血腥味。她强忍住疼痛，重新把控住轿车。

这时候，她才惊愕地意识到刚才他打了她。

从没人打过她。

"你这混蛋东西！"她咆哮道。

"帮我手淫，"他说，"要么就吃我一顿狠揍。"

"滚！"她叫道。

透过眼角余光，她看见他收起拳头还要打。

她想也没想就一脚踩下刹车。

他被甩到前面，脑袋撞在前玻璃上，那一拳也落了空。后方传来轮胎急刹的吱吱声，一辆白色加长轿车从旁边擦过，差点儿撞上梅赛德斯。

他刚恢复平衡，她马上松开刹车。汽车向前出溜。要是在快车道停上几秒钟，他肯定会吓破狗胆，求她开车。于是她再一踩刹车，把他甩到前面去。

这回他恢复得更快。车停了下来。后面的轿车、卡车急转避让，喇叭狂叫。简妮吓呆了，随时可能有车直接从后面撞烂梅赛德斯啊。她的计划也不灵，他非但不怕，还掀起她的裙子，扯她的连裤袜，刺啦一声就把连裤袜撕开个口子。

她一个劲儿地把他往外推，但他整个人都扑了上来。他难不成要在高速公路上强奸她吗？她绝望地打开车门就要往下冲，结果被安全带紧紧地按在座位上。她手忙脚乱地要解开安全带，不过有史蒂夫阻挠，她压根儿摸不到锁扣。

左侧接连有汽车从入口匝道开进高速公路，纷纷以六十码的时速呼啸而过。就没有人肯停下来帮帮一个受侵犯的姑娘吗？

她竭力推他的时候，脚下松开了刹车，车子缓缓向前挪动。也许得让他失去平衡，她想。她能控制汽车，这是她唯一的优势了。想到这儿，她不顾一切地狠狠踏上油门。

车身一个踉跄，飞驰出去。一辆灰狗巴士制动器咔咔直响，险些撞上梅赛德斯的保险杠。史蒂夫被重重甩进座椅，暂时顾不上她，但没过几秒他又伸手过来，趁她开车把她的乳房从胸罩里扯出来，手指伸进她的内裤。她快疯了。他好像一点儿不在乎两个人的生死。究竟怎么样才能阻止他？

她猛力把车转向左边，史蒂夫撞上副驾驶座车门。她差点儿撞上辆垃圾车，千钧一发之际，她看见垃圾车上留着花白胡须的老驾驶员目瞪口呆的样子。她赶忙往右一转才避了过去。

史蒂夫又抓住她。她猛踩刹车，再踩油门，他在车里撞来撞去，却大声狂笑，仿佛在狂欢节驾车兜风。车子稍一平稳就又缠上来。

她支起右肘顶他，伸出拳头打他，可开车的时候她使不上力，这一切只不过抵挡了几秒钟。

这要持续多久？费城没警察吗？

她的目光越过他的肩膀，看见右前方不远处就是出口匝道。左后方几码远的位置有辆天蓝色凯迪拉克老爷车。最后关头，她往右猛打方向盘，轮胎尖叫，右边车身离开地面，整辆车的重量压在左边两个轮子上。史蒂夫控制不住地朝她撞了过来。蓝色的凯迪拉克转向避让，引来一片愤怒的喇叭声，然后只听车子互相碰撞，玻璃砰然碎裂。左侧车轮嘣地落回地上，让人毛骨悚然。她已经驶入出口匝道，车尾左右摇摆，险些撞上水泥护栏，不过简妮终于稳住了车身。

车子在出口匝道上加速疾驰。车子刚一稳下来，史蒂夫就又伸手探进她的两腿间，手指直往内裤里钻。她扭动身子不让他如意，视线一瞥之下，只见他瞪大眼睛笑得正欢，而且性欲勃发，大汗淋漓地喘着粗气。这家伙在享受！真是个疯子！

前后没别的车了，匝道前方的交通灯跳成绿色。左边是公墓，右转是市政中心林荫道。她急忙拐到林荫道上，希望市政厅附近的人能多些。可惜天不遂人愿，这里除了空置的楼房就是一片片混凝土广场，一个人都没。前面的交通灯变成红色，但她要是停下就完了。

史蒂夫把手伸进她的内裤，喊道："停车！"同她一样，他也知道要是在这儿强奸她，很有可能碰不到别人。

他开始伤害她，用手指又捏又戳，但比疼痛更可怕的是将要发生的惨剧。她疯狂地踩足油门，猛地向红灯冲去。

恰巧左边开来一辆救护车，要转进她的车道。她赶忙踩死刹车，猛打方向盘避让，疯狂地想道，就算我出了车祸，至少还能立马被送去医院。

史蒂夫突然把手缩了回去。她暂且松了口气。谁知道这家伙一下把变速杆挂进空挡。车子顿时没了动力。她连忙挂回原挡加油门，超过了救护车。

她还能坚持多久？简妮想，必须在撞车或停车之前到有人的街区。但目光所及一个人都没，简直就像是在月球上。

这次他又来抢方向盘，要转上人行道。简妮急忙打回来。车后轮往侧面一滑，气得救护车直鸣笛。

他又要捣乱，这回他学聪明了，左手挂空挡右手打方向盘。车速骤减，车子也冲上了人行道。

简妮松开方向盘，双手都按上史蒂夫的胸口，用足全身力气一推。她力气还真不小，他一惊之下往后翻倒。她夺回控制权，再度踩上油门。车子又火箭般地冲出去，但简妮知道自己周旋不了多久了。车子随时都可能被他停下，到时候她就会被这家伙困在车里。他恢复平衡的时候她正好在左转。他双手抓住方向盘，她想：完了，我没办法了。车子圆滑地转了个弯，窗外的街景却突然变了。

前面是条热闹的街道，有家医院，外面站着不少人，计程车排队载客，人行道上还开了间卖中餐的小吃摊。"太好了！"简妮得胜似的大叫一声。她踩紧刹车。史蒂夫要转方向盘她就转回来。车子摇头摆尾地急刹在马路中间，引得小吃摊上许多出租车司机扭头看过来。

史蒂夫打开车门，飞也似的逃了。

"谢天谢地。"简妮呼了口气。

没过多久那小子就不见了踪影。

简妮坐在车里喘着气。他走了。噩梦结束了。

一名司机走过来，从副驾驶座的窗口把脑袋伸进来。

简妮慌忙整了整衣服。"女士，你还好吗？"他说。

"没问题。"她气喘吁吁地答道。

"刚才是怎么回事？"

她摇摇头说："我也想知道。"

36

赤日炎炎，史蒂夫坐在简妮家附近的矮墙上，顶着树荫等她回家。她住在工薪阶级街区，老式联排房。周围学校的孩子们正放学回家，吃着糖果边笑边闹。八九年前他也是这么无忧无虑。

但现在他内心焦虑，一阵绝望。今天下午律师和巴尔的摩警察局性犯罪科的德莱威尔警监谈过了。她说DNA检验的结果表明，丽莎·霍克斯顿体内的精子与史蒂夫血样中的DNA比对结果完全相同。

他崩溃了。他还以为DNA检验会终止这场苦难呢。

他看得出来律师已经不信他是无辜的了。父母虽然还坚信他的清白，可也很迷惘：他们都知道DNA检验是非常可靠的。

情绪最低落的时候，他甚至开始怀疑自己是不是有双重人格。也许当时是另一个史蒂夫出来强奸了妇女，事后再把身体还给他。所以他才不知道自己做了什么。有几件事正可以印证：揍提普·亨德里克斯时怎么也想不起来的几秒钟；要把手指插进肥猪波切尔脑子前那一刻。这是都是另一个人格做的？他想来想去还是不信，肯定另有原因。

对了！他和德尼斯的DNA不就一样吗？如果解开这个疑团，可能还有一线希望啊！肯定哪儿出了问题。能找出答案的只有简妮·费拉米。

孩子们陆续回了家，太阳缓缓落到对街房屋背后。快六点的时候，简妮那辆红色梅赛德斯终于回来了，车子开进五十码外的停车位里。简妮下了车，一开始没看见史蒂夫。她打开后备箱取出一个黑色大垃圾袋，然后锁上车，沿着人行道向他走来。她一身正式的黑色套裙，但衣服和头发都有些凌乱，脚步也略显沉重。史蒂夫吓了一跳，想知道她到底经历了什么，才这么一副好像刚打过架的样子。即便如此，她依然美丽不减，他瞅着她的目光中仍然满蕴向往。

她走到他身边的时候，他就站起来微笑着朝她走近一步。

她朝他瞥了一眼，四目相对，马上认出了他。简妮脸上顿时闪过一抹惊骇，张嘴就尖叫起来。

他大为惊诧，马上站住不动，问道："简妮，怎么了？"

"离我远点！"她叫道，"别碰我！我要叫警察！"

史蒂夫不知所措地举手做了个防御姿势："好的，好的，你说了算。我不碰你，好吗？你到底怎么回事？"

一位邻居从简妮公寓的前门走出来。这肯定是她楼下的住客，史蒂夫想。这位黑人老先生穿着格子衬衫，打着领带。"简妮，怎么了？"他问道，"我好像听见有人在叫。"

"是我在叫，奥利弗先生，"她颤声道，"这混蛋今天下午侵犯了我，就在费城，就在我车里。"

"侵犯你？"史蒂夫难以置信，"我绝不会做这种事！"

"你这混蛋，你两个小时前才做了。"

史蒂夫被骂得恼火。他受够了被人冤枉自己施暴了。"滚蛋，我好几年没去费城了。"

奥利弗先生插口道："这位年轻人在那堵矮墙上坐了两个小时了，简妮。他今天下午没有去费城呀。"

简妮一脸愤懑，好像当即就要指责她那位好心肠的邻居胡说八道。

史蒂夫这时候注意到她没穿丝袜，这么一身正式的着装配两条光腿，看上去很奇怪。她半边脸颊也有些红肿。他气消了，是有人侵犯了她。他真想搂着她好好安慰，却唯恐这么一来反而雪上加霜。"是那个混蛋，"他说，"是他伤害了你。"

她脸色一变，恐慌的神色退去。她问邻居："他两小时前就在这儿了？"

奥利弗耸耸肩："一小时外加四五十分钟吧。"

"你确定吗？"

"简妮，要是他两小时前在费城，除非坐飞机才赶得回来。"

她盯着史蒂夫："那混蛋肯定是德尼斯。"

史蒂夫朝她走去。她没退后。他伸出手，手指轻触她微微肿起的脸颊，轻声道："可怜的简妮。"

"我还以为那是你。"她说着，眼泪夺眶而出。

他紧紧搂住她。她的身子缓缓软下来，信任地依偎在他身上。他摸着她的脑袋，手指缠上她浓密的黑发。他闭上眼，怀想她身子有多么精壮，德尼斯肯定也受了伤。那才叫好。

奥利弗咳嗽一声："你们喝咖啡吗？"

简妮离开史蒂夫的怀抱。"不用，谢谢，"她说，"我就想换身衣服。"

她的紧张全写在脸上，却反而显得更迷人了。他心想，我爱上这个女人了。不光光在于要和她上床，当然上床也是要的。我要做她的朋友，和她一起看电视、上超市。她感冒的时候我要喂她吃药。我要看着她，瞧她是怎么刷牙，怎么穿牛仔裤，怎么给吐司抹黄油的。我要她问我"橙色唇膏衬我吗""要帮你买剃须刀吗"，还有"你什么时候在家啊"。

他不知道自己有没有勇气把这些都告诉她。

她穿过门廊。史蒂夫犹豫了。他虽然想跟上去，但人家还没邀请他呢。

她踩上门阶，说道："来啊。"

他终于跟上去，随她上楼进入起居室。她放下塑料袋，便跑去厨房踢掉了鞋子。接着史蒂夫大吃一惊，她竟然把鞋子丢进了垃圾桶。"我再也不会穿这套该死的衣服了。"她一边怒气冲冲地说着，一边脱下外套随手丢开。随即，史蒂夫不可置信地看着她解开上衣的扣子，脱掉后一起丢进了垃圾桶。

她戴着纯黑色的棉质胸罩。当然啦，史蒂夫心道，这件她肯定是不会在他面前脱的。可不料她伸手到背后解开扣子，扯下胸罩一并丢进了垃圾桶。她的乳房不大，却坚挺有型。她肩上显出两道淡淡的红印，是胸罩带太紧勒出来的。史蒂夫看得喉咙发干。

她拉开裙子的拉链任其落到地上。她现在浑身上下只剩一条黑色比基尼内裤了。史蒂夫张大着嘴傻呆呆地盯着她。她的胴体堪称完美：肩膀强壮有力，乳房匀称娇美，小腹紧绷平坦，还有那雕塑般的修长双腿。接着她褪下内裤，胡乱往裙子里一包就按进垃圾箱里。露出又浓又黑的蜷曲阴毛。

她面无表情地瞅了史蒂夫一眼，仿佛不知他在这儿干吗。

然后她说了句"我要洗澡"，就光着身子越过他去了卫生间。他饥渴地看着她的背影，品味着她躯体的每一分每一毫，她的肩胛、蜂腰，她臀部的动人曲线，她腿上的坚实肌肉。她真是美丽得让他目眩。

她离开房间，不久就传来流水的声音。

"真要命。"他喘了口气，一屁股坐上她的黑色沙发。这说明什么？算是某种试探吗？她想向他表达什么？

他勾起嘴角。她身材多棒啊，苗条健壮，完美比例。她刚才的模样他永远都忘不了。

她洗了很久。他在外面忽然想到，刚才被她一骂，他还没来得及告诉她自己那件费解的事儿呢。终于水声停息，一分钟后她披着紫粉色浴袍出来了，头发湿漉漉地贴在头上。她挨着他坐下，说道："我有点儿迷糊，我刚才是不是在你面前脱光衣服了？"

"不用迷糊，"他说，"你是脱了，还把衣服都塞进垃圾桶了。"

"我的天，我真不知道我是怎么了。"

"没事，我很高兴你这么信任我。这对我来说真的意味着很多。"

"你肯定以为我失心疯了。"

"没，不过我猜你在费城受的惊吓可能还没缓过来。"

"也许吧。我就记得自己在想，一定要把当时穿的衣服全扔掉。"

"现在也许正是开你冰箱里那瓶伏特加的时候啦。"

她摇摇头："现在我真正需要的是一杯茉莉花茶。"

"我帮你泡，"他起身走到厨房柜后面，"你干吗带着个垃圾袋到处跑？"

"我今天被解雇了，他们把我的私人物品全丢进了垃圾袋，还把我锁在办公室外面。"

"什么？"他诧然道，"怎么回事？"

"《纽约时报》今天登了一篇文章，说我使用数据库这件事会损害公民隐私。但要我看，这只是柏林顿·琼斯开除我的借口。"

他听得火冒三丈。他要抗议，要站出来为她辩护，让她免受这种恶毒的迫害。"他们这样就能解雇你吗？"

"不行，明天早上还要在纪律委员会面前开一场听证会，委员全是大学理事会成员。"

"你我的周末都糟透了啊。"他正要说自己DNA检验的结果，她却拿起电话。

"我想知道格林伍德监狱的电话，在弗吉尼亚州里士满附近。"史蒂夫给水壶灌水的时候，简妮记下一串号码然后拨了过去。"请接约翰·苔莫因典狱官好吗？我是费拉米博士……是的，我不拜……谢谢……晚上好，典狱官，您好吗？我还好。这个问题可能有点儿蠢，但请问德尼斯·平科尔还在监狱里吗？您确定吗？您亲眼看见他还在里面？谢谢……您也保重，再见。"她抬头看向史蒂夫，"德尼斯在监狱里，典狱官一小时前还和他说过话。"

史蒂夫舀起一勺茉莉花倒进水壶，又找出两只杯子。

"简妮，警察那里出来我的DNA检验结果了。"

简妮顿时一动不动："然后？"

"丽莎子宫里的DNA和我血液里的完全一样。"

简妮突然问了一句："你现在是不是和我想的一样？"

"有个DNA和我一样的家伙在周日强奸了丽莎·霍克斯顿，今天又去费城侵犯了你。而且这人不是德尼斯·平科尔。"

他们四目相交，简妮开口道："你有两个孪生兄弟。"

"我的天哪！"他绝望道，"这更不可能了啊，警察绝对不会相信的。这种事怎么可能发生呢？"

"等等，"她激动地说，"你还不知道我今天下午的发现呢，那时候我还没遇上你的翻版。我有一种解释。"

"老天保佑，最好是真的。"

她神情专注起来："史蒂夫，你知道后肯定会大吃一惊的。"

"我不在乎，我只想弄明白。"

她探手进垃圾袋，取出一只帆布包。"瞧瞧这个。"她拿出一本翻到第一页的小册子，递给史蒂夫。他读了读第一段：

阿文提诺诊所始建于1972年，隶属基因泰公司，是人类体外受精——即报界所谓"试管婴儿"的尖端研发中心。

史蒂夫说："你觉得德尼斯和我都是试管婴儿？"

"是的。"

他觉得胃里一阵翻腾作呕："太怪异了，不过这又说明了什么呢？"

"一枚胚胎可以在实验室里被分裂成相同的两枚，然后被植入不同女性的子宫里。"

史蒂夫愈发觉得恶心："那精子和卵子是从我父亲母亲身上来的，还是平科尔夫妇？"

"不知道。"

"也就是说，平科尔夫妇可能才是我的亲身父母喽，天哪。"

"还有一种可能。"

史蒂夫看见简妮露出忧虑的表情，似乎害怕要说的东西会再一次震惊他。他脑筋一转，想到了她可能要说的东西。"也许精子和卵子和这两对夫妻都没关系，我可能是陌生人的孩子。"

她没搭腔，不过脸上肃穆的表情已经表明了他是对的。

他没了方向，仿佛梦里从空中往下坠落。"很难接受啊。"他说道。水开了，水壶自动关断。史蒂夫不想让手闲着，过去把水倒进茶壶。"我和父亲母亲长得一点儿都不像，我和平科尔夫妇像吗？"

"不像。"

"那最可能是陌生人了。"

"史蒂夫，即使这样，你父亲母亲还是爱着你，依然是他们把你抚养长大的啊。而且他们仍旧愿意为你付出生命。"

他颤抖着手斟出两杯茶，一起端过来，递给简妮一杯，然后挨着她坐下开口问道："这一切又怎么解释第三个孪生子呢？"

"如果试管中能产生双胞胎，那三胞胎也行。过程都一样，让一枚胚胎再分裂一次就行。自然世界中会发生这种事，所以我猜实验室里也行。"

史蒂夫觉得自己仿佛在半空中打转，但也有了些新的感触：释然。简妮的故事虽然离奇，可至少合理解释了为什么他会两度受人冤枉。

"我爸妈知道这些吗？"

"应该不知道。你母亲和夏洛特·平科尔只说去诊所接受了激素治疗。当年体外受精还没用于临床呢。基因泰肯定在技术上领先了时代好多年，而且我估计他们做这种事根本就没告诉患者。"

"怪不得基因泰那么害怕，"史蒂夫说，"现在我知道柏林顿为什么拼命要解雇你了。"

"是啊，他们做的才是真正的违背伦理，侵犯隐私和这一比只能算小打小闹。"

"岂止是违背伦理，基因泰还会因此破产呢。"

她看上去很激动："这样很多事就说得通了。但这要怎么让基因泰破产？"

"这是侵权，是民事不法行为。我去年在法学院学过。"他嘴里一边说，脑子里却想，我干吗跟她说什么侵权呢？我要说我有多爱她啊！"要是基因泰说好给妇女做激素治疗，结果却在未告知患者的前提下蓄意植入了他人胎儿，这就是以诈欺手段违反暗示合同。"

"但事情过了那么久，过了追诉时效吧？"

"没过，追诉时效是从发现诈欺行为之后开始算的。"

"但我还是没搞懂它要怎么才会毁掉公司啊。"

"这是惩罚性赔偿的典型案例。这种情况下基因泰非但要赔钱给受害者，比如抚养他人孩子的花费。还要受到重罚，杀一儆百。"

"罚多少？"

"基因泰为达成其不可告人的目的蓄意滥用妇女身体。这条罪名随便哪个称职的律师都会要价一亿的。"

"昨天《华尔街日报》上说，整家公司也不过作价一亿八千万啊。"

"所以他们就毁了嘛。"

"可官司也许要打好多年呢。"

"但你没发现吗？就算只是个苗头都能掐断公司的交易事项！"

"怎么说？"

"基因泰可能赔钱的风险会降低公司的股价。交易肯定会延期，至少得等兰兹曼估得出基因泰确切价格之后啊。"

"噢，所以说，这件事捅出来基因泰不仅名誉扫地，交易的钱也拿不到了喽。"

"正是这样，"史蒂夫的心思跳回他自己的问题，"不过这都帮不上我，"他顿时又觉沮丧，"除非证明你那第三个孪生子的说法。唯一的办法就是找到他。"他灵光一现，"能不能用你的电脑搜索引擎？你懂我意思吗？"

"当然。"

他激动起来："要是一次检索就找出了我和德尼斯，再来一次可能就能抓出我和第三个家伙，或者德尼斯和他，或把我们三个都找出来。"

"是啊。"

她倒不如预想之中那么激动："你能做吗？"

"出了这破事儿，谁都不会让我用他们的数据库啦。"

"该死！"

"不过还有一线希望。我已经在联调局的指纹档案中运行了程序。"

史蒂夫又燃起希望："德尼斯肯定在他们的档案里，要是第三个家伙也在里面，这次查找就会把他揪出来！好极了！"

"但实验结果在我办公室的一张磁碟上。"

"噢不！你被锁在办公室外面了！"

"是的。"

"要命，我去把门撞开。咱们还等什么呢？现在就出发。"

"这会让你坐牢的，而且也许还有简单些的办法呢？"

史蒂夫强行忍住冲动，冷静下来："你是对的，必须另外想办法。"

简妮拿起电话。"我已经求丽莎·霍克斯顿去一趟我办公室了。看看她有没有成功吧。"她拨通一个号码，"嘿，丽莎，你好吗……我？不怎么样。听着，这件事你可能不会相信。"她简略说了说她的发现。"我知道这事儿难以置信，但只要拿到那张磁碟我就能证明……你进不去？该死，"简妮脸垮了下来，"好吧，谢谢你试过了。你肯定尽力了。很感谢……好的，再见。"

她挂上电话说道："丽莎试着说服保安放她进去，差点儿就成功了，可那保安和上司一核对，差点儿丢了工作。"

"那我们接下来怎么办？"

"要是我明天早上在听证会上拿回工作，我自己就能堂堂正正地走进办公室。"

"你的律师是谁？"

"我没有律师，我也从来没请过律师。"

"大学肯定会请城里最贵的律师来。"

"该死，我请不起律师啊。"

史蒂夫鼓足勇气，终于把心里话说出来："呃……我就是个律师。"

她若有所思地看着他。

"我虽然才上了一年法律，但我辩护练习的得分是全班最高的。"想到自己要为她辩护，对抗琼斯·福尔斯大学的权威，他兴奋不已。但她会不会觉得自己太年轻没经验？他想知道她的想法，却猜不透。她目不转睛地盯着他。他也看着她，凝视她黑色的眼睛。这么看一辈子都行，他想。

然后她凑过身子吻上他的嘴唇，轻触即分。"好啊，史蒂夫，你可是真家伙。"她说。

这个吻虽然一触即离，但相当来电。他感觉好极了。虽然不知道"真家伙"到底指什么，但肯定是褒义的。

他不能辜负她的信任。他开始担心起听证会："你知道委员会的规章和听证会的流程吗？"

她从包里翻出一只文件夹交给他。

他看过内容。规章里既有大学传统，也有现代法律术语。以解雇为惩罚的包括亵渎神明罪和鸡奸罪，但和简妮目前境况最接近的则来自大学传统——使大学声名扫地。

纪律委员会事实上做不了最终决断，他们的判定仅供理事会——大学的统治机构——参考。这一点值得了解。要是简妮明天被判解雇，还能向理事会上诉。

"你有合同的副本吗？"史蒂夫问道。

"有，"简妮走到角落的小桌前拉开装文件的抽屉，"在这儿。"

史蒂夫迅速读完。第十二条写明她同意受大学理事会裁决的约束。那么她如果在这一关失败的话，很难通过法律途径继续上诉。

他又看了看纪律委员会的规章，说道："上面说你如果要让律师或其他人代表你，必须事先通知主席。"

"我这就给杰克·布根打电话，"简妮说，"现在是八点，他在家。"她说着拿起电话。

"等等，"史蒂夫说，"先想想怎么说。"

"啊，你说得太对了。还是你想得周到，我就不行。"

史蒂夫很高兴。当她律师给的第一条建议就不错。"这男人主宰你的命运呢。他是什么样的人？"

"他是图书馆长，也是我的网球对手。"

"就是周日和你打网球那个？"

"是啊，与其说是个学者，不如说是个行政人员。是个不错的战术型球员，但要我说，他不够心狠手辣，不可能在网球上登峰造极。"

"好，那他和你算是有点儿竞争关系吧？"

"应该是的。"

"那么我们要给他留下什么样的印象呢？"他掰着手指数道，"第一，我们要表现得对成功乐观自信。你是无辜的，非常期待听证会，很乐意有这个机会证明自己的清白，而且你相信在布根睿智的领导下，委员会肯定能看清真相。"

"好的。"

"第二，你是被压迫的一方。是个无助的弱女子。"

"你开玩笑吧？"

他咧嘴笑了："那就换一个。你一只脚才刚刚踏进学术界，却面对着柏林顿和欧贝尔这么两个心机深沉，在琼大可以呼风唤雨的权威人物。而你连个像样的律师都请不起。布根是犹太人吗？"

"我不知道，也许吧。"

"他是的话最好。少数民族更倾向于和权威作对。第三，柏林顿为什么这么迫害你是另有所图，迟早会真相大白。即使骇人听闻，也肯定有水落石出的一天。"

"这么说有什么用？"

"别人会以为柏林顿可能有事想隐瞒。"

"好，还有吗？"

"没啦。"

简妮拨通号码，把电话交给他。

史蒂夫惶恐地接过电话。这是他第一次作为他人律师打电话。老天保佑我别搞砸。

响铃的时候，他试图回忆起杰克·布根打网球的样子。史蒂夫当时虽然忙着看简妮，不过还记得那是个五十岁左右的秃头男士，身材不错，一手球打得有节奏、有技巧。简妮虽然年纪更轻，身子也更健壮，但还是输给了这个家伙。史蒂夫绝不敢低估布根。

电话通了，对面传来一道温和而文雅的声音："喂？"

"布根教授，我是史蒂夫·洛根。"

对方静默了会儿："我认识你吗，洛根先生？"

"不，先生。您是琼斯·福尔斯大学纪律委员会的主席，我打电话是想通知您，我明早会与费拉米博士一起出席听证会。她很期待明天的听证会，以驳斥那些不实指控。"

布根的语气很冷淡："你是律师吗？"

史蒂夫呼吸变快，好似自己正在跑步，他努力平静下来。"我在法学院念书。费拉米博士请不起律师。不过，我会尽我所能帮她说明真相，要是我没成功，还求你高抬贵手。"他顿了顿，让布根有时间做出友善的回应，即使怜悯地咕哝一声也好。可对面只有冰冷的沉默。史蒂夫继续道："请问学校请了哪位律师呢？"

"就我所知，他们请了哈维·霍洛克斯·奎因事务所的亨利·奎因。"

史蒂夫又惊又怕。这是华盛顿最古老的事务所之一。他努力让声音显得轻松。"那可是相当有名的事务所啊，价钱也很贵。"说着还咯咯一笑。

"是吗？"

这家伙根本不理史蒂夫的示好，那就强硬点儿吧。"有件事我或许该说一下。我们必须揭露柏林顿·琼斯为什么要这么针对费拉米博士的真实原因。听证会请务必如期举行，我们绝不接受会议取消。这会在费拉米博士头上留下污点的，真相必须公之于众。"

"没人要求取消听证会。"

当然没有。根本不存在这种提案。史蒂夫继续虚张声势："但要是有人这么要求了，请告诉他费拉米博士不接受。"说到这儿，他决定停止对话，以免说得太深入。"教授，感谢您的好意。明早见。"

"再见。"

史蒂夫挂掉电话。"喔，真是一座冰山。"

简妮面露疑惑："他平常不这样啊，这可能是公事公办吧。"

史蒂夫确信布根已经打定主意和简妮唱反调了，但他没告诉简妮。"不管怎么说，我把我们的三条都说出来了。而且我知道了琼大请的是亨利·奎因。"

"他厉害吗？"

他简直就是个传奇。史蒂夫一想到自己要和亨利·奎因对垒，就浑身打战。但他不想让简妮有压力。"他以前很厉害，但现在恐怕已经在走下坡路啦。"

她信了。"那我们现在该做什么？"

史蒂夫看着她。粉色的浴袍敞着前襟。他可以透过浴袍的褶皱看见她的半边酥胸。"过一遍你明天在听证会上会被问到的问题，"他遗憾地说道，"今晚我们有得忙啦。"

37

珍·艾德思博罗光着身子比穿上衣服要漂亮得多。

她躺在淡粉色的床单上，洁净、柔软的肌肤在芳香烛光的映照下熠熠生辉，远比她惯常的土黄色衣着要吸引人。她爱穿的那些宽松衣服只会盖住她丰满的胴体，她丰乳肥臀，虽然胖大，对她而言却也合适。

柏林顿正往身上套短裤，她躺在床上懒洋洋地冲他一笑道："哇，比预想之中更棒哪。"

柏林顿虽然不好意思说出口，但心里也有同感。珍床技娴熟，他跟年轻姑娘上床时要教她们做的事情珍全都会。他不由得想知道她这身本事都是从哪儿学的。她结过一次婚，丈夫是个烟鬼，十年前死于肺癌。他们当初的性生活一定很美满。

同她做爱很愉悦，他根本用不着动用他那些性幻想对象，那都是些知名美女，比如辛迪·克劳馥、布莉姬·芳达或是戴安娜王妃。她仰躺在他身边，在他耳边絮语道："谢谢你，柏里，这是我这辈子最舒服的一次，你真厉害，谢谢。"

"我很有负罪感哪，"珍说，"好多年我都没干这种坏事啦。"

"坏事？"柏林顿一边绑鞋带一边说，"哪儿坏了？照我们以前的说法，你是个二十一岁的白人公民。"说到这儿，他注意到她身子缩了缩，"你是个二十一岁的白人公民"①这句话现在看来已经有政治错误了。"而且不管怎么说，你是单身啊。"他赶忙加了句。

"噢，不是这个坏，"她疲倦地说，"而在于你跟我做爱的目的，因为我是明天听证会的委员之一。"

他的条纹领带顿时打不动了。

她继续说："我是不是应该以为，你在学生餐厅遇上我，然后被我的性感吸引了？"说完她冲他苦涩一笑，"柏里，对你这样注重外表的人，我根本谈不上性感，所以你来找我肯定有不可告人的动机。这一切我五秒钟就想通了。"

柏林顿感觉自己像个傻瓜，无言以对。

"至于你，你倒是很性感。你有魅力，身材棒，穿得又漂亮，身上又好闻。最重要的，你是真正喜欢流连花丛。也许你会利用女人、操纵女人，但你也发自内心地热爱女人。你是最棒的一夜情对象，我也谢谢你啦。"

说完她用床单裹住赤裸的身子，翻个身转回自己那半边床，闭上眼睛。

柏林顿坐不住了，急匆匆地穿好衣服。

走之前，他坐上床沿。她睁开眼。他问："明天你会支持我吗？"

她坐起来深情地吻了吻他："我得先听听证词再下决定啊。"

他咬牙切齿地说："这对我相当重要，比你以为的还重要。"

_____

① 指美国拥有完整公民权的那部分人，在本书作成的年代里，黑人以及其他人种已经或多或少地争取到了投票权，所以说有政治错误。

她怜悯地点点头，回答却毫不动摇："那么这对简妮·费拉米也同样重要。"

他捏上她的左胸，柔软而又丰满。"但对你来说谁更重要呢？简妮还是我？"

"我很清楚年轻姑娘在一所男人统治的大学里做学问会遇到什么情况。我也永远忘不了这个。"

"该死。"他抽回手。

"你今晚可以睡在这儿，明早我们还能再做一次。"

他站起来说："我心里太多事了。"

她闭上眼睛："真可惜。"

他走了。

珍的房子坐落在郊区，他的车停在她的捷豹边上。我看见这辆捷豹就该明白，他心想，这女人绝不像看上去那样简单。他被利用了，但他也享受了。不知道女人被他勾引之后会不会有这种想法。

他驱车回家的时候，担心起明天的听证会来。听证会的委员有四个会支持他，但珍没有言明会帮哪一边。他还有什么能做的吗？都这时候了，似乎做什么也无济于事了。

他到家之后发现答录机有条吉姆·普洛斯特的留言。拜托别再是坏消息了。他走进书房，坐到桌旁，拨通了吉姆的号码。

"我是柏里。"

"联调局搞砸了。"吉姆劈头就是这么一句。

柏林顿心一沉："继续说。"

"虽然下了取消检索的命令，但已经晚了。"

"该死。"

"结果已经发送到她的电子邮箱了。"

他心里涌起恐惧："名单上有谁？"

"不知道，联调局没留备份。"

真让人受不了。"我们必须知道！"

"名单可能在她办公室里，你有没有办法？"

"她被锁在办公室外面了。"这念头让柏林顿升起希望。"可能还没收邮件。"他的心情略微轻松了些。

"你能去找吗？"

"可以，"柏林顿看了看自己的劳力士金表，"我现在就去学校。"

"找到之后立即给我打电话。"

"一定。"

他坐回车里，疾驰去琼斯·福尔斯大学。夜里的校园一个人都没有。他把车停在疯人院外，走了进去。第二次潜入简妮的办公室，他的脸皮也更为厚实了些。真要命，这种危急关头哪儿还顾得上体面不体面的。

他打开她的电脑登录邮箱。有一封邮件。老天垂怜，一定要是联调局的搜索结果啊。他下载下来一看，却失望地发现发信人是她在明尼苏达大学的朋友：

> 你收到我昨天发的电子邮件了吗？我明天到巴尔的摩，真的很想再见见你，几分钟也好。给我打电话。爱你的，维尔。

昨天那封邮件柏林顿下载完就删除了，她没收到，这封也一样。但联调局的结果哪儿去了？她肯定昨天早上赶在保安把她锁在门外之前就下载下来了。

她把东西存到哪儿了？柏林顿在她的硬盘里分别搜索了关键词"联调局"和"联邦调查局"，却一无所获。再翻翻她抽屉里一盒磁盘，也不过是硬盘内容的备份。

"这女人连他妈的购物单都要备份一张。"他咕哝了一句。

他用简妮的电话打给吉姆，电话一通就忙不迭地说："什么都找不到。"

"我们必须知道名单上都有谁！"吉姆大叫。

柏林顿讥讽道："那我该怎么办，吉姆，把她绑回来严刑逼供？"

"她有没有拿到名单？"

"她邮箱里没有，肯定已经下载了。"

"那也就是说，如果不在她办公室里，肯定就在她家里。"

"有道理，"柏林顿了解吉姆的意思了，"你能让……"他不敢在电话里说出"联调局搜查她家"这种话，"你能去看看吗？"

"应该可以，大卫·克林上次没帮到我，所以还欠我一次呢。我给他打电话。"

"明早去搜吧。听证会是十点钟，她要在那儿待一两个小时。"

"好，我来搞定。但要是她把磁盘随身带着呢？那我们怎么办？"

"我也不知道。晚安，吉姆。"

"晚安。"

挂掉电话后，柏林顿木然坐了会儿，愣愣地盯着简妮用明快、鲜艳的色彩布置得生机盎然的小房间。要是明天事态不利，中午她就能坐回这张办公桌，用联调局给的名单继续调查，尽心竭力地去毁掉三个出色的人。

绝不能让这种事发生，他不顾一切地想，绝不能！

周 五

38

　　简妮在小起居室里悠悠醒来。她倒在沙发上，头枕着史蒂夫的大腿，浑身上下仅一件紫粉色的毛巾浴袍。四壁雪白，沙发乌黑。

　　我怎么回来的？

　　他们昨天花了半晚上演练今天的听证会。简妮心里一紧：她的命运就看今晨了。

　　但我怎么会躺在他腿上的？

　　三点多的时候，她打了个哈欠眯了会儿。

　　然后……

　　然后她肯定睡着了。

　　身上这床蓝白条纹棉被本来在卧室，肯定是在某一时刻史蒂夫走进来抱来给她掖好的。

　　但她这副睡相肯定不能算在史蒂夫头上，她枕着人家的大腿，搂着人家的腰。一准是她睡梦中自己缠上去的。而且稍显窘迫的是，她的脸还凑在人家胯边。他会怎么想她？她昨天的表现早就越了界，先是当着他的面脱个精光，再是倒在人家身上睡觉，这都是多年爱侣的行为啊。

　　不过硬要说的话，这些怪举动也勉强算是事出有因，毕竟她这周都不太平嘛。

被麦克亨蒂巡警轻慢，被父亲偷，被《纽约时报》无端指责，被德尼斯·平科尔持刀威胁，被大学解雇，还在车里被人侵犯。这一切搞得她心神俱疲。

昨天脸上被打的部位还隐隐作痛，这一拳不仅伤了她的身，更伤了她的心。每每想起车上的激斗，她就恨不得一把掐住那小子的喉咙。即便她不想这事的时候她也是郁郁寡欢，仿佛那次侵犯让她的生命也掉价了。

怀着这种情绪，她竟然可以再信任男人，还和酷似侵犯者的家伙同睡一张沙发。这真让她自己也惊异不已。但这一切发生之后，她就更中意史蒂夫了，孤男寡女一晚上，他竟然没起邪念，天底下还有哪个男人能做到？

她又皱起眉头。昨晚上史蒂夫似乎做了什么，她只模模糊糊地记得是好事。对！她半梦半醒之间觉得有双大手有节奏地抚摸着自己的头发，很久很久。她半梦半醒之间只觉得舒服极了，自己宛如一只被爱抚的猫咪。

她脸上泛起微笑，身子一动，史蒂夫马上问道：“你醒啦？”

她打了个呵欠，边伸懒腰边说：“不好意思啊，躺在你身上睡着了，你还好吧？”

“早上五点的时候我觉得左脚有点供血不足，但后来习惯了也就没事了。”

她坐起来要好好看看他。他衣服皱巴巴的，头发凌乱，还长出短短的胡茬儿，但依然很有魅力。“你睡着了吗？”

他摇摇头：“我一直满足地看着你呢。”

“我没打呼噜吧？”

"没打，你就是流了点儿口水。"他说着一拍裤子上的水迹。

"咦，真恶心！"她站起来，目光扫过墙上的浅蓝色时钟：八点半了。"我们没多少时间了，"她有些焦急，"听证会十点就开始。"

"你去洗澡，我来煮咖啡。"史蒂夫大度地说。

她难以置信地盯着他："你是圣诞老人那里来的吧？"

史蒂夫笑了："照你的说法，我是从试管里来的，"话落他脸色一黯，"谁知道呢。"

见他难受，简妮的情绪也跟着跌落下去。她转进卧室，把衣服脱到地上，然后进卫生间一边洗头一边回想十年来的艰辛：争取奖学金，高强度的网球训练和长时间的学习，暴躁易怒、吹毛求疵的博士生导师。她能有今天，靠的是自己不眠不休、机器人般的工作学习，靠的是她当科学家的理想和使人类更了解自身的愿望。而现在柏林顿·琼斯却要把它们都毁掉。

洗完澡后她好受了些，擦头发的时候电话响了。她拿起床头柜的电话："喂。"

"简妮，我是帕蒂。"

"是妹妹啊，怎么了？"

"父亲来了。"

简妮一屁股坐到床上："他怎么样？"

"穷困潦倒，但还算健康。"

"他先来找的我，"简妮说，"他周一来我家，周二因为我没给他做晚饭开始闹脾气。周三他就带着我的电脑、电视和音响跑了。现在他肯定把变卖的钱都花完了，要么就是赌光了。"

帕蒂倒吸一口凉气："啊，简妮，他怎么这么混蛋！"

"他不就是这么个人吗，你可别忘了锁好贵重物品。"

"偷东西偷到家人头上！老天爷啊，要是泽普发现了一准把他轰出去。"

"帕蒂，我还有更坏的消息呢，我今天可能要被大学解雇。"

"简妮，为什么？"

"现在我没时间解释，晚些打电话给你吧。"

"好吧。"

"你和母亲讲电话吗？"

"每天都讲。"

"噢，真好。我就和她聊过一次，第二次就碰了壁，人家说她在吃午饭。"

"接电话那些人根本不顶用，我们必须尽快把母亲接出来。"

要是我今天被炒了她就得在里面再待一段时间了。"回头聊。"

"祝你好运！"

简妮挂了电话，蓦地看见床头柜上有一杯热腾腾的咖啡。她诧异地摇摇头。虽然只是一杯咖啡，但史蒂夫竟然知道她想要什么。他似乎天生就知道怎么疼人，也不求回报。在她的印象里，男人很少会把女人的需求摆在自己之前，即使偶有为之，他们也希望她能感恩戴德地记一个月。

史蒂夫不同。要是我早点儿知道世界上还有这种男人，我早就预订一个了。

她成人后所有的事情都是独立完成的。她父亲从没施过援手。母亲固然一向要强，但到头来她的要强几乎变得和父亲的软弱一样让人头疼。她不仅对简妮的未来指手画脚，而且不达目的决不罢休。她要简妮去当理发师，便为简妮找了份工作，去亚当斯摩根的埃里克谢发廊扫地洗头，那年简妮甚至连十六岁都没到。她完全无法理解简妮想当科学家的梦想。"别的姑娘大学还没毕业，你就能成为出色的发型师了！"母亲如是说。她不明白简妮为什么要发脾气，也不知道为什么简妮甚至连去发廊看看都不肯。

她今天却不再是孤身一人了。她有史蒂夫在身边支持她。她不在乎他有没有律师资格，反正就算请来华盛顿顶尖的律师也未必能打动五位教授。要紧的是他会陪着她。

她穿上浴袍问史蒂夫："你洗吗？"

"洗，"他边说边走进卧室，"我想换件干净衬衫。"

"可我这儿没有男士衬衫——等等，有一件。"她想起丽莎火灾后借来的那件白色拉尔夫·劳伦牌活动领衬衫，物主是数学系的。简妮后来把衣服洗过之后就用玻璃纸包好放在衣柜里。她拿出来递给史蒂夫。

"是我的尺码，17×36，"他说，"正合身。"

"别问我这衣服哪儿来的，说来话长，"她说，"我记得我还有条领带。"她打开抽屉拿出一条蓝色的波点丝绸领带。她有时候穿白衣服时就配这条领带，浑身显出一种生气勃勃的中性美。"这儿呢。"

"谢谢。"他拿过衣服走进卫生间。

她心下一阵失落，她本来还期待能看见他脱掉衬衫呢。男人哪，她想，既有不待人请就宽衣露体的变态，也有羞赧腼腆宛如修女的绅士啊。

"我能借你的刮毛刀用用吗?"他问道。

"行啊,别客气。"简妮答道,暗暗决定要在两人关系变得过于像姐弟之前把这男人搞上床。

她在衣柜里翻了半天,要找自己最好的那套黑色西装,后来才想起来她昨天已经把衣服丢进垃圾桶了。"我真笨。"她自言自语了一句。现在倒是还能把衣服捡出来,但肯定已经又皱又脏。她还有件铁青色的长款外套,可以配白T恤和黑裤子。就是颜色有些鲜亮,但还不算离谱。

她坐到镜子前化妆。史蒂夫从卫生间里走出来,衬衫领带,英俊潇洒。"冰箱里有肉桂卷,"她说,"你要是饿了可以用微波炉热一下。"

"好极了,"他说道,"你来点儿吗?"

"我太紧张,吃不下。我再喝杯咖啡吧。"

她刚化完妆,他就把咖啡端来了,她一口气喝干咖啡,接着就开始换衣服。一切停当之后她回到起居室,只见史蒂夫坐在厨房案上,她问:"找到肉桂卷了吗?"

"找到了。"

"那肉桂卷呢?"

"你说你不饿嘛,所以我就全吃了。"

"四个全吃了?"

"呃……事实上我开了两包。"

"你吃了八个?"

他有些难为情:"我饿了嘛。"

她笑道:"走吧。"

她转身刚要走，他抓住她的手臂："等一下。"

"怎么了？"

"简妮，和你做朋友很开心，我也喜欢和你一起玩儿。但你得知道，我想要的不仅仅是这样。"

"我知道啊。"

"我爱你。"

她看着他的眼睛。他十分真诚。"我也有些离不开你了。"她轻声道。

"我想和你做爱，想得都要发疯了。"

这些话我听上一整天也不厌，她心想。"听着，"她说，"要是你做爱像你吃饭这么猛，那我就是你的人了。"

他脸色一垮，她意识到自己说错话了。"对不起，"她急忙说道，"我没有取笑你的意思。"

他耸耸肩，表示没放在心上。

她牵起他的手："听着，我们先救我，再救你。之后再玩乐。"

他握紧她的手："好。"

他们走到屋外。她说："上我的车吧，回来你再开你的车走。"

他们坐上梅赛德斯。她发动引擎，收音机随之响起。车子开上四十一大道时，新闻广播员正说起基因泰，简妮调高音量。"吉姆·普洛斯特参议员曾任中情局局长，今天确定要代表共和党参与明年的总统竞选。他的竞选口号是：取消福利，实现百分之十所得税。评论家们认为竞选资金不是问题，参议员名下的医学研究企业——基因泰公司将在收购完成后为他提供六千万美元。体育新闻，费城人队……"

简妮关掉收音机："你怎么看？"

史蒂夫沮丧地摇摇头。"越来越难啦，"他说道，"要是我们捅出基因泰公司的秘密，让收购告吹，吉姆·普洛斯特就无力参选总统。而这家伙实在是劣迹斑斑，他当过间谍，给中情局做过事，反对枪支管制，什么坏事都有他一份。简妮，你碍了危险人物的事儿啦。"

她咬牙切齿地说："那就更值得与他们斗一斗了。我就是吃福利粮长大的，史蒂夫。要是普洛斯特当选总统，我这样的姑娘就只能永远当理发师了。"

39

　　琼斯·福尔斯大学的行政大楼——傍山大会堂外站了三四十个学生，大多是女生，他们聚作一堆，秩序井然地静立在阶前表示抗议。走近了些，史蒂夫看到一条横幅标语：

立即让费拉米复职！

　　对他来说这是个好兆头啊。"他们在支持你呢。"他对简妮说。

　　她走近几步看了看，脸上漾出一抹喜悦的红晕："是啊。谢天谢地，终归还是有人喜欢我的。"

　　另一块标牌上写着：

你们
不可以
这么对
JF①

---

① 简妮·费拉米的首字母缩写。

这时候他们看见了简妮，响起一阵欢呼。她泛起微笑走到他们身边。史蒂夫跟在后面，为她感到自豪。不是每个教授都能让学生自发地支持。她不停地和男生握手，吻女生的脸颊。史蒂夫发现有位金发美女目不转睛地盯着自己。

简妮抱着人群中一位年长的女士道："索菲！我真没想到！"

这位女士道："进去了要加油。"

简妮离开人群，笑容满面。他俩向大楼走去，史蒂夫说："嘿，他们都希望你继续当老师呢。"

"真太叫我感动了，"她说，"刚才那个上了年纪的女士叫索菲·查普尔，是心理系的教授。我原本还以为她讨厌我呢，没想到她竟然会站出来支持我。"

"前排那个漂亮姑娘是谁？"

简妮好奇地看了他一眼："你不认识她？"

"我很肯定从没见过她，但她老盯着我，"这时候他恍然叫道，"噢，老天，她肯定是那个受害者吧。"

"丽莎·霍克斯顿。"

"怪不得她瞪我呢。"说到这他不禁回头看去，她曾经也是个美丽大方、性情活泼的女孩儿，个子虽小却身材丰满。而他那个"孪生兄弟"却把人家打了一顿，还摔在地上肆意强暴。史蒂夫心底涌起厌憎，好端端一个年轻姑娘，现在却要被梦魇般的回忆折磨一生。

行政大楼是栋富丽堂皇的老房子。简妮带着史蒂夫穿过大理石大厅，走进标有"旧餐厅"的门，来到一间光线晦暗的豪华房间：高高的穹顶，狭窄的哥特式窗户，粗腿橡木家具。石雕壁炉前摆着一张长桌。

长桌一侧坐着四位男士和一位中年女性，史蒂夫认出中间那个秃头就是杰克·布根，简妮的网球对手。想必这几位就是主宰简妮命运的委员了。史蒂夫不禁深深吸了口气。

他俯身和桌对面的杰克握了握手。"早上好，布根博士。我是史蒂夫·洛根。我们昨天聊过。"史蒂夫虽然心底慌张得紧，却本能地表现出自信淡然的样子。他一一和委员握手，他们也各自通名。

桌子那头还有两位男士，穿着海蓝色马甲西装的小个子是柏林顿·琼斯，史蒂夫周一见过。旁边那位身材瘦削、茶色头发、穿着炭灰色条纹双排扣西装的肯定是亨利·奎因了。史蒂夫和他俩也握了手。

奎因傲慢地睨了他一眼，说："你有法律职业资格证吗，年轻人？"

史蒂夫友善一笑，用别人听不到的声音说："滚你妈的，亨利。"

奎因如遭重击，往后缩了缩，史蒂夫估计这就是这老混蛋仅有的一次退让了。

他为简妮拉开椅子，两人落座。

"那就开始吧，"杰克说，"今天走的不是正规流程，规章大家应该都收到了，所以就照章处理。今天就讨论一件事，简妮·费拉米博士使大学声名扫地，柏林顿·琼斯教授提议解雇她。"

布根说话的时候，史蒂夫打量着委员会成员，巴望看见些许同情。可情况非常不妙，只有那个女委员——珍·艾德思博罗肯瞅简妮，其他委员看也不看。四个反对，一个赞成，他忖道，出师不利啊。

杰克说："柏林顿的律师是奎因先生。"

奎因站起来打开公文包。史蒂夫注意到他的手指被香烟熏得发黄。他掏出一叠放大的影印文件，给列席的每人都递了一张，上面是《纽约时报》关乎简妮的那则新闻，结果摆了一桌子的"基因研究的伦理问题：怀疑、忧虑和口角"。这么一看，简妮引起的麻烦令人感到触目惊心。史蒂夫暗悔自己没带几张纸来发发，这样就能盖住奎因的文件了。

奎因第一招就简单而有效，史蒂夫不禁起了怯意，对手有三十年庭审经验，他怎么可能赢呢？我输定了，他突然陷入恐慌。

奎因开始发言。他声音嘶哑、咬字清晰，不带一点儿口音。他说话缓慢，巨细靡遗。史蒂夫希望那些见微知著的知识分子委员会反感他的啰唆。奎因简述了纪律委员会的历史，阐释了其在大学管理层面中的地位，定义了"声名扫地"的内涵，还拿出一份简妮雇佣合同的复印件。随着奎因喋喋不休地说个没完，史蒂夫慢慢觉得没那么害怕了。

终于，奎因的开场白讲完了。他开始盘问柏林顿，第一个问题是，柏林顿何时听说简妮的电脑搜索程序。

"周一下午。"柏林顿答完后还复述了当时与简妮的对话。他的描述与简妮对史蒂夫说的一致。

接着柏林顿又道："我一知道她用的什么法子，就告诉她我觉得这事儿不合法。"

简妮控制不住地叫道："什么？"

奎因不理她，继续问柏林顿："那她是什么反应呢？"

"她很生气。"

"你这个该死的骗子!"简妮叫道。

柏林顿被骂得满脸通红。

杰克·布根插嘴道:"请别干预律师盘问。"

史蒂夫密切关注着委员会。他们都盯着简妮,不知如何是好。史蒂夫搭上简妮的肩膀,好像在制止她。

"他公然扯谎!"她义愤填膺。

"你还以为他会乖乖说实话吗?"史蒂夫低声道,"他这次根本不择手段。"

"对不起。"她悄声回应。

"不用抱歉,"他跟她咬耳朵道,"就这样,委员们看得出你的愤怒发自真心。"

柏林顿继续道:"她变得暴躁易怒,就跟现在一样。她告诉我她想做什么就能做什么,她签了合同的。"

泰尼尔·比邓纳姆委员闻言紧锁双眉,脸色阴郁,显然不喜欢小字辈的教员就引用合约顶撞她的教授。史蒂夫心想,柏林顿真是老谋深算,知道怎么转祸为福。

奎因问柏林顿:"你做了什么呢?"

"我想可能我错了吧。我又不懂法律,于是我就去寻求法律咨询。要是我的担忧成真,我就能给她看见确凿的证据,要是实际上她所行无差,我也可以放下这件事,免得起争执。"

"你问了吗?"

"后来就出了状况,我还没来得及问,《纽约时报》就登了这篇报道。"

简妮悄悄对史蒂夫说:"胡扯。"

"你确定？"史蒂夫问道。

"确定。"

他记了下来。

"请说说周三发生的事情吧。"奎因对柏林顿说。

"我最糟糕的担忧成真了。莫里斯·欧贝尔校长召我去他办公室，说媒体气势汹汹地打来电话质疑我系里的研究，要我给个说法。于是我们起草了一份新闻稿作为讨论基础，然后叫来了费拉米博士。"

"我的天！"简妮喃喃道。

柏林顿继续说："她来了之后绝口不谈新闻稿，只是又一次大发脾气，坚持自己可以为所欲为，然后就摔门走了。"

史蒂夫向简妮投以询问的眼光。她轻声道："撒的好谎。他们把新闻稿给我看的时候，早都已经是既成事实了。"

史蒂夫点头，但不打算在这一点上纠缠。不管怎么说，委员会也许都觉得简妮不该摔门而出。

"记者说那天中午就是截稿日期，"柏林顿滔滔不绝，"欧贝尔博士觉得大学应该明确表态，对此我百分百同意。"

"你的新闻稿达到你的预期效果了吗？"

"一点儿也没。但这全得怪费拉米博士。她告诉记者她才不理我们，我们也没办法。"

"校外有人因这件事问到学校的吗？"

"当然有。"

柏林顿回答那问题的方式让史蒂夫心里响起警钟，他记了下来。

"我接到布瑞斯顿·巴克的电话，他是基因泰公司的总裁，是我校重要的资助人，整个双胞胎研究项目的资金都是他投的，"柏林顿道，"他当然会在乎自己的钱是怎么花的。那篇报道让大学管理层显得很无能。布瑞斯顿质问我'到底谁才是学校的老大'，这话多让人难堪啊。"

"这就是你最关心的部分吗？被新教员顶撞而产生的难堪？"

"当然不是，主要问题是费拉米博士的工作给琼斯·福尔斯大学造成的损害。"

这是步好棋，史蒂夫心想。所有委员都讨厌被年轻教师顶撞，柏林顿成功拉到了他们的同情。但奎因不失时机地拔高问题，让委员会可以给自己找个借口，说解雇简妮是为了大学，而非看不惯她以下犯上。

柏林顿道："大学对隐私问题应该小心处理。资助人肯给我们钱，学生挤破头才考进来，都因为这是全国最好的教育机构之一。如果传出去说我们不尊重公民权，这对声誉损伤太大了。"

这番话说得滴水不漏，所有委员都认同。史蒂夫也点点头表示同意。他希望大家都看到他的动作，知道这个问题已经取得了共识。

奎因问柏林顿："那么那时候你都有些什么选择呢？"

"就一个。我们必须表明我们不认可大学研究人员侵犯公民隐私。我们也需要证明我们有权利捍卫规章。办法就是解雇费拉米博士。别无选择。"

"谢谢教授。"奎因说完就坐下了。

史蒂夫感到悲观。奎因的娴熟老练正如他预想的一样。柏林顿的陈述几可乱真。他就像是个通情达理而又忧心忡忡的上司，竭尽全力地应对着性急桀骜的下属。而且有了现实的佐证，这件事变得更为可信——简妮易怒。

但这不是真相。史蒂夫知道这一点就够了。简妮是对的，而他要予以证明。

杰克·布根说："你有问题吗，洛根先生？"

"有。"史蒂夫顿了顿，理了理思路。

这正是他的梦想：他不在法庭，也算不得一名真正的律师，但他在为一名受压迫的人辩护，为她受到强权机构不公正的对待而辩护。虽然命运挡在他前方，但真相握在他手中。这正是他梦寐以求的。

他站起来，目不转睛地看着柏林顿。假如简妮的猜测是对的，这家伙现在肯定会有些不安。这就好比弗兰肯斯坦教授被他所创造的怪物质问一样[1]。在盘问之前，史蒂夫要稍稍利用一下这点，让柏林顿失去镇定。

"你认识我吧，教授？"史蒂夫问道。

柏林顿有些紧张："啊……是啊，我们周一见过啊。"

"你对我的一切都很了解吧？"

"我……不太懂你在说什么。"

"我在你的实验室做了一天测评，你肯定对我很有了解吧。"

"我懂你意思了，是的。"

柏林顿似乎非常心烦意乱。

---

[1] 出自英国作家玛丽·雪莱（Mary Sheccey，1797—1851）1818年创作的小说《弗兰肯斯坦——现代普罗米修斯的故事》，书中的弗兰肯斯坦教授用尸块拼接出了怪物，并用闪电赋予其生命，但后来反遭其害，被其杀死。

史蒂夫走到简妮座位背后，把所有人的视线引向她。毕竟如果一个人用坦诚无畏的目光回应你的时候，你很难认为她是个恶人。

"教授，我想从你最开始的陈述开始问。就是你周一和费拉米博士聊完之后，想要寻求法律援助的事情。"

"好的。"

"你见律师了吗？"

"没，我分身乏术。"

"和律师约时间了吗？"

"我没时间——"

"你和费拉米博士聊完后两天，欧贝尔博士才找你说《纽约时报》的事情，但你甚至连让秘书约见律师的时间都没有吗？"

"没有。"

"也没有四处打听，问任何一位同事，寻找合适的律师喽？"

"没有。"

"那你的陈述很难让人采信啊。"

柏林顿自信地微笑道："然而，大家都觉得我一贯诚实。"

"费拉米博士非常清晰地记得当天的对话。"

"很好。"

"她说你根本没提违法或隐私，只问了搜索引擎有没有奏效。"

"也许她忘了吧。"

"也或者是你记错了。"史蒂夫觉得这里胜了一筹，马上转换话题道，"《纽约时报》的记者福里兰德小姐，她有没有说是怎么听说费拉米博士的工作的呢？"

"要是她说了，欧贝尔博士不会不告诉我。"

"你也没问一问？"

"没有。"

"你就不好奇她是怎么知道的吗？"

"我猜记者有他们的渠道吧。"

"当时费拉米博士并没有发表任何项目内容，肯定是有人告密。"

柏林顿迟疑了一下，询问地看着奎因。奎因站起来对杰克·布根说道："先生，这是无端推测。"

布根点头。

史蒂夫说："但这也是非正式的听证会——我们用不着被严格的审讯程序束缚。"

珍·艾德思博罗第一次开口道："问题似乎挺有趣的，而且我觉得也有关系，杰克。"

柏林顿怒目瞪了她一眼，她抱歉似的微微耸了耸肩。这是个非常亲昵的动作交流，史蒂夫不由得好奇这两个人之间有什么关系。

布根等了一会儿，也许正期待其他委员会提出相反意见，他就能以主席的身份做出决断。但没人说话。"好吧，"他良久方说，"请继续，洛根先生。"

史蒂夫几乎不敢相信，第一场程序争端他竟然就赢了。教授们不喜欢那个高级律师告诉他们怎么询问才叫合法。他紧张得喉咙发干，抖着手给自己倒了杯水。

他喝了口水，转身对柏林顿说："福里兰德小姐对费拉米博士的工作了解颇深，不仅仅是一般情况，是不是？"

"是的。"

"她确切地知道费拉米博士是通过检索数据库的方式搜寻分开抚养的双胞胎。而这种新方法是博士本人发明的，除了你和她在心理系的几个同事外没人知道。"

"也可以这么说。"

"这么看来，似乎她的信息是从系里面透露出去的，是吗？"

"也许吧。"

"那么一位同事出于什么目的，才会抹黑费拉米博士本人及其工作呢？"

"我也不知道。"

"不过看起来像是居心不良、心怀嫉妒的对手做的——你说呢？"

"可能吧。"

史蒂夫满意地点点头。他觉得自己渐渐进入了状态，找到了感觉。而且他还慢慢开始觉得自己可能胜利。

不要自满，他对自己说。得分不代表胜利。

"那我们看看你的第二条陈述吧。奎因先生问你校外是否有人因这件事问到学校时，你回答'当然有'。你是否坚持该说法呢？"

"是的。"

"那么，除了布瑞斯顿·巴克的那通电话，还有多少资助人给你打了电话呢？"

"呃，我还和赫伯·亚伯拉罕——"

史蒂夫看出他在胡编。"请容我打断一句，教授。"柏林顿吃了一惊，但还是住了嘴，"是亚伯拉罕先生打电话给你的吗？"

"呃，是我打给他的。"

"这个我们一会儿再说。现在请先告诉我们，特意为《纽约时报》的指控而致电给你的重要资助人，究竟有几位？"

柏林顿有点惊慌失措："我也不确定他们打来到底是不是特别为了那件事啊。"

"那么多少报考琼大的学生打给你了呢？"

"没有。"

"有没有人在电话里和你聊过那篇报道呢？"

"应该没有。"

"你是否收到任何相关邮件呢？"

"还没有。"

"那看来这件事并没什么大不了的啊。"

"我觉得你不能得出这个结论。"

这是个软弱的回应，史蒂夫顿了顿，让委员们咂味了一会儿。

柏林顿见状很是困窘。委员会听完这一轮质询后起了警戒。史蒂夫看了眼简妮，她脸上充满希望。

他继续道："现在我们继续说布瑞斯顿那通电话吧，他是基因泰公司的总裁。照你刚才的说辞，他似乎只是个资助人，担心自己的钱用错了地方。但他不只如此吧，你第一次见他是什么时候？"

"四十年前我在哈佛的时候。"

"他肯定是你最老的朋友之一了。"

"是的。"

"后来你就和他一起创立了基因泰吧？"

"是的。"

"那他也是你的合伙人喽？"

"是的。"

"这家公司就要被德国药企兰兹曼收购了吧？"

"是的。"

"毫无疑问巴克先生会从这项收购事宜中赚一大笔钱吧？"

"毫无疑问。"

"多少呢？"

"那是商业机密。"

史蒂夫无意逼他说出数值。他不肯揭晓数额这个举动已经够了。

"你们另一位朋友普洛斯特参议员也要大赚一笔。从今天的新闻来看，他要用他那份钱竞选总统。"

"我今早没看新闻。"

"但吉姆·普洛斯特是你的朋友吧？你肯定知道他要竞选总统。"

"这谁都知道。"

"这次交易你也会赚到钱吗？"

"是的。"

史蒂夫离开简妮身后，走到柏林顿跟前，把所有人的目光引到柏林顿身上："那么，你并不仅仅是公司的顾问，同时也是股东喽？"

"这不出奇啊。"

"教授，这次收购你能赚多少钱呢？"

"这是我个人的事情。"

史蒂夫这次不打算放他一马了："不管你肯不肯说，照《华尔街日报》的计算，整家公司至少作价一亿八千万美元，是吗？"

"是的。"

史蒂夫复述了数额："一亿八千万美元。"然后故意停了下来，营造了一段意味深长的沉默。当教授永远见不到这么多钱，史蒂夫就是要让委员会成员感受到：柏林顿和他们完全不是一路人，他是另一类人。"你是会获得这一亿八千万美金的三个人之一。"

柏林顿点头。

"所以见到《纽约时报》报道的时候，你的确有理由紧张。你的朋友布瑞斯顿正要出售公司，吉姆要竞选总统，而你也要赚一大笔钱。你确信你要解雇简妮是因为琼斯·福尔斯大学的声誉吗？还是说这都是因为你的忧虑呢？捅开了说，教授——你慌了。"

"我非常肯定。"

"你读到一篇负面报道，联想到收购被中止，然后你就匆匆忙忙地做了应对。你被《纽约时报》吓破了胆。"

"我可没被《纽约时报》吓破胆，小伙子，我也是花了不少时间才下的决定。我只是行动果决迅速而已，但绝不仓促。"

"那你有没有去探索报社的信息来源呢？"

"没有。"

"你又花了多少天去核查真相，评估报道的真实性呢？"

"没用多久。"

"一天不到就知道了？"

"是的。"

"还是说连一小时都不到，你就赞成要写新闻稿取消费拉米博士的项目呢？"

"我很肯定超过了一小时。"

史蒂夫重重一耸肩。"那就大方些，算你花了两小时好了。够了吗？"他回头一指简妮，让所有人看向她，"两个小时你就决定取消一名年轻科学家整个研究项目？"简妮当即面露凄色。史蒂夫虽然心疼，但为了她好，现在必须利用她的情绪。他刀子般的话语在伤口中重重一扭。"区区两个小时你知道的东西就够你摧毁好几年的工作成果？就够你终结一位充满希望的科研工作者？就够你毁掉一位女士的生命？"

"我给她机会自辩的，"柏林顿也愤慨起来，"她自己发了通脾气走了！"

史蒂夫犹豫了下，随即决定冒一次大险。"她走了！"他故作惊异道，"她竟然走了！你给她看的新闻稿说她的项目被取消了。没调查过报道的信息来源，没评估过报道的可靠程度，没时间讨论，没走过任何正当程序——你就简单地公布这个年轻科学家的整个生命都完了——而她的反应就是走了？"柏林顿张口欲言，但史蒂夫把他堵了回去。"当我想到教授你周三早晨那些作为，那些愚蠢、违法和不公，我就难以想象费拉米博士到底是怎样才能克制住自己，仅仅以优雅的摔门作为抗议。"言罢他默默走回座位，转身向委员会道："我没有问题了。"

简妮目光下视，捏了捏他的手臂。他凑过去轻轻问道："你还好吗？"

"我没事。"

他拍拍她的手。他想说："我觉得我们已经赢了。"但又没有十足把握。

亨利·奎因站起来，神情淡然。照理说，史蒂夫把柏林顿问得张口结舌，他应该更紧张些才对，但他无疑已经练就一身不论情况多坏都面不改色的功夫。

奎因道："教授，要是大学不中止费拉米博士的研究项目，也不解雇她，对兰兹曼公司收购基因泰来说有什么影响？"

"完全没有。"柏林顿回答。

"谢谢，没有问题了。"

史蒂夫苦涩地想，这一招真有效。一下就打翻了他之前所有的盘问。他竭力控制表情不想让简妮看到他脸上的失落。

现在轮到简妮了，史蒂夫站起来引导简妮陈述了证言。她镇定自若，有条理地描述了她的研究项目，并解释了寻找分开抚养的双生罪犯的重要意义。她尤其细说了自己所做的预防措施，以确保受试者签署授权书之前没人能看到他们的病历。

他期待奎因会盘问她，并试图说明有微小的意外泄露机密信息的可能性。史蒂夫和简妮昨天晚上就演练过了，他扮演控方律师。但出乎他意料的是，奎因没提问。他怕简妮会辩护得太好还是坚信简妮会被定罪？

奎因率先做了总结。他复述了不少柏林顿的证言，依然那么乏味无趣，不似史蒂夫想象中的睿智。然而他的总结陈词却很简短。他说："这是一场本不该发生的危机，大学当局从头到尾都采取了明智的行动。是费拉米博士的急躁和强硬把事态引到这个地步。当然，她有合约，那份合约上写明了她与其雇主的关系。但不管如何，老资格的教员都有义务监督新学者，而新学者如果尚存一点是非感的话，就会听从更有经验的前辈的劝诫。是费拉米博士的顽抗使问题恶化为危机，而唯一的解决办法就是让她离开大学。"说完他就坐下了。

轮到史蒂夫发言，他已经演练了一整晚。他站起来。

"琼斯·福尔斯大学的宗旨是什么呢？"

他顿了顿，集中起大家的注意力。

"是知识。用一句话来定义大学在美国社会中的作用，想必就是探求知识和传播知识。"

他一一打量委员，寻求他们的认可。珍·艾德思博罗点了点头，其他委员则无动于衷。

他继续道："而这种作用却又受到了攻讦，总有人想要隐瞒真相，理由各种各样，政治动机、宗教偏见。"——他看向柏林顿——"或商业利润。我认为这间屋子里的所有人都同意，大学的声望，首重求知的独立性。当然，如果和其他义务相冲，比如公民权，这种独立性必须予以权衡妥协。然而，执着坚持地为大学追求知识的权力而辩护，一定会让所有有识之士更为敬仰大学。"

他挥挥手指代大学。"琼斯·福尔斯对在座的所有人都很重要。学者的名望与其工作的地点息息相关。请诸位想想，你们的裁决对大学自由、独立的治学名声会有什么影响？莫非一纸肤浅愚昧的中伤就能吓倒大学？莫非一场商业收购就能让大学取消一项科研项目？我希望不是这样的。我希望委员会能为大学正名，告诉世人，在这里只有一条简单的准则——真理。"他看着他们，等他们消化自己的话。几个委员面容不变，丝毫看不出有没有被打动。他只好坐下。

"谢谢你，"杰克·布根说，"委员会成员以外的人请退席，容我们磋商决断。"

史蒂夫为简妮打开门，在她之后走进楼道。他们随即出了大楼躲到一片树荫底下。简妮紧张得脸色发白，问道："你怎么看？"

"我们准赢，"他说，"我们是对的嘛。"

"万一输了呢？我该怎么办？"她说，"搬去内布拉斯加住吗，做中学老师，还是跟佩妮·瓦特米都一样当个空姐？"

"佩妮·瓦特米都是谁？"

她还没来得及回话，视线一扫史蒂夫身后，便住了嘴。史蒂夫一回头，只见亨利·奎因抽着烟走过来道："你真厉害啊，我喜欢和你斗智斗勇，我这可不是摆谱。"

简妮厌恶地哼唧了一声扭开头。

史蒂夫则超然一些，律师本该如此，出了法庭就友好相处。而且，有朝一日他可能还要找奎因谋一份工作呢。"谢谢。"他礼貌地说。

"你的论据翔实充分，"奎因继续道，坦诚得让史蒂夫吃惊，"但另一方面，这种案例里人们只会支持与自己利益相关的一方，所有委员会成员都是老教授。不论论据如何，都很难指望他们去支持年轻学者对抗他们自己集团的人。"

"但他们都是知识分子啊，"史蒂夫道，"应该会理性行事的吧。"

奎因点点头道："也许你是对的。"说罢若有所思地瞅了史蒂夫一眼又道，"你知道这实际上是怎么一回事儿吗？"

"你什么意思？"史蒂夫小心地回应。

"柏林顿显然害怕某件事，但肯定不是毁大学名声。我以为你和费拉米博士知道些内幕。"

"八九不离十吧，"史蒂夫说，"但目前还不能证明。"

"继续努力吧，"奎因说着丢掉烟头一脚踩灭，"上帝保佑吉姆·普洛斯特当不成总统。"他转身走了。

这算什么？史蒂夫心想：一个不宣于口的自由主义者。

杰克·布根出现在门口，朝众人招了招手。史蒂夫拉着简妮的胳臂回到屋里。

他端详着委员会成员的脸庞。杰克·布根和他四目相对。珍·艾德思博罗对他浅浅一笑。

这是个好兆头。他觉得希望很大。

所有人落座。

杰克·布根漫无目的地翻动着桌上的几张纸。"感谢双方使此次听证会得以庄重进行。"他顿了顿，旋即声音肃穆地说，"我们意见一致，建议校理事会解雇简妮·费拉米博士，谢谢。"

简妮把头埋进手中。

40

屋里只剩下简妮一个人,她扑倒在床上放声大哭。

她哭了很久。她捶打枕头,朝墙咆哮,谩骂出最恶毒的词汇,然后又把脑袋埋进被子里继续哭泣。她泪湿床单,睫毛膏在上面印出一条条黑迹。

良久,她才起床洗脸,倒了杯咖啡。"又不是得了绝症,"她自言自语道,"别哭啦,打起精神来。"但这绝非易事,的确,她如今的处境不至于死,但也失去了生命全部的追求。

她想起自己二十一岁那年荣获最优等学士学位,同年勇夺梅惠杯高校网球挑战赛冠军。她当年在球场上高高举起奖杯,志得意满,全世界尽在她脚下。而今回顾往事,她却觉得当年高举奖杯的已经是另一个人了。

她坐到沙发上喝着咖啡。她那个混蛋父亲偷了她的电视,以至于她连最狗血的肥皂剧都看不成,换换心情都做不到。她没巧克力,否则还真想一直吃到吐。她也想过酗酒,但又觉得喝完之后反而更难受。购物呢?她估计会在更衣室哭成泪人吧,现在的她可比任何时候都穷。

两点左右,电话响了。

简妮不接。

然而对方不停地打，铃声听得她心烦意乱，最后她只得接起电话。

是史蒂夫。听证会后他回华盛顿见他的律师。"我在律师事务所，"他说，"我们希望你能起诉琼斯·福尔斯大学，要求他们归还你的联调局名单。一切费用由我父母承担。他们觉得如果能找到第三个孪生子，会对我有好处。"

简妮说："第三个孪生子关我屁事。"

史蒂夫被噎了下，然后道："但对我来说很重要。"

她叹了口气。我自己就一屁股麻烦了，哪儿还顾得上史蒂夫？不过紧接着她又意识到这种想法很是无耻，人家当时多关心自己啊！"史蒂夫，对不起。"她说，"我当然会帮你，要我怎么做？"

"什么都不用做，只要你点头律师就会出庭交涉。"

她又想了想："是不是有点儿危险？我是说，假定琼斯·福尔斯大学受到法院传唤，那柏林顿就会知道名单在哪儿，他不就捷足先登了吗？"

"该死，你说得对，我这就告诉他去。"

没多久电话里又传出声音。"费拉米博士，我是兰希曼·布鲁尔。我们正和史蒂夫开电话会议呢。你那些数据具体在哪儿？"

"在我桌子抽屉里有张磁盘，上面标着购物单的就是。"

"我们可以不指明要找的东西，直接申请进入你的办公室。"

"那他们肯定会把我电脑里和桌子上的东西统统清空。"

"那我也没主意了。"

史蒂夫说："大不了找个小偷。"

简妮叫道："我的天。"

"怎么了？"

爸爸。

律师道："怎么了，费拉米博士？"

"你能延后起诉时间吗？"简妮说。

"行啊，而且周一之前我们想起诉估计还起诉不了呢，为什么？"

"我有个想法，看看能不能奏效吧。要是不行的话我们下周再走法律途径。史蒂夫？"

"我在呢。"

"晚点儿给我打电话。"

"好。"

简妮挂了电话。

父亲可以潜入她的办公室。

他现在住帕蒂家，穷困潦倒，哪儿都去不起。而且他还欠她呢，天哪，他真欠她吗？

要是她找出第三个孪生子，史蒂夫就会恢复清白。况且要是她能把柏林顿他们在20世纪70年代时做下的勾当大白天下，也许她连工作都能要回来。

她能求父亲帮这个忙吗？这可是犯法的啊，要是事情出了纰漏，他可能就得去坐牢。的确，他三天两头就要冒一次这种险，但这回是她的错啊。

她告诉自己他不会被抓的。

门铃响了。她拿起对讲机："喂。"

"简妮？"

声音挺熟悉。"是的，"她说，"你哪位？"

"维尔·坦普。"

"维尔？"

"我给你发了两封邮件，你没收到吗？"

维尔·坦普来这儿干吗？"请进。"她说着按下开门键。

他走上楼梯，棕色斜纹裤，海蓝色网球衫。他头发短了，以往她钟爱的金色胡子还在，只是从狂野的络腮胡修成了整齐的山羊胡。那位富家女把他收拾得真利落。

维尔把她伤得太深，她不想让他亲自己的脸，于是伸出手和他握了握。"真是惊喜，"她说，"我好几天没收邮件了。"

"我来华盛顿开会，"维尔说，"租了辆车自己开了来。"

"喝咖啡吗？"

"好啊。"

"请坐。"简妮倒上新鲜咖啡。

维尔四处张望了一番："公寓不错。"

"谢了。"

"不同啦。"

"你是指和我们以前住的地方不一样了？"他们在明尼阿波利斯的公寓起居室又大又乱，到处都是软垫沙发、自行车轮胎、网球拍和吉他。这间屋子相形之下则朴素许多。"是啊，我不太喜欢杂乱无章。"

"你那时候好像挺喜欢的。"

"时过境迁了嘛。"

维尔点点头，转过话题："我读了《纽约时报》上有关你的话题了。那篇报道纯粹是鬼扯。"

"那件事有结果啦，我今天被解雇了。"

"不！"

简妮倒上咖啡，坐到他对面说了听证会的事。听完后维尔说："这个史蒂夫，你对他是认真的吗？"

"我不知道，再说吧。"

"你没和他约会？"

"没，但他挺想的，我也真喜欢他。你呢？还和乔吉娜·廷哥顿·萝丝在一起吗？"

"没有了，"他懊悔地摇摇头，"简妮，我来这儿的真正目的，就是为了告诉你，和你分手是我这辈子最大的错误。"

简妮见他伤心，心底一颤。他后悔失去她，她听到之后还是挺愉快的，但她并不希望他不快乐。

"和你在一起是我这辈子最美好的事，"他说，"你虽然身手矫捷，但性子很好。而且人又聪明，我就喜欢聪明人。我们是天造地设的一对，还深爱着彼此。"

"当时我很受伤，"她说，"但现在我已经不在乎啦。"

"我却没那么洒脱。"

她审视他一番。这个大个子男人不如史蒂夫俊俏，但有种粗犷的美感。她试着升起性欲，仿佛医生触碰身上的瘀伤，但身体并无回应，她当初一度热衷的那具身体已经不再会让她涌起狂热的情欲了。

现在看来，他是来求她复合的。她也知道自己的答案：她已不再需要他了。他迟来了一周。

体贴些吧，别让他蒙受当面被拒的羞辱了。她站起来道："维尔，我还有要事得出门一趟。前几天要是收到你的消息就好啦，我们就能在一起多待一会儿。"

他听懂了言下之意，神情愈发沮丧。"糟透了。"他说着也站起来。

她同他握了握手："谢谢你能来。"

他把她拉过去想亲她，她只凑过脸。他轻柔一吻，然后松了手。"但愿能重写我们的故事，"他说，"写个更美好的结局。"

"再见，维尔。"

"再见，简妮。"

她看着他走下楼梯出了门。

电话又响了。

她接起来道："喂？"

"你被解雇了吧，这还不是最糟的。"

是个男人，声音有些含混，仿佛用什么东西捂着嘴在说话。

简妮说："你是谁？"

"别多管闲事。"

这究竟是谁？"什么事？"

"你在费城遇到的那家伙本来会杀了你。"

简妮听得惊恐莫名，呼吸都停了。

那声音继续道："他太得意忘形，结果功亏一篑。但他还能来找你。"

简妮喃喃道："老天啊……"

"老实点儿。"

对面一声脆响，接着就传来拨号音。他挂断了。

简妮也挂上听筒，呆呆地望着电话出神。

还从没人威胁要杀她，知道另一个人要终结她的生命，怎么不让人害怕？她脑子里一片空白，究竟该怎么办？

她坐在沙发上，竭力恢复自己的意志力。她几乎要绝望了。她现在遍体鳞伤，憔悴疲惫，实在没法儿继续跟这群躲在幕后的强大敌人对抗了。他们可以让她丢了工作，受人侵犯，可以搜她办公室，偷看她的邮件；他们似乎无所不能。也许他们真能杀了她。

太不公平了。他们到底凭什么这么做？她是个出色的科学家，他们却毁了她的事业。他们想看见史蒂夫背着强奸丽莎的罪名坐牢。他们威胁要杀她。她开始光火。他们以为自己是谁？他们为了自己的利益，自以为可以操纵一切，半点不顾及别人。她绝不要让自己的生命毁在这帮狂妄自大的混蛋手里。她越想越气。我绝不让你们赢，她心想。我肯定有什么东西能痛击他们——肯定有，否则他们不会打电话来威胁我。我要用那东西。只要能坏他们的事儿，我自己出什么事都无所谓。我聪明、坚定，是他妈的简妮·费拉米，走着瞧吧，你们这帮混蛋，我来了。

41

简妮的父亲坐在帕蒂乱糟糟的起居室里，大腿间夹着杯咖啡，边看《综合医院》边吃胡萝卜蛋糕。

简妮一走进来就看见他，当即控制不住地叫道："你怎么能这样？你怎么能偷自己的女儿？"

他吓得跳起来，咖啡和蛋糕洒了一地。

帕蒂跟着简妮进屋。"别吵啦，"她说，"泽普待会儿就回来了。"

父亲说："对不起，简妮，我很羞愧。"

帕蒂跪坐下来用纸巾擦地。电视里一位英俊的医生正穿着外科医生袍和美女接吻。

"你知道我已经没钱了，"简妮咆哮道，"你知道我在攒钱给母亲换养老院，那是你老婆啊！你他妈的怎么能偷我的电视机呢！"

"你别骂……"

"我的老天啊。"

"对不起。"

简妮说："我不懂，我真不懂。"

帕蒂说："让他一个人待着吧，简妮。"

"但我必须知道，你怎么能做出这种事的？"

"好吧，我告诉你。"父亲突然有了中气，让她吃了一惊，"我来告诉你为什么，因为我他妈的已经没胆子了，"他老泪纵横，"我已经老到不敢去偷别人，只能偷自己的女儿了。这就是真相。"

他可怜至极的样子让简妮的愤怒瞬间烟消云散。"啊，父亲，对不起，"她说，"坐下来吧，我去拿吸尘器。"

她拾起翻倒在地的杯子放回厨房，然后拿着吸尘器回来清扫蛋糕屑。帕蒂擦净了咖啡。

"我知道，我不配做你们的父亲。"父亲坐下来的时候说道。

帕蒂说："我再给你倒杯咖啡。"

电视里的外科医生说："我们一起走吧，就我们俩，去一个美妙的地方。"姑娘道："但你妻子怎么办？"医生顿时阴了脸。简妮关掉电视，坐到父亲身边。

"你说你没胆子是什么意思？"她好奇地问道，"发生了什么？"

他叹了口气："我出狱后有个人找到我，透露给我一条消息。他说有家建筑公司最近给全体员工升级配置，刚从他那儿买了十七八台电脑、几台打印机、传真机和一些其他东西。他要我把这些偷出来卖给他，等公司拿到保险金后再卖回公司，事成就给我一万美金。于是我去看了看乔治敦的那处房子。这是笔小买卖。"

帕蒂说："我不想让儿子们听到这些。"她探头出去看了看，见他们不在楼道里就关上了门。

简妮对父亲说："那什么出问题了呢？"

"我把卡车停在大楼后面，关了防盗报警器，打开装卸门。然后开始思索如果来了警察会怎么样。以前我可从来没有在乎过这种事，但毕竟上次出手都是十年前了。可我越想越怕，怕得浑身发抖。我走进屋里拔掉电脑插头，搬出来一台放进卡车，就开车逃走了。第二天我就去了你家。"

"然后偷了我。"

"我不想的，亲爱的。我当时还想你能帮助我自食其力，给我找份正经工作。不过你出门之后，我的老毛病又犯了。我坐在那儿看着你的音响，心里估摸着这能卖两百块，电视也许能卖一百，然后我就偷走了。直到我卖掉之后才回过神来，我当时真想杀了我自己。我发誓。"

"但你不是没死吗。"

帕蒂叫道："简妮！"

父亲说："我去喝了几杯，再打了几把牌，然后就又没钱了。"

"所以你就来找帕蒂。"

"帕蒂，我不会偷你的。我再也不会偷任何人了。我要好好做人。"

"那还用说！"帕蒂说道。

"我一定要做好，我没得选了。"

简妮说："但现在还不行。"

父亲和帕蒂都盯着她。帕蒂紧张地说："简妮，你在说什么？"

"你还得偷一次，"简妮对父亲说，"为了我做一次贼，就在今晚。"

42

他们开进琼斯·福尔斯大学的时候天色已黑。"可惜我们没有更大众化的车了,"简妮开着梅赛德斯进入学生停车场时父亲说道,"福特金牛座、别克君威都不错。这种车每天你能见到五十辆,谁都记不住。"

他钻出车,拎着个瘪塌塌的棕色皮包,身穿格子衬衫和皱巴巴的裤子,乱糟糟的头发,脚下一双破旧的鞋子,俨然一位教授。

简妮觉得有些怪异。她几年前就知道父亲是个贼,但她自己除了开车超过七十码外,再没做过更违法乱纪的事情。而现在她却要私闯大楼,这就好比越过了一道重要的界线。她虽然不觉得自己做错了,但自我形象还是动摇了。她向来都认为自己是个守法公民,和父亲那些罪犯截然不同。而现在她要成为他们的一员了。

大多数学生和教员都回家了,但还有少数几个人在走动:工作到很晚的教授、参加社会活动的学生、锁门的门卫和巡逻的保安。简妮不希望看见任何熟人。

她浑身像吉他弦般绷得极紧,几欲断裂。比起自己她更担心父亲。如果他们被抓,她不过是吃点儿奚落讥嘲而已,法院不会因为你想要进自己的办公室偷磁盘就罚你去坐牢。但父亲这种惯犯肯定会被判上好几年。他再出来的时候就是个十足的老人了。

路灯和建筑外的灯光开始亮起。简妮和父亲穿过网球场，两个女人正在泛光灯下打球。简妮还记得周日球赛后史蒂夫找她搭讪，他当时整个人洋溢着自信，她却不假思索地拒绝了他。她对他的第一印象偏差得太远啦。

她朝露丝·W·爱考恩心理系大楼一点头。"就是那栋楼，"她说，"所有人都管它叫疯人院。"

"继续按照这个速度走，"他说，"你们是怎么进前门的？"

"有磁卡，进我办公室门也靠这张卡。但我的卡现在已经不能用了。我也许能借一张来。"

"用不着，我讨厌同伙。我们怎么绕到楼后面去？"

"我带你去。"一条小径穿过草坪，直通疯人院后的访客停车场。简妮循路拐到楼后，父亲以专业的眼光对大楼背部审视了一番。"那是什么门？"他指着那扇门问道。

"应该是消防门吧。"

他点点头道："门后可能有闩，拉开就行。"

"我也觉得是，我们从这儿进吗？"

"是的。"

简妮回忆起自己在楼里走动的时候，见到这扇门上写着"该门有警报"，于是说："你得先关掉警报。"

"不用，"他说着四处看了一圈，"一般会有人来这儿吗？"

"没几个人，晚上就更少了。"

"那就好，我们开工吧。"他放下包，从里面掏出一只塑料材质的小黑盒，盒面上嵌着个刻度盘。他按住钮，举着盒子绕门框转了一圈，两眼盯着刻度盘。只见黑盒转到门框右上角的时候，指针跳了一下，他满意地哼唧一声。

接着他把盒子放回去，又拿出一件模样差不多的仪器和一卷电工胶带。他把这仪器用胶带粘在防火门右上角，打开开关，仪器旋即发出嗡嗡低响。"这东西能迷惑防盗报警器。"他解释道。

他再取出一根钢丝，这原先是只晾衣架。他仔细地把钢丝一头拧弯，然后把这头插进门缝往上一提，动手推门。

门应手而开。

警报没响。

他拾起包就往里走。

"等一下，"简妮说，"这不对，关上门我们回家吧。"

"嘿，别怕，进来吧。"

"我不能这么对你，要是你被抓了，七十岁之前都别想出来了。"

"简妮，是我自己想干这事儿。那么多年我都不是个称职的父亲。就让我帮你这一回吧，这对我很重要，求你了。"

简妮这才跟了进来。

他关上门道："带路。"

她踩着消防楼梯跑上二楼，顺着楼道直冲自己的办公室。他紧紧跟着他，她指向一扇门。

他继续从包里掏出一件电子仪器，上面用导线连着一张购物卡大小的金属片。他把金属片划过读卡器，并启动仪器。"这东西会尝试各种密码组合办法。"

她在旁边看得目瞪口呆，这么戒备森严的大楼就被他轻轻松松地闯进来了。

"你知道吗？"他说，"我不怕啦！"

"老天啊，我快吓死了。"简妮说。

"不是，我说真的，我又有胆量了，也许因为你陪着我吧，"他咧嘴一笑，"嘿，我们不如搭伙干吧。"

她连忙摇头："休想，我可受不了这紧张。"

突然她想到，柏林顿可能已经来把她的电脑和磁盘都搬走了。这么一来她这泼天大险不是白冒了吗？"得等多久？"她急切地问道。

"随时可能成功。"

过了会儿门轻轻地开了。

"还不进去？"他自豪地说。

她进门开灯，电脑还在桌上。简妮打开抽屉，看见那盒磁盘也安然无恙。她赶忙翻找起来。有了！购物单在呢！她抽出这张，嘴里喃喃道："谢天谢地。"

手上拿到了磁盘，她迫不及待就想看看内容。虽然马上就该离开疯人院，她还是想马上在这儿看一眼。她家里可没有电脑，父亲把它卖了。要读盘还得借一台电脑，那不是还得浪费时间和唇舌吗？

她决定碰碰运气。

她启动桌上的电脑，等待开机。

"你在做什么？"父亲问道。

"我要看看文件。"

"你就不能回家看吗？"

"我家没电脑啊，父亲，被偷了。"

他也不理她话里的讽刺。"那就快点儿。"他说着走到窗口向外张望。

屏幕亮了起来，她点开"美国在线"，插入磁盘，再打开打印机。

突然警报器响了。

简妮心里一紧，警报声震耳欲聋。"怎么回事？"她叫道。

父亲脸色发白。"肯定是那该死的发射器失灵了，不然就是有人把它从门上拿走了，"他也叫道，"我们完了，简妮，跑！"

她正要取出磁盘，但马上强迫自己冷静思考。要是自己被抓，磁盘被没收，她就什么都没了。她必须趁现在看看名单。她抓住父亲的胳臂。"再等一会儿！"

他朝窗外瞥了一眼："要命，好像来了个保安！"

"我必须打印出来！等我！"

他全身发抖。"我做不到，简妮，我做不到！对不起！"他一把抓起公文包就逃了。

简妮怜悯他，但她现在可不能停下。她进入磁盘目录，选中联调局的名单，点了打印。

她跑到窗口。两个保安正要进大楼前门。

她关上办公室门。

她看着自己那台喷墨打印机："快点儿，快点儿。"

终于一声嘀后跟着几声低鸣，打印机吐出一张表格。

她赶忙弹出磁盘揣进外套口袋。

打印机共印出四张表格。

简妮抄起表格看起来，心怦怦直跳。

表上有三四十对姓名。大多是男性，这不出奇：女人几乎不犯罪。有几对正是一个在坐牢一个在外面的情况。这正合简妮心意。但现在她只想看到点儿特殊的东西。她开始搜索"史蒂夫·洛根"或"德尼斯·平科尔"。

两个都有。

而且都和第三个人配对："韦恩·斯塔特纳"。

"好极了！"简妮欣喜欲狂地叫道。

这家伙住在纽约，电话区号是212。

她紧紧盯着这个名字。韦恩·斯塔特纳。就是他在学校体育馆强奸了丽莎，还在费城侵犯了简妮。"王八蛋，"她咬牙切齿地说，"我们这就来抓你。"

看过名单，接下来就要带着东西跑路了。她把文件塞进口袋，关灯开门。

楼道里传来声音，警报也响个不停。她走晚了。于是她小心翼翼地关上门。双腿发软地靠在门上凝神倾听。

她听见一道男声大叫："刚才这几间屋子里肯定有盏灯亮着。"

另一道声音回复道："我们一间间看吧。"

简妮借着屋外路灯的光线，一眼扫过这间小屋，根本没处藏身。

她把门开了一线，外面无人无声。她探出头看见楼梯口那端开着扇门，灯光从里面透出来。她等了会儿，看见保安从里面出来，关上灯带上门，再走进隔壁的实验室，这要搜完得花一两分钟了。她能偷偷跑过门口不被他们发现吗?

简妮踏进楼道,抖着手带上门。

她沿着楼道走去,竭力压抑自己狂奔的欲望。

她经过实验室门口时,情不自禁地往里瞥了一眼。两个保安都背对着门口,一个在检查文件橱,另一个好奇地看着钉在灯箱上的DNA检验光片。没人看见她。

她走到楼道尽头,打开弹簧门。

她正要抬脚进门,一道声音在背后响起:"嘿!你!停下!"

简妮当即拔腿就想跑,但她控制住自己,任弹簧门关上,转身微笑。

两位保安跑到她面前,都是近六十岁的老头,也许是退役的警察。

她喉咙发紧,呼吸困难。"晚上好,"她说,"有什么用我帮忙的吗?"警报声盖过她声音里的颤抖。

"楼里响警报了。"一位保安说。

她也就顺势说了句废话:"有外人闯进来了?"

"也许吧,你见到或听到什么奇怪的东西了吗,教授?"

保安们把她看成教员,这不错。"我听到玻璃碎了,好像是楼上传来的,但我也不确定。"

两位保安面面相觑。一位开口道:"我们会去看看的。"

另一位则比较多疑:"请问你口袋里是什么呢?"

"几张纸。"

"当然啦,我能看看吗?"

简妮可不想把这些纸交给任何人,它们太珍贵了。简妮马上临场发挥,装出一副随口答应,却马上改了主意的样子。"行啊。"她说着掏出文件递过去，伸到一半却又折起来放回去，"仔细想想还是不行。你不能看，这是私人物品。"

"我一定要看，培训时就告诉我们，在这种地方，纸张的价值可以比拟楼里的任何东西。"

"就算楼里响了警报，我也不能让你看我的私人通信啊。"

"那我就必须请你跟我去保安办公室，找我上司谈谈了。"

"好啊，"她说，"我们外头见。"她迅速退入弹簧门，脚步轻快地往下走。

保安立马追上来："等等！"

她任他们在一楼大堂追上她。一名保安擒住她的胳臂，另一位打开门。他们走到楼外。

"别拽着我。"她说。

"不行。"他说。赶几步楼梯他就气喘吁吁。

她之前也被人这么拽过，这回轻车熟路地抓上那只手用力一捏。保安痛叫一声："噢！"随即松开了她。

简妮狂奔。

"嘿！混蛋，停下！"他们紧追上来。

他们这是徒劳的，她比他们年轻二十五岁，跑起来宛如赛马。她把两个保安越甩越远，不禁愈发轻松。她跑得风驰电掣，狂笑不已。他们追了几码就放弃了。她回头一看，两人都弯着腰直喘粗气呢！

她一路跑回停车场。

父亲等在车边。她打开车门。待两人上车就关上车灯退出了停车场。

"对不起，简妮，"他说，"我已经不能偷了，甚至为了自己都做不到，也许为了你还能下手。但这没用。我再偷不了了。"

"这是好消息啊！"她说，"而且我也拿到了我要的东西！"

"我想做个好父亲，不过现在开始恐怕已经太晚了。"

她驶出校园拐上马路，打开车前灯："不晚，父亲，真的不晚。"

"也许吧。不管怎么说我也算为你出力了，是不是？"

"是啊，你出力了，而且成功了！你把我带进去了！我一个人可做不到。"

"是啊，你说得对。"

她飞速开回家的时候，左手掏出表格紧张地看起电话号码。要是这号码过时了可就完了。她要先听听韦恩·斯塔特纳的声音。

一到公寓她就拿起电话拨通号码。

一道男声应道："喂？"

一个字可听不出什么。她说："我找韦恩·斯塔特纳先生，他在吗？"

"我就是，你哪位？"

声音就像史蒂夫。你个王八蛋，你干吗撕坏我的丝袜？她压下愤怒，说道："斯塔特纳先生，我是市场调查公司的员工，有一份非常特殊的邀约给您。"

"滚你妈的蛋。"韦恩说罢挂了电话。

"就是他，"简妮对父亲说，"他声音像极了史蒂夫，只是口气没那么有礼貌。"

这事她对父亲简略地讲过。所以这句话他听明白了，但还是觉得事情有点扑朔迷离。"那你接下来要怎么办？"

"报警。"她打电话给性犯罪科找德莱威尔警监。

父亲诧异地摇摇头："真不习惯啊，竟然要和警察合作。这位警监最好和我遇到的探员不同。"

"她应该不同。"

她没指望米雪能在办公桌前，现在都晚上九点了。她只是想让他们给她带个信，说有十万火急的事情。但今天她挺走运，米雪还在局里。"我在写文书呢，"她解释道，"怎么了？"

"史蒂夫·洛根和德尼斯·平科尔不是双胞胎。"

"但我以为……"

"他们是三胞胎。"

米雪良久无言，再开口时口气里已经有了戒备的意味："你怎么知道的？"

"我之前不是跟你说过吗？我是靠检索牙科病历找到的史蒂夫和德尼斯。"

"是的。"

"这周我检索了联调局的指纹文件。程序把史蒂夫、德尼斯和另一个男人一起给了我。"

"他们三个指纹一样？"

"不完全相同，但极为相似。我刚给第三个家伙打电话，他的声音也像极了史蒂夫。我敢打包票这三个家伙长得也一模一样。米雪，你要相信我。"

"你有他的地址吗？"

"有，他住在纽约。"

"说吧。"

“我有个条件。”

米雪语气强硬地说：“简妮，这里是警察局。你不能谈条件，只能回答问题，现在把地址告诉我。”

“但我一定要见他。”

“你想坐牢吗？不想就快把地址告诉我。”

“我们明天一起去见他吧。”

米雪顿了顿：“你这是教唆罪，我该把你丢进牢里。”

“我们可以赶明早第一班去纽约的飞机。”

“好吧。”

周　六

43

　　早晨六点四十分，她们赶上了美国航空公司飞往纽约的航班。

　　简妮满怀希望。此行可能终结史蒂夫的梦魇。她昨晚给他去了电话，并告知以最新进展。他听了以后十分高兴，也想跟他们一起来纽约。但简妮知道米雪肯定不会同意，所以只得保证得到更多消息之后第一时间致电给他。

　　米雪虽然容忍简妮跟了来，但心底也不无疑虑。简妮的故事虽然让人难以置信，但她也得查一查。

　　凭简妮那些数据是不能推断韦恩·斯塔特纳的指纹为什么会录入联调局档案的。但米雪昨天查了一晚上，今天在巴尔的摩华盛顿国际机场把答案告诉了简妮。三年前有个十四岁姑娘失踪，焦虑如狂的父母一路追查到韦恩在纽约的公寓。他们告他绑架，他否认，说根本没有强迫女孩儿。那姑娘自己也口口声声说爱韦恩。而且韦恩当年才十九岁，所以到头来事情也不了了之。

　　从这故事看来，斯塔特纳似乎喜欢支配女人。简妮觉得这不符合强奸犯的心理。然而米雪觉得这种事也没个定数。

　　简妮没告诉米雪自己在费城受侵犯的事情。她知道米雪肯定会把这事儿算在史蒂夫头上，然后亲自找来史蒂夫一同盘问，这可不是史蒂夫想要的结果。同理，她对昨晚接到的那通威胁电话也保持缄默。这事儿她对谁都没说过，连史蒂夫也不例外：她不想增添他的担心了。

简妮想亲近米雪，但两人之间却总有种隔阂。米雪是警察，想要让别人听命行事，而简妮却最讨厌这点。为了拉近两人的距离，简妮问米雪是怎么成为警察的。

"我以前是个秘书，后来在联调局谋了份工作，"她答道，"十年之后，我觉得自己能做得比上司更好。于是我就去申请接受了警察训练，再入学进修，终于成了一名巡警。入职后我自愿去缉毒科当卧底。那工作实在是惊心动魄，但我挺了过来，证明了自己的出色。"

简妮突然想对米雪敬而远之。她自己偶尔就会抽一点儿大麻，可不想因为这种事就被人丢进监狱。

"然后我调去了虐童科，"米雪继续说，"在那儿我没待多久。谁也待不久。这份工作虽然重要，可但凡是人，看多了这档子事儿都得发疯。最后我就转来性犯罪科了。"

"听上去好不了多少啊。"

"至少受害者都是成人了。而且几年后我还升任了警监，成了全科的老大。"

"我觉得你们科所有的探员都应该是女人。"

"这我倒不同意。"

简妮有点诧异。"你不觉得受害者更愿意对女探员开口吗？"

"老年妇女兴许愿意吧，比如说七十多岁的。"

简妮听得一哆嗦，竟然还有这把年纪的受害者。

米雪继续道："实际上，大多数受害者都宁愿对路灯倾诉苦闷。"

"男人都以为女人巴不得被强奸呢。"

"但受害者如果想要法律还她一个公道，那么强奸报告里就少不了盘问环节。但是临到盘问的时候，女人却往往比男人更粗鲁，尤其是对另一个女人。"

简妮觉得难以置信，只以为米雪在为她的男同事开脱。

话题聊完之后，简妮开始遐想自己的未来。她难以接受自己接下来的人生中没有科研相伴。在她梦想的未来中，她会变成一个头发花白的坏脾气老婆子，她的工作却会被整个世界记住，学生们会被教导："直至2000年，在简妮·费拉米革命性的作品发表之后，我们才理解了人类犯罪行为。"但这永远不会发生了，她需要另一个梦想。

八点刚过她们就降落在拉瓜迪亚机场，然后打的去了市中心。出租车的黄漆斑驳憔悴，车里的弹簧也坏了，车子途经皇后区，穿过中城隧道直达曼哈顿，一路上颠得两个姑娘死去活来。简妮其实也不晕车，只是想到要去见侵犯自己的家伙，胃里就像开了锅。

韦恩·斯塔特纳住在休斯敦街南端的一栋LOFT楼房里。现在正是周六清晨，阳光明媚，街上不少年轻人来来往往。有出来买百吉饼①的，有坐在街边小摊前喝咖啡的，也有趴在画廊橱窗上朝里张望的。

第一分局派了个探员等在这里，他的棕色福特护卫者停在楼外其他车旁边，后门还有处凹陷。三人互相握了手，这位探员没

---

① 美国纽约最流行的面包，有点像"炸面包圈"，所以也称"硬面包圈"。

好气地自我介绍叫赫伯·雷茨。简妮猜想当外地探员的保姆肯定算额外工作。

米雪扬着热情演绎的笑脸说："非常感谢你周六还来接我们。"

他语气和缓了些："没事。"

"要是你在巴尔的摩需要帮助，找我就行。"

"肯定肯定。"

简妮暗道："看在老天的分上，回到正题吧！"

他们走进大楼，乘电梯直奔顶楼。电梯慢悠悠上升的时候，赫伯道："一层就住一户人家。这嫌疑犯挺有钱啊，他做什么了？"

"强奸。"米雪答。

电梯停，门开，迎面就是另一扇门。要是公寓不开门，他们就离不开电梯。米雪摁响门铃。屋里很久没人应。赫伯按住电梯开门键。简妮开始祈祷韦恩周末没出城：她可受不了希望落空。米雪又摁住门铃，手指一松不松。

终于屋里传出声音："他妈的谁啊？"

就是他。这声音让简妮不寒而栗。

赫伯说："他妈的警察。开门。"

那人顿时换了语气："请将你的警官证放到猫眼前面。"

赫伯出示了探员的盾徽。

"好吧，等一下。"

成功了，简妮想，我要见到他了。

门开了，屋里是个衣衫不整的小伙子，光着脚丫，穿着件褪色的黑毛巾浴袍。

简妮盯着他，觉得有什么地方不对。

他和史蒂夫长得一模一样——除了头发是黑色的。

赫伯说："韦恩·斯塔特纳？"

"是的。"

他肯定染过发了，她想。不是昨晚就是周四晚上。

"我是第一分局的赫伯·雷茨探员。"

"我很乐意协助警方，赫伯，"韦恩说着瞥了眼米雪和简妮，表情不变，仿佛根本不认识简妮，"请进来吧。"

他们走进屋子，大厅没装窗户，墙面漆黑，辟着三扇红门。角落里立着一具医学院用的人类骨骼模型，一条红围巾塞在喉间，手腕上戴着副警用铁手铐。

韦恩领着众人穿过一道红门，走进一间高顶大厅。黑天鹅绒窗帘被拉起，屋里只靠昏暗的灯光照明。一面墙上挂着全尺寸纳粹旗。伞架上插着一组鞭子，在聚光灯下纤毫毕现。工艺讲究的画框里嵌着基督受难的巨幅油画。可简妮凑近后仔细一看，却发现裸体受难的并非基督，而是一头金色长发的美艳妇人。她看得一阵恶心，打了个寒战。

这简直就是虐待狂的家，再没有比这些迹象更明显的了。

赫伯惊异地四处打量："你干什么为生啊，斯塔特纳先生？"

"我在纽约有两家夜总会，这也是我乐意协助警方的原因。为了生意上的缘故，我必须让自己的双手一尘不染。"

赫伯打了个响指。"哎呀，韦恩·斯塔特纳。我在杂志上读到过你，曼哈顿年轻的百万富翁。我早该想起你的名字的。"

"大家请坐吧。"

简妮走到一张椅子前，却觉得有些不对，琢磨半天才发现这款式不正是处决用的电椅嘛！她面容扭曲地换了张椅子坐下。

赫伯道："这是巴尔的摩警察局的米雪儿·德莱威尔警监。"

"巴尔的摩？"韦恩惊异道。简妮紧紧盯着他，看有没有害怕的表情。但他似乎演技精湛。"他们犯事儿都犯到巴尔的摩去了？"他不无讽刺地说。

简妮说："你头发是染的吧？"

米雪不悦地横了她一眼：简妮应该在旁边乖乖看着，轮不到她盘问嫌疑犯。

然而韦恩却不介怀："是啊，你眼力不错。"

我是对的，简妮欣喜若狂。就是他。她看着他的手，就是它们剥过自己的衣服。你死定了，混蛋，她心想。

"什么时候染的？"她问道。

"十五岁的时候。"他回答。

骗人。

"从我记事起就流行黑头发嘛。"

周四你还是金发呢，还用你那双手来抓我的衬衫，周日也是，你顶着那头金发在琼大体育馆强奸丽莎·霍克斯顿。

但他为什么要撒谎？他知道嫌疑犯是金发的吗？

他说："你们到底是来干什么的？我的发色是线索吗？我可喜欢这种侦探悬疑故事啦。"

"我们不会耽误你太长时间的，"米雪连忙接口，"请问上周日晚上八点你在哪儿？"

简妮担心这家伙会胡乱编造些不在场证明，比如信口说自己在和狐朋狗友打牌，然后再花点儿钱让他们支持，或索性就说那天招了妓回家过夜，事后一样是花钱买伪证。

但他的回答在她意料之外。"好说，"他答道，"我在加利福尼亚。"

"有证人吗？"

他笑道："大概有一亿人能做证。"

简妮觉得事情有点儿不妙了。他不可能真有不在场证明啊。他怎么可能不是强奸犯呢？

米雪问道："你什么意思？"

"我在艾美奖现场呢。"

简妮想起当晚丽莎病房里播的正是艾美奖颁奖晚宴。韦恩怎么可能出席晚宴的？这点儿时间才够简妮赶到医院，他连机场都赶不到。

"当然啦，我没获奖，"他补充道，"我不是那一行的，但萨琳娜·琼斯得奖了，她是我的老朋友。"

他说着看向油画，简妮这才意识到画上的女人很像情景喜剧《太多厨师》里饰演贝贝的女演员，贝贝是牢骚满腹的布莱恩的女儿。她肯定是这幅画的模特。

韦恩道："萨琳娜获了喜剧最佳女演员奖，她从台上捧着奖杯下来的时候，我吻了她的双颊。那一刻很美，电视摄像机捕捉到了，马上全世界都看到了。我把它录了下来。本周的《人物》杂志还刊登了这张照片呢。"

他指指地毯上的杂志。

简妮的心不断下沉，她捡起杂志。上面赫然是韦恩亲吻萨琳娜的照片，她握着艾美奖小雕像，他则一身燕尾服，说不出的英俊潇洒。

而且他的发色乌黑。

照片底下的字幕写道："纽约夜总会经理人韦恩·斯塔特纳于好莱坞周末夜恭贺旧情人萨琳娜·琼斯凭《太多厨师》荣获艾美奖。"

简直是无懈可击的不在场证明。

这怎么可能？

米雪道："好吧，斯塔特纳先生。那就不耽误你的时间了。"

"你们以为我干什么了？"

"我们在调查一桩强奸案，案发地点是巴尔的摩，案发时间是上周日晚上。"

"不是我。"韦恩说。

米雪瞄了眼受难图，他也跟着视线看过去。"我的所有受害者都是自愿的。"他边说边将目光在米雪身上逗留了很长时间，仿佛在暗示些什么。

米雪脸色一黑，转身就走。

简妮不知所措，所有希望都破灭了。但她的大脑还在不停运转，他们起身离开的时候她问道："我能问你一个问题吗？"

"可以啊。"温恩还是殷勤地答道。

"你有兄弟姐妹吗？"

"我是独生子。"

"你出生的时候，你父亲是不是在军队服役？"

"是的，他是直升机飞行员教官，在布拉格堡服役。你怎么知道的？"

"你母亲是不是有不孕问题？"

"警察问这种问题太可笑了吧。"

米雪道："费拉米博士是琼斯·福尔斯大学的科学家。她的研究和我们调查的案件关系很大。"

简妮说："你母亲有没有说起过自己接受过生育治疗？"

"没对我说过。"

"我能问她吗？"

"她过世啦。"

"对不起。那你父亲呢？"

他耸耸肩："你可以打电话给他。"

"好的。"

"他住迈阿密，我给你他的电话号码。"

简妮递给他一支笔。他在《人物》杂志一角写下一串号码，然后撕给了简妮。

他们走到门口。赫伯道："感谢你的合作，斯塔特纳先生。"

"随时欢迎。"

三人坐电梯下楼的时候，简妮闷闷不乐地说："你们相信他的不在场证明吗？"

"我会查查看的，"米雪道，"但感觉像是真的。"

简妮摇摇头："我不信他是无辜的。"

"他罪孽可深了，姑娘——但不是因为这桩案子。"

44

　　史蒂夫在等简妮的电话。他坐在乔治敦父母家的大厨房里，看着母亲料理肉饼。他想知道韦恩·斯塔特纳和他像不像，简妮她们找过去的那个地址对不对，韦恩有没有供认强奸丽莎的罪行。

　　母亲在切洋葱。昨晚史蒂夫和父母聊到很晚，说了自己那离奇的来历。母亲乍听之下，对阿文提诺诊所1972年对她做的事情一阵茫然和吃惊，心底也不相信。不过她还是暂且接受了，权当是给律师在法庭上的筹码。史蒂夫说起医生拿不知情的病人做实验时，母亲气坏了。在专栏里她就大声疾呼过妇女有权支配自己的身体。

　　不过出人意料的是，父亲却很镇定。史蒂夫本以为男人会对这种离经叛道的事情反应更大，但父亲依然保持着理性。他核对了简妮的推理，揣摩了三胞胎其他可能的解释，最后断定简妮可能是对的。然而，保持冷静是父亲的一贯准则，不能说明他内心的感受。现在他正在庭院浇花圃，面色如常，但心里肯定气疯了。

　　母亲开始煎洋葱，史蒂夫闻着香味，垂涎欲滴道："肉饼配土豆泥番茄酱，人间美味啊。"

她微笑道："你五岁的时候天天都要吃这个哩。"

"我记得。在胡佛塔那间小厨房里。"

"你记得？"

"记得。我还记得我们从公寓搬到别墅，那真是奇妙的感觉。"

"那年我拿到了第一本书的版税——《不能怀孕怎么办》，"她叹了口气，"要是我受孕的内幕真是那样的，那本书就傻透了。"

"但愿买书的人不会来要求退钱吧。"

她把牛肉饼和洋葱搁进煎锅，擦了擦手。"这事儿我琢磨了一晚上，然后你猜怎的？我很高兴阿文提诺诊所对我做的事情。"

"为什么？你昨晚还那么生气。"

"被人当成实验室的猩猩我还是生气。但我昨晚想通了一件很简单的事情，要是他们没对我做实验，我就不会有你了。除此之外别的都无关紧要。"

"我不是你亲生的，你也不在乎吗？"

她伸出一只手揽着他："史蒂夫，你是我的孩子。这一点什么都改变不了。"

电话响了，史蒂夫一把抢了来："喂？"

"我是简妮。"

"情况怎么样？"史蒂夫屏住呼吸，"他在家吗？"

"在，而且和你一模一样，只是染了黑发。"

"我的天——我有两个孪生兄弟了。"

"是的，韦恩的母亲过世了，但我刚和他在佛罗里达的父亲通过电话，他承认韦恩母亲当年去过阿文提诺诊所。"

这是条好消息，但她的声音显得无精打采，史蒂夫的喜悦也渐渐熄了。"你好像不怎么开心啊？"

"他礼拜天有不在场证明。"

"该死，"他的希望又破灭了，"怎么可能？是哪种不在场证明？"

"天衣无缝的那种。他在洛杉矶参加艾美奖颁奖晚会。还有照片为证。"

"他是电影业的？"

"他是夜总会老板，算是半个知名人士。"

史蒂夫知道她为什么情绪那么低落了。她能找到韦恩，的确让人惊艳——但两人也止步于此。然而这么一来，他不仅沮丧，还困惑起来。"那到底是谁强奸了丽莎？"

"你知道夏洛克·福尔摩斯说的那句话吗？'当你将不可能的解释一一排除，剩下的不管多么匪夷所思，都必然是真相。'或是赫尔克里·波洛说的。①"

史蒂夫闻言心凉了半截。她应该不会觉得是自己强奸了丽莎吧？"真相是什么？"

"有四个孪生子。"

"四胞胎？简妮，这有点儿荒唐了吧。"

"不是四胞胎，我可不信这胚胎会自然分裂成四个。肯定是人为的，算是实验的一部分。"

"这有可能吗？"

---

① 福尔摩斯为柯南·道尔笔下的大侦探；波洛为阿加莎笔下的大侦探，引言是福尔摩斯所说。

"现在是可能的。你听说过克隆吧。20世纪70年代这还只是个想法。但基因泰在这个领域似乎领先了几十年。估计这都是秘密研究和人体实验的功劳。"

"你的意思是我是个克隆人？"

"肯定是。对不起，史蒂夫，我老给你传些惊人的消息。你能有现在的爸妈是你的福气啊。"

"是啊。对了，那个韦恩什么样？"

"他是个变态。他有幅画，上面是萨琳娜·琼斯裸体受难的样子。他那公寓我一秒都不想多待。"

史蒂夫沉默了，我的克隆体一个是杀人犯，一个是虐待狂，假定有的第四个是个强奸犯，那我算什么？

简妮说："克隆概念也解释了你们生日为什么都不同。胚胎植入女性子宫之前，在实验室里的存放时间是不等的。"

这种事为什么要发生到我头上？我为什么就不能和别人一样？

"登机门要关了，我得走了。"

"好的，再见。"

史蒂夫挂掉电话，问母亲："你都听到了吧？"

"是啊，他和你长得一样，但有不在场证明，所以那姑娘觉得你肯定还有第三个孪生兄弟，以及你是克隆人。"

"要我们真是克隆人，我肯定和他们一样。"

"不，你不一样，你是我儿子。"

"但我不是，"他看见母亲脸上露出痛苦的神色，他也很痛苦，"我的亲身父母是基因泰的科研人员选出来的。我血管里流着他们的血。"

"你肯定和那几个不一样，你行为就不同啊。"

"但那能证明我和他们的天性不同吗？如果我仅仅是会掩藏本性呢？就像家禽家畜那样。现在的我到底是谁造就的呢？是你还是基因泰？"

　　"我不知道，儿子，"母亲道，"我不知道。"

45

简妮冲了凉，洗了头，然后仔细地化好眼妆。她这次不涂唇膏，也不抹腮红，只一件V领紫色毛衣，一条修身灰色打底裤，内衣也不穿，鞋子也不要，鼻子上戴了枚最爱的蓝宝石银环。镜子里的自己性感极了。"去教堂吗，姑娘？"她大声问了句，然后朝自己眨了眨眼，便转身去了起居室。

父亲又不见了。他喜欢待在帕蒂家，那儿有三个外孙供他逗弄。简妮跑去纽约的时候帕蒂来把他接走了。

她无所事事地等着史蒂夫，努力不去想今早大失所望的一幕，她的失望已经够多了。突然她觉得饿了，也难怪，她今天就喝了几杯咖啡而已。现在是去吃东西呢，还是等史蒂夫来了再说呢？想起史蒂夫一顿早饭就吃了八个肉桂卷，她不由得笑了。那才是昨天的事情吧？感觉都像是过了一周啦。

忽然，她意识到冰箱里什么吃的都没有。要是他饿着肚子跑过来，她却连招待的东西都拿不出，那多尴尬啊！她立即套上马丁大夫牌的靴子，跑到外面驱车赶去福尔斯大道第三十六街路口的7–11便利店，买下鸡蛋、加拿大熏肉、牛奶、一条七谷面包、即洗色拉、多瑟瑰啤酒、本杰瑞牌的雨林系列冰淇淋和四大袋速冻肉桂卷。

站在收银台前的时候，她一下子想到他可能在她出门的时候到啊。他甚至有可能已经吃到闭门羹走了。她大包小包地冲出商店，发疯似的往回开，幻想他还等在门口不耐烦地按着门铃。

门口没人，也没见他那辆锈迹斑斑的达特桑。她进屋把食物放进冰箱，把鸡蛋搁进鸡蛋托盘，拆开六瓶装啤酒的包装，再把咖啡机调整到随时可以启动的状态。然后她又无事可做了。

一个念头闪过，她这举动真是不寻常啊。她可从没担心过哪个男人饿不饿。她的态度历来就是：你饿了就自己翻冰箱，冰箱空了就去店里买，店门关了就找免下车餐馆。维尔·坦普也不例外。但现在却在操心家务。史蒂夫对她的触动比所有男人都多，即使她才认识他没几天——

门铃骤响。

简妮一下弹起来，心怦怦直跳地冲着对讲机道："哪位？"

"简妮吗？我是史蒂夫。"

她马上按下开门键。她在原地站了会儿，又觉得自己傻呆呆的，就像个青春期少女。她见史蒂夫走上楼梯，灰T恤，肥大的蓝牛仔裤，一脸沉痛失望，立即上去抱住了他。他强壮的身躯紧紧绷着。

她领他进起居室。史蒂夫一屁股坐上沙发，她又去开咖啡机。简妮以前要了解男人，总免不了约会、用餐、一起看电影的套路，但上述事情虽然和史蒂夫一件都没做过，她还是觉得两人心心相印。他们并肩战斗，破解谜团，一起承受幕后敌人的明枪暗箭。这让他们很快成了朋友。

"喝咖啡吗？"

他摇摇头："我就想拉着你的手。"

她坐到他身边，牵起他的手。他朝她靠过来，她抬起脸，他吻了她的双唇。这是他俩第一次真真切切的吻。她紧紧握住他的手，分开他的唇。他口中的味道宛如木柴燃烧后的烟。这时候她突然分了心，自问有没有刷过牙，确定刷过之后才放了心。他隔着柔软的羊毛衫触上她的乳房，手虽大，却出奇地温柔。她也如斯反馈，用掌心摩挲他的胸膛。

　　两人很快就动了情。

　　他退开身子，直直盯着她的脸庞，仿佛要将这副五官烧铸进记忆里。而后他伸出指尖，慢慢拂过她的眉毛、颧骨、鼻尖和朱唇，动作轻柔得仿佛害怕弄坏了什么。然后他又微微摇头，似乎不敢相信自己亲眼所见的一切。

　　在他的目光里，她看见了深沉的眷恋。这个男人全身心地想要她。她不禁性欲高涨，激情宛如南方吹来的劲风，狂暴而炽烈。她感觉自己的私处一阵灼热，这感受已经一年半未曾造访了。她想和他一口气把所有事儿都做了，被他压在身上，舌头探进嘴巴，双手到处爱抚。

　　她捧着他的脑袋，凑上脸又印下一吻，这一回她大张着嘴。她躺倒在沙发上，致使他半个身子压了上来，重量全在她胸口。可最后却一把推开他，边喘气边说："去卧室。"

　　她从他身子底下钻出来，领头去了卧室，一进门就脱掉毛衣掷到地上。他跟进卧室，用脚跟关上了身后的门。见到面前光着上身的玉人，他一把扯下T恤。

　　他们都这么做，她心想：他们都用脚跟关门。

　　他脱鞋，解皮带，褪去牛仔裤。他身材精壮，宽肩窄臀，胸肌发达，全身只一条白色短裤。

但哪个是他呢？

他朝她走来，她不禁退了两步。

电话里那男人说："他还会来找你。"

他见状皱眉道："怎么了？"

她却是害怕了："我做不到。"

他深吸了口气，重重吐出。"哇，"他说着看向了别处，"哇。"

她双手抱胸，遮住乳房："我不知道你是哪个。"

当头一击。"我的天。"他坐在床上背对着她，宽厚的双肩气馁地垮塌下去。但这也可能是装出来的。"你以为我是费城那个。"

"我当时还以为他是史蒂夫呢。"

"但他为什么要冒充我呢？"

"这不重要。"

"他这么做不会仅仅是想要骗奸你，"他说，"我那群克隆兄弟找乐子的方式虽然古怪，但骗奸可不是其中之一。要是他想奸你，会拿刀逼你，或撕开你的丝袜，或纵火烧楼，但他那么做了吗？"

"我接到电话了，"简妮颤抖着说，"匿名电话，那人说'你在费城遇到的那家伙本来会杀了你。他太得意忘形，结果功亏一篑。但他还能来找你'。所以我不能留你。"她说完从地上抓起毛衣，迅速穿上。但这没让她感觉安全多少。

他怜爱地看着她，说道："苦了你了，那群混蛋把你吓得够呛，是我不对。"他站起来穿上牛仔裤。

这一刻她肯定自己是错的。费城那个强奸犯绝不会在这种情况下重新穿上衣服。他会把她丢上床，扯烂她的衣服强行占有她。面前这个男人不一样。这是史蒂夫。她想到这儿，几乎情不自禁要伸手抱住他，和他做爱。"史蒂夫……"

他绽开微笑："是我。"

但这要是他装的呢？等他赢得了她的信任，赤裸裸的他压在赤裸裸的她身上时，他会不会原形毕露，变回那个爱看女人害怕痛苦的混蛋呢？她害怕得打了个哆嗦。

这可不行。她避开他的视线道："你走吧。"

"你可以问我问题啊。"他说。

"好吧，我第一次见史蒂夫是在哪儿？"

"在网球场。"

说得没错。"但史蒂夫和强奸犯那天都在琼大啊。"

"那就问点儿别的。"

"周五早上史蒂夫吃了几个肉桂卷？"

他咧嘴一笑："八个，我都不好意思说。"

她却绝望地摇摇头："这地方可能被人窃听了，他们搜了我的办公室，下载了我的电子邮件，现在也可能正在窃听我们的对话。说这些没用。我没那么了解史蒂夫·洛根，我知道的别人也可能知道。"

"你说得对。"他说着穿上T恤。

他坐在床边穿鞋。她返回起居室，不想站在那儿看他穿衣。这是大错特错？还是她这辈子做过的最英明的决定呢？私处传来一阵空落落的感觉，她真的很想同史蒂夫做爱啊。然而一想到自己有可能和韦恩·斯塔特纳这路货色上床，她就不寒而栗。

他也走进起居室，穿得整整齐齐。她看进他的眼睛，搜寻其中能减轻她疑虑的东西，但一无所获。我不知道你是谁，我不知道啊！

他看出了她的想法。"没用的，我看得出来。信就信，不信了就再也不会信了，"他一时控制不住怒意道，"真扫兴，太他妈扫兴了。"

他的怒火让她吓了一跳。她虽然壮，可他更壮。她希望他马上离开公寓。

他感觉到她的急迫，于是说："好，我这就走。"待到门口他又说，"你知道那家伙是不会走的。"她点点头。

他接下来说的话正是她心中所想。"但在我真走掉之前，你都不能肯定。而且要是我去而复返，那也不算。要让你知道我真是史蒂夫，我必须真正地离开。"

"是的，"她现在确信这个就是史蒂夫了，但除非他真的走掉，疑心还是会卷土重来。

"我们得定一个暗号，让你知道我是我。"

"好。"

"我回去想想。"

"好。"

"再见，"他说，"不亲你了。"

他走下楼梯，叫道："打我电话。"

她呆呆地站在门口，僵在原地，直到听见临街大门咣当一声关上。

她咬住下唇，心酸欲泪。她回到厨房给自己倒了一杯咖啡，刚把杯子贴上嘴唇，手却一滑，杯子碎了一地。"晦气。"她说。

她瘫软在沙发上，双腿发软。她刚才自以为经历了巨大的危险，而今虽然发现只是虚惊一场，她依旧如释重负。她的身子被未竟的欲望弄得发胀，她摸上私密处，裤子裆部已然濡湿。"快了，"她喘着气道，"快了。"她开始怀想下次见到他会如何，她要如何拥着他亲吻，道歉，他又如何温柔地原谅。她一面想着，一面用指尖摸着自己，片刻之后，快感山呼海啸般地袭遍全身。

　　而后她小睡了会儿。

46

这是柏林顿的耻辱。

他虽然一直在对付简妮·费拉米，但他并不乐意这么做。她逼得他鬼鬼祟祟的像个小偷，用不正当手段泄密给报社，潜入她的办公室翻箱倒柜，现在还守在人家家门口盯梢。但这都是恐惧使然，他的世界仿佛要崩溃，他感到绝望。

他从没想过自己在六十岁生日前几周会做这种事：他把车停在路边，坐在车里看着别人家的前门，活脱脱一个醒龊的私家侦探。他母亲会怎么想？那个八十四岁、身材纤瘦、穿着体面、住在缅因州小城里的老太太不仅是圣公会教堂的首席花艺师，还时常给当地报社撰写幽默风趣的稿件。她要是知道儿子堕落到这步田地，肯定会羞愧得无地自容。

上天垂怜，他可别被熟人看见啊。他尽量避开行人的目光。可他的车偏偏夺人眼球。他当年觉得这辆车雍容典雅，但这条街上根本没停几辆林肯城镇轿车：当地人大多喜欢旧款的日本小轿车和精心养护的庞蒂克火鸟。况且柏林顿这头花白头发也很出众，难以融入背景。他先是把地图摊在方向盘上，假装找路。但这个街区民风纯善，没多久就有两个人敲窗要给他指路，搞得他不得不收起地图。他宽慰自己说住在这种廉租区域里的不可能是什么重要人士。

他现在不知道简妮下一步打算干什么。联调局没能在她的公寓里找到名单。柏林顿只能揣测最坏情况：那份名单已经引她去见了另一个克隆人。如果揣测为真，灾难转瞬将至。柏林顿、吉姆和布瑞斯顿很快就要面对真相大白、千夫所指和万劫不复的命运。

让柏林顿来监视简妮家的是吉姆。他当时说："我们必须知道她下一步是什么，又有谁来访或离开了。"柏林顿答应的时候就不太情愿。如今他早早过来，却直到中午才有点儿情况：简妮从一位黑人妇女的车上下来，柏林顿认出这是强奸案调查组的一员，她周一的时候问过自己几句。他当时还觉得这姑娘挺好看呢，他还记得她是德莱威尔警监。

他跑去拐角的麦当劳里，用投币电话打给普洛斯特，普洛斯特当即承诺找联调局的朋友打听她们去见谁了。柏林顿估计联调局的人会说："德莱威尔警监今天去见的嫌疑犯正处于我局监视下。出于安全我不便多说。但如果能告知她今早的行为和所追查的案件，将对我局很有帮助。"

过了一小时左右，简妮急匆匆地出了门，一件紫色毛衣，模样性感无比。柏林顿没有跟上她的车：就算害怕，这么卑鄙猥琐的事情他也做不出来。但几分钟后她就回来了，抱着杂货店买来的两个棕色纸袋子。后来又有一位克隆人来访她家，可能是史蒂夫·洛根。

他没待多久。柏林顿边看边想，要是我的话，简妮穿成那副模样，我能在里面待上一天一夜，直到周日晚上才走。

他第二十次看了看车载时钟，决定再给吉姆打个电话。他也许已经从联调局那里得到消息了呢。

柏林顿钻出车走到拐角。薯条的香味勾起了他的馋虫，可他却不爱吃快餐盒里的汉堡包。他点了杯黑咖啡，走到投币电话前。

"她们去纽约了。"吉姆说。

这正是柏林顿所害怕的。"韦恩·斯塔特纳。"他说。

"是的。"

"该死，她们做什么了？"

"询问他上周日晚上的下落，诸如此类。他当时在参加艾美奖颁奖晚会。《人物》杂志上有他的照片。就这些。"

"能知道简妮接下来的动向吗？"

"不能。你那儿有什么情况？"

"没什么。我守在看得见她家大门的地方。她出去买了点儿东西，然后史蒂夫·洛根来了，又走了。也许他们也没招了。"

"也许还有招呢。我们只知道，你把她解雇根本没能让她闭嘴。"

"行啦，吉姆，别再戳我痛处啦。等等——她出来了。"她换了身衣服，一条白色牛仔裤，品蓝色无袖上衣，两条结实的膀子露在外面。

"跟上她。"吉姆说。

"该死，她上车了。"

"柏里，我们必须知道她要去哪儿。"

"他妈的，我又不是警察！"

旁边一位小女孩儿正要去洗手间，对她母亲说："母亲，那人刚才大喊大叫。"

"宝贝，嘘。"她母亲道。

柏林顿压低声音："她开车走了。"

"到你该死的车上去！"

"去你妈的，吉姆。"

"跟上她！"吉姆挂断电话。

柏林顿挂上电话。

简妮的红色梅赛德斯从他身边开过，向南开上福尔斯大道。

柏林顿向他的车门跑去。

47

简妮端详着史蒂夫的父亲。查尔斯满头黑发、胡子拉碴、表情严肃、行为刻板。即使今天是周六，他在庭院里浇花照样穿着熨烫挺括的黑裤子和有领短袖衬衫。不管怎么看，他和史蒂夫长得都大不相同。两人唯一相像的地方应该只剩下穿衣品位这一条了。简妮的大多数学生都偏爱破洞牛仔裤和黑色皮衣，而史蒂夫则中意保守的卡其裤和活动领衬衫。

史蒂夫还没回家，查尔斯推测他是顺道去法学系的图书馆查阅强奸案相关材料去了。史蒂夫的母亲正在小睡。查尔斯榨了鲜柠檬汁和简妮一同坐到露台的躺椅上。

简妮先前正在打盹儿，一醒来却想到个绝妙的主意。她有办法找到第四个克隆人了。不过这需要查尔斯的帮助，而她也不确定查尔斯肯不肯帮这个忙。

查尔斯拿了两只高高凉凉的玻璃杯，递给简妮一杯，坐下问道："我能直呼你的名字吗？"

"非常乐意。"

"你也直呼我的名字吧。"

"好。"

他们抿了口柠檬汁，他说："简妮——这一切到底是怎么回事？"

她放下杯子："我觉得这是一项实验，柏林顿和普洛斯特在创办基因泰之前一直都在军队服役。我怀疑他们创建公司就是为了掩人耳目，好秘密进行军方项目。"

"我自打成年之后就一直是个军人，也已经对军队大多数的疯狂举动见怪不怪了。但他们能在女人的不孕问题里得到什么好处呢？"

"想想吧。史蒂夫和他的克隆兄弟都是又高又壮，英俊健美。他们还都很聪明，就是脾气粗暴了点儿。但史蒂夫和德尼斯的智商都是极高，我怀疑另外两个也是如此：韦恩年仅二十二岁已经是个百万富翁，而第四个的智慧至少能完全避开警方的探查。"

"这意味着什么呢？"

"我不确定，但我猜军队是想繁育出完美的士兵。"

这只是随口推测，她说得也是漫不经心，但查尔斯大为动容。"我的天，"他说道，满脸震惊，"我想我听说过这项目。"

"你什么意思？"

"20世纪70年代整支部队里都在传，说苏联人有个繁育计划。他们要造出完美的士兵、完美的运动员、完美的棋手、完美的一切。有人说我们也该这么做。也有人说我们已经开始这么做了。"

"那就对了！"简妮觉得自己终于迫近了真相，"他们找了一对健康聪明、好勇斗狠的金发男女捐赠精子和卵子。然后将之人工授精成为胚胎。但他们真正感兴趣的是完美士兵有没有可能复制。实验最关键的部分就是分裂胚胎，然后植入代孕母亲的子宫。结果他们成功了，"她皱起眉头，"但是后来怎么样了呢？"

"后来我知道，"查尔斯说，"后来就出了水门事件，接着所有那些疯狂的秘密项目都中止了。"

"但基因泰却摇身一变成了合法公司，就跟黑手党一样。而且他们的的确确能做试管婴儿，所以公司也很赚钱。这些利润都被投入公司的遗传工程学研究里。我怀疑我那个项目也是他们这个大工程的一部分。"

"什么工程？"

"繁育聪明好斗、满头金发的完美美国人。一个优等人种，"她耸耸肩，"这种理论很早就有，但凭借最新遗传学，现在可能实现了。"

"那他们为什么要卖公司？没道理啊。"

"或许有的，"简妮深思熟虑地说，"他们拿到收购提案，觉得这是更进一步的机会。这些钱能资助普洛斯特竞选总统。要是他们入主白宫，不就想研究什么就能研究什么了吗？他们的想法也就能成真了。"

查尔斯点点头："今天《华盛顿邮报》上登载了普洛斯特的理念。我可不想生活在他所说的那种世界里。要是我们都成了好勇斗狠、服从命令的士兵，那还有谁来写诗，谁来唱歌，谁来参加反战游行呢？"

简妮一扬眉，一个职业士兵竟然能有这样的思想，真教人震惊。她说："不只如此，人类的多样化是有其目的的。我们和父母都不相同也是有理由的。进化是一项不断试错的过程。你不能阻止大自然犯错，势必会一并剔除那些好的可能性。"

查尔斯叹了口气。"而这一切都意味着我不是史蒂夫的父亲。"

"别这么说。"

他打开皮夹，抽出一张照片。"简妮，我虽然从没怀疑过克隆，但看着史蒂夫的时候，我经常会想，他到底有没有遗传到我任何一点儿东西呢？"

"你看不出吗？"她问。

"我们哪里像？"

"长得不像。但史蒂夫很有责任感。其他克隆人却根本不负责任。他这点是传承自你啊！"

查尔斯面色依然沮丧："我知道的，他其实是个坏小子。"

她拉着他的胳臂："听我说，史蒂夫这样的小伙子，我管他们叫野孩子——他们不服管教、冲动任性、无所畏惧、活力亢奋——他是这样吗？"

查尔斯苦笑一记："的确。"

"德尼斯·平科尔和韦恩·斯塔特纳也是如此。这样的孩子几乎不可能被教导上正道。所以德尼斯成了杀人犯，韦恩成了虐待狂。但史蒂夫和他们不同——而你就是原因。只有最富耐心、最能体谅、最愿奉献的家长才能将这样的孩子哺育成正常人。史蒂夫就是正常人。"

"但愿你是对的。"查尔斯打开皮夹，想放回照片。

简妮一伸手制止他："能给我看看吗？"

"好啊。"

简妮注视着照片。这是新近拍摄的，史蒂夫穿着件蓝格衬衫，头发略长，他温婉地冲着照相机笑。"我都没他的照片。"简妮递回照片，一脸遗憾地说。

"这张你留着吧。"

"不行。这张照片你是贴心口放的，我知道这对你多重要。"

"我有一百万张史蒂夫的照片。我换一张放皮夹里就行。"

"那就谢谢了。非常感谢。"

"你好像很喜欢他啊。"

"查尔斯，我爱他。"

"是吗？"

简妮点点头："我一想到他要因为强奸而坐牢，就宁愿自己去顶替他。"

查尔斯凄然一笑："我也是。"

"这就是爱，不是吗？"

"当然是。"

简妮终于明晰了自己的心意。她此前并没想过会对史蒂夫的父亲说这些，甚至自己都不清楚这些。但是自然而然就说了，而后她就知道，这一切都是真心诚意的。

他说："史蒂夫对你什么感觉？"

她微微一笑："我觉得吧……"

"照直说。"

"他迷我迷得要命。"

"这我倒不惊讶。你不只漂亮，而且显然很坚强。他在这种官司缠身的时候，就需要有个坚强的人相伴。"

简妮审视地瞅了查尔斯一眼，是时候问他了。"有件事你可以帮忙。"

"你说。"

简妮在驱车抵达华盛顿之前，已经在车里演练了一路。"要是我可以再检索一个数据库，兴许就能找到真正的强奸犯。但是自打《纽约时报》那篇文章一发行，哪个政府部门或保险公司都不会冒险跟我合作了。除非……"

"什么？"

简妮朝他凑过去："基因泰在部队医院拿军人的太太做实验。所以很有可能，所有克隆人都是在部队医院里出生的。"

查尔斯缓缓点头。

"这些孩子二十二年前肯定都有军队病历。那些病历也许还在。"

"肯定在。军队把什么东西都留着。"

简妮信心更强了，但还有一个问题。"那么久以前的病历可能写在纸上。他们会转存进电脑吗？"

"肯定会。这是保存一切东西的唯一办法。"

"那就有希望了。"简妮克制着自己的激动。

他若有所思。

她紧紧盯着他："查尔斯，你能给我弄到授权吗？"

"什么？你到底要干什么？"

"我要把我的程序载入电脑，然后让它检索所有文件。"

"得花多久？"

"不知道。这得看数据库的大小和电脑的性能。"

"会影响正常的数据回收吗？"

"会减慢一些速度。"

他双眉紧锁。

"你肯帮忙吗？"简妮焦急地问道。

"要是我们被抓了，我的工作就毁了。"

"那你做吗？"

"妈的，我做。"

48

看见简妮坐在露台里喝着柠檬汁，仿佛多年老友一般和父亲聊得兴起，史蒂夫激动不已。这不就是我想要的吗？他想：我希望简妮在我的生活中。这样一来什么问题我都能应付。

他从车库穿过草坪到露台，满面微笑，先是轻轻吻了简妮一下，再问道："你们两个商量什么阴谋呢？"

简妮解释了两人的计划，史蒂夫听罢又觉得有了希望。

父亲对简妮说："我不懂电脑。你得帮我载入你那程序。"

"我和你一起去。"

"我猜你应该没带护照吧？"

"没带。"

"那你进不去数据中心，他们要查验身份的。"

"我可以回家去取。"

"我和你一起去吧，"史蒂夫对父亲说，"我护照就在楼上。我也会载入程序。"

父亲向简妮投去问询的一瞥。

她点点头："方法很简单，你们在数据中心里要是碰到问题，就打电话问我。"

"好。"

父亲走到厨房拿起电话，拨通一个号码。"头儿，我是查理。高尔夫谁赢了？我就知道你能赢，但下周你就等着输给我吧。对了，求你帮个忙，有点儿不寻常的忙。我想查查我儿子的病历……是的，他生了怪病，不危及生命，但也很严重，他早年的病历里可能有线索。你能跟护卫说一声，放我进总数据中心吗？"

然后是良久的沉默。史蒂夫看不见父亲的表情。终于他又开口道："谢了，头儿，真的很谢谢。"

史蒂夫空挥一拳叫道："行了！"

父亲把手指往唇上一竖，示意噤声，然后继续对电话里说："史蒂夫和我一起去。我们十几二十分钟之后就到，要是可以的话……太谢谢了。"他挂了电话。

史蒂夫急忙跑回房间，再出来的时候手里攥着护照。

简妮的磁盘装在小塑料盒里，她交给史蒂夫道："把标号为一的磁盘插入电脑，然后跟着屏幕上的指示操作就行。"

史蒂夫看着父亲："准备好了吗？"

"走吧。"

"祝你们好运。"简妮说。

他们坐上林肯马克八开去五角大楼，然后在世界上最大的停车场下了车。这停车场比美国中西部某些城镇都大。他们爬上一层楼梯，来到二楼的入口。

史蒂夫十三岁的时候参观过这里，导游小伙子的头发短得出奇。整栋建筑由五个同心五角形组成，并被十跟宛如车轮辐条的通道分隔开来。大楼共五层，没有电梯。史蒂夫一进门就迷失了方向。只记得大楼正中心的庭院里有一间名叫爆心投影点①的热狗摊。

史蒂夫跟着父亲经过一间歇业的理发店、一间饭店和一个地铁入口，来到安检口。史蒂夫出示了护照，安检员帮他登记之后在他胸前贴了一张准入牌。

周六晚上这里人本就不多，通道里更是只有几个加班员工的身影，大多都穿着制服，有一二辆运送大人物和大件物品的高尔夫球车穿梭来去。史蒂夫上次来的时候还对这栋建筑的磅礴伟力叹为观止，认为这些都是保护自己的力量。这次他的感受却不同了，这个由五角形和通道组成的迷宫里，有处地方正是他的生地，繁衍出他和他那些克隆兄弟们。他所追寻的真相被这座政府大楼遮掩了起来，而那些穿着挺括军装的陆军、海军和空军男女们，如今也成了他的敌人。

他们沿着一条通道前行，爬上楼梯，沿着五角形走了一段又到了第二道安检口。这一次花的时间久一点儿。史蒂夫的全名和地址都被记录在案，还得等一两分钟让电脑放行。史蒂夫这辈子第一次觉得自己成了安检系统的目标，别人查验的对象。他觉得自己仿佛做了什么丑事，很有罪恶感，即便他其实什么都没做错。这是种奇怪的感觉。他寻思罪犯肯定一直有这种感受，间谍、走私贩和出轨的丈夫也是。

他们通过安检口，又拐了几道弯来到两道玻璃门前。对面有十来个年轻士兵坐在电脑前，有的在输入数据，有的正把文件塞进光

---

① 发射核弹时所设定的爆炸中心位置。

学字符辨识机①里。门外一名保安再次检查了史蒂夫的护照。

屋里铺着地毯，相当安静；没有窗户，靠柔和的灯光照明；空气纯净，却寡淡无味。这里的主管是一位头发花白的上校，他的两撇小胡子犹如铅笔般笔直。他不认识史蒂夫的父亲，但已经得知他俩要来。三人见过之后他带史蒂夫两人去电脑那儿，一路上语调生硬，似乎并不待见他们。

父亲对他说："我们要检索部队医院里出生的婴儿病历，时间大约在二十二年前。"

"那些病历不在这儿啊。"

史蒂夫心里一沉。不会就这么轻易被搪塞了吧？

"那在哪儿？"

"在圣路易斯。"

"在这儿访问不了那些病历吗？"

"那得要数据链路的特许权，你们又没有。"

"我没料到还有这个问题，上校，"父亲气冲冲地说，"你要我现在再打电话给克罗纳将军吗？周六晚上为这种微不足道的事情打扰他，他可不会欣赏我们守规矩，不过你要是坚持的话，我就打。"

上校权衡了一番，在轻微违反规则和激怒将军之间做出了选择。"我觉得不会有多大问题。那条线路也没人用，这周末正想测试一下。"

"多谢。"

上校叫来一位穿中尉军服的女士，介绍说这是卡洛琳·甘

---

① 通过对纸质文件的光学识别，自动生成电子文档，纸质文件本身的材质、清晰度对成品电子稿的可靠性影响甚大。

博。甘博中尉五十来岁，身材肥胖，上身一件紧身束胸衣，俨然一副女校长的派头。父亲复述了一遍对上校说过的话。

甘博中尉说："长官，你知道这些病历受隐私法保护的吧？"

"是的，而且我们有授权。"

她坐到电脑前，双手在键盘上一通敲打。几分钟后她说："你要运行哪种搜索方式？"

"我们有自己的搜索软件。"

"好的，长官，我帮你们载入吧。"

父亲看向史蒂夫。史蒂夫耸了耸肩，把磁盘交给中尉。

载入程序的时候，甘博好奇地盯着史蒂夫："这软件谁写的？"

"琼斯·福尔斯大学的一个教授。"

"这方法很聪明啊，"她说，"我从没见过类似的东西。"她看向上校，上校正紧紧盯着屏幕。"你见过吗，长官？"

上校摇摇头。

"载入成功，运行吗？"

"请。"

甘博中尉按下回车。

49

柏林顿见洛根上校的黑色林肯马克八疾驰而去，直觉地认为应该跟上去。他能看见上校和史蒂夫坐在前排，但不敢肯定简妮在不在，这种双门跑车后排也能坐人，她可能坐在那里。

他很高兴能有事可做。傻坐着发慌实在令人吃不消，搞得他背痛腿麻。他真想抛开一切一走了之。现在他本可以坐在餐厅里品饮美酒，或是回家听马勒的第九交响曲，亦可和比芭·哈本登翻云覆雨。不过他马上又想到收购带来的收益：先是六千万分红；再是掌控政治权力的机会，若是吉姆·普洛斯特当选总统，他就能成为卫生局局长；最后，倘若他们成功了，就能塑造一个面向21世纪的崭新的美国，唤回那个曾经强大、勇敢而纯洁的国度。想到这里，他只得咬紧牙关，继续偷偷摸摸地尾随人家。

片刻后，他忽然发现在华盛顿拥堵的交通环境下，要跟踪洛根实在不难。他学警匪片里的套路，跟在人家后面两辆车的位置。马克八真漂亮啊，他想入非非，不妨换掉自己这辆城镇轿车吧。这辆车虽然还能开，但也有年份了。双门跑车更时髦。他盘算起自己这辆城镇轿车能卖多少钱。然后又想到周一晚上他就发财了，想时髦的话连法拉利都能买。

马克八穿过交通灯转弯了，红灯亮起，柏林顿前面的车子停了下来。柏林顿眼睁睁地看着马克八消失，骂了一句，往方向盘上一趴。他觉得自己有些心不在焉，而后猛地摇摇头想厘清思路。乏味的监视已经让他难以集中注意力。交通灯再转绿的那一刻，车子锐声转进拐角，开足马力疾驰起来。

没多久，他就看见黑色双门跑车停在交通灯前，这才松了口气。

他们一前一后绕过林肯纪念堂，从阿灵顿大桥上穿过波托马克河。洛根要去国家机场吗？这时候他们走上华盛顿大道，柏林顿顿时了然，目的地肯定是五角大楼。

他跟着他们开下出口匝道，驶入五角大楼壮伟的停车场。旁边停车道上有个空位，他进位熄火，观察着。史蒂夫和父亲钻出车，朝大楼走去。

柏林顿盯着马克八，里面没人了。看来简妮还在乔治敦的屋子里。可洛根父子来这儿干吗？简妮又在打什么鬼主意？

他隔着二三十码远远缀在两人身后，唯恐被他们发现，他讨厌这样。万一被抓个正着自己要怎么开脱？想想都羞辱难耐。

幸好两人都没回头，径直上楼进了大门。他也跟了上去，直到他们过安检的时候才转身离去。

他找到一台投币电话，给吉姆·普洛斯特打了过去。"吉姆，我在五角大楼。我先跟着简妮到了洛根家，然后跟着史蒂夫和他爸来了这儿。可紧张死我了。"

"上校是在五角大楼上班吧？"

"是啊。"

"那也许没事儿。"

"但他周六晚上来办公室干吗？"

"也许和将军有牌局呢，我当兵那会儿也这样。"

"可你打牌不会带上你儿子啊，即使儿子成年了也一样。"

"那五角大楼里能有什么东西会危害到我们呢？"

"病历。"

"不，"吉姆说，"我敢打包票，军方绝对没有我们工作的记录。"

"反正我们得知道他们在干什么。你有办法吗？"

"应该没问题。我在五角大楼的朋友最多了。我去打几个电话。保持联系。"

柏林顿收了线，出神地盯着电话。这种无力感使人发疯。他这辈子的心血危在旦夕，而他在干什么呢？像个下三滥的私家侦探一样跟踪别人。不过这也是无奈之举。他心急如焚，却无计可施，只好转身往座车走去。

50

史蒂夫等得心焦。要是成功了，就知道谁强奸了丽莎·霍克斯顿，然后他就有机会证明自己的清白。但万一失败了呢？检索程序也许不能运行，病历也可能被丢弃或删除，不在数据库里了。那样的话电脑就会显示些傻了吧唧的消息，像是"未找到""内存不足"或"一般保护错误"。

电脑发出门铃声。史蒂夫看向屏幕，检索已经完成。屏幕上有个列表，正是一对对人名和地址。简妮的程序奏效了。但克隆人在不在列表上呢？

他忍住焦急的心情，当务之急是把列表拷贝下来。

他从抽屉里翻出一盒新磁盘，取出一张插入电脑，复制好之后弹出磁盘，顺手揣进牛仔裤后袋。

接着他才审视起那些姓名。

上面的名字他一个也不认识。他向下滚动，似乎有好几页。从纸上看应该更轻松吧。他对甘博中尉道："这台电脑能打印吗？"

"可以啊，用那台激光打印机吧。"她走过来教了史蒂夫操作方法。

史蒂夫站在打印机前，如饥似渴地看着纸张被一一吐出。但愿能看见自己的名字和另外三个人列在一起：德尼斯·平科尔、韦恩·斯塔特纳和强奸丽莎·霍克斯顿的家伙。父亲站在背后凝目张望。

第一页纸里只有双胞胎，没有三胞胎和四胞胎。

"史蒂夫·洛根"的字样出现在第二页纸的一半处。父亲也第一时间瞅见了名字。"有了。"他克制住自己的激动。

但有点儿不对头。这一组的名字有点儿太多了。和"史蒂夫·洛根"、"德尼斯·平科尔"、"韦恩·斯塔特纳"排在一起的还有"亨利·欧文·京"、"波尔·艾瑞克森"、"穆雷·克劳德"、"哈维·约翰·琼斯"和"乔治·达瑟"。史蒂夫得意舒展的眉头顿时困惑地拧了起来。

父亲也皱眉道："他们都是谁啊？"

史蒂夫数了数："有八个名字。"

"八个？"父亲道，"八个？"

史蒂夫突然恍然大悟。"这是基因泰制作的所有克隆人，"他说，"连我一共八个。"

"八个克隆人！"父亲大惊失色，"他们究竟以为自己在干什么？"

"我想知道搜索程序是怎么找到他们的。"史蒂夫说着看向打印机，只见末页的页脚上写着"共同点：心电图。"

"啊，对，我想起来了，"父亲说，"你一周大的时候拍过心电图。我也不知道为什么。"

"看来我们都拍过，所有孪生子的心脏都差不多。"

"我还是不敢相信，"父亲说，"这世上竟然有八个男孩儿和你一模一样。"

"看看这些地址，"史蒂夫说，"全是军事基地。"

"大部分地址应该都失效了。这程序不会输出其他信息吗？"

"不会，这样才能不侵犯他人的隐私嘛。"

"那她要怎么追查下去？"

"我问过她。他们大学里有张光盘，上面存着市面上所有的电话本。要是电话打不通，就问驾照登记处和信贷资料服务机构。"

"狗屁的侵犯隐私，"父亲说，"我去查这些人的完整病历，看看能不能找到头绪。"

"我想喝杯咖啡，"史蒂夫说，"这儿有吗？"

"数据中心里不能有饮料。泼洒的液体对电脑危害极大。出门拐弯有个小休息处，那儿有咖啡机和可乐贩卖机。"

"我去去就来。"史蒂夫朝门卫点点头，离开了数据中心。休息处有几副桌椅，立着台售卖汽水和糖果的机器。他吃了两根士力架，喝下一杯咖啡，便打算回数据中心。

可到了玻璃门前，他停下了。数据中心里出现几张新面孔，包括一位将军和两个武装宪兵。将军正和父亲争执，小胡子上校似乎也在说话。他们的肢体语言让史蒂夫起了戒备。事情不妙。他走进屋里站在门口，直觉告诉他不要引起别人注意。

他听见将军说："洛根上校，我得到命令。你被逮捕了。"

史蒂夫浑身冰凉。

怎么回事？不会是因为父亲窥视他人病历吧？也许有更严重的情况，但多严重也不至于抓人吧。事情不简单，史蒂夫隐隐觉得是基因泰在背后搞鬼。

他该怎么办?

父亲愤然吼道:"你没这个权力!"

将军同样叫道:"别跟我谈什么狗屁权力,上校。"

史蒂夫用不着参与这场争论,装有列表的磁盘就在他口袋里。父亲虽有麻烦,但似乎自保无虞。史蒂夫应该赶快带着这些资料离开。

他转身穿过玻璃门。

他迈着轻快的步子,装出一副认识路的模样。自己仿佛是在逃亡。他努力回忆来时的路,拐过几道弯后看见了第一道安检口。

"等一下,先生!"安检员说。

史蒂夫停步转身,心跳得厉害。"怎么了?"他问道,口气甚是不耐烦,好像赶着要去工作。

"我需要帮您注销信息。请出示身份证明。"

"好的。"史蒂夫递过护照。

安检员对了对照片,然后将他的姓名输入电脑。"谢谢,先生。"他说着还回护照。

史蒂夫顺着通道离开。再有一个安检口他就出去了。

忽然,身后传来卡洛琳·甘博的声音:"洛根先生!请稍等!"

他回头一看,甘博正面红耳赤地狂奔过来,上气不接下气。

"糟糕。"他说。

他马上拐了个弯,发现有道楼梯就顺着跑了下去。他手上这些姓名能洗清自己的强奸罪名,谁都别想阻止他离开,就是美国军队也不行。

要脱离大楼，他得回到E环，也就是最外那个五角形。他沿着辐条通道一路往前冲，经过C环。迎面开来一辆高尔夫球车，上面载着清洁工具。还有一半就到D环的时候，他又听见甘博中尉的声音。"洛根先生！"她还跟着他，叫声顺着宽阔的长廊传来，"将军想和你谈谈！"旁边办公室里有个穿空军制服的男人闻声好奇地往外望了望。幸好周六晚上人不多。史蒂夫又看见一道楼梯，连忙爬了上去。这应该能阻一阻那个矮胖中尉。

上楼之后他迅速跑到D环，然后顺着D环拐了两拐才下楼。没看见甘博中尉，他大松了口气，终于把她甩脱了。

这层楼肯定就是出口层，他沿着D环顺时针走到下一条通道。眼前的景象熟悉起来：这就是他进来的地方。他沿着通道往外走，只见来时的安检口就在前方。他就要自由了。

突然他又看见了甘博中尉。

她站在安检员旁边，面红耳赤，气喘吁吁。

史蒂夫心下咒骂了一句。她只是赶在他前头来到出口，就轻轻松松地抓了他个正着。他打算厚着脸皮混过去。

他来到安检员身前，摘下准入牌。

"你可以留着那个，"甘博中尉说，"将军想和你谈谈。"

史蒂夫把牌子放到桌上，强忍恐惧，摆出自信的样子道："我恐怕没时间。再见，中尉，谢谢你的合作。"

"你一定要去。"她说。

史蒂夫不耐烦道："你凭什么说这种话？我是公民，你没资格命令我。而且我又没犯错，你不能逮捕我。而且如你所见，我身上也没携带军方的财产，"他希望没人看见他后袋里的磁盘，"你阻碍我是违法的。"

甘博闻言转向安检员，这是个三十来岁的男性，比史蒂夫矮三四寸。"别让他走。"她说。

史蒂夫对安检员笑笑："士兵，要是你碰我一下，就算袭击罪。我打你也是正当防卫，你看我敢不敢。"

甘博中尉四处看看，想搬救兵，但视线所及只有两个清洁工和一个在弄电灯的电工。

史蒂夫向出口走去。

甘博中尉叫道："拦住他！"

只听安检员在他背后叫道："站住！否则我开枪了！"

史蒂夫转身。安检员正握枪指着他。

清洁工和电工都停下了动作，看着这边。

安检员持枪的手抖个不停。

史蒂夫看着黑洞洞的枪口，只觉得浑身的肌肉都没了力气。他勉力要挣脱这种失力感。他很肯定，五角大楼的安检员不会对手无寸铁的公民开火。"你不会开枪的，"他说，"那是谋杀。"

他转身朝门口走去。

这是他这辈子走过最长的一段路。虽然只有三四码，但在感觉上仿佛走了几年。因为紧张，背上的皮肤仿佛挨了枪子儿一样热得发烫。

他把手按上门，枪响了。

有人尖叫。

史蒂夫灵光一闪：这家伙朝我脑袋上方开的枪。他头也不回，越门而出直下楼梯。外面夜色已浓，盏盏路灯照亮了停车场。他听见身后有人大叫，而后又是一枪。他走完楼梯后马上拐了个弯窜进树丛。

　　没多久他又脚步不停地冲回路上，直到看见前面一溜公交站牌，这才变跑为走。此时一辆公交车在站牌前停了下来，下来两个士兵，上去一个妇女。史蒂夫跟在她背后上了车。

　　公交车开走了。

　　车子驶离站牌拐上高速公路，将五角大楼远远抛在后面。

51

仅仅几个小时，简妮就深深地喜欢上了洛琳·洛根。

她本人比在《寂寞心》专栏上方的照片要胖一点儿。她常常笑，在圆滚滚的脸上划出两道动人的纹路。为了让简妮和自己放下担忧，她开始聊起他人来信里那些问题：跋扈的公婆、粗暴的丈夫、阳痿的男友、动手动脚的上司、吸毒的女儿。不管说起什么，洛琳的话都让简妮陷入沉思，你说得真对——我怎么就从没这么想过呢？

气温渐渐下降，她们坐在露台里焦急地等着洛根父子。简妮对洛琳说了丽莎被强奸的事情。"在很久一段时间里，她都会假装那件事从未发生过。"洛琳说。

"是啊，现在她就是这个样子。"

"这个阶段会持续六个月。但迟早她会发觉，自己必须接受已经发生的事情。通常在她们想恢复正常性爱，想法变化了之后，这一步才会开始。那时候她们就给我写信了。"

"你给了什么建议呢？"

"咨询。这问题没有简单的解决办法。强奸会伤害到女人的灵魂，只能慢慢修补。"

"那个探员也这么推荐。"

洛琳扬了下眉毛："那他还挺聪明嘛。"

简妮笑了："是她。"

洛琳大笑起来："我们就不赞同男人对这种事乱设假定。这话你可别往外说。"

"我保证。"

两人沉默了片刻，少顷洛琳说："史蒂夫爱你。"

简妮点点头："是啊，我知道。"

"当母亲的看得出来。"

"那就是说他以前也爱过别人喽？"

"你还真是听话听音啊，"洛琳微笑道，"是啊，他爱过一次。"

"跟我说说她吧——如果你觉得史蒂夫不会介意的话。"

"好啊。她叫范妮·加拉赫。绿眼睛，深红卷发。她活泼好动，有点儿马大哈，全高中女孩儿子里就她对史蒂夫不感兴趣。史蒂夫苦苦追求了几个月才把她拿下，后来两人谈了一年左右。"

"你觉得他们睡过觉了吗？"

"睡过了，他们常在这儿过夜。我可不想把孩子们逼到停车场做爱。"

"范妮爸妈知道吗？"

"我跟范妮的母亲谈过。她跟我的看法一样。"

"我的第一次发生在一间朋克摇滚俱乐部后门的小巷里。那时候我十四岁。结果那次糟糕的经历让我直到二十一岁才再尝禁果。我母亲要是和你一样就好了。"

"我认为重点不在于父母是宽是严，而在于会不会变。不管立下什么规矩，孩子们或多或少都会遵从，但要是朝令夕改，经常变动，孩子们就无所适从了。"

"史蒂夫和范妮后来又为什么分手了呢？"

"他出事了……这事儿应该让他亲口告诉你。"

"你指他和提普·亨德里克斯打架的事儿吗？"

洛琳扬起眉毛："他告诉你了！我的天，他可真信任你。"

这时候屋外传来引擎声。洛琳起身走到拐角处向街道张望。"史蒂夫怎么坐出租回来？"她疑惑地说道。

简妮也站起来："他看上去怎么样？"

洛琳还来不及回答，史蒂夫就走进了露台。"你爸呢？"她问他。

"父亲被逮捕了。"

简妮说："天哪，为什么？"

"不清楚。应该是基因泰的人知道或猜到我们的意图了，然后拉了几条关系。他们派了两个宪兵去抓他。我好歹逃出来了。"

洛琳怀疑地问道："史蒂夫，你有事瞒着我吧。"

"有个安检员开了两枪。"

洛琳抑制不住地尖叫出声。

"他应该是对我脑袋上方打的，不管怎么说，我这不是没事儿嘛。"

简妮嘴巴发干，一想到史蒂夫被人开枪射击，她就吓得要命。他可能会死啊！

"检索程序奏效了，"史蒂夫从后袋里掏出一张磁盘，"列表就在里面。你知道上面有什么吗？"

简妮重重吞了口唾沫："有什么？"

"不是四个克隆人。"

"怎么可能？"

"共有八个。"

简妮惊掉了下巴："你们有八个？"

"我们找到八张匹配的心电图。"

基因泰将胚胎分裂了七次，给八位不知情的女性植入了陌生人的孩子。真是专横得让人难以置信。

但简妮猜对了。这正是柏林顿百般隐匿的事实。这条消息只要一公布，基因泰就会被千夫所指，简妮就能一扫前屈。

史蒂夫也恢复清白了。

"你成功了！"她大叫着一把抱住他。然后感觉到他下身又立了起来。"可八个里面哪个犯了强奸罪呢？"

"这得查了，"史蒂夫说，"不容易啊，这地址都是他们出生时父母的住所。肯定早变了。"

"这个可以拜托丽莎去追查，这是她的专长，"简妮站起来，"我得回巴尔的摩了，这事儿得忙上大半夜呢。"

"我和你一起去吧。"

"那你爸呢？你得把他从宪兵手里救出来啊。"

洛琳说："史蒂夫，你得留在这儿。我现在给律师打电话——我有他家电话——但你得把情况告诉他。"

"好吧。"他不情不愿地说。

"我走前给丽莎打个电话，让她准备准备，"简妮说。电话在露台的桌上。"能用一下吗？"

"当然可以。"

她拨通丽莎的号码。拨号音响了四声，而后只听一声典型的答录机接入音。"该死！"简妮骂了一句，耐着性子听完丽莎留下的提示信息，然后说，"丽莎，给我回电。我现在要离开华盛顿了，十点左右到家。出要紧事儿了。"她挂了电话。

史蒂夫说："我送你上车。"

她对洛琳道别，洛琳热情地拥抱了她。

两人出门之后，史蒂夫把磁盘交给简妮。"收好了，"他说，"这东西没备份，我们也不会有第二次机会了。"

她把磁盘放进包里，说道："别担心，这也关乎我的未来啊。"说完她深深地吻了他一下。

"真棒啊！"他出了会儿神，"真想多和你亲亲嘴，很快就行了吧？"

"是啊，不过你也得保护好自己。我不想失去你，要小心。"

他微笑道："我喜欢你担心我，这就值啦。"

她又凑过脸，印上轻柔的一吻："回头给你打电话。"

她坐上车开走了。

车子一路疾驰，不到一小时她就到家了。

可惜答录机里没有丽莎的留言，她开始忧心起来，要是丽莎睡了，或忙着看电视没听见她的留言怎么办？别慌，动脑子。她冲出家门，驱车到丽莎在查尔斯村的住所。简妮摁响街边的门铃，但没人应答。丽莎到底去哪儿了？她又没男朋友，周六晚上能去哪儿？老天保佑，她可别跑去匹兹堡见母亲了啊。

丽莎住在12B，简妮摁响12A的门铃。同样没回应。也许是这破系统坏了吧。她满怀挫败感地摁响12C。

一道男声没好气地响起："喂，是谁啊？"

"很抱歉打扰您，我是您邻居丽莎·霍克斯顿的朋友，现在我急着想见她。您知道她在哪儿吗？"

那声音道："小姐，你以为这儿是希克斯维尔①吗？我连我邻居长什么样都不知道。"电话挂断了。

"你又算打哪儿来的？纽约吗？"她愤愤地对扬声器说了句。

她又一路风驰电掣地开回家，一到家马上打给丽莎的答录机："丽莎，回家后立即给我电话，多晚都行。我等在电话旁边。"

然后她就无事可做了。没有丽莎，她连疯人院也进不去。

她洗了个澡，穿上粉色浴袍，感觉饿了，便用微波炉热了个肉桂卷。可刚咬一口，她就觉得难以下咽，只好丢进垃圾桶，喝起奶咖充数。现在要是有台电视机分分心多好。

她取出查尔斯给的史蒂夫照片，想着以后要给它装框，顺手用冰箱贴粘到冰箱门上。

她接着翻起自己的相册。

她微笑地看着第一张照片：父亲穿着黑底棕纹西装，大翻领、喇叭裤，站在青色雷鸟旁边。后面几张都是简妮穿着白色网球装，意气风发地举着各式各样的银杯和奖牌。旁边还有一张母亲用老式婴儿车推着帕蒂的照片。接着是戴着牛仔帽的维尔·坦普，正要把戏逗简妮笑——

电话响了。

她一下跳起来，相册落到地上。她抓起电话就问："是丽莎

---

① 希克斯维尔作为纽约相对落后的地区，虽然被纽约人视为乡下人聚居的地方，但住客之间也相对熟稔。

吗？"

"喂，简妮，什么事那么急？"

她当即瘫倒在沙发上，感激不已："感谢老天！我几小时前就开始打电话找你，你去哪儿啦？"

"我同凯瑟琳和比尔看电影去了。有罪吗？"

"对不起，我不该这么盘问。"

"没事，我是你朋友嘛。在我面前发发火也不要紧。总有一天我会找你算账的。"

简妮笑道："谢啦。听着，我有张名单，上面有五个人可能和史蒂夫一模一样。"她故意少说了几个，真相太难让人一次性接受啦。"我今晚要追查他们，你能帮我吗？"

丽莎顿了顿："简妮，我上次想法儿进你办公室那次，就差点儿惹上大麻烦。我和保安都可能被解雇。我想帮你，但我需要这份工作。"

简妮害怕得发冷。不，你不能教我失望啊，就差这么点儿了。"求你了。"

"我害怕。"

决然蓦地取代了恐惧。混蛋，我可不会让你就这么回避开。"丽莎，又快到周日了，"我不想这么对你，但我只能这么做了，"一周前我冲进着火的大楼里去找你。"

"我知道，我知道。"

"我那时候也怕。"

丽莎沉默良久，方说："你说得对，好吧，我帮你一把。"

简妮高兴得直想欢呼："你多久能到？"

"十五分钟。"

“我在楼外等你。”

简妮挂断电话，跑进卧室，把浴袍往地上一摔，套上黑色牛仔裤，穿上青色T恤，披上件黑色李维斯外套就往楼下冲去。

她走出家门，正当午夜。

周　日

52

简妮到学校的时候，丽莎还没到。她把车停进访客停车场，不想自己显眼的座车被人在疯人院外看见。她穿过晦暗、无人的校园，来到疯人院正门口。她焦急地等着，开始后悔刚才怎么没顺道买点儿吃食。她已经一整天没吃东西了。现在要是能吃上芝士汉堡和薯条，或辣香肠比萨饼，或苹果派和香草冰淇淋多好啊，都没有的话，就算是一大盘蒜味凯萨色拉也行啊。终于，丽莎漂亮的白色本田车出现了。

丽莎钻出车拉住简妮的手。"我好难为情，"她说，"你那么够朋友，竟然还要你提醒我。"

"我理解。"简妮说。

"对不起。"

简妮拥抱了她。

她们进楼，打开实验室的灯。简妮启动咖啡机，丽莎运行电脑。大半夜的实验室让人有种怪诞感。消过毒的白色装潢，明亮的灯光，静谧的机器环绕周身，让简妮想到太平间。

简妮心想，迟早会有保安来敲门的。有了她上次的闯入事件，保安保准盯上了疯人院，况且灯还开着，他们肯定看得见。可是科学家工作到深夜也并非罕事，所以只要保安认不出简妮问题也不大。"要是保安来查，我就躲进文具柜里去，"简妮对丽莎道，"以免保安知道我无权到这儿来。"

"那我们得提前预警他们的到来。"丽莎紧张地说。

"我们弄个报警装置吧。"简妮虽迫不及待地想调查克隆人，还是按捺住急迫的情绪，的确应该采取预防措施。她四下看看，绞尽脑汁，忽然丽莎桌上一小件花艺品映入她的眼帘。"你有多喜欢那花瓶？"她问道。

丽莎耸耸肩："那东西我从超市买的，坏了大不了再买一只。"

简妮拔出花束，把瓶子里的水倒进水槽，再从架子上拿下一本苏珊·L.法贝儿所著的《分开抚养的同卵双胞胎》。接着她跑到楼梯口的弹簧门处，把门往里拉开一线，将书塞进缝隙楔好，再小心翼翼地把花瓶架在门上，横跨门缝。外人想要进来，一准会碰落花瓶，摔碎一地。

丽莎看着她施为，问道："万一别人问我为什么这么做，我该怎么回答？"

简妮答道："你就说你害怕有人偷偷进来。"

丽莎满意地点点头："这倒是，我很有理由疑神疑鬼。"

"我们开工吧。"简妮说。

她们回到实验室，任门开着，以便听见花瓶打碎的声音。简妮把她那张珍贵的磁盘插入丽莎的电脑，打印出列表。八个婴儿的心电图极为相似，仿若一人。八颗小心脏以完全相同的方式跳动着。不知为什么柏林顿给八个婴儿拍了心电图。毫无疑问，这些图样的副本已经送去了阿文提诺诊所，在那里一直保留到周四被碎纸那一刻。但柏林顿忘了，或是根本没意识到军队会保留原始材料。

"从亨利·京开始吧，"简妮道，"全名亨利·欧文·京。"

丽莎桌上叠放着两台光驱。她从抽屉里掏出两张光盘插入光驱。"这两张盘里存着全美所有的家庭电话，"她说，"我们的软件能同时检索这两张光盘。"

显示器上出现一个窗口。"不过可惜，电话本上一般不会写全名，"她说，"我们先看看美国有多少个亨利·京吧。"她输入：

亨★京

后点击"计数"按钮。片刻后"计数"窗口弹出，上面的数字是一千一百二十九。

简妮一看就丧了气："这么多号码要一个个打下来，今晚就别干别的了！"

"别急，还能继续筛选呢。"丽莎继续输入：

亨利·I. 京或亨利·欧文·京

再点下"撷取"的小狗图标。过了一会儿，屏幕上闪出一张列表。"找到三个亨利·欧文·京，十七个亨利·I. 京。你手头他的最新地址是哪儿？"

简妮看了看手上的文件。"马萨诸塞州的德文斯堡。"

"好的，有一个亨利·欧文·京住在安默斯特，四个亨利·I. 京住在波士顿。"

"打电话问问。"

"现在是凌晨一点啊。"

"等不及明天了。"

"这钟点人家不会搭理你的。"

"他们肯定会。"简妮说。不过这是虚张声势。她知道这事儿肯定不会一帆风顺。她只是不准备等到明天再开始。这件事太过重要了。"我就说我是警察，在追查一个连环杀人犯。"

"可这是违法的啊。"

"你把安默斯特那位的电话给我。"

丽莎选中电话号码，按下F2，电脑的调制解调器当即哔哔响了几声。简妮拿起电话。

她听见七声铃响，接着一道将醒未醒的声音说："喂？"

"我是安默斯特警察局的苏珊·法贝儿探员。"简妮说。她虽然不认为对方会骂娘，但人家一点反应也没有。她赶忙继续说："很抱歉半夜打扰你，不过案情紧急。你是亨利·欧文·京吗？"

"是的——出什么事儿了？"

听声音像是个中年男子，但简妮还想再确认一下："就是想做个例行问询。"

这话说错了。"例行？"他气冲冲地说，"这钟点你给我例行？"

简妮赶紧圆谎："我们调查的案子情节严重，需要排除你的作案嫌疑。先生，你能告诉我你的生日和出生地点吗？"

"我出生在马萨诸塞州的格林菲尔德，生日是1945年5月4日，够了吗？"

"你没有同名的儿子吧？"

"没有，我只有三个女儿。能放我去睡觉了吗？"

"那我们不打扰你了。谢谢你协助警方，晚安。"她挂掉电话，得意扬扬洋地看着丽莎，"瞧见没？他搭理我了。他虽然烦得很，但还是搭理我了。"

丽莎笑道："费拉米博士，您真是骗术高明。"

简妮咧嘴一笑。"胆儿大就行，接着给亨利·I. 京挂电话吧。我打前两个，你负责后两个。"

自动拨号功能只能用于一台电话。简妮找来一沓便笺和一支圆珠笔，写下两串号码，然后拿起电话手动拨号。一个男人接的电话，简妮又开始信口胡吹道："我是波士顿警察局的苏珊·法贝儿探员。"

"你他妈的大半夜这个点儿给我打电话干什么？"那男人怒吼道，"你知道我是谁吗？"

"应该是亨利·京。"

"你要被炒鱿鱼了，傻瓜蛋，"他咆哮道，"你说你叫苏珊什么来着？"

"请你告知你的生日，京先生。"

"你让你警督接电话。"

"京先生……"

"照我说的做！"

"该死的大猩猩，"她赶紧挂掉电话，感觉浑身都在抖，"但愿今晚上不会都是这种对话。"

丽莎已经挂掉电话。"我这位是个牙买加人，口音骗不了人，"她说，"估计你那位挺讨厌。"

"相当讨厌。"

"我们可以停下来，等明早再开始啊。"

简妮可不想因为一个粗鲁的男人就打退堂鼓。"不，"她说，"挨点儿小骂我还是受得了的。"

"随你喽。"

"这人听声音早过二十二岁了，别管他了。接着试剩下两个。"

她鼓起勇气，又拨通一个号码。

她面对的第三个亨利·京还没睡：电话里还听得见背景的音乐和人声。"喂，哪位？"他问。

这声音挺像二十二岁的，简妮心中燃起了希望。她又亮出那套警察的说辞，可对方却不好糊弄。"我怎么知道你是不是警察？"

他的声音正像史蒂夫，简妮一听觉得心都漏跳了一拍。这可能是克隆人中的一个。但她要怎么应对他的怀疑呢？她决定继续厚着脸皮装下去。"那要不你打警察局的电话找我？"她有点儿冒险地问道。

对面停了停，说道："还是算了。"

简妮舒了口气。

"我是亨利·京，"他说，"他们管我叫汉克。你有什么事儿？"

"请问你的生日和出生地点。"

"我出生在德文斯堡，时间距今正好二十二年前。今天就是我的生日，哦不不，是昨天，周六。"

就是他！简妮找到第一个克隆人了。接下来她要知道他上周日在不在巴尔的摩。她努力不让激动影响自己的声音："你上次离开马萨诸塞州是什么时候？"

"我想想，八月吧。我去了趟纽约。"

简妮的直觉地认为小伙子说的是实话，但她还是继续盘问道："你上周日在干吗？"

"上班。"

"你是做什么工作的？"

"我是麻萨诸塞理工学院的研究生，不过周日我会去剑桥①的蓝调酒吧打工。"

简妮在便笺上记录："你上周日就在那里吗？"

"是的，招待着至少一百个客人。"

"谢谢你，京先生，"这如果是实话，他就不会是强奸丽莎的那个家伙，"你能把那间酒吧的电话给我？我要核实你的不在场证明。"

"我记不住号码，但电话本上应该有。你们以为我干了什么？"

"纵火。"

"幸好我有不在场证明。"

明知道对方是个陌生人，但声音和史蒂夫一般无二，她觉得心神不宁，真想当面见见亨利·京，看他和史蒂夫像不像。她不情不愿地终结了对话。"再次感谢，晚安。"她挂掉电话，大出一口气，只觉得骗人实在太累人了。"呼！"

丽莎一直在旁边听着。"找到他了？"

---

① 此处的剑桥是马萨诸塞波士顿西北部的一个城市。

"是啊，他出生在德文斯堡，今天正好二十二岁。就是我们要找的那个亨利·京。"

"干得漂亮！"

"但他似乎有不在场证明。他说他那天在剑桥的酒吧里上班呢，"她看向自己写的便笺，"蓝调酒吧。"

"我们查查看吧？"丽莎被激起了狩猎本能，现在兴致正浓。

简妮点点头："虽然挺晚了，但酒吧应该还没关门，尤其是周六晚上。你能从光盘里找到那间酒吧的电话吗？"

"我们只有家庭电话，商业电话在另一套盘里。"

简妮于是问了查号台，要到号码拨了过去。电话立即就通了。

"我是波士顿警察局的苏珊·法贝儿探员。找经理。"

"我就是，怎么了？"这男人担心地问道，声音里带西班牙口音。

"亨利·京是你们店的员工吗？"

"汉克，是的，他又出什么事儿了？"

听这话似乎汉克·京以前也触犯过法律："还不确定有没有事。你上次见他是什么时候？"

"今天……嗯，昨天，周六，他轮白班。"

"再上次呢？"

"我想想，上周日，他从下午四点钟上班到半夜。"

"先生，有必要的话你愿意出庭做证吗？"

"当然可以，干吗不去？就算死了人，也肯定不是汉克杀的。"

"谢谢你的合作，先生。"

"嘿，没问题。"经理见她只想知道这些，似乎松了口气。

简妮想：要我真是警察，凭这就能以为你亏心。"随时欢迎来电。"他挂掉电话。

简妮失望地说："不在场证明有效。"

"别灰心，"丽莎说，"他名字这么常见，我们这么快排除已经很好啦。接下来试试波尔·艾瑞克森吧。这名字应该少些。"

五角大楼的名单上说波尔·艾瑞克森出生于拉克堡，但二十二年后整个阿拉巴马州都找不到一个波尔·艾瑞克森。于是丽莎先试了试：

波 ★ Erics? on

以免名单上漏掉一个双写的s，然后又试了试：

波 ★ Erics$n

以涵盖"艾瑞克桑"和"艾瑞克散"的写法，但电脑还是一无所获。

"找找看费城，"简妮提议，"他就在那里袭击的我。"

在费城找到三个。通过电话之后，发现第一位其实叫波德尔，第二位的答录机留言是个虚弱的老人家声音，第三位则是位妇女，名叫波特拉①。简妮和丽莎接着搜索了全美名叫波·艾瑞克森的人，最后找出三十三位。

---

① 这种P的搜索方式，会将名字首字母为P的所有人都列出来，如这位波特拉（Petra）和上面的波德尔（Peder）。

丽莎的第二位波·艾瑞克森脾气暴躁，态度恶劣，搞得丽莎挂电话时小脸煞白。不过一杯咖啡下肚之后，她又毅然拿起电话。

每一通电话都是一小出戏。简妮不得不鼓起勇气假扮警察。去求证接电话的人是不是说过"帮我手淫，要么就吃我一顿狠揍"，这差事简直就是一场磨难。另外，面对对方的怀疑和无礼对待还要毫不动摇，坚称自己就是警探。而且大多数电话的结果都是令人失望的。

简妮挂掉第六通无成效的电话后，听见丽莎说道："噢，非常抱歉。我们的信息肯定过时了。抱歉打扰到您，艾瑞克森太太。再见。"丽莎挂掉电话，满脸痛苦。"就是这个，"她严肃地说，"不过去年冬天他死了。刚才接电话的是他母亲。我一问起他，他母亲就哭了。"

简妮立即想知道波尔·艾瑞克森是何等样人。他是和德尼斯一样的疯子呢，还是和史蒂夫类似呢？"怎么死的？"

"他是滑雪冠军，做危险动作的时候摔断了脖子。"

一个不知恐惧为何物、天不怕地不怕的家伙。"的确像是我们要找的人。"

简妮还没想过那八个人里会有人身故。现在她才意识到当初肯定不止植入了八份胚胎。即使是人工授精技术已经成熟的今天，很多胚胎都无法"受孕"，或是受孕成功后在怀孕过程中流产。基因泰当年肯定实验了十几二十位妇女，甚至更多。

"打这些电话真吃力啊。"丽莎说。

"那我们休息会儿？"

"不，"丽莎摇摇身子，"我们做得很好，不到三点就已经排除了五个里面的两个。下一个是谁？"

"乔治·达瑟。"

简妮开始相信自己能找到强奸犯了，但这个名字不好找。美国只有七个乔治·达瑟，其中三个没接电话。而这三个乔治都和巴尔的摩或费城无关——一个在布法罗，一个在萨克拉门托，一个在波士顿——但这并不能证明什么。她们只好权且放下这三位继续往下找。丽莎打印出三个人的电话号码，准备待会儿再打。

突然简妮想到另一件事。"我觉得我们要找的那家伙的电话号码未必在光盘里。"简妮说。

"的确。他也许没有电话。或者电话号码没被收录。"

"他可能用的是绰号，比如钉子·达瑟或是疯子·琼斯。"

丽莎咯咯笑道："也可能是饶舌歌手，把名字改成奶油·冰淇淋。"

"也可能是摔跤手，叫铁·棍。"

"也可能是写西部小说的，叫雄鹿·雷明顿。"

"也可能是拍色情片的，叫海地·皮鞭。"

"老二·射得快。"

"亨丽埃塔·阴部。"

突然一声玻璃破碎声打断了两人的笑闹。简妮从凳子上跳起来冲进文具柜，掩上背后的门，摸黑站在里面凝神倾听。

只听丽莎紧张地问道："谁？"

"保安，"一道男声响起，"这玻璃瓶是你放的吗？"

"是的。"

"为什么啊？"

"不让别人偷偷摸摸进来，在这儿待到这么晚我害怕。"

"好吧，可这些碎片我可不扫，我不是清洁工。"

"可以，放着就行。"

"就你一个人吗，小姐？"

"是的。"

"我进来看看。"

"随便。"

简妮双手抓住门把，提防保安开柜门。

她听见脚步声在实验室里逡巡。"你在做什么工作呢？"他的声音相当近。

丽莎的声音远些："我想告诉你，但我现在没时间，太忙了。"

小子，要是她不忙的话，怎么可能工作到半夜三更？你快闭上嘴让她一个人待着吧。

"好，没问题。"他的声音正从柜门外传来，"这里面是什么？"

简妮紧紧握住把手，用力往上拽，准备好和保安角力。

"里面是放射性病毒染色体，"丽莎说，"应该挺安全的，要是没锁的话你可以打开看看。"

简妮差点儿失笑出声。天底下根本没有什么放射性病毒染色体。

"还是算了吧。"保安说道。简妮刚要放松下来，门把上突然传来一股力量。她连忙使足力气往上掰。"而且柜门也锁了。"他说。

一时没人说话。保安的声音再度传来时已经走远了，简妮终于松了口气。"要是一个人害怕了，就来保安室，我给你喝咖啡。”

“谢谢。”丽莎说。

简妮的紧张情绪虽然开始缓解，但人还是警惕地守在原地，等保安离开。两三分钟后，丽莎打开柜门道："他离开大楼了。"

两人继续打电话。

穆雷·克劳德又是个罕见的名字，她们很快就追查到了本人，电话是简妮打的。电话里穆雷·克劳德父亲的声音又苦涩又诧异，他儿子三年前就被关进了雅典①的监狱，起因是在酒馆里持刀斗殴，最早也要一月份才能出狱。"这孩子原本什么都能干的，宇航员，诺奖得主，电影明星，美国总统。他聪明迷人，长相俊朗。但他把这一切都扔了，都扔了。"

她能理解当父亲的痛苦。这位父亲认为这都是自己的责任。她很想告诉他事实，但事先没有准备，而且时间也不够了。她向自己保证，有朝一日她会再度打给这位父亲，给予自己力所能及的安慰。然后挂了电话。

她们把哈维·琼斯放在最后一个，因为她们知道这个最难找。

全美姓琼斯的大约有一百万，而且H又是个常见的首字母。他的中间名是约翰，出生于华盛顿的沃尔特·里德医院。所以简妮和丽莎就从华盛顿电话本上的电话拨起，哈维·琼斯、H·J·琼斯、H·琼斯。却没有一个是在大约二十二年前出生于沃尔特·里德医院的，而且更糟的是，很多人没接电话，所以也不能将之排除在外。

简妮再次怀疑这么搞到底有没有用。她们已经有了三个悬而

---

① 佐治亚州东北部的城市，非欧洲名城。

未决的乔治·达瑟，现在又是二三十个H·琼斯。她所用的办法理论上可行，但要是别人不接电话，她就没法问人家。她喝了太多咖啡，而且没睡过觉，现在已经开始眼睛发糊，并且觉得心惊肉跳。

凌晨四点她和丽莎开始找费城的琼斯们。

四点半的时候简妮找到了他。

她本以为这个也不会接电话了呢，铃声响了四次，然后是典型的答录机接入音。不过答录机提示信息的声音却梦魇般地熟悉。"这是哈维·琼斯的家。"简妮听得寒毛直竖。这语调、这发音、这措辞简直就像在听史蒂夫说话。"我不在电话旁，请在长音后留言。"

简妮马上挂掉电话，查了查这家的地址。大学城云杉街上的一处公寓，离阿文提诺诊所不远。她感觉自己的手在抖，想一把掐住那小子的喉咙。

"找到他了。"她对丽莎道。

"天哪。"

"是答录机，但听声音就是他，住在费城，离我被袭击的地方很近。"

"让我听听。"丽莎拨通号码。一听到那个声音，她粉脸顿白。"就是他，"她说着挂掉电话，"我现在还能听见他说的话，他说'把这些漂亮的内裤脱了吧'，我的老天。"

简妮拿起电话打给了警察局。

53

柏林顿周六一夜无眠。

他一直守在五角大楼的停车场，盯着洛根上校的黑色林肯马克八，直到半夜三更他给普洛斯特打电话的时候，才知道洛根上校被捕，史蒂夫跑了，搭乘的可能是公交或地铁，总之没开他父亲的车。

"他们去五角大楼干吗？"他问吉姆。

"他们去了总数据中心。我正在查他们的确切目的。你看看能不能追查到那个小伙子，或是那个姓费拉米的小姑娘。"

这回柏林顿不抗拒盯梢了。现在事态紧急，哪儿有时间顾及体面。要是他没能阻止简妮，那到最后半分体面都不会留下。

柏林顿回到洛根家的时候，天色如墨，街上渺无人迹，简妮的红色梅赛德斯也不见了。他在门口等了一小时，却没人到访。估计她已经回家了吧，他驱车回到巴尔的摩，在简妮家门口转了一圈，可还是没发现她的车。

天将破晓，他最后把车停到罗兰德花园的自家门外，进屋给吉姆打了电话，但家里和办公室都没人接。柏林顿没办法，只好闭上眼睛和衣上床躺着，尽管身心俱疲但就是睡不着，心里七上八下忐忑个不停。

七点钟他起床又打电话给吉姆，依然找不到人。他去洗了个澡，刮了胡子，穿上黑色斜纹棉裤、条纹网球衫，再跑去榨出一大杯橘子汁，站在那儿一口口喝掉。他拿起周日的《巴尔的摩太阳报》，可大标题却一个字也看不进去，就像是用芬兰语写的。

八点钟，普洛斯特来电了。

吉姆在五角大楼和一个将军朋友待了半宿，以调查安全漏洞的名义盘问数据中心的雇员。这位将军是吉姆在中情局工作时的同事，他只知道洛根要曝光一项20世纪70年代的秘密行动，而吉姆要予以阻止。

洛根上校还在羁押中，问来问去只有"我要见律师"一句话。但简妮的程序输出的名单仍存在史蒂夫用过的电脑上，所以吉姆已经知道了他们的发现。"你是不是让所有婴儿都照了心电图？"吉姆问。

柏林顿早忘了，闻言才想起来道："是啊。"

"被洛根找到了。"

"全找到了？"

"全部八个。"

真是怕什么来什么。跟其他同卵双生子一样，克隆人的心电图也很相似，仿佛是一个人在不同时期拍摄的。史蒂夫和他父亲，可能还要算上简妮，现在肯定都知道史蒂夫是八个克隆人之一了。"妈的，"柏林顿道，"我们守了这个秘密二十三年，现在却被这倒霉姑娘知道了。"

"我早说过要你把她除掉。"

压力面前吉姆最容易发火。不过一晚没睡的柏林顿也没好脾气。"你要再说什么'我早说过'这种话，我就把你脑袋拧下来，你信不信？”

“好吧，好吧！”

“布瑞斯顿知道了吗？”

“知道了，他说我们完了，不过他不总这么说吗？”

“这回他可能说对了。”

吉姆摆出一副阅兵演讲的派头。“柏里，你可能准备好认命了，但我不认，”他用嘶哑的声音厉声道，“我们只要在明天记者招待会之前盖住这件事收购就能成功。”

“可是然后呢？”

“然后我们就有了一亿八千万美金，砸钱都能让很多人闭嘴了。”

柏林顿觉得这话可信：“你还真是精明，那你看我们接下来怎么办？”

“我们必须先弄清楚都有谁知道了。没人确定史蒂夫·洛根跑路的时候有没有带上这张名单。数据中心的女中尉说他没带，不过我还是不放心。名单上的地址都是二十二年前的。我有一个问题，只靠姓名，简妮·费拉米能追查到他们吗？”

“能，”柏林顿道，“我们心理系的人都是这方面的专家，整天忙着追查同卵双胞胎。要是她昨晚拿到了名单，现在可能都找到几个了。”

“我就怕这个。她的进度我们有办法知道吗？”

“我给他们打个电话吧，看看他们接没接到过费拉米的电话。”

“小心行事。”

“少来这套，吉姆。有时候你这态度就好像全美国就你有点儿脑子一样。我当然会小心行事。有消息了告诉你。"柏林顿说完砰的挂掉电话。

克隆人的姓名和电话都以简单的密码记录在威世智笔记本电脑上。他从抽屉里掏出电脑启动。

经年以来这些孩子都是他在跟踪关注。所以比起布瑞斯顿或吉姆，他对他们更有种父亲般的关爱。刚开始那几年，他偶尔还能以"激素疗法后续研究"的名义从阿文提诺诊发信过去询问孩子们的近况。后来这个借口不合适了，他就巧立名目，打电话过去的时候假称自己是房地产经纪人问他们要不要卖房，或要不要买一本有退役军人子嗣可申请的奖学金名录的书。看着这些孩子一个个从聪明叛逆的幼儿长成天不怕地不怕的流氓少年，再到智慧卓绝却乖戾无常的成年人，柏林顿只感到越来越痛心。这些孩子成了一项空前实验的不幸副产品。对实验他从未后悔，但对这些孩子他着实有愧于心。波尔·艾瑞克森在韦尔的滑雪场尝试翻筋斗致死那会儿，柏林顿也曾老泪纵横。

他看着名单，突然想到了今天的托词，于是拿起电话拨给穆雷·克劳德的父亲。铃声响了又响，但无人接听。柏林顿猛然想到今天是穆雷去监狱探望儿子的日子。

他然后给乔治·达瑟打过去。这回顺利些。一道熟悉的年轻声音说："喂，哪位？"

柏林顿道："先生，我们是贝尔电话公司，正在检查诈骗电话。您过去二十四小时内接到过奇怪的电话吗？"

"没，我周五就出城了，有电话也接不到。"

"谢谢你配合我们的调查，先生。再见。"

简妮也许知道了乔治的姓名，但没联系到他。所以现在还不能下结论。

柏林顿接着试着打给波士顿的汉克·京："喂，哪位？"

真是惊人啊。柏林顿心想，他们竟然连接电话的口吻都一样不客气。这肯定不能算在基因头上。不过双胞胎研究里总是充满各种各样的现象。柏林顿道："我是美国电话电报公司，正在调查诈骗电话。请问过去二十四小时内您有没有接到过奇怪或可疑的电话呢？"

汉克大着舌头道："我的天，我在派对上疯了一天，哪记得这个。"柏林顿翻了翻白眼。昨天是汉克的生日，他要么喝醉了，要么嗑药了，要么两者都有。"不对，等等！我想起来一件事。昨天半夜里有个女的说她是波士顿警察局的。"

"女的？"有可能是简妮，柏林顿有种不祥的预感。

"对，是个女人。"

"她说名字了吗？我们可以验明她的身份。"

"说了，但我忘了。莎拉还是卡罗尔，要么是玛格瑞特，还是——苏珊，没错，苏珊·法贝儿探员。"

这就是了。苏珊·法贝儿是《分开抚养的同卵双胞胎》的作者，这本书是简妮研究领域里唯一的相关书籍。简妮胡诌了个第一个想到的名字。看来简妮已经拿到了克隆人的名单。想到这儿柏林顿惊慌万分。"她说什么了？"

"她问我生日和出生地点。"

这是在确认亨利·京的身份。

"我觉得这有点儿怪，"汉克继续道，"这算诈骗吗？"

柏林顿随口编道："她这是为保险公司找潜在客户呢。这不合法，但大家都这么干。京先生，美国电话电报公司抱歉打扰您了，感谢您协助调查。"

"不客气。"

柏林顿挂掉电话，绝望透顶。简妮拿到名单了。追查到所有克隆人只是时间问题了。

柏林顿遇上了他一生中空前的危机。

54

米雪·德莱威尔断然拒绝开车去费城盘问哈维·琼斯。"姑娘，我们昨天刚做过这种事，"早上七点半的时候她在电话里对简妮道，"今天是我孙女的周岁。我也有自己的生活啊，你懂吗？"

"但你知道我是对的啊！"简妮坚持，"我没说错韦恩·斯塔特纳吧——他就是史蒂夫的翻版。"

"发色不同，而且他有不在场证明。"

"那你要怎么办？"

"我要打电话给费城警察局，让他们那儿的性犯罪科派人找他。我会把E-FIT图片传给他们。他们来看哈维·琼斯和图片像不像，再问他上周日在哪儿，都有谁证明。要是两个问题的结果是'像'和'不能证明'，那我们就算逮到一个嫌疑犯了。"

简妮听得大为光火，砰的一声挂掉电话。她已经历经这么多磨难！已经追查克隆人忙了一整宿！米雪竟然一点儿不肯帮忙。

她当然不会坐等警方办事。她决定自己去费城见哈维。她不打算与他交谈，最好一句话都别说。但她能把停在他家门口看他出没出门。要是看不见他本人，简妮也可以把史蒂夫的照片亮给他邻居，询问这是不是哈维。总有办法确认这家伙跟史蒂夫像不像。

她十点半的时候抵达了费城。大学城的福音教堂前聚集着不少衣着讲究的黑人家庭，青少年们闲来无事，待在老房子的门廊上抽烟。但学生们还没起床，只是路边停着的破旧丰田和雪佛兰，以及车子保险杠上声援大学体育队和当地电台的贴纸，表明这里的确住着学生。

哈维·琼斯住在一栋维多利亚风格的大屋里，整幢房子摇摇欲坠，被划分成几间公寓。简妮把车停到街对面盯着大屋正门。

十一点她走进大楼。

建筑当年的华贵体面如今几近殆尽。楼梯地毯已经磨得露出里衬，软塌塌地趴在阶梯上。窗台上挤满灰尘的塑料花插在廉价的花瓶里。墙上贴着张老妇人写的通知，字迹潦草，要求年轻人关门时小声些，倒垃圾的时候把袋口扎紧，还有别任小孩儿在走廊里玩耍。

他就住在这儿，简妮头皮发麻地想道，不知道在不在家。

哈维住在顶楼的5B。简妮敲开底楼一户人家的门。屋主是个胡子虬结、睡眼惺忪的光脚男士。简妮给他看了看史蒂夫的照片。他摇摇头摔上门。这让她想起丽莎那位邻居，他还说："小姐，你以为这儿是希克斯维尔吗？我连我邻居长什么样都不知道。"

她咬咬牙，爬了四层楼来到顶层。5B门上只贴了张裱了金属框的卡片，简单写着"琼斯"两字，再无其他。

简妮站在门口仔细倾听，却只听见自己仓皇的心跳声。里面没声音。他也许不在家。

她叩响5A的门，过了会儿门开了，走出一位白人老先生。一件一度风靡的细条纹西装，姜黄色的头发不带一丝杂色，必然是染过的。他似乎很友善。"你好。"他道。

"你好，请问你的邻居在家吗？"

"不在。"

简妮瞬间放了心，不过同时也有些失望。她取出史蒂夫的照片问道："他长这样吗？"

老先生拿过照片，眯起眼睛看了看："是，就是他。"

我想对了！又对了一次！我的搜索软件有用。

"他相当帅气啊，不是吗？"

这位邻居想必是个同性恋吧，简妮暗道。一个风度优雅的老同性恋。她微笑道："我也这么觉得。你知道他今早去干吗了吗？"

"差不多每周日他都要出门。十点多出发，午饭后回来。"

"他上周日出门了吗？"

"是啊，小姑娘，我记得是。"

就是他，不会错了。

"你知道他去哪儿了吗？"

"不知道。"

但我知道。他去巴尔的摩了。

老先生继续说："他话不多。实际上他压根儿不说话。你是警察？"

"不是，不过我挺想当。"

"他干什么了？"

简妮有些支吾，但想了想，为什么不说实话呢？于是道："我觉得他犯了强奸罪。"

老先生并不惊讶："这我信。他这人很怪。有过姑娘哭哭啼啼地离开他家。我见过的就有两次。"

"我想进他家看看。"简妮也许能在屋里发现什么线索，把他和强奸案联系起来。

他狡黠地瞅她一眼："我有钥匙。"

"你有钥匙？"

"上个房客和我关系好，就把钥匙给我了一份。他走后我也没还给他。这回的房客住进来之后没换过锁。想来是他觉得自己身强力壮，不怕被抢吧。"

"能让我进去吗？"

他犹豫了一下："我自己也好奇里面是什么样子。但要是我们在里面的时候他赶回来了怎么办？他这么大个儿——我可不想承受他的怒火。"

他这么一说简妮也怕了，不过好奇心终究更强些。"只要你肯，风险我来背。"她说。

"那你等会儿，我马上回来。"

里面会是什么样？一座虐待狂的魔窟，宛若韦恩·斯塔特纳的公寓，一处让人倒足胃口的垃圾堆，到处都是吃剩下的外卖盒和脏衣服，还是纤尘不染的强迫症人格之家？

老先生再次出现："对了，我叫莫德文。"

"我叫简妮。"

"我真名是博特，但那名字太俗了，你不觉得吗？所以我就一直自称莫德文。"他用钥匙打开5B房门，走了进去。

简妮跟上。

这是典型的学生公寓。卧床架在带厨房角的起居室里，旁边有个小卫生间。陈设是各种各样的废物利用：一只松木衣柜、一张刷漆木桌、三张不匹配的椅子、一张软塌塌的沙发和一台又大又旧的电视机。屋里有一段时间没人打扫了，床也没铺。怎么这么平凡，真让人失望。

简妮关上背后的房门。

莫德文说："什么也别碰，看看就行——我可不想他怀疑我进来过了。"

简妮心道，自己想找到什么呢？一份写着要去体育馆大楼泳池机房"强奸她"的计划书吗？他也没把丽莎的内衣当作变态的纪念品。也许他在强奸之前已经跟踪丽莎好几周，而且拍了不少照片了呢？兴许他已经偷了不少小物件，像是口红、餐票、糖块的包装纸和写着她地址的垃圾邮件。

她四处勘察的时候，哈维的性格便渐渐丰满了起来。墙上贴着一张男性杂志上撕下来的插页海报，上面是一位裸体姑娘，下体剃得精光，私处穿着一枚金属环。简妮看得一哆嗦。

她看向书架。有萨德侯爵所著的《索多玛的一百二十天》[①]和一批X级录像带，题目大多如《疼痛和极限》。还有几本经贸教科书。哈维似乎在读工商管理学硕士。

"我能看看他的衣服吗？"简妮问道，她不想冒犯莫德文。

"可以啊。"

简妮打开哈维的抽屉和衣柜。他的衣服和史蒂夫如出一辙，对他这个年纪有些保守：斜纹棉裤、网球衫、花呢运动外套、活动领衬衫、浅口便鞋和拖鞋。冰箱里只有两盒六罐装啤酒和一瓶

---

① 该书剧情为四个富家浪荡子拐来四十六位年轻男女做性奴，四位资深老鸨做顾问，一同到与世隔绝的山中城堡对这群年轻男女实施千奇百怪的性虐方式。

牛奶：看来哈维不在家吃饭。床底下有只运动包，里面是一把壁球拍和一条脏毛巾。

简妮很失望。这就是那怪物的住处，一点也不像颠倒狂乱的宫殿，只不过是间乱糟糟的房间，放着几部下流的色情片罢了。

"我看完了，"简妮对莫德文说，"我也不确定自己要找什么，不过这儿应该没有。"

然后她就看见了。

房门后的钩子上挂着一顶红色棒球帽。

简妮欣喜若狂。我猜对了，我找到这个混蛋了，这就是证据！她凑近了看。帽儿上印的可不就是白色的"SECURITY"吗！她激动得不能自己，几乎忍不住在哈维·琼斯的公寓里跳起庆功舞来。

"找到东西了？"

"这王八蛋强奸我朋友的时候正戴着这顶帽子。我们出去吧。"

他们离开公寓，关上门。简妮和莫德文握了握手。"万分感谢。这对我相当重要。"

"你现在怎么办呢？"他问道。

"回巴尔的摩报警。"简妮答道。

沿着I-95公路开回家的时候，简妮想到哈维·琼斯。他周日干吗要去巴尔的摩？去见女朋友吗？也许吧，不过最可能是他父母住在那儿。很多学生周末都会带衣服回家洗。他现在也许在城里吃着母亲做的炖肉，或和父亲一起看球赛。他回家的路上会不会再去侵犯另一个姑娘呢？

巴尔的摩会有多少户姓琼斯的人家，一千户？她自己就认识一户，当然啦，就是她的前老板，柏林顿·琼斯教授。

我的天，琼斯！

她被这想法惊呆了，急忙靠边停车。

哈维·琼斯可能是柏林顿的儿子。

她突然回想起哈维在费城的咖啡店里做的小动作。她俩刚见面时，他用食指尖划过眉毛。那时候她心里就打起了鼓，感觉这动作似曾相识。不过忘了是谁了，只好含糊地归咎于史蒂夫或德尼斯，觉得这是克隆人们拥有的相同手势。但现在她想起来了，是柏林顿。柏林顿会用食指尖抹眉毛。这沾沾自喜、扬扬得意的动作让简妮甚是讨厌。这不像在进屋后用脚跟关门，是所有克隆人共有的动作。这个自以为是的动作哈维是从他父亲身上学来的。

说不定哈维现在就在柏林顿家里。

55

布瑞斯顿·巴克和吉姆·普洛斯特中午时分到了柏林顿家，三人围坐在书房里喝着啤酒。谁都没睡饱，都一脸疲惫。保姆玛丽安娜正在准备周日的午餐，厨房里传出阵阵烹饪的香味。不过什么都激不起这三个伙计的精神了。

"简妮同汉克·京和波尔·艾瑞克森的母亲聊过了，"柏林顿消沉地说，"剩下那几个如何我还不知道，但要不了多久她就能追查到所有克隆人。"

吉姆道："让我们实际些吧，明天中午之前她能做到什么地步？"

布瑞斯顿·巴克自暴自弃地说："我来告诉你吧，要我是她，就会弄条大新闻曝出自己的发现，如果能联系到两三个男孩儿，就带去纽约上《早安美国》。电视台最喜欢双胞胎了。"

"老天保佑。"柏林顿道。

一辆车在屋外停下。吉姆往朝窗外望了望说："是辆生了锈的达特桑。"

布瑞斯顿说："现在我开始喜欢吉姆一开始的主意了。把他们都除掉。"

"不许杀人！"柏林顿咆哮道。

"别大喊大叫，柏里，"吉姆这时候反倒出奇地平静，"老实告诉你吧，我当时说除掉他们也是有点儿说大话了。以往可能我还有这能耐，不过现在早就做不到了。前几天我求老朋友们帮忙，虽然他们都出了力，但我也知道他们并非无所不能。"

柏林顿听到这话，心下庆幸。

"但我还有个主意。"吉姆道。

另两人看向他。

"我们——拜访那八户人家，承认诊所当年犯下的过错。然后我们就说这事儿虽然没造成什么损害，但我们不想闹得沸沸扬扬。所以每家给一百万美金作为补偿。十年付清，如果他们把这件事对任何人说了，什么新闻界啊，简妮·费拉米啊，科学家啊，不管是谁，我们都停止付钱。"

柏林顿缓缓点头："绝了，这办法真可能成功啊。谁拒绝得了一百万美金呢？"

布瑞斯顿说："洛琳·洛根就行，她要证明她儿子的清白。"

"这倒是，为她儿子，一千万美金她也不放在眼里。"

"谁都有个价码，"吉姆道，口吻里又带上了他特有的咄咄逼人，"不管怎么说，没有其他人的合作，她一个人也翻不起多大浪。"

布瑞斯顿连连点头。柏林顿也感觉有了新的希望。也许真有办法让洛琳闭嘴。不过还有个更严重的问题。"万一简妮在接下来的二十四小时之内就把这件事公之于众了呢？"他问道，"兰兹曼可能会延后收购时间，要等事情水落石出。那时候我们可没有几百万挥霍。"

吉姆道："她是什么意图，已经知道多少了，接下来打算怎么做，这些我们都得知道。"

"这谁知道。"柏林顿道。

"我知道，"吉姆道，"有个人就能轻而易举地获得她的信任，然后弄明白她心里究竟在想什么。"

柏林顿一听大为光火："我知道你在想什么。"

"他来了。"吉姆道。

大厅里传来脚步声，柏林顿的儿子走了进来。

"父亲！"他说，"吉姆叔叔好，布瑞斯顿叔叔好。"

柏林顿看着他，心里交织着自豪和哀叹。小伙子一条海蓝色灯芯绒裤子，一件天蓝色棉线衣，显得俊逸非凡。不管怎么说，他继承了我的着装品位啊——柏林顿想。他说："哈维，我们谈谈。"

吉姆站起来道："小家伙，喝啤酒吗？"

"喝。"哈维道。

吉姆老惯着哈维的坏习惯，柏林顿最烦他这点。"别喝啤酒啦，"柏林顿打断道，"吉姆，你和布瑞斯顿去客厅，我和他单独聊聊。"客厅是个拘谨的正式场合，柏林顿从没用过那儿。

布瑞斯顿和吉姆离开后，柏林顿起身拥抱了哈维。"我爱你，"他说，"即便你那么混账。"

"我混账？"

"你在体育馆地下室里对那个可怜姑娘做的事，还不算混账透顶吗？"

哈维耸耸肩。

万能的老天，我完全没为他建立哪怕一丝一毫的是非观啊，柏林顿想。但现在后悔也晚了。"坐下来听我说。"

哈维坐下。

"你母亲和我努力了好几年，但都没怀上孕，"他说，"那时候布瑞斯顿正在从事体外受精工作——在实验室里结合精子和卵子，然后把胚胎植入子宫。"

"你想说我是试管婴儿吗？"

"这是秘密。你这辈子都不能对别人说。连你母亲也别告诉。"

"她不知道吗？"哈维震惊地说。

"不仅仅是试管婴儿。布瑞斯顿让一个胚胎分裂开来，让它成了孪生子。"

"就是那个因为强奸案被捕的家伙？"

"胚胎分裂了不止一次。"

哈维点点头。所有克隆人都思维敏捷。"多少个？"他问道。

"八个。"

"喔，想必精子不是你的吧。"

"不是。"

"谁的？"

"布拉格堡的一个陆军中尉，高挑、强壮、聪明、匀称、好斗，还有一副好皮相。"

"卵子呢？"

"西点军校的打字员，是平民，条件也很好。"

男孩儿的脸上挤出一丝苦楚的笑容："我的亲生父母。"

柏林顿的身子瞬间佝偻下来："他们不是，你生长的地方是你母亲的肚子，是她生下了你，相信我，这个过程非常痛苦。我们看着你蹒蹒跚跚地走第一步路，看着你努力把一整勺土豆泥塞进嘴里，看着你口齿不清地说出第一个词。"

看着儿子的脸庞，柏林顿不知道哈维有没有相信他。

"而且就算你慢慢变得没那么可爱了，我们依然越来越爱你。每年学校里都会发来一样的评语：'该生好勇斗狠、不懂分享、殴打同学、不会合作、上课捣蛋，而且不尊重女同学。'每次你被学校开除，我们就到处苦苦哀求，让别的学校接收你。我们哄过你，打过你，试过不宠你。我们还带你去见了三个儿童心理医生。你把我们的生活搅得一团乱麻。"

"那你们婚姻破裂怪我喽？"

"不是的，儿子，那都怪我。我想告诉你的是，我和别的父亲没有任何两样，不管你做什么都爱你。"

哈维还是困扰："你到底想说什么呢？"

"你的一个孪生兄弟，史蒂夫·洛根是我系里的研究对象。你可以想象，我看见他的时候有多震惊。后来警察说他强奸了丽莎·霍克斯顿，把他抓了起来。但有个叫简妮·费拉米的教授起了疑心。长话短说吧，她追查到你了，想借此证明史蒂夫·洛根的清白。也许她还想把整件克隆人的事情公布出去，让我身败名裂。"

"她不就是我在费城见的那个女人嘛。"

柏林顿疑惑地问道："你见过她？"

"吉姆叔叔给我打电话，要我吓唬吓唬她。"

柏林顿顿时火冒三丈："这混蛋东西，我要把他的脑袋从脖子上拧下来。"

"别激动，父亲，没出事。我就坐在她车里兜了兜风。她挺可爱的。"

柏林顿努力克制住自己："你吉姆叔叔对你的态度向来是不负责任的。他就喜欢你野性难驯的一面，因为他自己就是个彻头彻尾的王八蛋。"

　　"我挺喜欢他的。"

　　"说说我们接下来得怎么做吧。我们得知道简妮·费拉米的意图，尤其是接下来二十四小时之内的意图。你得知道她是否有证据把你和丽莎·霍克斯顿联系起来。你要接近她只有一个办法。"

　　哈维点点头："你要我假扮成史蒂夫·洛根和她说话。"

　　"是的。"

　　哈维咧嘴一笑："挺有意思啊。"

　　柏林顿呻吟道："别做傻事，求你了。光说话就好。"

　　"要我现在就去？"

　　"是的，去吧。我真不想让你做这种事——但这事对你我都那么重要。"

　　"放轻松，父亲——能出什么事儿呢？"

　　"也许是我担心过头了。去个女生公寓里能有什么大危险。"

　　"要是真的史蒂夫在那儿呢？"

　　"看街上的车，他有辆和你一样的达特桑。这也是警方确信他是强奸犯的理由之一。"

　　"开玩笑的吧！"

　　"你们就像双胞胎一样，会做同样的决定。要是他的车在那儿，你就别进去。给我打电话，我们想办法让他出来。"

　　"他要是走过去的呢？"

"不可能，他住在华盛顿。"

"好，"哈维站起来，"那女孩儿住哪儿？"

"住汉普顿，"柏林顿在一张卡片上写下街道地址，递给哈维，"万事小心，好吗？"

"当然啦。回头见，蒙特祖玛。"

柏林顿挤出一抹微笑："立刻就见，豆煮玉米。"

56

哈维驱车在简妮所住的街道上转了一圈，看有没有和自己一样的车子。有很多老轿车，但没有锈迹斑斑的浅色达特桑。史蒂夫·洛根不在附近。

他把车停到她家附近，熄了火，坐在车里想了想。他必须深思熟虑，还好刚才没喝吉姆叔叔的啤酒。

他知道简妮会把自己误认为史蒂夫，因为在费城她就认错了。他们两个人在外貌上毫无二致。棘手的是对话。她会提及史蒂夫知道的事情，而他的回答不能显露出自己不知道。他必须让她确信他就是史蒂夫，直到了解清楚简妮手上对付自己的证据和她接下来的动向。这期间稍不留意就会露马脚，被简妮识破。

不过即使面临着模仿史蒂夫的艰巨挑战，哈维一想到要再见到简妮还是情不自禁地兴奋起来。他在她车里经历了迄今为止最过瘾的性接触，甚至比在女更衣室里看姑娘们惊慌失措更妙。每每想起自己撕扯着她的衣服，车子在高速路上左转右弯，他就激动不已。

他知道现在应该专注于任务。不能想着要见她恐慌的表情和挣扎的强健双腿。他应该一套出情报马上就走。但他这辈子什么时候能头脑清醒地办事了？

简妮一到家就报了警。她知道米雪不会在，于是留了信让她尽快回电。"你今早不是已经给她留了紧急口信了吗？"对方问道。

"是啊，这是别的事，也很重要。"

"我尽快传达。"那声音半信半疑。

简妮接着打到史蒂夫家里，但无人接听。简妮忖道：估计史蒂夫母子和律师在一起，正想辙把查尔斯救出来吧，史蒂夫要是有空会主动打来的。

她随即又有些失落，她本想找人分享这个好消息的。

找到哈维公寓的兴奋劲儿过去之后，一阵沮丧袭来。简妮又开始担心起没钱、没工作、没办法帮助母亲的未来。

为了让自己打起精神，简妮决定烹制早午餐。她炒了三个蛋，煎了块昨天买给史蒂夫的培根，就着吐司和咖啡下了肚。正收拾碗碟的时候，门铃响了。

她拿起对讲机："喂？"

"简妮吗？我是史蒂夫。"

"快进来！"她欣然道。

小伙子穿着件与瞳色相衬的棉线衣，看上去很有魅力。简妮吻过小伙子后紧紧抱住他，任双峰贴在他胸膛。他的手滑下她的翘臀，把她也搂得紧了些。今天他身上的味道又不同了，有种须后水的草药香味。他口中的味道也不同了，好像刚喝过茶。

片刻后，简妮脱开拥抱。"别太猴急啦。"她喘着粗气。这种事应该细细品味。"进来坐吧，我有好多话对你说！"

他坐到沙发上。简妮径直走向冰箱："葡萄酒，啤酒还是咖啡？"

"葡萄酒不错。"

"你觉得葡萄酒还能喝吗？"

她这话究竟什么含义？能喝吗？"不知道啊。"他说道。

"这瓶酒我们多久之前开的？"

明白了，他们之前喝过这瓶酒，但没喝完，所以她换了软木塞之后又把酒瓶子冰了起来，不过现在她不确定这酒有没有氧化，于是要我做决定。"我想想，哪天来着？"

"周三吧，四天了。"

他都不知道这是红葡萄酒还是白葡萄酒。要命。"嗯，倒一杯尝尝看吧。"

"好主意。"她往玻璃杯里倒了些酒，递给他。他尝了尝，道："还能喝。"

她从沙发后面俯身过来。"让我尝尝。"她吻了吻他。"张嘴，"她说，"我要品酒。"他咯咯一笑，依言张了嘴。她迅速探入舌尖。我的天，这女人性感极了。"你说得对，"她说，"还能喝。"说完哈哈一笑，她给他满上，又给自己倒了一杯。

他不那么紧张了。"放点音乐吧。"他道。

"拿什么放？"

他没懂她的意思。老天啊，我失言了。他四下看了看公寓，没音响。糟糕。

她说："我爸把我音响偷走了，你忘啦？我现在已经没法儿放音乐了。等等，还有个东西。"她闪进一扇房门，里面应该是卧室，出来的时候手里提着挂在卫生间里的防水收音机。"就是这个小玩意儿，我妈圣诞节给送我的，那时候她脑子还正常。"

她爸偷了她的音响。母亲脑子不正常——她家里到底是怎么
一副光景？

"音质很差，但我们只有这个了，"她打开收音机，"一直
调在92Q频道。"

"《二十首歌连播》。"他条件反射地说道。

"你怎么知道？"

该死，史蒂夫可不会知道巴尔的摩的电台。"我开车来的时
候正好听见这个台。"

"你喜欢哪种音乐？"

我不知道史蒂夫喜欢什么，但想来你也不知道，所以就照我
喜欢的说吧。"我喜欢匪帮说唱——史努比狮子、艾斯·库伯这
类的。"

"真要命，你这品位就像是中年人啊。"

"那你呢？"

"莱蒙斯、性手枪、诅咒乐队这些。我很小的时候就喜欢朋
克了，你知道吗？我母亲爱听的那些20世纪60年代的俗气调子，
我完全不感兴趣。然后等我十一岁的时候，突然，梆！传声头像
乐队成立了。还记得他们的《变态杀手》吗？"

"根本没听过！"

"好吧，你妈说得对，我比你大太多啦。"她挨着他坐
下，脑袋靠上他的肩膀，手滑进他天蓝色的线衣里。她摩挲着
他的胸膛，用指尖抚弄他的胸部。感觉很好。"真高兴你在这
儿。"她道。

他也想摸她的胸部，但还有要紧事没做呢。他费好大力气克

制住自己，说道："我们说正事吧。"

"你说得对，"她坐直身子，抿了口酒，"你先说，你爸还被羁押着吗？"

老天啊，这要我怎么回答？"不不不，你先吧，"他说，"你不是有好多话要对我说吗？"

"好吧。第一件事，我知道是谁强奸丽莎了。他叫哈维·琼斯，住在费城。"

全能的老天啊！哈维竭尽全力才勉强做到不动声色。谢天谢地我走了这一趟。"有证据吗？"

"我去他公寓了。邻居用备用钥匙帮我开了门。"

那个该死的老同性恋，我要打断他的细脖子。

"我找到他上周日戴的棒球帽了，就挂在门后面的钩子上。"

老天！我早该把那玩意儿扔掉的。但我也没想到会有人追查到我头上啊！"你做得太棒了。"他说。史蒂夫听到这消息绝对会狂喜，这能洗脱他的罪名。"真不知道怎么感谢你才好。"

"我有办法喔。"她露出一抹媚笑。

能让我先回费城，在警察查我之前把那东西扔了吗？"这事儿你跟警方说了吗？"

"没，我给米雪留言了，她还没回电。"

感谢老天！我还有机会。

简妮继续道："别担心。他还不知道我们已经盯上他了。但后面还有更精彩的呢。我们还认识谁是姓琼斯的？"

我能说柏林顿吗？史蒂夫会这么想吗？"这名字很常见……"

"是柏林顿啊！我认为哈维是柏林顿带大的孩子！"

我该惊讶的吧。"难以置信！"他说。然后我他妈该怎么办？也许父亲会有办法。我得把这些都告诉他。得找个借口打电话。

她拉起他的手："嘿，瞧瞧你的指甲！"

他妈的，又怎么了？"指甲怎么了？"

"长得真快啊！你刚出狱的时候还参差不齐，全是裂口呢。看现在长得多好！"

"我向来恢复得快。"

她翻过他的手心，舔了一口。

"你今天真性感。"他说。

"老天啊，我是不是太着急了？"她过去的男人们也曾对她说过这话。史蒂夫自从进门开始就有些沉默寡言，现在她知道为什么了。"我懂你意思了，上周我一直拒绝你，现在一下子要把你吃干抹尽。你觉得反差太大了。"

他点点头："是啊，有一点儿。"

"这就是我的作风喽。一旦我决定和哪个男人好了，我就直接上，"她说着从沙发上跳起来，"好吧，我先消停会儿。"她走到厨房角，取出一锅煎蛋卷。锅子太重，她不得不双手托着。"我昨天给你买了吃的，你饿吗？"简妮不常做菜，锅子上有些积灰，她拿抹布顺手抹干净。"吃鸡蛋吗？"

"还不饿。说说你吧，你以前是朋克少女吗？"

她放下平底锅："是啊，当过一段时间。穿破洞衣服，染绿头发。"

"吸毒吗？"

"我上学的时候，一有钱就要嗑冰毒。"

"你身上哪个部分打了洞？"

她突然想到哈维·琼斯墙上那幅插页海报，那女人的私处穿了环，这个念头让她一哆嗦。"只有鼻子，"她说，"十五岁的时候我为了打网球，也不玩朋克了。"

"我认识个姑娘，她胸部穿了环。"

简妮满怀醋意地问道："你和她睡了？"

"是啊。"

"混蛋。"

"嘿，难不成你以为我是处男？"

"不许和我讲道理！"

他举起手做出个防御的姿势："好好，我不讲。"

"你还没告诉我你爸的事儿呢，他出来了吗？"

"要不我往家打个电话，听听最新消息吧？"

要是她听见自己就拨了七个号码，就会知道这是通本地电话，可父亲说过史蒂夫·洛根住在华盛顿特区。于是他按住挂断键，随便拨了三个数字装成外地区号，接着再松开按键打去了柏林顿家。

父亲接起电话，哈维道："嘿，母亲。"他紧紧握住听筒，希望父亲不会说什么"你哪位？打错电话了"。

不过父亲立即明白了："你和简妮在一起？"

好样的，父亲。"是啊，我来问问父亲出没出狱。"

"洛根上校还在羁押中，不过他不在监狱里，在宪兵队手上。"

"真糟糕，我还以为他已经出来了呢。"

柏林顿迟疑地问道："你能告诉我⋯⋯什么吗？"

哈维总想朝简妮那儿瞄一眼，看她有没有瞧出破绽。不过他也知道，这么瞅人家反而显得自己心虚，所以他强迫自己盯着墙壁。"简妮做得相当好啊，母亲。她发现真正的强奸犯了，"他尽力装出一种愉悦的口吻道，"那家伙叫哈维·琼斯。我们现在等探员回电呢，到时候就能把这条爆炸性的消息告诉警方啦。"

"老天啊！糟透了！"

"是啊，可不就是棒极了嘛！"别用那么反讽的语调说话，傻瓜！

"至少我们预先有了防备，你能别让她和警方通话吗？"

"看来我只能这么做啦。"

"基因泰呢？她会把发现的东西公布出去吗？"

"这我还不知道。"在我说错话出纰漏之前挂电话吧。

"一定要问出来。这也很重要。"

好的！"好吧，但愿父亲早点儿出来。有消息就给我打电话，好吗？"

"安全吗？"

"就说你找史蒂夫。"他说完笑了笑，仿佛自己开了个玩笑。

"简妮也许会听出我的声音。但我能让布瑞斯顿打这通电话。"

"就是嘛。"

"好。"

"再见。"哈维收了线。

简妮说："我该再给警察局打电话了。也许他们不知道这事儿有多么紧急。"她提起电话。

他猛然意识到，自己非杀了她不可了。

"先再亲我一口。"他说。

她投入他的怀抱，倚在厨房柜台上张嘴吻他。他摸着她的身侧。"衣服真漂亮。"他喃喃道，大手抓上她的乳房。

她的胸部随之有了反应，但感觉似乎不如预期那么美好。她努力让自己放松，好好享受这朝思暮想的一刻。他探手伸进她线衣里面，简妮微微弓了弓背，让双峰都落入他的掌握。一如既往，她有些难为情，唯恐他会嫌弃它们。虽说和他上过床的每个男人都热爱她的椒乳，但她还是觉得自己的有些太小了。好在史蒂夫和别人一样，丝毫没有显露出不悦。他掀起她的衣服，低头埋进她的胸前吮她的胸部。

她低头看着他。第一次被男人做这种事时，她觉得这太荒诞了，简直就是孩童的表现。不过很快她就喜欢上了这种感觉，甚至乐意吸吮对方的胸部。然而，今天这一切却失效了。她的身子虽然有了反应，可她脑海深处还是驻留着些许疑虑，闹得她不能专心享受快感。自己怎么这么麻烦。我昨天已经因为多疑搞砸一次了，今天绝对不能重蹈覆辙。

他感受到她的不自在，于是直起身子道："你好像不舒服。我们到沙发上坐着吧。"他知道简妮一定会同意，所以就自行走过去坐下了。简妮也坐了过来。这时候他用食指尖抹了抹眉毛，伸手就要来碰她。

简妮慌忙退开。

"怎么了？"他问。

不！怎么可能！

"你……你……做了那个动作，眉毛那个。"

"什么动作？"

她从沙发上跳起来。"你这王八蛋！"她叫道，"你怎么敢！"

"到底怎么回事？"他问道，不过掩饰已然无力。她可以从他脸上看出来，这家伙完全知道发生了什么事。

"滚出去！"她大叫道。

他还想继续装下去："是你先扑上来的，现在却来这套！"

"我知道你是谁，混账东西。你是哈维！"

他索性不装了："你怎么知道的？"

"你用指尖抹眉毛，那神气和柏林顿一模一样。"

"就算是吧，那又有什么关系？"他站起来说道，"要是我和史蒂夫这么像，你可以把我当成史蒂夫嘛。"

"你他妈滚出去！"

他扯扯裤子前襟，显出下体勃起的形状："现在我们都到这一步了，我可不打算半途而废。"

我的天，我有大麻烦了。这家伙是个畜生。"离我远点儿！"

他朝她走去，脸上挂满微笑："我要扯下这条紧身牛仔裤，看看底下有什么。"

她想起米雪说过，强奸犯喜欢看受害者恐慌。"我不怕你，"她勉力让声音保持镇定，"但要是你碰我一下，我一定会宰了你。"

他动作快得可怕。忽然间简妮就被抓住，提离地面，摔到地上。

电话响了。

简妮叫道："救命啊！奥利弗先生！救命啊！"

哈维从厨房案上抄起抹布，动作粗暴地塞进简妮嘴里，把她的嘴唇都擦破了。她觉得喘不过气，不由得咳嗽起来。双手被哈维紧紧握着，根本没办法取出嘴里的抹布。她试了试用舌头顶出来，但也不行，抹布太大了。奥利弗先生听见自己的呼救了吗？可这位邻居年龄大了，耳朵不灵便，看电视的时候声音调得很大。

电话不停地响。

哈维揪住牛仔裤腰际。她扭身要跑，却被他一巴掌打得眼冒金星。恍惚之际，他把她的牛仔裤和内裤一起扯了下来。"哇，毛真多。"他说。

简妮拉出嘴里的抹布大叫道："救我，救命！"

哈维用大手捂住她的嘴，呼救声顿时变得含糊不清。接着他整个身子都压了上来，使她气都喘不过来。一时间简妮绝望无助，只顾拼命呼吸。他单手摸索着拉开裤拉链，指关节把她的大腿摁得青一块紫一块。而后他用力按住她，打算寻门而入。她绝望地挣扎着，想把他甩下身去，可这混蛋太沉了。

电话依然在响，门铃也响了起来。

哈维却没停下。

简妮张开嘴。哈维的手指随之划入齿间，她奋力一咬，用尽全力，哪怕在他骨头上咬碎牙齿也在所不惜。温热的鲜血淌入嘴里，她只听见哈维一声痛苦至极的惨叫，猛地抽回了手。

门铃再响，再不停歇。

简妮吐出哈维的血大叫道："救我，救命啊！"

楼下一声巨响，而后又是一声，接着是猛烈撞击和木头碎裂的动静。

哈维一骨碌爬起来，握住受伤的手。

简妮也赶忙翻身站起来，连退了三步。

门轰然大开。哈维猛地转过身，背对着简妮。

史蒂夫冲了进来。

两人一见面，都愣住了，呆呆地打量着彼此。

他们完全相同。打起来谁会赢？身高、体重、身材、力量都一样。这场架岂不是要打一辈子。

简妮如此一想，断然双手举起平底锅。幻想自己正要打一记拿手的对角反手扣杀，重心压上前脚，锁腕，全力挥出沉重的平底锅。

哈维的后脑勺正中锅心。

一声可怕至极的闷响。哈维双膝一软，跪倒在地，身子摇摇欲坠。

简妮再次遥想自己正要上网扣杀，右手高举平底锅，力劈而下，重重拍上哈维头顶。

哈维一翻白眼，瘫倒在地。

史蒂夫道："天哪，还好你没打到另一个孪生子头上。"

简妮这才开始发抖。她放下平底锅坐上厨房的凳子。史蒂夫伸手抱住她。"都结束了。"他说。

"没，还没有，"简妮答道，"这才刚刚开始。"

电话继续响。

57

"你都把那混蛋打晕了，"史蒂夫道，"他是谁？"

"哈维·琼斯，"简妮答道，"是柏林顿的儿子。"

史蒂夫很诧异："柏林顿自己也从八个里面挑了一个养？好家伙。"

简妮看着地上失去意识的哈维："我们该怎么办？"

"先接电话？"

简妮机械地抄起电话，是丽莎。"我差点儿也遭殃。"简妮没头没脑地说。

"噢不！"

"还是那家伙。"

"不敢置信！我现在能过来吗？"

"谢谢，我需要你。"

简妮挂掉电话。她刚才被摔在地上，现在浑身酸痛，嘴巴也因为被塞入异物而受了伤，而且似乎还有哈维的血腥味，简妮倒了杯水漱口，完后吐进厨房水槽。她说："我们处境危险啊，史蒂夫。我们的敌人有不少位高权重的朋友啊。"

"我知道。"

"他们可能试图杀了我们。"

"说说看。"

这顾虑让简妮几乎难以思考，我可不能被恐惧吓倒，她心想。"要是我保证守口如瓶，你看他们有可能放过我吗？"

史蒂夫想了想，说道："不可能。"

"我也觉得不可能，所以我们别无选择，只有战斗了。"

楼梯上传来脚步声，不一会儿门口闪出奥利弗先生的身影。"这儿出什么事儿了？"他说道，然后就看见了地上昏迷不醒的哈维，接着他看看史蒂夫，再看看哈维。"啊，我懂了。"

史蒂夫拿起地上的黑色李维斯牛仔裤递给简妮，简妮迅速穿好遮住裸露的下体。不管奥利弗先生看没看见，反正人家很识趣地没说话。奥利弗先生指着哈维道："这肯定就是费城那小子了吧。怪不得你把他误认为你男朋友了呢。他们肯定是双胞胎啊！"

史蒂夫道："我要趁他没醒把他绑起来，简妮，你有绳子吗？"

奥利弗先生道："我有电线。我把我工具箱拿来。"说完他就离开了。

简妮感激地抱住史蒂夫，感觉自己仿佛从噩梦中醒来。"我以为他是你，"她说，"就跟昨天一样，但这次我不是多疑，我是对的。"

"我们之前谈过要想个暗号，这样就不会认错人了。"

"现在就定吧。上周日你第一次在网球场找我搭讪的时候，你说'我也会打几下网球'。"

"然后你不冷不热地说'要是你只会打几下，估计不是我的菜'。"

"这就是暗号。要是我们之间有谁说了第一句，另一个就得跟第二句。"

"好。"

奥利弗先生提着工具箱回来了。他翻过哈维的身子，使之正面朝上，然后捞起他的手，摆出合十的样子开始捆，就留两根小指能自由活动。

史蒂夫问："为什么不把他的手捆在背后呢？"

奥利弗先生好像有些害羞。"不太好意思说，这法子是我在欧洲打仗的时候学到的，这样一来，他想撒尿的时候就能自己把住鸡巴了，"他说着开始绑哈维的脚，"这家伙不会再给你们惹麻烦啦。现在我想问问，这前门你们打算怎么办？"

简妮看向史蒂夫，他说："我撞得太用力了。"

"我叫木匠来吧。"简妮道。

奥利弗先生说："我院子里还有几块木料。我待会儿凑合修一下，只要今晚能锁门就行。明天再请人大修吧。"

简妮非常感激："谢谢你，你真好。"

"不客气。自打二战以后，我还没见过这么有趣的事儿。"

"我来帮你吧。"史蒂夫自告奋勇。

奥利弗先生摇摇头："你们俩还有很多事要讨论呢，这我看得出。比方说，地毯上这个五花大绑的家伙要不要报警处理。"说完也不等两人回答就提起工具箱下楼了。

简妮理了理思路："明天，基因泰就会卖出一亿八千万的价钱，普洛斯特开始竞选总统。现在我身败名裂，再也当不成科学家了。不过凭我知道的一切，我能把局势扭转过来。"

"你要怎么做？"

"嗯……我要举办记者招待会，谈谈我的实验。"

"空口无凭。"

"你和哈维一起登场就是极具戏剧性的证据。要是能把你们弄上电视就更轰动了。"

"是啊——比如《六十分钟》之类的。我喜欢那个节目，"说着他的脸又沉下去，"但哈维不会合作的。"

"那就绑着照相，拍完了我们就报警，记者们还能拍下那个。"

史蒂夫点点头："问题是，你得在兰兹曼和基因泰完成收购之前走到台前。一旦他们拿到钱，我们捅出天大的丑闻他们都能盖住。但我不明白，你怎么才能在接下来几小时里上电视呢？根据《华尔街日报》的说法，他们的记者招待会明天一早就要开了啊。"

"那我们不如自己召开记者招待会吧。"

史蒂夫一打响指："有了！我们硬闯他们的记者招待会。"

"妙啊。这么一来兰兹曼的人就不会签署协议了，收购自然就完蛋了。"

"柏林顿就拿不到那几千万。"

"吉姆·普洛斯特就选不了总统。"

"我们肯定疯了，"史蒂夫道，"这些都是全美最有权有势的人哪，我们却在这儿讨论怎么把他们一伙儿连锅端。"

楼下传来阵阵锤击声，奥利弗先生开始修门了。简妮说："你知道的，他们讨厌黑人。什么优良基因啊，二流美国人啊，这些鬼话都只是官方说辞罢了。他们是披着现代科学皮的白人至上主义者。他们想要奥利弗先生这样的人变成二等公民。去他妈的，我可不能袖手旁观。"

"我们得计划计划。"史蒂夫说到实处。

"好的，这样吧，"简妮说，"我们先弄明白基因泰记者招待会的地点。"

"应该是巴尔的摩某家酒店里吧。"

"那一家家打电话问吧，大不了全问一遍。"

"最好在酒店里订间房。"

"好主意。招待会当天我想办法溜进去，跑到大厅中间对那些记者做演说。"

"他们会阻止你的。"

"我得准备一份新闻稿，到时候印出来发给记者。然后你就带着哈维进来。双胞胎很抢镜头，所有相机都会对准你们的。"

史蒂夫皱眉道："我和哈维去了又能让你证明什么呢？"

"双胞胎本身就很令人震撼，记者肯定会问问题。用不着多久他们就会知道你们的生母不同。一旦明白这事，他们就会跟我一样知道这背后有秘密。至于他们调查的本事，你看总统候选人就知道了。"

"那我觉得三个会比两个好，"史蒂夫说，"你看能不能再找一个来？"

"我们试试吧，每个人都请一请，但愿至少能来一个。"

地上的哈维睁开了眼睛，呻吟起来。

简妮几乎把他忘了。现在看着他，她只希望这家伙脑袋受了重创。不过马上她又觉有些愧疚，自己报复心太重了。"他吃了我这么两下，也许得去看医生了。"

哈维迅速清醒过来，说："松开我，你这臭婊子。"

"用不着医生了。"简妮说。

"快松开我，否则等我脱身了看我不割掉你的奶头。"

简妮把抹布塞进他嘴里："闭嘴，哈维。"

史蒂夫有点儿焦虑："绑着他带进酒店有点儿难办啊。"

楼下传来丽莎向奥利弗先生问好的声音，没多久她就进了屋，一条蓝色牛仔裤，一双厚重的马丁大夫牌靴子。她看了看史蒂夫和哈维，惊叫道："我的天，这是真的。"

史蒂夫站起来说："我是你指认出来那个，但袭击你的是他。"

简妮解释道："哈维想强奸我。史蒂夫正好路过，就撞破门进来救了我。"

丽莎凑到哈维旁边，盯了他老大一会儿，然后若有所思地抬起脚，狠狠踢了上去，靴头迎上哈维的肋骨，痛得他扭来扭去，不住呻吟。

丽莎又踢了一脚。"不错嘛，"她摇着头说，"感觉挺解恨。"

简妮飞快地把今天的最新进展告诉了丽莎。"一觉醒来竟然发生了这么多事啊。"丽莎诧异道。

史蒂夫说："丽莎，你在琼大待了一年，竟然没见过柏林顿的儿子？"

"柏林顿从来不和大学同事交往，"丽莎说，"他是个大名人，所以琼大没人认识哈维也不出奇。"

简妮概述了破坏记者招待会的计划。"我们刚才说，要是再能找到一个克隆人把握就更大了。"

"好吧，波尔·艾瑞克森死了，德尼斯·平科尔和穆雷·克劳德坐牢了。但还剩三个呢：波士顿的亨利·京、纽约的韦恩·斯塔特纳和乔治·达瑟——就是不知道这位在哪儿，可能是布法罗，可能是萨克拉门托，也可能是休斯敦。不过我们可以再给他们打电话嘛。号码我都记下来了。"

"我也是。"简妮说。

史蒂夫说："他们能及时赶来吗？"

"我们可以上网查航班，"丽莎说，"你电脑呢，简妮？"

"被偷了。"

"我车里有笔记本电脑，我去拿来。"

丽莎出门的时候，简妮说："我们必须好好想想，怎么说服这群家伙在这么短的时间内飞来巴尔的摩。机票我们得报销，也不知道我的信用卡够不够刷。"

"我有母亲给的美国运通卡，应急用的。现在用她肯定不会反对。"

"真是伟大的母亲。"简妮羡慕地说。

"可不是。"

丽莎回来了，她把电脑连上简妮的调制解调器。

"等等，"简妮说，"我们分个工。"

58

简妮写新闻稿，丽莎上网查航班，史蒂夫翻黄页给所有大酒店打电话，问："明天贵店会不会为基因泰或兰兹曼公司举办记者招待会？"

六通电话之后，史蒂夫想到记者招待会未必要在酒店里举办，也可以是饭店或更为独到的地方，比如船甲板上。也许他们在城北的基因泰总部就有足够大的房间开会。然而，第七通电话忽然柳暗花明，前台员工说道："是的，先生，明天中午在摄政厅。"

"好极了！"史蒂夫说，引得简妮疑惑地看着他，史蒂夫咧嘴一笑，竖起大拇指，"我能订一间今晚的房间吗？"

"我帮您转接订房部吧。请别挂机。"

史蒂夫订了房，用母亲的美国运通卡付了账。他挂了电话就听见丽莎说："有三班飞机可以让亨利·京按时赶到，都是美国航空的。起飞时间分别是六点二十分、七点四十分和九点四十五分。都有票。"

"买九点四十五分那班。"简妮说。

史蒂夫把信用卡递给丽莎，她输入了详细信息。

简妮说："我还是不知道怎么说服他们啊。"

"你刚才说他是个学生，在酒吧打工？"史蒂夫问道。

"是啊。"

"他需要钱。我试试吧。他电话多少？"

简妮说了，然后添了句："人家叫他汉克。"

史蒂夫拨通号码，却没人应答。他失望地摇摇头，说道："家里没人。"

简妮一听也有些颓丧，突然她打了个响指。"也许他在酒吧上班呢。"她又说了酒吧的电话，史蒂夫拨了过去。

电话响了几声，被一个西班牙口音的男人接起来："蓝调酒吧。"

"我能和汉克说话吗？"

"他得工作，你懂吧？"那男人口吻不善。

史蒂夫朝简妮咧嘴一笑，对着口型道："他在那儿！"然后又对着电话道，"这事很重要，我不会和他说太久的。"

一分钟后电话里响起一道和史蒂夫极为相似的声音："喂，哪位？"

"你好，汉克，我叫史蒂夫·洛根，我们有很多相同的地方。"

"你是推销员？"

"我们出生前，你我的母亲都在一个叫阿文提诺诊所的地方接受过治疗。这你可以问她。"

"那又怎么样？"

"长话短说，我正在起诉这家诊所，索赔一千万美金，我希望你能和我一起起诉他们。"

对方思索良久，然后道："我不知道你说的是真是假，伙计，但不论真假，我都没钱打官司。"

"起诉费我付，你不用出钱。"

"那你打电话找我干吗？"

"因为这案子要是有你做证的话，胜诉的可能性更大。"

"你最好给我写封信，翔实些。"

"问题就在这儿。我要你明天中午就赶到巴尔的摩的斯塔佛尔酒店。起诉之前我要开一场记者招待会，要你出席。"

"巴尔的摩谁去啊？又不是火奴鲁鲁。"

混蛋，认真点儿。"我已经以洛根的名义帮你订了明天九点四十五分的班机。机票钱已经付清了，你可以向航空公司核实。到时候直接去机场就行。"

"你要和我分一千万美金？"

"不，你一个人拿一千万。"

"你要告他们什么呢？"

"以诈欺手段违反暗示合同。"

"我是念商科的。这种案子不是有追诉时效吗？二十三年前的事儿。"

"是有追诉时效，不过是从发现诈欺行为之后开始算的，本案里就是上周而已。"

电话背景里那个西班牙声音咆哮道："嘿，汉克，有一百个客人在等你呢！"

汉克对电话说道："我开始有点儿相信你了。"

"意思是你会来？"

"我没这么说。我的意思是我今晚下班后会考虑考虑。现在我得去上酒了。"

"你可以来酒店找我。"史蒂夫说道。不过晚了，汉克已经挂断了。

简妮和丽莎盯着他。

他耸耸肩，有些挫败地说道："我也不知道有没有说动他。"

丽莎说："我们就等着瞧呗，看他出不出现。"

"韦恩·斯塔特纳是做什么的？"

"他是两家夜总会的老板，身家估计已经有一千万美金了。"

"那我们就激起他的好奇心。你有他电话吗？"

"有。"

史蒂夫打了过去，结果遇到了答录机："你好，韦恩，我叫史蒂夫·洛根。也许你已经发现了，我和你的声音一模一样。不管你信不信，这都是因为我们是同卵孪生子。我六英尺二寸高，一百九十磅重，和你长得毫无二致，只有发色不同。我们也许还有些地方也一样：我对夏威夷果过敏，小脚趾没趾甲，想问题的时候会用右手挠左手背。然而，我们却不是双胞胎。我们有很多兄弟。其中一个上周末在琼斯·福尔斯大学犯了罪——所以巴尔的摩的警察昨天拜访了你。明天中午来巴尔的摩的斯塔佛尔酒店见我吧。这件事虽然怪诞，但我向你保证一切都是真的。你可以打电话到酒店，找我或简妮·费拉米博士，也可以到时候直接出现。会很有意思的。"他挂掉电话，看向简妮，"你觉得这样行吗？"

简妮耸耸肩："他有钱任性胡来。也许会好奇吧。而且夜总会老板在周一早上能有什么事情要忙？不过话说回来，要是换了我，肯定不会光凭答录机上这么一条留言就去坐飞机。"

电话响了，史蒂夫机械地抓起来："喂？"

"我能和史蒂夫说话吗？"声音很陌生。

"我就是史蒂夫。"

"我是你布瑞斯顿叔叔，我让你爸接电话。"

史蒂夫没有叫布瑞斯顿叔叔。他困惑地皱起眉头。过了会儿另一道声音传来："有人和你在一起吗，那女人在听吗？"

突然史蒂夫明白了。震惊取代了困惑。他一时间手足无措。"你等会儿，"他说道，然后按住话筒对简妮说，"这应该是柏林顿·琼斯！他把我当成哈维了。我该怎么做？"

简妮双手一摊，表示自己也没头绪："随机应变吧。"

"喊，说了跟没说一样，"史蒂夫把电话放回耳边说道，"啊，是啊，我是史蒂夫。"

"怎么回事？你都在那儿待了几小时了！"

"的确……"

"你知道简妮的计划了吗？"

"呃……知道了。"

"那就回来告诉我们！"

"好。"

"你没被困住吧？"

"没。"

"你已经和她上床了吧？"

"可以这么说。"

"快他妈穿上裤子回家！我们处境都不妙呢！"

"好。"

"你挂电话之后，就说我是你父母的律师的手下，打电话来要你尽快回特区一趟。你就这么告诉简妮，也就有理由急急忙忙了，知道了吗？"

"知道了。我尽快回去。"

柏林顿挂掉电话。

史蒂夫双肩一塌，松了口气："应该骗过去了。"

简妮说："他说什么了？"

"真有意思。哈维好像是他们派来弄明白你的意图的。他们担心你会用手头的信息做动作。"

"他们？谁啊？"

"柏林顿，还有个布瑞斯顿叔叔。"

"布瑞斯顿·巴克，基因泰的总裁。那他们为什么打电话来呢？"

"着急呗。柏林顿等不及了。我猜他和他那几个同伙正等着哈维查清楚，好决定如何回应呢。他叫我骗你要回华盛顿见律师，然后尽快回他家。"

简妮看上去忧心忡忡："很糟糕啊。要是哈维不现身，柏林顿就知道出了纰漏。基因泰的人就有了防备，他们接下来的动向也就不知道了，可能换个地方开记者招待会，加强安保措施不让我们进去，甚至取消招待会，直接在律师事务所里签署文件。"

史蒂夫双眉紧锁，盯着地面。他有个主意，但不太确定要不要说出口。终于他开口道："那哈维就必须回家。"

简妮摇摇头："他一直躺在地上听着呢，一回去还不把什么都说了。"

"我去就不会了。"

简妮和丽莎紧紧盯着他，惊呆了。

史蒂夫还没完全想好，就边想边说道："我假扮哈维去柏林顿家。让他们安心。"

　　"史蒂夫，这事儿太冒险了。你根本不了解哈维的生活。你甚至连他家卫生间在哪儿都不知道。"

　　"要是哈维能骗过你，我应该也能骗过柏林顿。"史蒂夫摆出一副言过其实的自信。

　　"哈维没骗过我。我识破他了。"

　　"骗了有一会儿了。"

　　"连一小时都没到。但你得在那儿待上好久呢。"

　　"也不久。哈维通常是周日晚上回费城，这我们都知道。我半夜就回来。"

　　"但柏林顿是哈维的父亲啊，你怎么可能骗过他。"

　　他知道简妮是对的。"那你还有更好的办法吗？"

　　简妮想了很久，还是说道："没了。"

59

史蒂夫穿上哈维的灯芯绒裤子和浅蓝色线衣，开着哈维的达特桑去了罗兰德花园。抵达柏林顿宅邸的时候天色已晚。他把车停在银色林肯城镇轿车背后，在车里坐了会儿给自己鼓劲。

他必须演好这一出戏。要是被人发现，简妮就完了。但他既不知道接下来做什么，也不知道任何信息。他必须抓住每一条暗示，明白人家的期望，犯了错也要泰然处之。他要是个演员就好了。

哈维心情如何？他问自己，他父亲不由分说地把他叫回去，而他本该和简妮温存。我估计他现在应该并不愉快。

他叹了口气。他不能再拖下去了，这一刻总得到来。他钻出车来到前门。

哈维的钥匙圈上有好几把钥匙。他仔细瞅着门上的锁孔，隐隐约约看出了"耶鲁"的字样。于是他开始找耶鲁的钥匙，可还没找到门就开了。柏林顿急匆匆地问道："你站在这儿干吗？还不快进去。"

史蒂夫走了进去。

"进书房。"柏林顿道。

这倒霉书房在哪儿？史蒂夫克制住慌乱。这处牧场风格的郊区宅邸是20世纪70年代典型的错层制式。史蒂夫左侧是一道拱门，门后的起居室里没有人，只摆着一套正统家具，正前方是条走廊，两侧一道道紧闭的房门，门后应该都是卧室，右侧是两扇关上的门，书房应该就是其中之一——不过是哪一间呢？

"进书房。"柏林顿重复了一遍，以为史蒂夫刚才没听见。

史蒂夫随便挑了扇门。

他开错门了，这是卫生间。

柏林顿蹙眉不悦地瞪着他。

史蒂夫稍一犹豫，想起这时候他应该很不爽。"我先撒个尿，不行吗？"他吼了一句，也不等回答就进屋关了门。

这是客用卫生间，只有坐便器和洗手池。他靠上洗手池边沿，对着镜子里的自己说："加把劲儿。"

他冲了坐便器，洗过手走出门。

屋子更里面传来几道男声。他打开卫生间旁边的门，这就是书房。他走进去关上身后的门，迅速四下看了看。一张桌子、一只木制文件柜、几个书架、一台电视和几张沙发。桌上放着一张照片，一位四十许的金发丽人怀抱着一个婴儿，身上的衣着看上去像是二十年前的旧款。这是柏林顿的前妻，我"母亲"吗？接着他挨个儿打开桌子抽屉看了看，再瞅了瞅文件柜。最底下的抽屉里搁着瓶云顶威士忌和几只水晶玻璃杯，藏在这儿好像不想让人发现似的。这也许是柏林顿一时心血来潮吧。史蒂夫刚把抽屉关好，屋门就开了，柏林顿和另外两个男人走了进来。史蒂夫认出了普洛斯特参议员，那颗硕大的光头和大鼻子在新闻里早就看熟了。还有一个不声不响的黑发男人应该就是基因泰的总裁——布瑞斯顿·巴克"叔叔"了。

他记得自己火气还大着呢。"你们没必要这么急吼吼地拖我回来。"

柏林顿安抚道："我们刚吃完晚餐，你吃吗？玛丽安娜可以给你盛一盘。"

史蒂夫紧张得吃不下饭，但哈维肯定是要吃饭的。而史蒂夫必须饰演得尽量自然不做作，于是他假装和缓了语气道："好，我吃点儿吧。"

柏林顿叫道："玛丽安娜！"片刻后一位面目俏丽、举止拘谨的黑人姑娘出现在门口。"给哈维盛晚饭。"柏林顿道。

"马上来，先生。"她小声道。

史蒂夫看着她离开，注意到这姑娘穿过起居室去了厨房。想来餐厅也是那个方向，除非他们是在厨房里吃的晚餐。

普洛斯特往前凑过身子问道："孩子，你都知道什么了？"

史蒂夫早就为简妮之后的动向编了一套说辞。"眼下你们可以放宽心啦。简妮·费拉米打算采取法律手段控诉琼斯·福尔斯大学的不当解雇。她准备在审理过程中让克隆人出庭做证，此前都不打算公开。她周三要和律师见面。"

三个老家伙如释重负。普洛斯特说："不当解雇的官司至少能打上一年。我们有的是时间做需要做的工作啦。"

被骗了吧，你们几个恶毒的老混蛋。

柏林顿道："那丽莎·霍克斯顿的案子她打算怎么办？"

"她知道我了，以为是我干的，但她没证据。她也许会起诉我吧，但人家肯定会以为她是蓄意报复前老板。"

柏林顿点点头："不错，不过你还是需要一个律师。我们接下来要做什么你都知道，今晚你就留在这儿吧——现在赶回费城也太晚了。"

我不要在这儿过夜！"我不知道……"

"你明天早上和我一起去记者招待会，之后我们就去见亨利·奎因。"

太冒险了！

别慌张，动脑子。

要是我住在这儿，就能确切知道这三个王八蛋每时每刻的动向。值得冒一次险，而且我睡觉的时候又能出什么事儿呢？我可以偷偷给简妮打个电话，让她知道发生了什么。他立即下了决定："好吧。"

普洛斯特说："这倒好，我们三个人刚才坐在这儿怕得要死，结果一点事儿没有。"

巴克却没那么快接受好消息。他狐疑地问道："这姑娘就没想过设法破坏基因泰的收购？"

"她虽然聪明，但我觉得她没那个商业头脑。"史蒂夫说。

普洛斯特眨了眨眼道："她床上什么表现？"

"很浪。"史蒂夫咧嘴笑道，普洛斯特一听放声大笑。

玛丽安娜端着盘子进来了：鸡片、洋葱色拉、面包和百威啤酒。史蒂夫朝她笑笑："谢谢，看上去很好吃。"

玛丽安娜却面露讶色地看着他，史蒂夫顿然意识到哈维也许根本不怎么道谢。他还看见布瑞斯顿·巴克的眉毛也锁了起来。小心，小心！别功亏一篑，你已经把他们引入你要的方向了。再熬过一小时左右就能上床睡觉了。

他开始吃饭。巴克问道："你还记得你十岁的时候，我带你去纽约的广场酒店吃午餐吗？"

史蒂夫刚要说"记得",突然看见柏林顿困惑地皱起了眉毛。这是试探吗？巴克起疑了？"广场酒店？"他皱起眉头，不管怎样总得选一个答案，"喷，布瑞斯顿叔叔，我不记得有这回事儿啊。"

"也许是我姐姐的儿子吧。"巴克道。

呼。

柏林顿站起来道："这啤酒老让我想撒尿。"说完就出了门。

"我想喝点儿威士忌。"普洛斯特说道。

史蒂夫道："打开文件柜最底下的抽屉。父亲一般把威士忌放那儿。"

普洛斯特走到文件柜旁打开抽屉。"好小子，干得好！"他说着取出酒瓶和几只杯子。

"我十二岁就知道他藏酒的地方啦，"史蒂夫道，"那会儿我开始偷酒喝了。"

普洛斯特大笑出声。史蒂夫偷偷瞥了眼巴克。他脸上警惕的神情已经消失无踪，如今正笑容可掬。

60

奥利弗先生拿出一把巨大的手枪，这枪二战时就跟了他。
"从一个德国俘虏身上缴来的，"他说，"那时候黑人兵一般是
不让带枪的。"他坐上简妮的沙发，枪口对着哈维。

丽莎正在打电话，试图找到乔治·达瑟。

简妮说："我要去酒店登记入住，顺便勘察一下。"她往提箱
里装了几件东西，驱车去了斯塔佛尔酒店，一路上寻思如何在不
惊动保安的前提下将哈维带进房间。

斯塔佛尔有个地下车库，这是个好的开始。她走进电梯，发
现电梯只能去大堂，不能直达客房。要回房间得换乘另一部电
梯。所有的电梯都在大堂旁边的过道里，从前台是看不见的，而
且要从车库电梯换到客房电梯只需要几秒钟。他们到时候能成功
把哈维带进去吗？是装着走，拖着走，还是让这小子合作地跟着
走？她觉得很难想象。

她登记入住，来到自己的房间，把箱子一放就离开了酒店。

她开车回到公寓，甫一进门就听丽莎激动地对自己说道："我
找到乔治·达瑟了！"

"好极了！他在哪儿？"

"接电话的是他在布法罗的母亲，她把乔治在纽约的电话给

了我。乔治是个演员，在一个名不见经传的小剧院里演戏剧。"

"他明天来吗？"

"来，他说'只要能出名我什么都干'，我给他订了机票，说好去机场接他。"

"太好了！"

"咱们有三个克隆人到场了，人家看电视肯定觉得不可思议。"

"前提是我们能把哈维带进酒店，"简妮转向奥利弗先生，"我们可以直接开车到地下车库，这样就能避过门卫。车库电梯只能上一楼大堂，得换乘另一部电梯才能到客房。不过那几部电梯都挺隐蔽的。"

奥利弗先生怀疑地说："没区别，从离开车门开始，到进客房为止。我们至少得让他安静五到十分钟。万一有客人看见他被绑成这个样子呢？他们也许会质问我们，或直接叫保安的。"

简妮看向地上哈维，他浑身被绑着，嘴里还塞着抹布。这家伙正看着他们，耳朵也听着呢。"我想过这个问题，有几个主意，"简妮说，"你能把他脚上的绳子松一松，让他能走路，但走不快吗？"

"行啊。"

奥利弗先生忙活的时候，简妮去卧室衣柜里取出一件大款披肩、一张帕子、一条为了去海滩而买的五颜六色的纱笼，以及一副派对上拿到却忘了扔的南希·里根①面具。

奥利弗先生扶哈维站了起来，可这小子一站直就用绑缚的双

---

① 美国第四十任总统罗纳德·里根的遗孀。

手挥向奥利弗先生。简妮看得倒吸一口凉气，丽莎失声尖叫。但奥利弗先生似乎早有预料，轻易闪过后一枪托打在哈维的肚子上。哈维咕噜着弯下了腰，奥利弗先生再举起枪托往他头上一凿。哈维跪倒在地，但马上又被拽起来，这下他老实了。

"我要给他打扮打扮。"简妮说。

"请吧，"奥利弗先生道，"我就站在旁边看着，他不配合就揍他。"

简妮紧张地把纱笼围上哈维的腰际，系成裙子的模样。她的手在抖，她讨厌离这小子这么近。长裙曳过哈维的脚踝，也盖住了他脚上的电线。接着简妮把披肩盖上他的肩头，用别针把披肩边角钉在哈维手腕的电线上，外人看来这小子跟个老太婆似的紧紧攥着披肩边角。然后简妮把手帕卷成一条围住哈维大张的嘴巴，再在脑袋后面打个死结，免得嘴里的抹布掉出来，最后给他戴上南希·里根的面具，遮住他嘴里的东西。"就说他扮成南希·里根去了化装舞会，还喝得烂醉如泥。"简妮说。

"挺好。"奥利弗先生道。

电话响起，简妮接起来："喂？"

"我是米雪·德莱威尔。"

简妮都把她忘了，心急火燎找她还是十四五小时之前了吧。"你好。"她说。

"你说得对，哈维·琼斯才是罪犯。"

"你怎么知道的？"

"费城警方动作很快，他们去了他的公寓，却发现屋主不在，旁边的邻居放他们进了屋。然后他们就发现笔录里所说的帽子了。"

"太棒了！"

"我要逮捕他，但我不知道他现在在哪儿，你知道吗？"

简妮看看哈维，这家伙活似个六英尺二寸的南希·里根。"不知道，"她说，"但我知道他明天中午会去哪儿。"

"说。"

"斯塔佛尔酒店的摄政厅，那里要开记者招待会。"

"谢了。"

"米雪，帮我个忙。"

"什么？"

"在记者招待会结束之前别逮捕他。他必须出现在记者招待会上，这对我很重要。"

米雪犹豫了下，然后说："好吧。"

"谢啦，非常感谢。"简妮挂掉电话，"好啦，我们把他装车里去。"

奥利弗先生道："你先去开门，我带他过去。"

简妮取出钥匙，飞奔下楼跑到街上。夜深了，但星光灿烂，街边路灯朦胧。她顺着长街看下去，一对年轻的情侣穿着破洞牛仔裤，正手拉着手向远方散步而去。另一个方向上，一位戴着草帽的男士遛着条金毛拉布拉多。接下来的事情他们都可能看见。他们会看吗？会关心吗？

简妮用钥匙打开车门。

哈维和奥利弗先生走出房门，身子贴得极紧，哈维跌跌撞撞地走在前面，奥利弗先生押着他稍后半步，丽莎跟在最后，顺手关上了屋门。

忽然间，这一幕让简妮觉得荒诞无比，喉间抑制不住地要爆发出狂笑。她赶忙捂住嘴巴不让自己出声。

哈维到了车门口，奥利弗先生用力一推，这小子半个身子就摔进后座里。

简妮的笑意过去了，于是又看了看路上的行人。戴草帽的男人正看着自家狗儿在斯巴鲁汽车的轮胎上便溺。年轻的情侣根本没回头。

目前为止一切顺利。

"我和他坐后座。"奥利弗先生道。

"好。"

丽莎坐副驾驶，简妮开车。

周日晚上的市中心很静。她驱车来到酒店地下的停车场，找了个离电梯口最近的空位停下，以减少拖着哈维的行走距离。停车场里还有别人。他们只好等在车里，直到一对盛装男女钻出雷克萨斯上了楼，四下无人之后才钻出车。

简妮从后备箱里取出一把扳手，对哈维扬了扬，然后塞进自己蓝色牛仔裤的后袋里。奥利弗先生那把二战留下来的手枪别在腰带上，被衬衣的下摆盖住了。他们把哈维拉出车，简妮疑心这小子会突然暴起，但他只是老老实实地走向电梯。

这一段走了很久。

电梯门开后，三人七手八脚把哈维推进去，简妮按下大堂层。

电梯上升的时候，奥利弗先生冲哈维的肚子就是一拳。

简妮有些诧异，那家伙也没撒野啊。

哈维一声痛哼弯下了腰，这时候门正好打开。外面等着的两个男人好奇地看着哈维。奥利弗先生拽着跌跌撞撞的他，说道："让个路，先生们，这小子喝多啦。"那两人急忙闪到一边。

另一部电梯正在候客，他们把哈维带进去，简妮按下八楼。见门关上，她大大松了口气。

一路无事。到了八楼后哈维也从那一拳里缓过劲儿来了，不过他们已经胜利在望。简妮走在最前面，领大家去她订的房间。可谁承想房门大开，门把上挂着"清洁中"的牌子，服务员肯定在整理床铺之类，简妮大失所望地咕哝了一声。

蓦地，哈维开始挣扎，喉咙里嗯啊作响，双手到处乱甩。奥利弗先生想揍他，但被他闪开了，还沿着走廊跑开三步。

简妮正挡在哈维前进的路上，她弯下腰，双手抓住哈维脚踝上的绳子，用力一拉。哈维打了个趔趄。简妮再一拉，这回却没拉动。老天啊，这小子真沉。他举手要打她。她铆足了劲儿再用力一拉，哈维双脚离地，身子重重摔在地上。

"我的天，你们在干什么？"响起一道拘谨的声音。那位服务员从屋里走了出来，这是个六十多岁的黑人妇女，一身整洁的制服。

奥利弗先生挨着哈维的脑袋跪下，双手架起小伙子的肩膀。

"这小子玩儿得太过火了，"他说，"在我车子的引擎盖上吐得到处都是。"

我懂了，奥利弗先生装成我们的司机，这样更容易和服务员沟通。

"玩儿？"服务员说，"看着像是打架啊。"

奥利弗转头对简妮说："你能抬起他的脚吗，女士？"

简妮照做。

他们抬着哈维。他扭来扭去不老实。奥利弗先生见状，假装没抓稳撒了手，膝盖却悄悄竖起来，让哈维掉下去的时候撞个正着。这小子顿时气都喘不匀了。

"小心，别伤着他！"服务员道。

"再来一次，女士。"奥利弗先生又对简妮道。

他们把哈维抬进屋子，丢上离门近的床。

服务员跟了进来："但愿他别吐在这儿。"

奥利弗先生朝她笑笑："说起来，我以前怎么从没在这儿附近见过你？我从来不会漏看漂亮姑娘，但怎么没注意到你呢。"

"别放肆，"她说道，嘴边却挂起微笑，"我可不是姑娘啦。"

"我今年七十一岁，你肯定没到四十五吧？"

"我都五十九啦，早过了听这些花言巧语的年岁啦。"

他拉起她的手带出屋子，然后说："嘿，这几位的活儿我差不多干完了。你肯坐我的加长轿车去兜兜风吗？"

"上面尽是这小子的呕吐物？休想！"她咯咯笑道。

"我可以擦干净嘛。"

"我丈夫还在家等我呢，要是他听见你现在说的话，那状况可比一引擎盖的呕吐物要糟糕多了，加长轿车先生。"

"呃噢，"奥利弗先生举手摆个防御的姿势，"我没恶意的。"接着假装畏惧的样子退入房间，关上了门。

简妮一屁股坐进椅子，说道："万能的老天啊，我们成功了。"

61

　　史蒂夫一吃完饭就站起来道："我要睡觉了。"他想尽快回哈维的房间，一个人待着就不会露马脚了。

　　那三位也散伙了。普洛斯特喝干杯里的威士忌，柏林顿便送两位客人上车。

　　史蒂夫觉得这是给简妮打电话通风报信的好时机，于是抓起电话就打给查号台。好长时间没人接。快点儿，快点儿！终于问到酒店号码。他却忙中出错，第一次还错打给了一家饭店。他连忙再打了一次，这回对了。"请转接简妮·费拉米博士。"他说。

　　史蒂夫刚听见简妮的声音，柏林顿就走了进来。"喂？"

　　"琳达啊，我是哈维。"他说。

　　"史蒂夫，是你吗？"

　　"是啊，我要在父亲这儿住一宿，开车回去太晚了。"

　　"看在老天的分上，史蒂夫，你还好吗？"

　　"要处理些事情，但我能有什么搞不定的？你今天好吗，亲爱的？"

　　"我们把他带到酒店客房里了，一路上挺艰难，但我们成功了。丽莎联系到了乔治·达瑟，他答应会来。所以我们至少能有三个孪生子出席了。"

"好样的。我准备睡了。真想明天见到你，宝贝，好吗？"

"好，祝你好运。"

"你也是，晚安。"

柏林顿眨了眨眼道："大美女？"

"还行。"

柏林顿取出几片药，用威士忌送服一粒，见史蒂夫盯着瓶子看，就解释道："安眠药，出了这么多事儿，没它我睡不着。"

"晚安，父亲。"

柏林顿搂着史蒂夫的肩膀说道："晚安，儿子。别担心，我们会熬过去的。"

他是真心爱着他那个混蛋儿子，史蒂夫想，这一瞬间，他突然因为欺骗了这样一个怜子心切的父亲，心中涌起一阵毫无理由的罪恶感。

紧接着他又想到，自己不知道哈维的卧室在哪儿啊。

他离开书房，沿着刚才认为通向卧室的走廊走了几步，可哪间是哈维的卧室呢？回头看看，柏林顿还在书房，看不见他。于是他迅速打开最近的那扇门，尽量压低声音。

这是卫生间，有淋浴设施和浴缸。

他轻轻关上门。

卫生间门旁边是柜门，里面都是毛巾和被褥。

他打开对面的门。里面有一张大双人床，几只柜子。门把上挂洗衣袋，包着件细条纹西装。史蒂夫觉得哈维应该不会有细条纹西装。他刚想轻手轻脚地关门，背后突然传来柏林顿的声音。

"要到我房间里拿什么？"

他被抓了个正着，心虚得紧。我能说什么？突然他想到了说辞："我睡觉没衣服穿。"

"你打什么时候起穿睡衣了？"柏林顿的声音听上去既可以说是怀疑，也可能仅仅是困惑。史蒂夫听不出。

他只好继续胡诌："我以为你会有一件大码T恤。"

"那也盖不住你这对大肩膀啊，儿子。"柏林顿笑道，史蒂松了口气。

史蒂夫耸耸肩："那就算啦。"然后向前走去。

走廊尽头有两扇门，一边一扇，想来是哈维的房间和保姆的房间。不过哪扇是哈维的呢？

史蒂夫慢悠悠走了会儿，希望柏林顿能在自己做选择之前回房。

他走到尽头之后，回头一看。柏林顿正看着他。

"晚安，父亲。"他说。

"晚安。"

左边还是右边？看不出来。随便选一间。

史蒂夫打开右边的门。

椅背上搭着橄榄球衫，床上放着史努比狮子的唱片，桌上有本《花花公子》杂志。

这是男孩儿的房间。谢天谢地。

他走进屋，用脚跟关上身后的门。

他顿时浑身发软地靠上门背，心里老大一块石头落了地。

片刻后他脱光衣服上了床，哈维的床，哈维的房间，哈维父亲的家，这感觉非常奇怪。他关了灯躺在床上，听着陌生屋子里的动静。脚步声、关门声、水龙头流水声，然后万籁俱寂。

他恍恍惚惚睡着了，突然又惊醒了。屋里有人。

他先是闻到一股花香型香水混合着大蒜和香料的味道，而后又看见窗前显露出玛丽安娜的小小身影。

他还来不及说话，她就上床爬了过来。

他轻声叫道："喂！"

"我来按您喜欢的方式给您口交。"她说道，不过史蒂夫听得出姑娘声音里的恐惧。

"不用。"他边说边推她，可姑娘已经钻进被窝，正往他大腿上凑过来，浑身不着片缕。

"今晚别打我，求您了，阿维。"她的话语中带着法国口音。

史蒂夫明白了。玛丽安娜是移民，哈维吓得这姑娘够呛，她非但对哈维不敢稍有违逆，甚至会预先估计他的需求。

不过这小子殴打这可怜的姑娘，竟然没惊动隔壁的柏林顿？她就不会叫唤吗？这时候史蒂夫想起了安眠药。柏林顿睡得死沉沉的，玛丽安娜的哭喊根本叫不醒他。

史蒂夫道："我不会打你的，玛丽安娜，别怕。"

她开始吻他的脸庞："温柔点儿，求您温柔点儿。您想做什么我都肯，就是别打我。"

"玛丽安娜，"他厉声道，"不许动。"

她当即一动不动。

他搂上她纤细的肩膀。她的皮肤柔软而温暖。"在这儿躺一会儿吧，冷静下来，"他抚摸着姑娘的背脊，"再也不会有人伤害你了，我保证。"

她浑身僵硬，以为会挨打，但渐渐地，她放松下来，向史蒂夫凑近了些。

史蒂夫勃起了，这是情不自禁的。他知道自己要是想和这姑娘做爱，轻而易举就能得逞。况且躺在床上，怀里搂着佳人小巧、微颤的胴体，实在是极大的诱惑。抚摸她、挑逗她会是多么的愉快，她感受到自己温柔而体贴的爱又会多么惊喜。这亲吻和爱抚可以通宵达旦，而且谁也不会知道。

他叹了口气。

这是错的。她不是自愿的，是不安和恐惧，而非欲望让她爬上他的床。是的，史蒂夫，你可以和她做爱——可是这么做你就是在利用一位移民少女的恐惧，她以为自己别无选择。这种事卑鄙可耻，你自己都会唾弃这么做的人。

"你觉得好些了吗？"他问。

"好多了……"

"那就回你自己的床上去吧。"

她摸了摸他的脸颊，然后在他唇上印上一个轻柔的吻。他紧抿双唇，只是友善地拍拍她的头发。

半明半暗之中，她盯着他的双眸，说道："你不是他，对吗？"

"不是，"史蒂夫说，"我不是他。"

片刻后她离开了。

他还在勃起。

我为什么不是他呢？是因为成长环境吗？

绝对不是。

我本可以和她上床。我本可能成为哈维。我不是他，是因为我自己的选择。

刚才下决定的并非我的父母，而是我自己。父亲母亲，我能成为今日的我，虽然少不了你们的功劳。但让她回房的人不是你们，是我。

　　创造我的不是柏林顿，也不是你们。

　　是我自己。

周　一

62

史蒂夫怵然惊醒。

我在哪儿?

有人在摇动他的肩膀,那人穿着条纹睡衣,是柏林顿·琼斯。史蒂夫一时只觉得迷惘,过了会儿才想起一切。

"穿漂亮点儿去记者招待会,"柏林顿说,"衣柜里有你几周前留下的衬衫,玛丽安娜洗好了。去我房间选条领带,借你戴。"说完他走了出去。

史蒂夫起床的时候心想,柏林顿对儿子的说话方式宛如面对一个桀骜难驯的小孩儿。他虽然没说"别顶嘴,照着做",但字里行间的意思再明白不过了。然而,这种专断的对话史蒂夫反而容易应对,只需随声附和就行,不会出纰漏。

上午八点,史蒂夫穿着短裤走进卫生间。他冲过澡后从卫生间柜子里找出把一次性剃须刀刮脸。他尽量慢条斯理,延后和柏林顿对话的风险。

史蒂夫往腰间缠上一块浴巾,照柏林顿的指示去了他的房间。屋里没人,史蒂夫打开衣柜。柏林顿的领带每条都极尽精美,不论是条纹、波点还是印花,全是光洁的丝缎质地,就是款式有些过时。史蒂夫选了条阔横纹领带。他还需要一条内裤,于是看了看柏林顿的平角短裤。他虽然比柏林顿高不少，但两人的腰围相同。他拿出条纯蓝短裤。

史蒂夫穿好衣服，又打起精神，准备迎接之后的行骗。再过几小时这一切就结束了。他必须稳住柏林顿，只要中午简妮一介入记者招待会，他就解脱了。

他深深吸了口气，走出房间。

史蒂夫循着煎培根的香味来到厨房。玛丽安娜站在灶台边上，瞪大眼睛看着他。史蒂夫心下一阵惶恐，万一柏林顿注意到这姑娘的表情，肯定会问怎么回事——这姑娘说不定一害怕就和盘托出了。但柏林顿正看小电视上的有线台，况且他也从来不在意用人。

史蒂夫坐下来，玛丽安娜为他倒了咖啡和果汁。他朝她微微一笑，要她安心。

柏林顿举起一只手示意噤声——不过这并无必要，史蒂夫根本无意闲聊——主播正在宣读收购基因泰的新闻。"北美兰兹曼公司的首席执行官迈克尔·麦迪甘先生昨晚称，新闻发布工作已经顺利完成，双方将于今日在巴尔的摩的记者招待会上签署收购合同。今天早晨，兰兹曼公司在法兰克福的股价上升了五十芬尼[①]。通用汽车公司第三季度数据……"

门铃响了，柏林顿按下静音键，朝厨房的窗户望了望："外面有辆警车。"

史蒂夫觉得要糟。要是简妮联系到米雪·德莱威尔，说了哈维的情况，警察可能会决定抓捕哈维。而史蒂夫现在穿着哈维衣

---

① 德国货币单位，最小面值，1马克等于100芬尼，2001年废除。

服，坐在哈维父亲的厨房里，吃着哈维父亲厨师做的蓝莓松饼，怎么否认自己不是哈维？

他不想回监狱。

况且还有更糟的，被抓走就会错过记者招待会。要是另外几个克隆人都不出现，简妮就只有哈维一个人了。一个孪生子能证明什么？

柏林顿起身去开门。

史蒂夫问："万一他们是来抓我的呢？"

玛丽安娜一副要死的表情。

柏林顿道："我就说你不在这儿。"说完便出去了。

史蒂夫听不见门外的对话。他僵坐在座位上，不吃不喝。玛丽安娜也雕塑似的杵在灶台边，手里攥着把锅铲。

终于，柏林顿回来了。"昨晚有三个邻居遭了贼，"他说，"我们倒挺走运。"

简妮和奥利弗先生为了看着哈维，昨晚轮流睡觉，结果两人都没睡够。只有哈维睡得香，嘴里塞着东西照样打呼噜。

早上他们轮流用卫生间。简妮穿上提箱里带来的衣服，白上衣，黑裙子，外人一看还以为是服务员呢。

他们叫了早餐，不过服务员不能进屋，不能让他看见床上五花大绑的哈维。于是奥利弗先生在门口收了食物，说道："我妻子还没穿衣服，我自己推进去吧。"

奥利弗先生端着杯子喂哈维喝了杯橘子汁，简妮则拿着扳手站在哈维背后，看他一有不轨就揍他。

史蒂夫电话还不来，简妮等得心急如焚。他出什么事了？他在柏林顿家住了一晚，有没有被识破？

九点钟，丽莎带着一摞新闻稿复印件匆匆赶到，然后又急急忙忙地赶去机场接乔治·达瑟和其他可能现身的克隆人。那三人都没来电话。

九点半，史蒂夫的电话来了。"我得快点说，"他说，"柏林顿在卧室里，一切顺利。我和他一起出席记者招待会。"

"他没起疑吧？"

"没——不过有几次还挺险的。我那兄弟呢？"

"挺老实。"

"我得挂了。"

"史蒂夫？"

"快说！"

"我爱你。"她挂掉电话，觉得刚才不该说那句话。不是说女孩儿家应该矜持些吗？算了，管他呢。

十点钟，她去摄政厅实地看了看，这是个拐角处的小厅，有扇门可以通往接待室。厅里有个公关人员正在撑起有基因泰商标的背景，好让电视摄像机拍摄。

简妮迅速扫了一眼四周，然后就回房了。

丽莎从机场打来电话道："坏消息，纽约的班机晚点了。"

"该死！"简妮说，"其他人有消息吗？韦恩？汉克？"

"没。"

"乔治的班机晚点到什么时候？"

"预计是十一点半。"

"那你还赶得及。"

"除非我开得像风一样快。"

十一点，柏林顿从卧室出来，白衬衫，马甲，老派却实用的法式袖扣。他边走边往身上穿外套——一件蓝色细条纹西装——说道："走吧。"

史蒂夫穿上哈维的花呢运动外套，不仅相当合身，而且他自己也有件差不多的衣服。

他们走出门外，发现这个气候下两人都穿多了。于是一上车就打开空调。柏林顿疾驰向市中心，一路上寡言少语，这让史蒂夫松了口气。车子停在酒店车库里。

"基因泰雇了公关公司操持这件事，"两人坐电梯上楼的时候柏林顿道，"我们自己的宣传部门没做过这么大的工程。"

两人走向摄政厅的时候，被一位戴漂亮小帽、穿黑色套装的女士拦住。她殷勤地说："我是通用公关公司的卡伦·比米什，二位请来贵宾房。"她说着带两人进入一间小屋，桌上摆着零食和饮品。

史蒂夫有点儿心烦，他本打算探探招待会房间的地形。不过这也没区别。只要简妮出现之前柏林顿还以为他是哈维，就不会出问题。

贵宾房里已经有了六七个人，包括普洛斯特和巴克。普洛斯特身边站着位穿黑西装的精壮小伙，像是保镖。柏林顿为史蒂夫引见了兰兹曼公司北美区的主管迈克尔·麦迪甘。

柏林顿有些紧张，咕嘟咕嘟饮尽一杯白葡萄酒。史蒂夫真想喝马提尼酒啊，他比柏林顿更有理由害怕，但他必须保持清醒，一刻也不能放松。他看了看从哈维手腕上取下来的表。十一点五十五分，再坚持几分钟，结束后再喝马提尼酒。

卡伦·比米什拍拍手引起众人注意。"先生们，都准备好了吗？"大家点头称是，"那么除了上台演讲的人，请其他人就座。"

好了，我成功了，结束了。

柏林顿转向史蒂夫道："回头见，蒙特祖玛。"说完脸带期待。

"好。"史蒂夫说。

柏林顿咧嘴一笑："好是什么意思？给我接下句！"

史蒂夫顿时浑身冰冷。他不知道柏林顿在说什么。这话听上去像"回见，短吻鳄"那样的流行语，但更加私人。显然这句话有个固定回答，而且肯定不是"马上，大鳄鱼"。究竟是什么呢？史蒂夫暗骂一句。记者招待会即将召开，只要再装上几秒钟就好了！

柏林顿困惑地皱起眉头，紧紧盯着他。

史蒂夫觉得额头上沁出了汗珠。

"你是不会忘的。"柏林顿说道，史蒂夫见他的眼神里生出疑窦。

"当然没忘。"史蒂夫很快答道——太快了，话音落地他才反应过来这是自掘坟墓。

普洛斯特参议员也过来听着了。柏林顿道："那就接下句。"史蒂夫见他对普洛斯特的保镖使了个眼色，那家伙身上的肌肉明显绷紧了。

濒临绝望之际，史蒂夫灵光一闪，答道："一小时内，艾森豪威尔。"[1]

全场静默。

---

[1] 同二十八章注释，这里的原文是"In an hour, Eisenhower"，hour和Eisenhower同样押韵。

而后柏林顿开口道："这个不错！"然后哈哈大笑。

史蒂夫如释重负。这肯定是个游戏：你必须每次都想一个新的回答。谢天谢地。为了掩饰自己的释然，史蒂夫转身离开。

"诸位，该出场了。"公关人员道。

"这边走，"普洛斯特对史蒂夫道，"你不想一出门就上台吧。"他打开一扇门，史蒂夫走了进去。

史蒂夫进门后，发现这是卫生间，于是转身道："不对，这是……"

普洛斯特的保镖正站在他身后，史蒂夫还没反应过来，就被那家伙用一招半纳尔逊式锁拿得动弹不得，疼痛难忍。"你敢叫我就掰断你的胳臂。"他说。

柏林顿跟在保镖身后走进卫生间。吉姆·普洛斯特跟在最后，关上房门。

保镖紧紧擒住史蒂夫。

柏林顿怒火中烧，压低声音道："你个小混蛋，你是哪个？我看是史蒂夫·洛根吧。"

史蒂夫还想继续伪装："父亲，你这是干什么？"

"别装了，游戏结束了——我儿子在哪儿？"

史蒂夫不吱声。

吉姆说："柏里，怎么回事？"

柏林顿竭力保持镇定，对吉姆说："这小子不是哈维，他是另一个小子，可能是洛根。他昨晚开始就扮作哈维的样子。哈维本人肯定被他们关在什么地方了。"

吉姆的脸色一下白了："那就是说他讲的简妮·费拉米的意图都是瞎掰喽！"

柏林顿面色阴沉地点点头："她可能正计划在招待会上跟我们唱反调呢。"

普洛斯特说："该死，别当着那么多摄像机啊！"

"要是我就会这么做，你觉得呢？"

普洛斯特略想了想，说："麦迪甘会坚持签字吗？"

柏林顿摇摇头："我说不准。要是在最后一刻取消收购会很难看。但要是花了一亿八千万买来一家每分钱都会被起诉的公司，那就更难看了。两者都有可能。"

"那我们必须找到简妮·费拉米，阻止她！"

"她可能入住酒店了。"柏林顿抓起卫生间旁的电话，用最有威严的声音说道，"我是摄政厅基因泰记者招待会的琼斯教授，我们正在等简妮·费拉米博士，她住哪间房？"

"抱歉，先生，客人的房间号不能说，"柏林顿闻言刚要爆发，前台小姐添了句，"我帮你把电话转接过去行吗？"

"好。"几声铃响后，一道苍老的男声从电话里传来。柏林顿马上胡扯道："布伦金索普先生，您的衣服洗好了。"

"我没让洗衣服啊。"

"啊，抱歉，先生，您是哪间房？"柏林顿说着屏住了呼吸。

"821。"

"我要找的是812，抱歉。"

"没事。"

柏林顿挂掉电话，兴奋地说道："他们住在821，哈维肯定就在那儿。"

普洛斯特说："记者招待会就要开始了。"

"我们也许来不及了。"柏林顿犹豫了一下，有些不安。他一秒钟也不想耽搁招待会，但不先发制人，破坏简妮的谋划又不行。片刻后他对吉姆道："不如你和布瑞斯顿先陪麦迪甘上台吧？我设法找到哈维，阻止简妮·费拉米。"

"好。"

柏林顿看看史蒂夫："最好能让你的保镖陪我一起去，不过又不能放了史蒂夫。"

保镖说："没问题，先生。我可以把他和水管铐在一起。"

"好样的。就这么办。"

柏林顿和普洛斯特回到贵宾房。麦迪甘好奇地看了看他们："先生们，出什么事儿了？"

普洛斯特说："一个小小的安全问题，麦迪甘，柏林顿会去处理的，我们照样开会。"

麦迪甘还是不放心："安全问题？"

柏林顿说："上周我解雇了一个女教员，叫简妮·费拉米。她跑到酒店里来了，想耍花招。我要把这苗头给掐了。"

麦迪甘放下了心："好，那我们开始吧。"

麦迪甘、巴克和普洛斯特步入招待会场。保镖走出卫生间，和柏林顿一起步履匆匆地来到走廊，然后按键等电梯。柏林顿心里七上八下，他从来没打过架，也不是这号人。他习惯的战场是大学各委员会的讲台。但愿待会儿不会变成全武行。

他们来到八楼，跑到821门口。柏林顿敲敲门。里面传出一道男声："谁啊？"

柏林顿说："收拾房间的。"

"不用了，谢谢。"

"我要检查一下您的卫生间，请开门。"

"过会儿再来吧。"

"是有人报修，先生。"

"你一小时后再来吧，我忙着呢。"

柏林顿看向保镖："能踹开这扇门吗？"

保镖面上自信满满，不过他朝柏林顿背后看了一眼，又迟疑起来。柏林顿顺着他的目光看去，只见一对老年夫妻拎着购物袋从电梯里出来。他们慢慢沿着走廊朝821走来，经过柏林顿身边，在830门口停下。丈夫放下购物袋翻出钥匙，摸索着插入锁孔开门。两人终于进了屋。

保镖一脚踹上门。

门板裂了，木屑纷飞，但门还紧紧闭着。屋内响起急促的脚步声。

他再踹一脚，门应声而开。

保镖猛冲进去，柏林顿紧随其后。

不过没几步他们就停了下来，一位老年黑人端着把大手枪指着两人。

"举起手来，关门，到里面来，脸朝下趴下，否则我就打死你们，"这人说道，"你们这么闯进来，就算被我杀了，巴尔的摩的陪审团都不会治我的罪。"

柏林顿举起手。

突然，床上弹起一道身影，柏林顿一眼认出这是哈维，他双手被绑着，嘴里塞着东西。老先生转过枪头对准他。柏林顿唯恐儿子中枪，嘶声大叫道："不！"

老先生动作晚了一瞬，哈维一手磕飞他的枪。保镖往前一扑，抓起地毯上的枪就起身指向老先生。

柏林顿这才缓过气。

老先生缓缓举起手。

保镖拿起房间里的电话道："保安请来一下821，有个客人带着枪。"

柏林顿四处看了看。简妮不在。

简妮从电梯里出来，白衣黑裙，手上端着托盘，托盘上面是早餐送来的茶。她心跳如擂鼓，脚下迈着轻快、服务员般的步子走进摄政厅。

接待室里有几张桌子，两位女士正坐在桌前和站在旁边的保安聊天。大概要入场必须有请帖。但简妮相信端茶小妹是不会有人过问的。往内门去的时候，她还勉强对保安笑了笑。

"等等！"保安道。

她转向外门。

"里面咖啡饮料多的是。"

"这是特别要的茉莉花茶。"

"谁要的？"

简妮不假思索："普洛斯特参议员。"但愿他在里面。

"那行，进去吧。"

她再笑笑，打开门走进会场。

会厅那头的讲台上摆着张桌子，桌后坐着三个西装革履的男人，桌面上摆着一叠法律文件。三人之一正在致辞。观众约有四十人，有拿着笔记本的、微型录音机的，也有提着摄像机的。

简妮走上前，一位穿黑西装、戴名牌眼镜的女士立在讲台边，她的胸卡上写着：

卡伦·比米什

通用公关公司

简妮见过她，这就是之前布置背景的公关人员，她好奇地看看简妮，但没有出手阻止，正如简妮所料，果然认为简妮是来提供客房服务的。

讲台上有台签。简妮认出右边是普洛斯特参议员，左边是布瑞斯顿·巴克，而中间正在发言的是迈克尔·麦迪甘。"基因泰不只是一家出类拔萃的生物技术公司。"他用沉闷的语调说道。

简妮微微一笑，把托盘放到他面前。他略略有些吃惊，一时忘了致辞。

简妮转过身面向观众。"我有一件特殊的事情要宣布。"她说。

史蒂夫坐在卫生间地上，左手与洗手池排水管铐在一起，心里又气又绝望。柏林顿竟然在最后关头把他认了出来。现在他正在搜寻简妮，要是找到了，整个计划可能都要完蛋。史蒂夫必须脱身去给她示警。

管道从洗手池出水口出来，扭成S形没入墙壁。史蒂夫弓着腰，抬脚踩上水管，然后缩脚，使劲一蹬。整条管道都晃了晃。他再一蹬，管道底端边的墙面开始裂出缝隙。他又连蹬几脚，墙粉落下不少，但水管依旧纹丝不动。

见底端踹不动，他抬头看向连接洗手池的顶端。也许这里会薄弱些。他双手抓住水管，猛力摇晃。管子、墙面、洗手池都在抖，但哪个都没破损。

他再看向S形的弯扭处。弯扭上端有一枚轧花管箍。他知道水管工清理管道的时候会把它拧下来，但这是需要工具的。他没有工具，只好左手紧紧捏住管箍使劲扭。可手指根本握不住，指关节还给顶得生疼。

他敲了敲洗手池底部，是人造大理石材质，非常坚固。他再瞅瞅和出水口相接的管道。要是他能破开这个封口，就能把水管往外掰，然后只要把手铐从水管一头抽出来就能轻松获得自由了。

他换了个姿势，收起脚，继续端了起来。

简妮说："二十三年前，基因泰公司对八位不知情的美国妇女实施了非法而不负责任的实验，"她呼吸急促起来，只好竭力保持正常的语调，让大家听清楚，"所有妇女都是军官的太太。"她在观众里搜寻史蒂夫的身影，却没找到。他究竟去哪儿了？他应该在这儿的啊——他是人证啊！

卡伦·比米什声音颤抖地说道："这是私人活动，请立即离开。"

简妮不理她。"妇女们因为不孕，去基因泰在费城的诊所接受激素治疗，"她声音里渐渐带上怒火，"然而他们却在当事人不知情的情况下，把陌生人的受精卵植入了她们体内。"

记者哗然。简妮看得出来，他们感兴趣了。

她提高声音："布瑞斯顿·巴克本该是个有操守的科学家，可他一心沉迷于克隆工作，将一个胚胎分裂了七次，再把八枚相同的胚胎植入了八位不知情的妇女体内。"

简妮看见米雪·德莱威尔坐在后排，饶有趣味地看着她。但古怪的是，柏林顿不在屋里。简妮有些惴惴不安。

讲台上，布瑞斯顿·巴克起立说道："众位，很抱歉，我们事先得到过警告，可能有人捣乱。"

简妮滔滔不绝："而这桩恶行却被隐瞒了二十三年。三个祸首——布瑞斯顿·巴克、普洛斯特参议员和柏林顿·琼斯教授——他们为了掩盖这件事情，可谓不择手段，我自己就深受其害。"

卡伦·比米什正对着酒店电话说着什么。简妮听见她说："快叫保安来，快！"

简妮的托盘底下还藏着一叠新闻稿复印件，就是她执笔，丽莎影印的那些。"详尽内容都在这上面，"她边说边散发，"那八个陌生人的胚胎在子宫里发育，降生，至今还有七个在世。你们一看就明白，因为他们长得一模一样。"

从记者的表情上，简妮看出他们已经动心了。她一瞥讲台，普洛斯特满面怒容，布瑞斯顿·巴克则仿佛万念俱灰。

这时候，奥利弗先生应该携哈维进场，让所有人看见他和史蒂夫酷肖。还有乔治·达瑟也该到了。但谁也没来。别误事啊！

简妮继续说道："你们可能认为他们是同卵双胞胎——事实上他们的DNA也的确相同——但他们的母亲各不相同。我就是研究双胞胎的。不同的母亲生出相同的孩子，这一谜团让我开始调查这桩丑行。"

后门猛然打开，简妮一抬头，希望门外是克隆人。但冲进来的是柏林顿。他气喘吁吁，好像是一路跑来的，他说："众位，这位女士有精神问题，最近还被解雇了。她的研究项目的资助方正是基因泰公司，所以对公司怀有私怨。酒店保安刚才在其他楼层抓捕了她的一名同伙。等保安把这个人赶出酒店后，记者招待会将继续进行，请诸位谅解。"

简妮一下子蒙了。奥利弗先生和哈维在哪儿？史蒂夫又出什么事了？没人证的话她的讲话和传单就毫无意义了。只剩下几秒钟了。大事不妙。柏林顿不知怎的就挫败了她的计划。

一位穿制服的保安大步跨入房间，和柏林顿说起话来。

简妮绝望地转头看向迈克尔·麦迪甘。这家伙板着脸，应该是属于最恨自己安排好的事务被干扰的那类人。不过简妮还是硬着头皮说道："麦迪甘先生，我看见您面前堆着这些法律文件。您不觉得应该在签署之前先把整件事情查清楚吗？假定我是对的，想想这八个女人会向您索赔多少钱吧！"

麦迪甘不温不火地说："我做生意，靠的不是疯子提供的小道消息。"

记者大笑。柏林顿脸上顿时有了神采。保安朝简妮走来。

她连忙对观众道："我本打算让你们见到两三个克隆人，作为人证，但……他们还没来。"

记者再次大笑，简妮意识到自己已经成了个笑话。全完了，她输了。

保安紧紧拽住她的胳臂，向门外推搡。她本可以挣脱，但挣脱了又能怎样？

简妮经过柏林顿身边的时候，发现这家伙在笑，委屈的泪水盈满眼眶，可她咽下眼泪，高高昂起头。滚你们的蛋，她想，总有一天你们会知道我才是对的。

简妮听见身后的卡伦·比米什说："麦迪甘先生，您想继续致辞吗？"

简妮和保安刚到门口，门就开了，丽莎走了进来。

简妮倒吸一口气，丽莎背后赫然是一位克隆人。

肯定是乔治·达瑟。他来了！但一个不够——至少要两个才行。要是史蒂夫能现身，或者奥利弗先生带着哈维出现就好了！

突然幸福降临，简妮目眩神迷地看见另一个克隆人走了进来。肯定是亨利·京。她挣脱保安，叫道："看哪，看这儿！"

她说话的时候，第三个克隆人也进来了。那头黑发一看就知道是韦恩·斯塔特纳。

"瞧啊！"简妮喊道，"这儿呢！他们长得一模一样！"

所有摄像机马上转向这些新来者，讲台瞬间无人问津。闪光灯不停亮起，摄影师开始拍摄这个场面。

"我就说吧！"简妮得意扬扬地对记者道，"问问他们的父母。他们不是三胞胎——他们的母亲从没见过面！问吧！去问吧！"

她发觉自己好像兴奋过头了，便极力让自己冷静下来，但这很难做到，因为她太快活啦。不少记者连跑带跳地往克隆人身边凑，迫不及待地要提问。保安又抓住简妮的胳臂，但她现在处于人群中心，根本寸步难行。

会厅里人声鼎沸，简妮听见柏林顿扯着嗓子叫道："众位，请听我说！"他一开始只是有些恼怒，后来索性暴跳如雷，"我们要继续进行记者招待会！"不过没用。记者团嗅到了真正的故事，早没心思听无聊的演讲了。

透过眼角的余光，简妮看见普洛斯特参议员悄悄溜出了房间。

一个小伙子把话筒捅到她面前道："你是怎么发现这些实验的？"

简妮对着麦克风说："我是简妮·费拉米博士，是一位科学家，在琼斯·福尔斯大学心理系做科学研究。在我的研究过程中，我偶然发现这群形貌酷肖的人竟然没有亲缘关系，就开始调查这件事。柏林顿·琼斯把我炒了，以为这样就能阻止我了解真相。可我还是发现这些克隆人是基因泰所做的军方实验的产物。"她四处张望。

史蒂夫在哪儿?

史蒂夫再踢一脚，排水管砰的一声从洗手池底部脱落，随之掉下大片墙粉和大理石碎片。史蒂夫把水管拽出一道缝隙，然后把手铐穿过缝隙抽出来。左手自由了，他连忙站起来。

史蒂夫左手插进口袋，以遮住腕上的手铐，然后离开了卫生间。

贵宾房没有人。

也不知道会场现在怎么样了，他离开贵宾房步入走廊。

贵宾房隔壁的门上就写着"摄政厅"。更远处有个人在等电梯，正是他的克隆兄弟。

这是谁? 这男人正在揉捏手腕，好像很痛的样子，他脸上有道横跨双颊的红印，仿佛之前被人紧紧勒住了嘴巴。这是哈维，昨天被绑了一宿的哈维。

他一抬头就看见了史蒂夫。

他们互相注视了很久，恰似在照镜子。史蒂夫想透过哈维的外貌，读懂他的表情和内心，弄明白究竟是什么让他变得如此邪恶。但他做不到。他所看见的只是一个和自己极为相似的人，走在同一条走廊上，却选择了不同的方向。

史蒂夫移开目光，走进摄政厅。

里面一片混乱。简妮和丽莎被一群摄影师围在中间，还有一个——不，两个，三个克隆人。他挤到简妮身边，叫道："简妮！”

她抬头看向他，一脸茫然。

“我是史蒂夫啊！”他说。

米雪·德莱威尔站在她身边。

史蒂夫对米雪说：“你要找哈维的话，他就在外面等电梯呢。”

米雪问简妮：“你能认出这是哪个吗？”

“可以，”简妮盯着他说道，“我也会打几下网球。”

他咧嘴一笑：“要是你只会打几下，估计不是我的菜。”

“谢天谢地！”她说着一把抱住史蒂夫。他笑着低下头，两人忘情地接吻。

摄影机围绕在他们身边，闪光灯此起彼伏，而这张照片登上了次日早晨全世界各大报纸的头版。

次年六月

63

　　林间草坪养老院宛若一家老式的高档酒店。墙上贴着花卉壁纸，桌上放着几只玻璃盒装着的瓷器小摆设，还有几张细腿备用小桌。屋里没有消毒水的味道，只弥漫着各种各样的花香。工作人员会称呼简妮的母亲为"费拉米女士"，而不是"玛丽亚"或"亲爱的"。母亲住一间小套房，有个招待访客喝茶的客厅。

　　"这是我丈夫，母亲。"简妮道，史蒂夫泛起最迷人的笑容，和母亲握了握手。

　　"真帅气的男孩儿啊！"母亲说，"你做什么工作的，史蒂夫？"

　　"我在读法律。"

　　"法律。好行当啊。"

　　母亲大多数时间脑子都迷糊，但偶尔也会清醒一会儿。

　　简妮说："父亲参加了我们的婚礼。"

　　"你父亲怎么样啦？"

　　"挺好。他现在已经老得偷不动啦，反而改行保护起别人来。他开了家安保公司，生意做得有声有色。"

　　"我二十年没见他啦。"

　　"哪儿啊，母亲。他常来看你，但你忘了。"简妮换过话题，"你气色不错。"母亲穿着件漂亮的女式衬衫，纯棉质地，上面一道道浅色条纹，还烫了头发，修了指甲。"你喜欢这儿吗？这里比丽景好吧？"

母亲有些担忧地问道："我们怎么付得起这儿的价钱呢，简妮？我一点儿钱都没有啊。"

"我找到新工作了，母亲。我承担得起。"

"什么工作啊？"

简妮虽然知道母亲听不懂，但还是说了："我现在是兰兹曼公司的遗传工程研究项目的主管了，那是家大公司呢。"迈克尔·麦迪甘在听人讲解了简妮的搜索引擎之后，就向她发出了邀请。工资是琼斯·福尔斯大学开出的三倍，而更让人心花怒放的是工作本身，这是遗传工程学的前沿研究。

"真不错！"母亲说，"噢！趁我还没忘——报纸上有张你的照片。我收着了。"她探进手袋拿出一张折好的剪报，摊开后递给简妮。

简妮见过这张照片，但她还是像头回瞧见一样认真看起来。相片上简妮正在接受国会听证会的询问，问题是有关阿文提诺诊所的实验。听证会虽然还没公布结果，但大体内容已经毫无悬念。对吉姆·普洛斯特的质问还上了电视，全国播报，成了前所未有的丑闻。普洛斯特在电视上大喊大叫，不说实话，但每吐出一个字，他的罪行就更昭然一分。会后他就辞去了参议员的工作。

柏林顿·琼斯连辞职的资格都没有，他被琼斯·福尔斯大学的纪委会解雇了。简妮听说他搬去了加利福尼亚，靠前妻微薄的救济金过活。

布瑞斯顿·巴克辞去了基因泰总裁的职务，公司被勒令停业，照协议赔款补偿八位克隆人的母亲。并抽出一部分钱让每位克隆人得到咨询，帮助其处理因不幸身世带来的种种麻烦。

哈维·琼斯因纵火罪和强奸罪被判服刑五年。

母亲说："报上说你要出庭做证，你不会有麻烦吧？"

简妮和史蒂夫相视一笑："母亲，去年九月份那个礼拜我的确挺头疼的，不过最后一切都好啦。"

"那就好。"

简妮站起来："我们得走啦，赶飞机去度蜜月。"

"去哪儿啊？"

"一个小度假村，在加勒比海，人们都说那是世上最美的地方呢。"

史蒂夫和母亲握握手，简妮吻了吻她的脸颊告别。

"好好休息吧，亲爱的，"他们边向外走，母亲边说道，"你们当之无愧。"

激发个人成长

多年以来，千千万万有经验的读者，都会定期查看熊猫君家的最新书目，挑选满足自己成长需求的新书。

读客图书以"激发个人成长"为使命，在以下三个方面为您精选优质图书：

1、精神成长

熊猫君家的精彩绝伦的小说文库和人文类图书，帮助你成为永远充满梦想、勇气和爱的人！

每个人的生命中，
都有最艰难的那一年，
将人生变得美好而辽阔。

《无声告白》

《恋情的终结》

《教父》

《沙丘》

2、知识结构成长

熊猫君家的历史社科类、知识小说类图书，帮助你了解从宇宙诞生、文明演变直至今日世界之形成的方方面面。

其实是一本严谨的极简中国史
看半小时漫画，通三千年历史，
脉络无比清晰，看完就能倒背。

《丝绸之路》

《藏地密码》

《清明上河图密码》

《巨人的陨落》

3、工作技能成长

　　熊猫君家的经管类、家教类图书，指引你更好地工作、更有效率地生活，减少人生中的烦恼。

提升领导力，你会拥有想拥有的工作，成为你想成为的人，做任何你想做的事。

《可口可乐传》

《别独自用餐》

《压榨式提问》

《好妈妈胜过好老师2》

每一本读客图书都轻松好读，精彩绝伦，充满无穷阅读乐趣！

认准读客熊猫

　　读客所有图书，在书脊、腰封、封底和前后勒口都有"读客熊猫"标志。

两步帮你快速找到读客图书

1、找读客熊猫　　　　　　　2、找黑白格子

马上扫二维码，关注**"熊猫君"**

和千万读者一起成长吧！

世纪三部曲　　各国读者平均3个通宵读完

《巨人的陨落》2016年5月出版

　　在第一次世界大战的硝烟中，每一个迈向死亡的生命都在热烈地生长——威尔士的矿工少年、刚失恋的美国法律系大学生、穷困潦倒的俄国兄弟、富有英俊的英格兰伯爵，以及痴情的德国特工……从充满灰尘和危险的煤矿到闪闪发光的皇室宫殿，从代表着权力的走廊到爱恨纠缠的卧室，五个家族迥然不同又纠葛不断的命运逐渐揭晓，波澜壮阔地展现了一个我们自认为了解，但从未如此真切感受过的20世纪。

《世界的凛冬》2017年3月出版

　　一切都始于那个裂变中的大时代——希特勒上台，爱德华八世退位，原子弹在广岛和长崎爆炸……世界剧烈改变，我该怎么办？

　　这正是他们的困惑——一群处于人生黄金时代的少男少女，来自德国、美国、英国、苏俄和威尔士的五大家族，他们父辈的命运因一战而彻底改变。如今，世界再次破碎，甚至更加暴烈和残酷。然而，这就是他们的时代！

　　在时间的永恒流动中，每个人都在创造历史。所以，为什么不一起来，会一会命运？

《永恒的边缘》2017年5月出版

　　如果说《巨人的陨落》是祖辈的传奇，《世界的凛冬》是父辈的人生，那么，《永恒的边缘》就是新一代的奋斗。

　　真正残酷和激烈的世界大战，是思想的大战。来自美国、德国、苏联、英国和威尔士的五大家族，又一次迎来了新的考验。东西德分裂、柏林墙、苏联秘密警察、刺杀肯尼迪、民权运动、古巴导弹危机、入侵黎巴嫩、弹劾尼克松……此外，第三代生活中还有摇滚、嬉皮士、跨种族婚恋、性解放，以及对过去的误会与和解。

　　说到底，世上只有一种英雄主义，就是在认清生活真相之后，依然热爱生活。

悬疑经典　　各国读者平均1个通宵读完

《针眼》2017年11月出版

一上市即受到广泛关注，并于次年获得爱伦·坡优秀小说奖，至1999年各国累计销量逾1000万册，是美国《出版人周刊》《时代周刊》等杂志强烈推荐的畅销小说。

《危险的财富》2017年11月出版

一部维多利亚时代浮华糜烂的家族史诗，交织着贪婪和仇恨、自私与残忍、冷血的谋杀和虚幻的爱情。

《寒鸦行动》2017年11月出版

二战期间，有一个全部为女性的情报部门，代号"寒鸦"。这群勇敢的女性在整个欧洲展开了激烈的抗击纳粹行动。然而，她们被出卖了。一张天罗地网正等待着"寒鸦"们……

《大黄蜂奇航》2017年11月出版

一名少年无意间闯入了德军秘密基地，发现了纳粹所向披靡的秘密。翻开本书，直面第二次世界大战英德空战的现场与真相。

《鹰翼行动》2017年11月出版

奥斯卡获奖影片《逃离德黑兰》的前传！书中的每一个细节都曾真实发生在世界上那个极度混乱的角落。没有任何一个好莱坞编剧能够像肯·福莱特一样完美地讲述这场著名的冒险。

《突然亡命天涯》2017年11月出版

致命的浪漫三角关系、充满风险的秘密任务、有异国情调的场景、扣人心弦的巧妙情节……一直在加速，紧张感令人无法呼吸。在这条亡命之路上，幸福与和平能否最终来临？

《燃烧的密码》2017年12月出版

这个故事发生在尼罗河上的船屋，充满了阴谋与血腥、欲望与爱情。随着行动的进行，紧张的局势就像不停收紧的绳索，每一个意想不到的反转都让人想要尖叫……我们穷尽一生追求的，不是征服世界，而是征服自己。

图书在版编目（CIP）数据

军方的怪物 : 肯·福莱特历史悬疑小说经典 / (英)
福莱特 (Follett,K.) 著 ; 顾亦维译. -- 南京 : 江苏
文艺出版社, 2018.1
　　（读客全球顶级畅销小说文库）
书名原文: The third twin
ISBN 978-7-5399-5693-0

Ⅰ.①军… Ⅱ.①福… ②顾… Ⅲ.①长篇小说—英
国—现代 Ⅳ.①I561.45

中国版本图书馆CIP数据核字(2014)第026586号

THE THIRD TWIN copyright © 1996 by Ken Follett
Simplified Chinese translation copyright © 2017 by Shanghai Dook Publishing Co.,Ltd

中文版权©2017上海读客图书有限公司
经授权，上海读客图书有限公司拥有本书的中文（简体）版权
图字：10-2014-449号

书　　　名　军方的怪物
著　　　者　（英）肯·福莱特
译　　　者　顾亦维
责任编辑　丁小卉　姚　丽
特邀编辑　牟雪莲　姚红成
责任监制　刘　巍　江伟明
策　　划　读客图书
版　　权　读客图书
封面设计　读客图书　021-33608311
出版发行　江苏凤凰文艺出版社
出版社地址　南京市中央路165号，邮编：210009
出版社网址　http://www.jswenyi.com
印　　刷　北京海石通印刷有限公司
开　　本　890mm x 1270mm 1/32
印　　张　17.5
字　　数　386千
版　　次　2018年1月第1版　2018年4月第3次印刷
标准书号　ISBN 978-7-5399-5693-0
定　　价　69.90元

如有印刷、装订质量问题，请致电010-87681002（免费更换，邮寄到付）